王承志 著

轰轰烈烈 活

Wild Monk

过路 客

上海文艺出版社

目 录

一 缘起	001
二 再生烟	012
三 板桥铁矿	025
四 危险游戏	038
五 《春官疏卷》	050
六 工农兵学员	062
七 竹篾社	074
八 女人佩丽	089
九 反转	103
十 衡山访故	114
十一 杨老师	126
十二 山海关路菜场	138
十三 "承包"鱼摊	150
十四 大佬官来了!	162
十五 失踪	173

十六	麻风病村	185
十七	一条钻来钻去的鲶鱼	196
十八	丁小琴	208
十九	婚姻大事	219
廿十	重逢	231
廿一	世外桃源	242
廿二	一个好消息,一个坏消息	253
廿三	告别"演出"	264
廿四	气功·羊汤	276
廿五	半山寺开悟	287
廿六	黑狗	300
廿七	"以后就叫娘子草儿"	306
廿八	有人敲门	317

后记　　326

一　缘起

有些事情很莫名其妙，毫无逻辑可言。比如你时常会想到某个人，那个人却不是值得你牵挂的人，不是你暗恋的某个女人，甚至不是你的仇人，那只是一个和你有点瓜葛但是彼此间关系绝不密切的人。怪吧。我说的就是野和尚那家伙，我都懒得提起他的名字。那家伙倒是说过，我是他最好的朋友。他说这句话的时候半斤绿豆烧下去了，舌头都大了，酒后吐真言，让你没有理由怀疑他的真诚，但是我一点都不感动，也从来没有承认过这一点。相反，我在心里暗自嗤笑，觉得这家伙分明是在讨好拉拢我，或者说是在挖苦我。虽然，我也不是什么了不起的人物。

我已经好几年没有看见他了。他住的那间三层阁，应该蓬满灰尘，霉气熏天了。在此之前，他也有过几次失踪，每次都是不告而别，一走便音讯全无，有时是几个月，有时是两三年，等到他再度出现，都会让我们感到错愕或惊奇。这家伙也就这点本事，耍点花腔，弄点障眼法，卖弄些小聪明，仅此而已。这一次玩失踪，好像时间太长了一些。我只是有点好奇，派出所和居委会怎么没有把他列为失踪人口，顺便把他的房子收掉。我没有查过法律条文，不知道失踪几年才算是失踪。我有好几年没看见他了，这算不算他已经失踪了的理由。好像我说了不算的，要家属说了才算。家属去报失踪，而且最好是老婆去报案，警察才会当回事。可惜他没有老婆。他也没有单位，不会有单位里的人去关心他，打听他的下落。他完全是独来独往。他倒是有过单位的，但那些单位都把他除名了，每次离开单位，他走得都非常不体面，灰头土脸，仓皇出逃。那几次被单位除名，似乎都和女人有关。他太花绰绰了。

因为时不时会想到他，所以连带着也会想到若干年前的某次聚会。回想起来，那次聚会非常诡谲。现在的人都喜欢用诡异这个词，其实诡异和诡谲还是有区别的。那次聚会其实稀松平常，但是它所发生的时间段，那种延续了几个月甚至几年的人们近乎癫狂的状态，那种令人叹为观止并且波及人数空前广泛的集体行为，只能用"诡谲"来形容。本来人和人是有差异的，千姿百态，各有风貌，都是独特的"这一个"。然而突然之间，大家都像是走火入魔了，有了共同的鲜明特征，贴上了一模一样的标签。人们一觉醒来，揉揉眼屎，做的第一件事，就是盘算今天会有多少进账。潜藏内心深处的某种神奇物质被激活，一个个都成了生意人，至少是以生意人自居；一个个都成了二传手，而且都自以为是国家排球队水平；一个个都成了打桩码子，都成了谈判高手，好像钞票唾手可得。你到马路上转转，你去单位里看看，甚至在自己家里的饭桌上，一个个都醉眼蒙眬，脸泛潮红，要是握握手，都是汗津津湿漉漉的。这和职业没有关系，这和喝不喝酒也没有关系，就是一种状态。神志当然也是清醒的，只是突然之间，人们的交际能力和表达欲望急速提升，急速高涨。人们四处出击，随便搭讪，一接上话就滔滔不绝，手里都有转弯抹角来的或者子虚乌有的热门商品和原材料，互通有无。这样的时日，史上称之为"全民经商热潮"。不是从那个年代走过来的人，你都不好意思说你曾经轰轰烈烈地活过。那样的景象，以前没有过，将来也不会再现，所以格外值得留恋回想，回味无穷。

那次聚会，我在后面还会提到，之所以在开始的时候引一引，是为了引出野和尚那个家伙，而事实上，野和尚和那次聚会又没有丝毫关系。

那次是我们初中班级的老同学聚会。我们在南京路上的南新雅包了四桌，打通了几个包房。班主任俞先生也请来了。俞先生是女的，到了中学，老师就不叫老师了，规格上去了，不管男的女的，统统叫先生。俞先生已经是六十多岁的老太太了，除了白皙的脖颈上绕了无数道纹路，并不显得特别老，而且中气十足。老太太仗着她的特殊身份，开小灶，私下游说，给每个同学讲她手里有一亩地，在浦东三林塘，前面有条小河，后面有片竹林，地势环境极好，开价两万五千块，升值潜力可想而知。当时普遍还没有意识到土地的价值，大家只是对具体的原材料或者成品半成品感兴趣，对她说的话也是半信半疑，但碍着她是班主任，都嗯嗯啊啊地敷衍着。还有个叫谭劳劳的同学，同窗三年，没听他说过超过三十句的话，我们给他起了个绰号叫他"哑子"的，哪知道今日铁树开花枯木逢春了，只见他满面春光在几个桌子间游走，口若悬河，口吐莲花，口沫飞溅，说他手里有十八吨硼砂，有意向的，价格还可以谈，谈得拢，一个电话就可以送货上门。我被他说得烦了，而且让我恼火的是，我根本不知道硼砂是派什么用场的。我说，你确定你有十八吨硼砂，而不是只有十三吨，或者七吨、九吨？哑子鄙夷地白了我一眼，说，你大概吃得太饱了是吧，究竟有几吨这个问题很重要吗？我讲十八吨，只是因为这个数字听起来比较顺耳。我说，那你讲讲看，硼砂是派什么用场的？他说，硼砂派什么用场，关我屁事啊！我只是个卖硼砂的，懂那么多干啥。我说，你又不是在硼砂厂工作的，你是在同寿堂里做的,你怎么……? 不过我的话还没说完,就被他打断了。他吼道,你刚才说你手里有两吨硅酸盐水泥,你是水泥厂供销科的吗? 你不是在成都北路凤阳路转角摆摊头卖尼龙袜的吗? 卖尼龙袜的可以卖水泥,我同寿堂煎中药的不可以卖硼砂啊? 不要欺人太甚好吧。他的声音很响,其他人都朝我们这边看过来。

我讪讪地离开了,转身倒了杯饮料,一饮而尽。我掉头四顾,猛然间心头一颤,心脏停跳了一秒钟。

他不在。

野和尚不在。

那个最应该在这种场合出现,并且风头无二独领风骚的家伙,今天居然不在。

此时,我们失去他的音讯,大概有三四年了。我竭力回想了一下,记起了他的名字,很生疏,这个名字似乎和他一点关系也没有。这么多年来,我们从来都只喊他的绰号,开始是"馋痨坯",后来是"野和尚"。中间好像还有其他几个绰号,但使用时间都不长。"野和尚"这个绰号的使用时间最长,贴骨贴肉,生动传神,一经启用,便流传至今。我屡屡提到这家伙,看架势似乎是要给他写传。如果要给他写传,我是说如果,那么,这个世界上大概再也不会有比我更合适、比我更了解他的人了。问题是,他配吗?

我之所以提到他,不是因为他有多重要,或者说他的身份有多么显赫,不是的。事实上,他不是什么不世出的才俊,只是个懂点歪门邪道懂点投机取巧的凡夫俗子,除了在搞女人方面道行深点,他基本上就是个一事无成的可怜虫,丢人现眼的小丑。

不过,这样的聚会,他不应该缺席。缺了他,多少有些寂寞无趣。就像你去看马戏表演,要是你发现整场下来居然没有小丑,失望吧？那种戴着个夸张红鼻子或者画着突兀白鼻梁的小丑一出现，都用不着开口，观众便欢乐无比。他摇摇晃晃地提着根钓鱼竿走下台来，就这么朝观众席里一撩，就撩出条活蹦乱跳的鱼来；或者驯兽员在指挥一头庞大的黑熊踩一个大圆球，他冒冒失失地上去逗黑熊，被黑熊扇了一巴掌，倒地不醒，被几个大汉扛头扛脚扛下去；或者别人在走钢丝，他也不自量力地爬上高台，战战兢兢地去走钢丝，走得险象环生，观众乐不可支，口哨声、尖叫声四起，巴不得他立时三刻从钢丝绳上摔下来。小丑就是那种制造意外制造惊喜的人。观众知道他有点本事，但根本不在乎他有没有本事，观众就是来看他出洋相的。

野和尚就是这样的角色。这样说他，似乎有欠公允，太刻薄了。没有办法，公众评价往往就是这样的。你能说公众评价有失偏颇吗？你能一个个去解释，说野和尚不是这样的人吗？吃得空哦。

平心而论，野和尚还是个蛮有意思的人，无赖，狡猾，下作，虚荣，狂妄，精明，野心勃勃，甚至有几分令人不可捉摸的未卜先知。很难想象一个人可以活得反差这么大，可以活得这么跌宕起伏，这么潇洒，这么失败。这样的人很适合写进小说，这个念头我也转过无数次，只是写小说太难了，难得就像是古董造假，而且性质上写小说和古董造假也很相似：都是无中生有，凭空捏造；都是新的，却想尽方法把它做旧；明明是假的，却要让它看上去像真的一样。古时候，把假古董说成是赝品。赝品这个赝字，从贝，雁声，字形风雅又华丽，一点不低俗可恶，可见古人并不把仿造古董当成是件下贱的事情。可见把写小说和古董造假相提并论，没有丝毫不敬。

记忆是很奇妙的，它是跳跃的，是紊乱的，是次序颠倒甚至是不可捉摸的。就像某人说的，记忆就像是阁楼上的疯女人，你能听到她的尖叫，却无法得知她真实的面容。某些你以为发生过的事情，其实未必真实发生过；你赌咒发誓拍胸脯说那是千真万确的，其实那些事情被你在不知不觉中加工过了，让你误以为是这样的，其实并不是这样的。记忆常常会欺骗我们，记忆常常是不牢靠的。我看某些人的回忆录，某年某月某日某个时辰发生了某件事情，色彩斑斓，细致入微，言之凿凿，时隔几十年，描写得就像是昨天刚刚发生的那么新鲜，即便如此，我也从来没有怀疑过那家伙是在信口开河。你不能因为自己胃口不好，就妒忌别人饭量大；你不能因为自己记性差，就武断地说别人肯定是在编造。你难道就不能宽容地假设作者博闻强识记忆力超群吗？而且说不定作者一直有记日记的习惯呢。

野和尚的故事，我不敢保证百分之百是真的，但至少我以为是真的。比如我此刻跳出来的一段记忆，就很突兀，发生在一个雨后的下午。

那时我们大概十五六岁年纪，正当好年华。我和勤发、阿梁三个人，一起回家换好衣服，到老大昌喝咖啡吃掼奶油去。之所以说回家换衣服，是因为这样的行头我们都只有一套，平时不舍得穿的，出门才穿。三个人服装统一，走出去装"透"，透是切口，是扎台型的意思。除了夏天平脚裤的颜色不一样，有白的有灰的有黑的，上身都是蓝颜色的小翻领运动衫，短袖的，脚上是白袜子，一双镶白边的黑布松紧鞋。黑布松紧鞋必须是镶有一道白边的那种，才有派头。我们把这种鞋叫做懂经鞋。那时候，"懂经"两个字是使用频率最高的切口，见面先问你，你懂经吧？也就是问，你拎得清吧？当然不只是拎得清拎不清的意思，还有时髦、懂路数、扎台型的意思。也有一种不镶白边的松紧鞋,那就不是"懂经"鞋了,是小公园里打太极拳的老榔瓜穿的。懂经鞋也有缺点,洗过以后,那道白边就泛黄了,很难看,必须在它将干未干之时,用白鞋粉调成糊状,均匀地涂抹上去,干了以后,穿出去又白得耀眼了。白跑鞋也是这样的,要靠人服侍。我们几个剃的都是板刷头,留半厘米长短的头发,几乎能看到发青的头皮,清水不打蜡克。想惹是生非的,或是不怕惹是生非的,或是怕惹是生非又生怕别人知道自己怕的,都剃这种发型。我们几个介于第一种和第二种之间,但总的来说,偏第三种的成分更多些。因为刚下过雨,地面的凹陷处会形成小水塘,我们走得分外小心,跐脚走,免得弄脏了鞋子。从凤阳路穿过去,是凯司令,凯司令也有咖啡和掼奶油的,但是路太近了,荡马路是要荡的,荡得越远越好,这副打扮就是出来荡的,就是出来扎台型的。我们决定荡到淮海路的老大昌去。

阿梁说,野和尚一直鬼戳戳跟在我们后面。我说,不要回头看,不要理睬他。到了老大昌,我们上楼梯的时候,我朝马路对面瞥了一眼,看到野和尚顶着一头乱草窠,踢里踏拉地跑过来,一路发出咔哧咔哧的声音。

我们穿平脚裤,在里面套一条游泳裤,否则平脚裤的裤管太短,蛋很容易从裤管里漏出来。野和尚也穿平脚裤,是摆香烟摊的女人自己缝的,龙头细布的料子,染成海军蓝,软塌塌的,蛋特别容易钻出来。他们家没有条件买游泳裤,摆香烟摊女人便用一小块旧的人造革,缝成一个兜,让野和尚兜在蛋下面,起固定作用,效果不错,但裤子前面会拱起一块,很不雅观,走路时还不明显,一跑动,还会发出咔哧咔哧的声音。我们开始不明所以,趁他上厕所时猛地扒下他的裤子,这才发现那个奇特的兜,把我们笑了个半死。

他倒也不生气,很镇定地把人造革兜摆摆正,用带子系好,再把平脚裤拉上去,笑着说,不要欺负穷人,好吧?这是他的口头禅。哪怕到了冷天,他不穿平脚裤了,身上依然会发出怪声音。一年四季,他身上都会发出怪声音,大部分时间是金属声音。没办法,这样的人,你不欺负他,简直是天理难容。

我们在店堂里坐定,喝咖啡的时候,野和尚也畏畏葸葸地走进来。要是在以前,老大昌的服务生会把他赶出去的,现在这样的年代,服务生只能用眼神鄙视他。我们都有意不朝野和尚看,顾自说话。阿梁此时把掼奶油端过来,我们一人一杯,用木勺舀着吃。我们坐的是有高背的车厢位置,野和尚站在我们边上,看着我们吃,搔头皮。那个服务生终于摒不住了,说,喂喂喂,朋友走开点好吧,你头皮屑落到别人杯子里,别人还有胃口吃吗?你龌龊头发落到地上,我打扫起来蛮麻烦的晓得吧?这是在赶他走了,已经算得上客气了。我们都笑了。他的一头乱草窠太触目惊心了。我们知道他很羡慕我们的板刷头,但是他不能剃板刷头,先天条件不足,头形太怪了,就像是蹩脚的点心师傅做小笼包,捏不出二十四个褶子,索性就在包子中间捏只尖角,还声明,卖相难看,味道差不多的。他的头顶就有只尖角,不得不把头发留成乱草窠。很多年后,留长发的男人渐渐多了,甚至还有在脑后拴一条辫子的,那些要么是诗人或者艺术家,要么就是想让人以为他是诗人或艺术家的。我们那时留这种杂乱无章长头发的不多,马路上偶尔遇到一个,基本上是讨饭的叫花子,或者是像野和尚这样有生理缺陷的。野和尚没有理睬服务生的挑衅,他的心理承受力早就锤炼得非常强大了。他说,阿民,给我也买杯掼奶油吃吃好吧,做做好事,我还从来没有吃过掼奶油;或者,挖一勺,让我尝尝味道。说得非常可怜巴巴。我们不理他,把木勺舔得稀里哗啦。他说,这样好吧,看到靠窗口位置的老女人了吧,我去香她面孔,香出声音来,你们就请客我吃杯摜奶油,好吧?勤发说,只会嘴巴老,谅你也不敢。野和尚会错意了,以为我们默许了,就朝那女人的桌子走去。

那老女人打扮时髦,懂得保养,不会有人讲她是老太婆,更加合适的称呼是"老妖怪"。只见他对着老女人的耳朵端详了一番,便俯下身体一只手圈过老女人的头颈,对着她的脸啵啵啵香了几记,声音很响。我们都惊呆了。野和尚和我们是一样的年纪,香女人面孔香得如此老道,这套功夫不知道他是从哪里学来的?我们以为接下来的一幕必然是老女人扇他耳光,左右开弓。谁知那老女人看着他一动也不动。老女人大概觉得面前的男人如此年轻如此稚嫩,动作却如此粗野,直接上腔,简直毛糙得可爱,粗野得可爱。再仔细一看,他的头发乱糟糟,脚上的解放跑鞋也很破旧,但他的脸是清秀的,宽阔肥厚的鼻子让他显得沉稳忠厚;嘴唇也厚,那几下啵啵,啵得十分肉感,而且他的眼梢很长,显得温和并且耐人寻味。那个老女人似乎非常喜欢探究这双眼睛,而当她在探究这双眼睛时,会忽略眼睛主人破敝的穿着,于是那老女人来不及愠怒,就像是受惊吓过度,瘫软了,并且对他笑了笑。我们都看呆了。阿梁说,怪吧,老女人被男人占了便宜,居然不发火。我说,到底啥人占啥人便宜?老女人赛过补了只童子鸡,占便宜的是老女人好吧。野和尚抬头看看我们,又圈着那女人香了几口,香得那女人身体都扭动起来了。

这种场面发生在老大昌不足为奇,服务生也习以为常了,看都不朝那边看。店堂里的人也是见怪不怪。老大昌里流氓阿飞赖三经常来光顾的,野和尚就是穿得寒酸了点,要是皮子挺一点,头发吹吹风搽点发蜡,完全具备阿飞的条件。他放开老女人时,老女人还有点依依不舍。他得意洋洋地走回我们这边，笑笑，笑得很无赖，说，怎样，香过了，可以买杯掼奶油了吧？我们一起看向那老女人，这次看清楚了，那老女人至少五十岁了，脸上却显出十八岁的红晕。我说，你应该叫老女人买给你吃。老女人一直在朝你看，你刚刚香她面孔香她头颈，香得她适意死了。你现在过去不要讲掼奶油，奶咖奶油小方栗子蛋糕，随便你点。说完，我们几个狂笑。说归说，我们还是给他买了杯掼奶油。这家伙坐下来，用木头小勺舀了一口，闭上眼睛细细品味，突然浑身颤抖起来，带着哭腔说，太好吃了，掼奶油太好吃了！我以前以为世界上皮蛋最好吃，到了小学两年级，吃过红肠了，觉得世界上红肠最好吃，后来吃到一粒奶油太妃糖，我觉得世界上奶油太妃糖最好吃。原来我错了，大错特错了，皮蛋算啥，红肠算啥，奶油太妃糖算啥，统统掼到角落头去。这个世界上，掼奶油才是最好吃的，甜到你心里去，腻到你心里去，奶味道钻到你心里去。他一边吃，一边抽抽噎噎，像是喜极而泣。我们看着他，不知说什么好。

那个老女人慢慢吞吞地经过我们身边，她是绕了一点路才经过我们这边的，然后停留片刻。野和尚的心思全部在掼奶油上面，完全不理睬老女人。老女人有点失望，出了门，在楼梯口又逗留了一会，看到他没有追出去，一跺脚，恨恨地走了。

隔了好一会儿，野和尚才从恍恍惚惚的状态中清醒，心满意足地舔舔嘴唇，挥挥手说，谢谢阿民，谢谢勤发，谢谢阿梁！我开路了，这半杯掼奶油带回去，让老娘尝尝味道。

我们几个还在回味刚才那一幕。勤发说，野的，招呼也不打，上去就香面孔，女人睪也不敢睪。野蛮的。阿民，这种事情你做得出来吧？我说，大庭广众香陌生女人面孔，这种下作事情我做不出的。我本来以为我们三个人算得无赖了，和野和尚比比，我们可以算优秀青少年了。从小看他长大的，野和尚今天这个动作一做，一鸣惊人，我们好像不认识他了。勤发笑道，阿民，你不要摆出长辈的样子，你几岁，他几岁，我们一样年纪好吧，都是七一届。阿梁说，无赖坯，要多少无赖就有多少无赖。老女人经过的时候，我有意观察了一下，面孔上的口水也没揩干，不舍得揩掉。我们几个狂笑。我说，发现了吧，野和尚其实长得蛮清秀的，否则，老女人也不会心甘情愿让他香面孔。

  我们已经说不清当初是谁给他起的绰号，叫他"野和尚"，太恰切了，太灵了。绰号里有"和尚"两个字，不是说他以后会出家当和尚，或者说他像和尚一样心静如水恪守清规，而是他的面相像和尚，方面阔耳，眉目清秀，鼻子宽阔多肉，眼睛特别亮，想象中唐僧就是这样的相貌，只不过唐僧的头顶没有这么尖。即使野和尚真的当了和尚，也是无法无天的和尚，也是野豁豁的和尚，比鲁智深还要野豁豁。鲁智深只是喝酒吃肉，并不近女色，叫他花和尚其实有点冤枉他。野和尚不一样，野和尚这点年纪就表现出拆白党的本色。那时候，我们能看到的书不多，也不知道肉蒲团和清蒲团的区别。现在想来，野和尚天生就是个肉蒲团。

二　再生烟

记忆里，野和尚总是在屁股后面荡了一大串钥匙，大概有四五十把，锈迹斑斑或者遍布铜绿。他用旧电线把钥匙串在一起，在裤腰上随便找个破洞，把钥匙系在裤腰上。那串钥匙里面甚至有好几把老式的横的铜挂锁的钥匙，很笨重的，一个圆杆子，头上有个方的扁平的头，通常老式樟木箱才用这种挂锁。这些钥匙不知他是从哪里搜拢来的。人都是有虚荣心的，都是想炫耀点什么，而对一个没有任何东西可以炫耀的穷人家孩子来说，挂一大串钥匙，多少也能引人注目。你会猜想，这小孩的祖上有可能是家财万贯良田千顷的豪门，要不，家里怎么会有这么多钥匙？如此说来，这小孩曾经是大户人家出身。野和尚不知道，大户人家的少爷身上是没有钥匙的，钥匙是挂在管家身上的。那么，至少，别人会以为，他祖上是个手艺很好的修锁的铜匠。铜匠的档次要比摆香烟摊的档次高很多。一般来说，整条裤子最不容易坏的是裤腰，偏偏野和尚的裤腰总是比别的地方先坏，因为那串钥匙太沉了，走路的时候还荡来荡去。每次摆香烟摊的女人给儿子补裤子，总是恨得扇他耳光。女人曾经把那串钥匙丢到垃圾箱里，野和尚爬进垃圾箱又重新捡回来。那以后，他找了根更长的旧电线，直接把钥匙系在腰上。这样一来，他走动的时候，钥匙会发出哐切哐切的撞击声，像是浦东说书的艺人用钹子在打节拍。

我说过，我们都看不起他，平时也不理睬他，只是在和隔壁弄堂的孩子打架时，我们会喊上他。每次喊他去打架，野和尚都会受宠若惊，觉得我们是看得起他，是在抬举他，于是便冲杀在最前面。我们那时候属于冷兵器时代，并不是说我们不用枪炮火药，我们连刀也不用，我们也没胆量用刀，只用毛竹爿、拖把柄、马桶刷子，至多拿个捅煤球炉的弯钩铁扦，这种铁扦对我们来说已经是大杀器了。野和尚总是空手出门，然后就在路上捡块红砖。马路边上总是能捡到红砖，好像就是为那些出门打架没有带家伙的人准备的。野和尚打架只用红砖，短兵器看似吃亏，其实杀伤力极大。你只要冲进对方阵营，最初免不了挨上几下，挨过了，近身相搏，红砖就派用场了，威力无比，随便抡，抡到哪个，哪个就倒霉了，破皮出血是肯定的。后来凡是吃过野和尚苦头的，看到野和尚举着红砖奋不顾身地冲杀过来，就吓得四散逃走了。再后来，用不着打照面，远远听到浦东说书的钹子声，知道挥砖头的野蛮小鬼来了，就警觉了，就开始逃了。只有在这种时候，野和尚才有扬眉吐气的感觉。他从不觉得我们是在利用他，而是拿他当生死兄弟。隔不了多久，他还会主动问我，阿民，什么时候再去打相打啊？记得一定要叫我哦，我保证冲在最前头。说这话的时候，他的鼻子总是朝上缩起，多肉的鼻梁上皱起几道横纹，露出谦卑的笑。

这么多年过去了，我还记得野和尚当初那种嘶哑的叫喊。不是打架时的嘶喊，而是在卖香烟时的叫喊，野和尚喊得声嘶力竭。那时候野和尚还没有发育，属于童声，估计就是那段时间喊得太用力了，喉咙喊破了，以后野和尚的嗓子便有点沙。我有次听到班级里有几个发贱的女同学说，野和尚的声音带磁性的，蛮好听的。我觉得好笑,这是沙喉咙好吧,和磁性没有一点关系的。

香烟摊旁边围了不少人,人越围越多,看闹猛,都觉得小家伙会做生意,蛮发噱的。

野和尚喊道,新产品新发明来了啊,上海滩独一无二的新产品新发明,第一天开张,贱卖了贱卖了,一分两支,混合香烟,上海滩别的地方买不到,只有这里有卖。大前门,飞马牌,牡丹牌,大联珠,光荣牌,勇士牌,买一支香烟,可以尝到上海滩所有香烟的味道,运道好的,里面还混有中华牌恒大牌骆驼牌茄力克三五牌的烟丝。老爷叔老阿婆老瘾头老烟枪,保证你尝了味道眯眯笑。一只分币两支香烟,和正规香烟一样长,一样粗,一样过瘾头。贱卖啦贱卖啦,走过路过不要错过……

野和尚卖的香烟,装在一只破的鞋盒子里,是他用捡来的香烟屁股重新卷的。大家笑着说,这小赤佬口才好的,将来可以去吃开口饭,饿不死了。有人买了两支,在手里捏捏,说,卷得蛮挺括的,烟丝卷得也蛮紧实的。点好,吸了一口,说,不错不错,真的不错,起码比勇士牌吃口好。于是大家就抢着买。再后来也用不着喊了,广告打出去了,老熟客自会来买的,一天可以卖出去两鞋盒。

那时候的野和尚只有十一二岁,这段广告词是他发明的,像模像样。其中一句"买一支香烟,可以尝到上海滩所有香烟的味道",很经典,非常经典,哪怕在以后的几十年里,我也再没听到过可以与这句媲美的广告词。

当然野和尚是有名字的,叫风生水。怪吧?每次班主任在教室里点名,点到风生水这个名字,全班都会哄堂大笑。这不像是人的名字。姓风已经很怪了,居然还叫生水,难道摆香烟摊的女人再生个儿子,叫风熟水,或者叫风生火。据说摆香烟摊的女人生完孩子,又没有老公，自己又没有文化，抱着孩子走在马路上，看到个摆测字摊的测字先生，求他给起个名字。测字先生沉吟半晌，便起名叫风生水。这番说辞倒是说得通的，符合测字先生的风格。摆香烟摊女人姓风，好像叫风慧珍。野和尚的亲生父亲是谁，谁也没看到过。不要说我们没有看到过，连野和尚也没有看到过。

有好事者冒出来了。一般每条弄堂都有这样的好事者，上了点年纪，稍微有点学问，喜欢钻牛角尖，一探真相。那家伙说，风生水，风怎么生水，风生雨还讲得通，风生沙尘暴还讲得通，风生水讲不通啊。测字先生起的名字，不至于这么文理不通啊。五行相生，金木水火土，土生木，木生火，火生土，土生金，金生水，应该是金生水啊。依我看，测字先生不糊涂，摆香烟摊的女人也不糊涂。当初，摆香烟摊女人就是拿着金这个姓去求名字的。测字先生随口一占，起了个绝妙的名字，金生水，可谓浑然天成，琅琅上口。所以，摆香烟摊的女人晓得野和尚的亲爹是谁，是个姓金的男人。后来去报户口，怕解释不清，惹麻烦，所以谎称儿子是遗腹子，让儿子跟了自己的姓。排排看，弄堂里有没有姓金的男人，平时和摆香烟摊女人关系蛮密切的，就是这个缩货。排下来，果然有一个姓金的老烟枪，每天要到香烟摊买香烟，买好香烟还不走，还要跟摆香烟摊女人聊一歇，打趣说笑。大家吃准就是他了。那个老烟枪按后来时兴的说法，属于"躺着中枪"，吓得他再也不敢到摆香烟摊女人那里去买香烟了。

我们一直看不起野和尚。他没有父亲，来历不明，还没有兄弟，受了欺负，没有人替他出头。开始野和尚也有点头皮撬的，你打他，他要还手的；你吐他口水，他和你对吐。这种时候你只要骂他一句野种，他就萎掉了，闷声不响了。时间一长，他就彻底萎掉了。他知道自己一生下来就是低人一头的,他来到这个世界上纯粹是个误会。而且,他家太穷了。那时候大家都穷的,谁也不比谁好到哪里去,问题是他家太穷了,就靠风慧珍卖香烟,一分一厘赚钞票,能够赚几钿?所以,野和尚说他七岁时才吃到皮蛋,小学两年级时才吃到红肠,我们完全相信。

　　后来野和尚就开始在马路上捡香烟屁股了,一路走,一路捡。有次他遇到一个也在捡香烟屁股的前辈,人家有专用装备的,一根细细的尖头铁扦,看到香烟屁股,一戳一个准,简便多了。野和尚也照式照样弄了一根,果然方便,再也不必低头弯腰了。不过野和尚在前辈的基础上又作了改进,前辈是戳一个便取下来装进口袋,动作有点繁琐,野和尚不这样,戳到一个,就让它继续留在铁扦上,越串越多,像冰糖葫芦一样,一路走一路晃,十分壮观,心情也好。等到积到一长串了,再用手一撸,撸到破布袋里。一天下来,能够收集一铅桶香烟屁股。回到家里,撕掉烟纸,这叫剥香烟屁股,还要把头上一小截烧过发黑的烟丝去掉,再把烟丝浸泡在水里。要换两潽水,去掉烟丝里的苦涩。再把烟丝捞出来,沥干,再晾干。不能晾得十分干,有八分干,正正好,太干,烟丝就枯了,影响口感。很讲究的。就像吃西餐吃牛排那么讲究。血腥点的,牛排生吃,茹毛饮血,吃相太难看;懂经的老吃客,三分熟,牛排饱含汁水,原汁原味,嫩滑可口,口感最好;七分熟已经到极限了,再熟下去就熟过头了,你还不如直接去啃纤维板啃焦炭了。

　　野和尚的家是在三层阁,野和尚就在晒台里卷香烟。我和勤发、阿梁觉得好奇,就到他家晒台看他卷香烟。野和尚坐在小矮凳上,脚边是一只竹淘箩,里面是八分干的烟丝,还有只铝的旧饭盒,里面是裁好的卷烟纸。方凳上就放着那只卷香烟的机器。是有那种专门卷香烟的小机器的,是摆香烟摊女人从城隍庙买来的,就叫卷烟机,两包香烟大小,木头框子,上面有层牛皮纸,一个小的卷轴,一个摇柄。只见野和尚把烟丝均匀地铺在裁好的纸上,纸的一条边沾点糨糊,摇柄转一圈,那层牛皮纸便卷拢过来,带动纸和烟丝,卷到头,一支香烟就卷成功了。再用剪刀把香烟两头剪剪齐,就可以了。烟丝不能铺得太多,多了卷不起来;也不能太少,少了香烟太松,拿在手里会漏烟丝。野和尚卷得很熟练,一歇一支,一歇一支。我算了算,大概十几秒钟卷一支香烟,平均一分钟可以卷三支。我们看得眼睛发直,心痒难熬,跃跃欲试,央求他让我们也玩玩。野和尚不肯,说这种技术太高级了,一般的人卷不来,也学不会的。他越是不让我们卷,我们越是心痒,哀求苦恼,好话说尽,差点就要向他磕头了,他才答应让我们试试,但有个条件,卷坏一支香烟,要赔他二十只香烟屁股。我们连连答应,兴奋无比,甚至有点感激涕零。我照野和尚的方法卷了一支,估计烟丝塞得太多,没卷拢,爆开来了。勤发和阿梁也都卷坏了。野和尚摊开手说,赔。于是我们便兴高采烈地出门去捡香烟屁股,捡好回来交给他,他一五一十地数过,才开恩让我们继续上手。

那些日子,只要一放学,我们就迫不及待地到他家去卷香烟。卷的时候,那种不知道会是什么结果但又期盼会有好结果的心情,真的很难形容。偶尔卷成功一支,那种发自内心的喜悦油然而生。事实上,我们真正在卷香烟的时间并不长,大部分时间是在替他捡香烟屁股,缴手续费。等到我们几个已经熟练掌握卷烟技巧了,再也不会出次品了,野和尚又把规矩改了,说卷一支香烟,要交给他两只香烟屁股。他说他出机器出烟丝出糨糊出卷烟纸,总不能给你们白玩啊。我们想想也对,去之前,先在马路上扫荡香烟屁股,捡得越多越好，能够卷几支烟，完全取决于我们进贡的数量。那时我们几个卷香烟已经卷上瘾了，觉得太好玩了，而且卷好一支很有成就感。野和尚看我们捡香烟屁股捡得太容易了，不断改变规则，一层层加码，到后来，卷一支香烟要进贡给他十只香烟屁股。我们疲于奔命，只为了图一时快乐。我们卷烟的时候，野和尚在一边当监工，剥着烟丝，大声呵斥，说——

脑子太笨了，是不是趁我不注意偷吃过糨糊了，脑子被糨糊粘住了，是吧？

快点好吧，速度太慢了，手指一点也不灵巧，我的脚趾也比你的手指灵巧。你是不是小时候生过鸡爪疯的啊！

我看你卷香烟这种笨手笨脚的样子，看得肚肠根也痒了，恨不得抽你几个耳光。

……

我们被他骂得服服帖帖，也觉得自己太愚蠢，太笨手笨脚，该骂。我们完全意识不到，我们替他卷香烟，他应该付我们工钱的。直到有一天，勤发捡香烟屁股捡得太入神，一头撞到电线杆上，把头撞破了；我和阿梁也觉得这段日子手掌肌肉经常莫名其妙抽筋，感觉肌肉有萎缩的风险，这才不上他家去了。后来想想，那些日子我们过得很压抑，很屈辱，我们前前后后大概为他捡了好几铅桶香烟屁股。

那些再生烟非常好卖，一分两支，便宜，比市面上最便宜的勇士牌还要便宜。勇士牌要一角三分一包，吃口不好，还经常断档。后来香烟厂又出了一种叫生产牌的香烟，是专门为穷人生产的，只要八分钱一包，但是你吸在嘴巴里，一点没有香烟味道，就像在吸野草吸树叶子。老烟枪就是再穷，也是有志气的，也不肯去吸野草吸树叶子的。所以那段日子,摆香烟摊女人的生意特别火爆,母子俩只好加班加点,熬夜卷香烟。

我不得不承认,野和尚脑子活络,有小聪明。比如那台卷烟机,使用频率太高了,卷香烟的牛皮纸特别容易坏,换上去新的牛皮纸,也经不起连日连夜的折腾,很快就断裂了。野和尚把人家丢掉的破的油布雨伞捡回来,套裁,可以剪下好几块尺寸合适的油布来,其中一块代替牛皮纸,其余的备用。油布比牛皮纸牢多了,但是太硬,不服帖,香烟卷不紧实。有次我看到野和尚用破布把油布包好,用一块圆滑的鹅卵石在上面反复按揉,像是在给油布做按摩。那样一来,油布变得柔软轻盈了,收缩自如了,卷起香烟来十分顺手,故障率大大下降。本来卷香烟的纸是在老天宝买的,当然不可能是卷香烟专用的细螺纹纸,没有这么考究,你就是想买也买不到细螺纹纸,只好用文具店里的报告纸代替,裁好,光的一面在里面,毛的一面朝外。后来野和尚发现隔壁弄堂有家凹凸印刷厂,印刷厂后门有几只很大的铁皮垃圾箱,里面有成捆的边角料,他便钻到里面去翻。白光纸印花纸彩光纸都不行,纸质太厚太硬了。他挑的是那种印账册的薄纸。虽然是厂里废弃的边角料,还是有点宽度的,回到家里裁成八厘米长、三厘米宽的狭长条,卷香烟正好。这样一来,为他老娘省掉一笔开销。而且他卷出来的香烟,比正规香烟略微长那么一点,这是种手段,让顾客有占了便宜的感觉。

再后来,香烟凭票供应了,市面上香烟更加短缺,野和尚的再生烟几乎就成了救命香烟,紧俏得不得了,供不应求。摆香烟摊的女人本来是被弄堂里的人看不起的,虽然弄堂里住的绝大多数也是劳动人民,但是劳动人民也是分等级的,有三六九等的。摆香烟摊的女人是最低等级,或者说连等级也排不进的。现在怪了,大家到香烟摊上买香烟,事先打听到摆香烟摊的苏北女人姓风,都客客气气叫她风大姐,听了很肉麻。开始摆香烟摊女人还木知木觉,不知道风大姐就是喊她,连应也不会应一声,后来听听听熟悉了,知道是在喊她,顿时眉花眼笑,眼睛发亮,终于第一次体会到劳动人民翻身做主人的自豪感。有的老烟枪烟瘾上来了,香烟断档了,走投无路了,来买再生烟。风大姐说,卖光了,断货了,家里小把戏还在卷,要等一歇。那帮老烟枪便在香烟摊旁边候。风大姐很讲规矩,很有章法,先收钞票,收了钞票发给你一张牌子,一张香烟壳子撕成的纸片,上面写个数字,待会如数发给你。有时候还排队,风大姐便采取限购措施,一人限购八支。紧俏归紧俏,但是摆香烟摊女人良心好,不涨价,还是保质保量,一分两支。风大姐说,都是老邻居,互相关心,大家抽抽,抽了玩玩,抽了心情好,苦闷没得了。等不多久,野和尚捧着鞋盒子奔跑而来,货源到了。老烟枪领好香烟慌忙点上,深吸一口,十分陶醉。

摆香烟摊女人说,抽下来的香烟屁股不得丢掉,拿来换,十五个香烟屁股换一支小把戏卷的烟。还真有不少人拿着香烟屁股来换的。那本来就是再生烟的香烟屁股,于是进入新一轮的再生,你都搞不清楚你吸在嘴里的是第几轮的再生烟了。要是进口觉得特别辣,特别呛,老烟枪尝得出,说,蛮冲的,冲到头顶心里去了,厉害的,这大概是第三轮的了,不对,应该是第四轮的了。冲归冲,但是蛮过瘾的。

我老爸和勤发阿梁的老爸都抽香烟的,也去买野和尚的再生烟。那时候,男人都抽香烟,不抽香烟的男人你找不出几个来,不抽香烟的男人就像是生不出小把戏的男人一样,被人看不起的。毕竟我们算是给野和尚打过工的,他也讲义气,我们用不着到弄堂口去排队，直接到野和尚家的晒台里去取货。我们也用不着付钞票，拿捡来的香烟屁股去换。摆香烟摊女人有过承诺的，野和尚认账的。回到家里，我们说是买来的，老爸乖乖付钱。所以那段日子我们手头宽裕，活得很滋润。

生意这么好，我们以为摆香烟摊女人要发财了，但是看看，母子两个日子过得还是很艰难，还是穿得破破烂烂，还是经常到菜场里去拣烂菜皮回来烧。

这天野和尚从外面回来，发现三层阁里多了个陌生男人，和老娘在说话。男人的声音听来有点熟悉，似乎在哪里听到过，却又分明从来没有见过他。男人看到他，笑笑说，风风家来了，眼睛一眨，小把戏这么大了。老娘说，风风，叫爷叔。野和尚舌头打了个滚，算是叫过了，转身到晒台里去洗手。今天出去大半天，收获不大。市面上香烟紧缺，抽香烟朋友都用烟嘴了，俗称咬口，接在香烟后面，几乎就把一支香烟吸到头了，马路上香烟屁股明显少了，花了比平时多一倍的时间，捡到的香烟屁股不及往常的一半。野和尚转身前随意一瞥，看到男人笑的时候露出一颗金牙齿，还有点贼头狗脑，而老娘在男人面前有一种故作遮掩的羞涩的神情，心里咯噔了一下。今天刮西北风，灰沙大，鼻子里吸了不少灰尘，有点不通气，野和尚舀了盆水，把脸浸在里面屏水，再抬头吸气，几个来回，鼻子里会洗出一丝丝黑的脏污。就在他又一次把脸浸入水里时，又听到男人的说话声，他猛然就想起来了，自己在哪里听到过这个声音。是的，是在老娘的肚皮里听到过这个声音。那时候他还没出生，蜷缩在老娘的子宫里，那个男人声音经常传进子宫，连咳嗽的声音也一模一样。老娘的子宫里是有水的，羊水，声音透过肚皮透过羊水传过来，有点瓮，像是山谷的空音，像是辽远的回声。当他把脸浸

二　再生烟

没在脸盆里时,这样的环境和老娘的子宫很相似,把他那段蒙蒙眬眬的记忆唤醒了。

那男人很可能是老娘以前的姘头,那个姓金的男人。在此之前,野和尚是有过幻想的:某一天,姓金的男人找上门来,或者姓金男人的老管家找上门来,见了他,便扑通跪倒在地,老泪纵横地说,少爷啊,总算找到你了,老爷一直记挂着你们呐!老爷咽气的时候嘱咐,一定要找到你们母子,一定要把这一大笔钞票交到你的手上,小的没有辜负老爷的嘱托,总算找到少爷了……但是他想到自己出生的那个年份,已经公私合营了,资本家已经不吃香了,要是亲生父亲是个地主,那就更加倒霉了。今天金牙齿一出现,让他一点想象的余地也没有了。再怎么,他也不希望那个猥琐的金牙齿是自己的亲生父亲。就算把那颗金牙齿敲下来,把外面那层金光闪闪的薄皮剥下来,能值多少钞票?

野和尚在晒台角落抄了块砖头,几步楼梯冲上三层阁。男人正要离开,手里捧了大半鞋盒的再生烟,看到野和尚杀气腾腾地冲进来,吓得倒退了一步。野和尚眼睛通红地看着男人,说,把香烟放下来。老娘说,爷叔付过钞票了,香烟让爷叔拿走。野和尚说,啥个爷叔,啥地方冒出来的野男人?香烟放下来,滚出去,再要让我在这里看到你,我用砖头敲死你!野和尚身高比男人矮半个头,但是气势上完全压过男人。老娘叫道,小把戏你无法无天了是吧!你想造反了是吧!你想翻天是吧!这个屋里我说了算,还轮不到你说话。野和尚拦在三层阁门口,说,香烟是我卷的,香烟屁股是我捡的,卖给哪个,不卖给哪个,我讲了算。他要是敢拿着香烟从这里走出去,我就用砖头敲死他。老娘说,你敢!野和尚说,我就是敢,他有种就来试试看。老娘说,我倒要看看,到底是哪个凶。阿贵,你走,拿了香烟走,头也不得回。他要是用砖头敲你一下,我也不要这个杀千刀儿子了,我用麻绳勒死他,勒死他我抵命,我去坐牢。野和尚看到老娘如此袒护那个男人,恨得用砖头朝自己额头上一拍,顿时鲜血就流下来了。老娘坐在地上,拍手拍脚地哭喊,乖乖不好喽,出人性命喽,出人性命喽。那个男人见此情状,吓得丢下香烟,慌忙逃窜。

野和尚一向很孝顺,这是野和尚第一次和老娘吵,而且吵得这么凶。我们以为事情结束了,想不到还有下半场。

很长一段时间,三层阁里寂绰绰没有声响,隐约有窸窸窣窣的声音。我和勤发、阿梁躲在隔壁晒台里偷听壁脚。我悄声说,大概他老娘在给他包扎伤口。我们继续贴着晒台之间的隔墙偷听。果然,传过来一阵长吁短叹,是摆香烟摊女人的声音,幽幽地说,戆徒儿子啊,你是真的戆啊,怎么会用砖头朝自己头上敲啊?砖头是砌墙头的,不是敲头的,要敲头也是敲别人的头。早晓得你是这种犟牛脾气,我就不拦着你了,你去敲好了,你把金牙齿的头敲破,派出所来捉人,我就讲是我敲的,就讲金牙齿要强奸我,我是保卫自己,文攻武卫。

我们听到这里,差点笑出声来。

只听摆香烟摊的女人又说,一滴血,要多少营养补回来啊。你出了这么多血,老娘没得钱给你补营养啊。老娘愁死了。

说是这么说,第二天,摆香烟摊女人还是去菜场买了条黑鱼,给儿子补身体。我猜想,这应该是野和尚第一次吃黑鱼。

只听野和尚说,那个男的是什么人,你为什么要给他一大盒子香烟?老娘说,是个熟人,来求我,还带了一条小苏州芝麻云片糕来,我不得拒绝。我也不是白给的,他是付钱的,就是这张两块头的票子，他还多给了三角钱。野和尚说，好像事情没得这么简单。他叫你慧珍，你叫他阿贵，叫得这么亲热，你们是啥个关系？老娘说，小把戏，你大概昏头了，乱话三千，没得规矩。我和金牙齿什么关系，卖香烟和买香烟的关系。你也不要高声嚷嚷，伤口刚刚包好，你一嚷，血又飙出来。野和尚拍着桌子大叫，我就是要让伤口豁开来，我就是要让血飙出来。我今天一定要你讲出来，那个男人是哪个，姓什呢？你讲，刚刚那个男人姓什呢，是不是姓金，是不是姓金？

楼梯口，前后隔壁的晒台，听壁脚的人都紧张得气也喘不过来了。这是最接近真相的一次机会，真相似乎马上就要揭开了。

只听摆香烟摊女人说，你听哪个说的？野和尚似乎低声嘀咕了句什么。紧接着是清脆响亮的一声，似乎是摆香烟摊女人扇了儿子一个巴掌。随即，摆香烟摊的女人噔噔噔跑到晒台上，骂道，金你个头，金你个鬼，金你个祖宗十八代！哪个乱嚼舌根编派我的，竖起你的猪耳朵听好了，以为我风慧珍好欺负是吧，我风慧珍清清白白做人，规规矩矩卖香烟，行得正，立得直，不偷不抢，不轧姘头，怕哪个？哪个杀千刀的造谣的，站出来应一声，我杀了你全家，一个不留！

这女人向来忍气吞声，夹着尾巴做人，这一刻爆发了，骂得酣畅淋漓，最后四个字用苏北话咆哮出来，气吞山河。左右隔壁吓得心惊肉跳。

三　板桥铁矿

野和尚被分配到外地去了。本来他是可以留在上海的，野和尚是单亲家庭，独苗，他的条件属于硬档中的硬档。

毕业分配的那段日子，大家都在活动，到学校的毕工组哀求苦恼，去吵去闹。毕工组三个字，现在的人听来陌生，当初却是如雷贯耳，人人敬畏，人人要去巴结。所谓的毕工组，全称是"毕业分配工作组"，是个掌握生杀大权权势熏天的部门，你留在上海还是去插队落户，你是去农场还是工矿，毕工组说了算。

按照条条框框，勤发本来是要被分到苏北的大丰农场去的。他老娘带了环卫所的一帮小姐妹到毕工组去结绒线。没有写错，不是去吵相骂的，就是去结绒线的。环卫所出来的，是上早早班的，半夜三更别人在睡觉，她们上班；等到别人上班了，她们下班了，有空了。一帮女人服装统一，墨绿色的工作服，翻毛皮鞋，领头上还系根白毛巾，腔势特别浓。一进门，便用白毛巾抖灰，然后就挥，上上下下拍打灰尘，弄得办公室里灰雾腾腾。每个人还自带搪瓷杯，毕工组的几只热水瓶刚刚泡满，一歇歇工夫就被倒空了，还挤进挤出上厕所。毕工组里凳子椅子本来就不多，全部被她们占领，毕工组的成员只好站着接待来访的人。环卫所出来的人天生喉咙响，也不谈正事，谈山海经，谈绒线衫的花样，杂七杂八婆婆妈妈的事情样样讲，连夫妻之间在被头窝里的事情也讲，百无禁忌，反倒是旁边的人听了神经紧张。毕工组的头头是阿胡子，附近一家仪表厂派过来的工宣队成员。阿胡子请老阿姨出去，老阿姨不出去；问她们有什么事情吧，老阿姨说，没有事情，我们是来结绒线的，不影响你们，你们谈你们的工作，我们结我们的绒线。阿胡子请老阿姨到别地方去结绒线，老阿姨不去，讲，此地太阳光好，就是特地来孵太阳的。你想叫我们到苏北去孵太阳啊，谈也不要谈，苏北不去的。阿胡子不敢推她们出去，推不动，老阿姨力气比你大，就是推得动，借势朝地上一困，你赔也赔不起。有个老阿姨说，爱珍的屋里太阳光也好的，培娣的屋里太阳光也好的，从早晒到夜，看了眼痒。我屋里被对过的房子挡掉了，一年到头没有太阳。一楼最戳气，住过一楼怨透怨透。下一世投胎投得好一点，住楼房，住大楼房子去。还有个老阿姨说，巧英，你的辫子花结得和别人不一样，是不是两针并一针，上针又加了一针，否则没有这样弹眼落睛的。巧英笑着说，是的是的，我发明的，被你看出来了。又有人说，巧英脑子最活络，到毕工组来孵太阳也是她想出来的，地方寻对了，真的好。众人所说的巧英就是勤发的老娘。环卫所老阿姨一起拍手拍脚狂笑。

我不知道后来又发生了什么，反正，大概就是结绒线衫结半只袖子的时间，一帮老阿姨嘻嘻哈哈地走了。勤发没有到苏北大丰去，去了崇明，农场还是农场，但是崇明有崇明糕，有乌小蟹，有甜芦黍，关键，崇明算上海的，乘渡轮，一天可以打来回。

虾有虾路，蟹有蟹路。我老娘也不是吃素的。老娘到毕工组去了一趟，挤不进去，一帮环卫所的老阿姨还没有走，阿胡子拎了几只热水瓶去泡水，一副垂头丧气的样子。老娘和阿胡子打了个照面，觉得有点面熟陌生。老娘文化不高，记性好，想起来了，有年春节，在我外公屋里，看到过阿胡子。阿胡子是我外公的关门徒弟，来给我外公拜年的，毕恭毕敬。工人阶级是讲师承的，徒弟看到师傅就像看到亲爹一样，服服帖帖。这样事情就好办了。外公请阿胡子到家里吃便饭，把事情一讲，阿胡子笑着说，我有数的我有数的。外公一记头皮打上去，说，小赤佬，你翅膀硬了，敷衍我是吧？阿胡子慌了，说，我啥个时候敷衍过师傅啊，借我十只胆子我也不敢的。阿胡子撸撸头皮笑着说，师傅，你退休了，手的力道还是这么大。又说，师傅放心好了，放一百个心，我会安排妥当的。

大家都在活动，只有摆香烟摊女人按兵不动，照样出摊收摊。野和尚照样出门捡香烟屁股，回来巴巴结结卷再生香烟。对野和尚来说，每一铅桶香烟屁股都是钞票。后来流行"第一桶金"的说法，说谁发横财了，第一桶金是什么什么，好像都不是光明正大的来路。野和尚的第一桶金，就是他捡来的第一桶香烟屁股，辛苦钞票。辛苦钞票一般都发不了财的。母子俩笃笃定定，觉得好日子就要开始了。事先刮到风声，野和尚分到益明四厂，就是那家生产压缩饼干的食品厂。野和尚私下对老娘说，老娘，你压缩饼干吃过吧，味道好，椒盐的，有葱花香、奶花香，专门供应部队的，野战军、边防军，一般的人想吃也吃不到。一块压缩饼干下去，肚皮膨膨胀，一天用不着吃饭。以后你吃压缩饼干不成问题了，敞开肚皮吃，源源不断。我每天下班，口袋里塞满回来。拿自己生产的饼干不叫偷，叫顺手牵羊，拿了不犯法。摆香烟摊女人的脸上吹皱一池春水，笑得十分满足。

这天，毕工组开会，这也是最后一次会了，开好会，毕工组基本就解散了。分派名单已经最后敲定，下午就张榜公布了。阿胡子笑着说，大家辛苦了，奋战一个多月，终于搞定了，没有辜负全校师生的重托。我给大家鞠一躬,谢谢大家。于是大家便鼓掌。阿胡子说,毕工组还有点经费,中午到五味斋去撮一顿,慰劳大家,钞票通通用光,粮票要大家贡献出来的。群情激奋,眉花眼笑,再次鼓掌,掌声明显比刚才那次热烈。阿胡子赶紧用食指挡在嘴巴上,说,轻点轻点,传出去影响不好。有个家伙说,五味斋现在不叫五味斋,改名了,现在叫人民饭店。旁边有人说,管它叫什么名字,是去吃菜的,又不是吃名字的。讲来讲去,上海滩菜式最好的,还是五味斋。先前那家伙说,你吃过几家饭店啊,口气大唻,不懂装懂。那人也不理他,自顾自说,八宝辣酱一只,炒鳝糊一只,黄豆小排汤一只,炒干丝一只。先前那家伙又冒出来,说,点黄豆小排汤,还不如点三鲜汤,样样有;再加只醋熘鱼块,再来只酱爆腰花,红烧肉是一定要点的。众人被说得兴致吊上来了,来不及咽口水,纷纷出主意,挑自己欢喜的菜加上去。阿胡子在窗口伸了伸头,说,现在不能出去,校门口围了不少家长,出去被他们抓住,就烦不清爽了。有人说,时间还早,要不打几副扑克,四十分,或者争上游,或者杜洛克,消磨消磨时间。橱头顶正好有几副扑克牌。我们班级的俞先生,是毕工组里的教师代表,说,上班时间打牌,不大好吧。阿胡子说,俞老师讲得对,做事情还是要有分寸的,宁可讲黄色笑话,也不许打牌。大家就都不响了。

阿胡子说,要不,再把分配名单议一议,其实也用不着议了,就读一遍吧,几百个人,读一遍花不了多少时间。学校广播站姓杨的女人,自以为普通话标准,说,我来读,消耗掉点精力,中饭可以多吃点。大家都笑了,笑得很开心。

名单最前面,是分到上海工矿的同学。读到风生水时,阿胡子插嘴说,这个姓蛮怪的,姓一封信的封,倒是看到过的;姓大丰收的丰，也是有的；姓酆都的酆，就是鬼城酆都的酆，也有的，酆都的酆笔画蛮复杂的，会读不会写。姓这个风，刮风落雨的风，我还是第一趟见识。好像在学校里没有看到过这个人，家长也没有到毕工组来过，如果来过，我肯定有印象的。点三鲜汤的家伙说，印象最深刻的，是刘勤发的家长，乖乖，一帮环卫所的女人，一道拥进来结绒线，叽叽喳喳，还开荤口，还旁敲侧击。俞先生说，风生水是我班级里的。这个学生家庭条件蛮苦的，逃课倒是经常逃课的，不过也不是去做坏事情，听说是在捡香烟屁股，再用香烟屁股卷香烟，贴补家用。点八宝辣酱的家伙说，是不是摆在同寿里弄堂口的香烟摊？这小赤佬口才蛮好的，推销再生香烟像是唱上海说唱一样。这种香烟我也买过的，凭良心讲，卷得蛮挺括的，吃口是冲的，价钿也是便宜的。广播站的女人说，你讲风生水，没有人认识的，你讲野和尚，都晓得的。野和尚是他的绰号，好像名气蛮响的。有人说，有这种绰号的学生，一般作风都不正派，是在外面轧坏道的。广播站女人说，听说野和尚的娘作风就不正派，野和尚是她和野男人的私生子，有种出种，生出来的小孩不会好的。俞先生说，无凭无据的事情不要瞎讲好吧，对同学要负责的。广播站女人说，俗话讲，无风不起浪。阿胡子说，怎么到了今天，这点事情才摊到台面上来讲，以前怎么就没有人提到过，是不是私生子的事情先不要讲，男女之间的事情搞不清爽的，但是，这个叫风生水的学生经常逃课，就有问题了，起码对复课闹革命有抵触情绪。啥个叫再生香烟，用香烟屁股卷出来的香烟，可以抽？吃得空哦，你还会去买，鼓励投机倒把是吧？小小的年纪，不学好，搞歪门邪道，这个和家庭影响绝对有关系，和他那个摆香烟摊的娘绝对有关系。这样的学生，分在上海工矿，别人啥个想法。老实讲，我觉得不妥当，我觉得不应该把他放到上海工人阶级的队伍里。

俞先生想说什么,嘴巴张了张,没有声音。

野和尚的命运,就在这天上午被改写了。最终到益明四厂去报到的,是我。我本来是分在里弄生产组的,外公一出面,阿胡子把我分到街道工厂去,跳了一个台阶。现在,轮到我去生产压缩饼干了。就像象棋里的开局,仙人指路,三步虎。

我问老娘,摆香烟摊的女人会到学校里、到区里去吵吧?老娘说,有啥好吵的,拎得清的人,这种脑筋动也不会动,吵也吵不出啥个结果的。你心虚啥?铁板钉钉的事情,用不着心虚的。我佩服老娘,她的判断完全正确。我看到野和尚在晒台里钉木条,做木板箱。现成的板箱十三块一只,枣红油漆,毕工组发票子的,到外地去的学生可以凭票到商店里买一只。摆香烟摊的女人买不起。野和尚所有的行李,都装在用木板条拼拼凑凑敲起来的板条箱里。

摆香烟摊的女人心肠硬的,没到火车站去送儿子。

野和尚去的板桥铁矿,在金陵郊区。

我到北火车站去送野和尚,还买了只水果网篮。我一直没弄明白,那次为什么去送野和尚?是心虚,还是有点可怜他。好像心虚和可怜他的成分都有点。老娘讲过的,用不着心虚。尽管如此,我还是觉得,亲眼目睹他离开上海,比较放心。因为天太冷了,网篮里的苹果生梨也像人一样缩起来了,皱巴巴的。我说,火车上吃。金陵也不算远,六七个钟头的路程,你随时可以回上海探亲。当矿工,蛮威武、蛮光荣的,头上一顶钢盔,钢盔上面还嵌只矿灯,照出去贼亮,比手电筒亮十倍。野和尚说,你来做啥?用不着假惺惺的。我说,老邻居,老同学,送送你应该的。野和尚没有理睬我,露头露脑朝四面看。我问他,还在等啥人?野和尚说,和你有关系吧？我说，我出门的时候，你老娘还没有收摊，估计不会来了，不会是女朋友吧？野和尚嗤了一声，继续朝四下张望。我想不出还有什么话说，便说，我先走了，一路顺风。刚刚转身，野和尚一把钳住我的手腕，我吓了一跳，以为他要打我。我想，真要打，我就让他打几记，让他出出气，只要他手上没有砖头。看了看，他手上没有砖头。我说，做啥？野和尚，阿民，帮我办桩事情，弄两袋压缩饼干，送到我老娘手里。我答应过老娘的，让她尝尝压缩饼干的味道。我说，我进厂没有几天，刚刚开始学生意，小学徒，不晓得搞得到搞不到。野和尚说，你搞得到的。我说，啥个意思啥个意思，不像是商量的口气嘛，你吃牢我了是吧？

野和尚放开我的手，朝站台进口那边挤过去，在擦过我身边的时候，我听到他轻轻说了句——

你欠我的。

我像是被他打了一记闷棍。

他要是横眉怒目地说，他要是咬牙切齿一字一顿地说，那还好些，我还可以争辩一下，大不了再和他打上一架，在他上火车前给他脸上留几个青皮蛋。可他偏偏说得那么轻描淡写，说得那么漫不经心，就好像无须争辩了，就好像是天经地义的，让你窝着一包火却无处发泄。有些东西用不着点穿的。他捏住我的骭了。册那，我欠他的。

有个穿花棉袄的年轻女子从人堆里挤过来，野和尚迎了上去。那女子靠在野和尚的肩头，抽抽噎噎。野和尚在替那女子揩眼泪。我认识那女子，是我们班级的曹金凤。这女人肉里眼，长得不好看的，但是走在马路上回头率蛮高的，因为她面孔上肉多，胸口上肉也多，潽进潽出。一般来说，这个年纪的女孩子，胸口上的肉不

三　板桥铁矿

应该这么多的。这女人在学校里时常要哭的，为一点点小事也要哭的，大家叫她"蚌壳精"，上海话谐音"碰哭精"，一碰就哭，不碰也哭，就像她肚皮里藏了一包珍珠，一粒晶莹的珍珠就是一滴眼泪，永远流不光。

我不知道这两个人是怎么搞在一起的。想起来了，毕业前夕，我们曾经到青浦赵巷学农，那时候，野和尚和曹金凤是饭师傅，俞先生叫他们两个人给全班同学烧饭。生产队安排给我们一个废弃的农机站，里面灶头大锅一应俱全。学农学了三四个月，这点时间足够培养感情了。那段日子大概属于野和尚的纯情岁月。

没等火车开动我就离开了。汽笛一响，我能想象曹金凤会哭得更加厉害，野和尚也会把她抱得更紧。再抱，也抱不了多久了。套用一句后来流行的话，"留给他们的时间，不多了"。

火车一开，野和尚哭了，没有声音的，只是流眼泪。有些东西很微妙，刚才在安慰曹金凤、给曹金凤擦眼泪的时候，他还是一腔天涯何处无芳草的豪气，此时那股豪气完全消散了，充溢的是莫名的不舍和惶恐。

上班上到第二个月，我托师傅搞到两袋压缩饼干，真空包装的，结结实实，就像两块砖头。下班回家，弄堂口的香烟摊已经收摊了。我给摆香烟摊的女人送到家里去。踏上阁楼，摆香烟摊的女人在用火油炉下面条，看到我很意外，说，阿民，下班了？吃晚饭了吗？要不要我给你下点面条。我说，不用了，回家去吃。我给你带了两袋压缩饼干，尝尝味道。摆香烟摊的女人千恩万谢，说，这么贵的东西，让你破费了。我笑笑，想不到摆香烟摊的女人能说出"破费"这么文雅的的词。摆香烟摊的女人说，风风福气好，交了你这么个好朋友。我说，他有信来吧？女人说，没得信，也没得电话，倒是每个月寄钞票回来的,五块钱。汇款单旁边有个小白条,可以写字的,又不要另外贴邮票的,不写白不写,小把戏从来没得一个字,浪费了。小把戏没得良心的。女人说是这么说,眉眼含笑。我发现摆香烟摊的女人老了很多,其实也就四十出头,头发已经花白了,牙齿也缺了好几颗。女人又说,阿民,我不留你了,快回家吧,再不回去,你姆妈要急了。于是我就走了。

再看到野和尚,是第二年春节他回上海过年。

在弄堂里碰到,发现他身体朝上蹿了蹿,长高了不少,肩膀也宽出来了,穿了套新的蓝颜色的工作服,脚上一双翻毛皮鞋,样子蛮好的。我还没有反应过来,他已经冲上来,拍拍我说,阿民,长远不见,最近好吧?我听老娘讲了,你把压缩饼干送给她了,你上路的。走,我请你到饭店里去吃饭。他那种亲热的样子,一点看不出是装出来的。我说,要不要再叫其他人?他说,不叫。我稀里糊涂地跟着他到了马路转角的跃进食堂。那里叫是叫食堂,其实是饭店。野和尚叫了一盆油煎杂鱼,一个炒干丝,一个炒三鲜,一个黄豆脚爪汤,又叫了一斤绿豆烧。我们在角落里坐定,菜还没上来,野和尚搓了搓手说,这个地方蛮好,桌子油腻腻的,你看黑颜色的油污已经渗透进木纹里面去了,揩不清爽了,你闻闻,一股油耗气,这就是饭店的味道。以前每次经过这里,总要朝里面看看,闻闻菜的香味道,馋啊。今天是第一次进来。上班的感觉真好,每个月可以领工资,有了钞票,人就活络了。此时服务员把一盆杂鱼端上来,野和尚朝两只小酒盅里倒满绿豆烧,说,阿民,碰一记。我和他碰了碰酒盅。我咪了一小口,野和尚一饮而尽,说,以前我从来没有碰过酒,到了铁矿,其他本事没有学到,喝酒学会了。不过我酒量不行,我师傅酒量厉害,一顿可以喝八两白酒。我说,我酒量也不行,喝不多。矿工好像都喝酒的,是不是地底下潮湿,喝酒可以祛潮气?野和尚说,有关系的。当矿工的,都至少有半斤白酒的量,喝了酒就发酒疯,打老婆。矿工的老婆不是好当的,做家务勤快不勤快还在其次,最要紧的,是经得起打。我说,曹金凤肉背蛮厚的,经得起打的。野和尚说,不要调戏穷人好吧?我这种男人,像是打老婆的人吧?

我说,你和曹金凤的关系怎么样了,关系敲定了吧,她到金陵来看过你吧?早点结婚,让你老娘早点抱孙子。野和尚说,你怎么不问问我身体好吧,十二个小时大夜班的工作吃得消吧?单位领导对我的印象好吧?一个月三十二斤的定量够吧?在板桥矿做过什么一鸣惊人的事情吧?怎么上来就问我女人的问题,老实对你讲,上班太累了,日夜颠倒,哪还有精力想女人。

我说,你和曹金凤总还有联系吧。他说,没有联系了。他给自己倒满酒,一口闷,说,吃不消,这个女人太会哭了,随便啥个事情都要哭,河浜里的蚌壳精投胎的,开心的事情要哭,不开心的事情要哭,她讲她欢喜哭,和她在一起,你讲难过吧。不过曹金凤良心倒是好的,对我好,学农的这段时间我最开心了,吃得好,从来没有吃得这么好过。比如烧肉,学农的几个月一共吃过三趟肉,红烧肉,平时只不过是菜里放点肉丝肉糜,你还记得吧。曹金凤晓得我欢喜吃肥肉,先把一大块肉膘切下来,藏起来;每次蒸饭,就给我切一块,放在饭盒里一起蒸,神不知鬼不觉,到时候饭里倒点酱油拌一拌,好吃得不得了。所以,你们吃一次肉,我可以吃一个星期的肉,待我好吧?有次我想引她笑,搞了个恶作剧。古代好像也有这种事情,烽火戏诸侯,蛮浪漫的,浪漫到皇帝也做不成功了。

每天开好晚饭以后，你们可以休息了，我们还不能休息，还要烧好几大锅水，把几十只热水瓶充满，要让你们洗脸洗脚。有天晚上，我突发奇想，想引曹金凤笑。我在烧开水的大锅里放盐，就是那种颗粒很大的粗盐，每一锅放好几把粗盐。大家到灶头间来打水，木知木觉；好像有人埋怨的，讲这天晚上的开水特别浑浊，喝在嘴里特别咸，讲灶头间的人偷懒，河浜里打上来的水，没有用明矾沉淀过。讲归讲，照样洗脸泡脚。洗了脸，觉得皮肤特别绷，干燥，隐隐作痛，也没当桩事情；洗了脚，上床，半夜里脚痒，两只脚互相搓，被窝里搓出不少盐花来。第二天不少同学拥到灶头间来骂，说你们太促狭了，用盐汤水给我们洗脸泡脚啊！我装糊涂。曹金凤是真的不明内情，连声道歉，还说估计昨天是月半，河底的淤泥泛上来了，河底的泥咸，河水也咸，你们看灶头间也比平时潮湿，是月半的关系。大家看她一脸无辜的表情，也就相信了。人散了以后，我把实情告诉她，心想这一次她总会开心得笑了。天晓得，她蹲在地上哭，哭个不停，好不容易止住了，抬头看看我，又继续哭。我说你怎么啦？我看你愁眉不展，就想引你笑笑。她说，我就是在笑呀，开心呀。我和别人不一样的，我这是开心得哭呀，和笑的意思是一样的。

去年，曹金凤到板桥铁矿来看过我一趟，还给我带了件绒线背心，斜方块的花纹，是她亲手结的。我蛮开心的。晚上在矿部大食堂吃饭，周围都是熟人，老师傅还打趣我们，说小风福气好的，女朋友来看你了。我还蛮得意的。吃到一半，一点点预兆也没有，曹金凤突然就哭了，劝不听的，越劝哭得越凶。旁边就有人讲了，这个姓风的小鬼作风不正派，把小姑娘肚皮搞大了，看上去好像已经有四个多月了，小姑娘找上门来了，要他负责任。我听了尴尬吧，我怎么解释，讲曹金凤是肉肚皮，天生肚皮就大。别人是藏肉，衣裳一遮，看不出，她的肉衣裳遮不住的，一目了然。

晚上我送她去招待所，房间里只有两个人，免不了会有些亲热的动作，你懂的。我讲，今天晚上我不回宿舍了，留下来陪你。她听了就哭了。我慌忙解释，我讲我不是要欺负你，是留下来陪陪你，讲讲闲话，我睡地铺好了吧，保证不乱说乱动。她还是哭。这时走廊里有脚步声响起来，我怕招待所的工作人员来查房，慌了，就讲，既然你不同意，我就走了。她一边哭一边讲，我不怕你欺负我，我怕你嫌鄙我胖。我倒真的不是嫌鄙她胖，我也从来没有嫌鄙过她胖，她能看得上我，我已经心满意足了。而且，我就特别欢喜肉里眼的女人，觉得曹金凤的一双肉里眼特别迷人，眼睛嵌在丰满的眼眶里，就像宝石嵌在戒指的托座上，特别亮，特别有女人味，杀伤力特别强。我是见她怕了，她哭，到底是想叫我留下来，还是不要我留下来？猜不透她的心思，这种女人你吃得消吧？将来结了婚，吃喜酒，别的新娘子喜笑颜开，她哭哭啼啼，这倒也算了，大家以为她不舍得离开娘家。洞房花烛，她也哭，你晓得她是难过还是适意？生了小囡，抱到外面去，人家说，这个小囡好看咪。她就哭，别人还以为她是后娘。你想和她亲热，她要哭，你对她讲讲肉麻的悄悄话，她也哭。这种反应正常吧，时间长了你吃得消吧？到底是开心的哭还是伤心的哭，你搞得清爽吧？我猜想曹金凤小的时候受过刺激，心里有阴影。话又讲回来，没有十全十美的女人的，又要对你好，又不许她哭，这种女人到啥地方去寻啊。不晓得以后还碰得到曹金凤这种女人吧？讲起来，她也算是我的第一个女人，不晓得算吧？大概也算的。

野和尚一番长吁短叹。

那天我没说上几句话，听他诉苦，听他讲故事。到后来野和尚已经醉意醺醺了，说，在金陵，在板桥铁矿这种郊区穷地方，特别想上海，想老娘，也想你阿民，毕竟，我在上海也没有啥朋友，就你一个，你是我最好的朋友。他站起来，身体有点摇摇晃晃，说，我喉咙里好像有根鱼刺，卡牢了，快点要回去喝点醋，让它下去。我先走一步了，阿民你把账结一下。我说，账我来结，你快回去吧！喝了醋，再吞个饭团，鱼刺就下去了。

类似这样他请客、我付钞票的事情，以后发生了好几次。一开始有点胸闷，到后来我也习惯了。

四　危险游戏

野和尚在板桥铁矿待了三年。第四年开春，他就离开了。那也是他唯一一次体面地离开单位。

在此之前，野和尚在那里的境遇和在上海时差不多，惹人嫌鄙。矿工算得上是不讲究的人了，有时累了，下班回来，洗洗脸，洗洗鼻孔，喝口酒，躺倒就睡。即便如此，也没有人肯和野和尚睡一个宿舍，嫌他太邋遢。野和尚喜欢捡香烟屁股，捡来了就堆在床底下，把床底下铺满。时间长了，香烟屁股铺了有三四层，要是拿布包起来，差不多就是张床垫。他不光在马路上捡，在矿井底下也捡。矿工大多数是抽烟的，铁矿和煤矿不一样，煤矿有瓦斯，在矿道里不能抽烟；铁矿很安全，矿岩坚实，铁矿的矿道高敞宽阔，通风也好，在矿井底下是可以抽烟的。矿工抽了烟，香烟屁股随手扔，野和尚便随手捡起来。起初大家以为野和尚是爱清洁讲卫生，到底是大上海来的，讲究，都向他跷大拇指。后来发现野和尚每天鼓鼓囊囊装一裤袋，带到地面上，直接带回宿舍了，矿工就很愤怒了。虽然不知道野和尚把这些香烟屁股捡回去派什么用场，但就是要捡也应该我们捡啊，你又不抽烟，你捡的是我们的香烟屁股，你分明是占我们便宜嘛。

野和尚犯了众怒，掘进队的人一起哄，把野和尚轰走了。

我后来问过野和尚，我说你又不打算卷再生烟，你捡那些香烟屁股做啥，这不是自己给自己惹麻烦嘛。野和尚笑笑说，捡了这么多年，捡习惯了，条件反射，只要看到地上的香烟屁股，眼睛就会发亮，手就痒了，就熬不牢上去捡了。既然捡来了，就舍不得丢掉了。

矿里给野和尚换了工种，也换了宿舍。当野和尚拎着两麻袋香烟屁股走进新宿舍时，原先住着的几个人收拾床铺，四处逃散，搬到别的宿舍里去了。板桥铁矿的矿工素质好有文化，没有打野和尚，也没有把野和尚赶出去，而是选择了退避三舍。他们听说过尼古丁这个名词，那两只麻袋里，就有无数浓缩的尼古丁，不搬走，等于是在不知不觉中被人下了毒，死了都不知道怎么死的，这种死法太冤枉了。

最终和野和尚住一个宿舍的，是个姓马的老矿工，绰号叫"一瓶半"。老矿工十多年前就叫这个绰号，现在还是这个绰号，酒量不见长，可见他是个相当有自制力的人。老矿工不理睬野和尚，也不嫌鄙野和尚，事实上老矿工清醒的时候也不是很多。有次矿里的爱卫会到集体宿舍检查卫生，目标明确，直奔野和尚的宿舍。那天野和尚不在宿舍，老矿工在。检查组的人从床底下拖出麻袋，就要带走。老矿工这天正好没喝酒，思路很清晰，说，慢！这是小青年的私人物品，小青年不在，你们不能拿走。检查组的人说，我们接到群众反映，这几个麻袋装满了烟蒂，都发霉发臭了，严重影响环境卫生，群众意见很大。老矿工说，群众意见也要分析，有的对，有的不对。要说群众，我也是群众，我就住在这里，第一线的群众，我最有发言权。此时门口已经围了不少看热闹的，都是左右宿舍的。检查组的人点头应和道，老师傅，你是最直接的受害者，你最有发言权，你说，你说。大家都以为老矿工接下来要控诉了，谁知他把几只麻袋又塞回床底，码放整齐，说，要说有点呛，有点辣，对头；要说发霉发臭，过头了。

此时门口一阵骚动，野和尚拨开人群走了进来，也不说话，直接脱衣服，脱了外衣，又脱背心，然后脱掉鞋子袜子，赤着脚开始脱长裤。检查组里有两个女的，慌忙扭过头去。带队的男人有点紧张，说，你想干什么，有话好好说，不要有过激行为啊。野和尚粲然一笑，说，看看我，仔细看看。说罢原地转了一圈。众人但见面前的年轻人面黄肌瘦，身上肤色苍白，前胸一根根肋骨外突，个头已经蹿高，但明显发育不良。众人不解其意。那个姓马的老矿工很会凑趣，原本就打着赤膊，穿着短裤，此时也在野和尚身边扎了个马步。但见老矿工皮肤黝黑油亮，筋脉暴突，坚韧硬朗，毫无赘肉，全是一条条一丝丝一块块的肌肉。两个人一白一黑，一瘦一壮，恰成鲜明对照。众人更是摸不着头脑，不知这演的是什么戏。野和尚说，今年蚊子多不多？老矿工接口说，多，比往年都多。野和尚说，你们看看我，看看马师傅，全身上下，有一个蚊子块吗？众人看过去，果然两个人身上都没蚊子块。老矿工犹嫌戏份不足，自己加戏码，把裤腰的皮筋往外拉了拉，说，看看，看看，外面没有，里面也没有，货真价实。野和尚不敢这般放肆，在一旁憨笑。检查组那两个女的脸都羞红了。老矿工说，这几麻袋香烟屁股，别的功效我不敢说，熏蚊子灵着呐。你们看看门口那几个贱货，哪个身上没几十个蚊子块；你们再到楼上楼下的宿舍看看去，一个一个过堂，要是哪个贱货的身上找不出三四十个蚊子块，我立马脱了这条裤衩在矿里跑一圈。

检查组的人灰溜溜地无功而返，很没面子。

旁人都说，再没见过这么心领神会配合默契的室友了。不过自那以后，两个人依旧不理不睬，就像什么事都没发生过。

那以后，其他宿舍的人抽剩的香烟屁股不再朝窗外扔，直接朝床底下扔，积少成多，熏蚊子，据说效果很好。要不是这种土办法不是那么体面，矿卫生部门很可能向全矿推广了。

离开掘进队，野和尚多少还是有点失落的，本来是想在掘进队学些技术的。那把风钻，钻头有一米多长，七八岁孩童的手腕那么粗，看老师傅钻孔，在边上就能感觉到那种连续震颤带来的酸麻，空气也在震荡，耳鼓膜跟着一起震荡。那种感觉想想都很刺激，就像重机枪手突突突突大开杀戒，杀红了眼，前方尸横遍野，想收手也停不下来。野和尚很想尝尝那种狂野粗犷的味道。钻孔也是有讲究的，那把风钻要端得平稳，毛糙小子要是不知深浅，上去电门一打开，那股冲击力会把你带倒在地。而且，孔洞必须钻得直，孔的深度，孔与孔之间的间距，每个孔如何埋雷管，引线放多长，起爆时刻的掌握，这里面名堂很多。在板桥矿，掘进队的人走进走出腰板很硬，口气很大，吐口痰也比别人吐得远。要评劳模，最先想到的总是掘进工，形象装束比较典型。记者到矿里来采访，要拍照总是拍掘进队那个捧风钻的人，轮不到别人。我当初在火车站送别野和尚时，说他当矿工蛮威武、蛮光荣的，头上一顶钢盔，钢盔上面还嵌只矿灯，照出去贼亮，比手电筒亮十倍，那时我是随口瞎说的，是在画报里看来的。哪知野和尚还真的就是这般装束。那顶钢盔，其实应该叫矿工帽，野和尚戴在头上很有仪式感、新奇感，随便把头朝哪里晃，眼前都会跳动一片明晃晃的光亮。只是现在，这一切和他再也无缘了。

野和尚现在轮不到戴钢盔了，戴的是披风帽，有点像电影《地道战》里鬼子兵戴的那种。他看管的是一段长度三十米的传送皮带，因为是尾矿，矿石量不大，所以不是什么要害岗位。车间人手紧张，师傅带了他两个月，就让他独立操作了。独立操作听起来好听，其实就是隔着操作室的窗子，看皮带机来来回回转来转去，一路发出嘶嘶嘶的声音，像是催眠曲，要说多无聊就有多无聊。在这里设立一个岗位，是怕皮带机跑偏，皮带一跑偏，输送口下来的矿石很快就会在地上堆积成山，皮带也会被撕裂，那就要停机了，出生产事故了。野和尚看着皮带来回跑，等着皮带跑偏的时刻，一旦这样的状况发生，他就要按响一个红色按钮，警铃立刻传到厂里和矿里的生产调度室，马上便会切断电源，停机检修。只有这样的时刻，野和尚这个操作工才会显示出他的存在价值。只是，一连几天，一连几个月，皮带运行得很正常，偶尔似乎有点跑偏的迹象，这让野和尚满心期待浑身发痒，但是很可惜，几个来回后，一切又恢复正常了。野和尚很失望，没有机会按那个红色按钮。他觉得自己就是个废物，白拿矿里的工资了，活在世界上一点用处也没有，白白消耗氧气和食物。身上那套工作服已经半年多没洗了，脏且不说，有点发馊了，野和尚懒得洗，他觉得像自己这种无用的人，活着也是多余的，就不配在上班的时候还穿得干干净净。

有一天，上大夜班。野和尚趴在窗前，看着皮带机。他有预感，今天夜里会出大事情，而且，今夜肯定要出大事情。

十一点钟的时候，师傅上来看他，给他带了两个肉馒头。野和尚接过肉馒头，笑笑说，谢谢师傅！我打算一会就去食堂的。他要给师傅饭菜票，师傅说，以后再算。以后师傅也不会找他算。师傅知道他节俭，上大夜班从来不去食堂吃夜点心，再饿也不去，捱到早晨下班后去吃，四两隔天的剩饭用开水一泡，一小碟酱菜，算是早饭连午饭了。这是野和尚的第二个师傅。前一个师傅是掘进队的,现在偶尔在路上遇见,野和尚喊他师傅,他不理睬,还朝野和尚翻白眼。现在的师傅长得有点像《十五贯》里的娄阿鼠,但是对野和尚很好。师傅和野和尚聊了几句,发现野和尚有点心不在焉,就走了。师傅的岗位在另一层。走到门口,师傅回过头说,小风,后天你是大夜班翻早班,晚饭到家里来吃,我叫你师娘给你调调口味,补补营养。野和尚嗯了一声,继续全神贯注地看皮带机。操作室里有个电子钟的,时间一分一秒地过去,像滑冰一样滑过去,无声无息。操作台上的按钮都是黑色手柄,只有那个按钮是红色的,红得耀眼,红得怵目惊心。有的人,也许一辈子都没有机会按下这个按钮,但越是这样,越是有一种想按下去的冲动。他发现自己按捺不住了,耐心似乎消耗殆尽了。到半夜三点钟的时候,皮带机依然很正常,皮带和滚筒摩擦,发出嘶嘶嘶嘶的声音,有点像是在嘲弄他。不能再等了,再等下去天都要亮了,又是新的一天了。明日复明日,明日何其多;我生待明日,万事成蹉跎。

野和尚走出操作室,从墙角操起事先准备好的一根三角铁,有一米来长,看看四下无人,很果断地把三角铁插进皮带与滚筒的空隙。三角铁绞进皮带和滚筒里,发出尖利的缠绞声,皮带仅仅挣扎了几秒钟,终于很不甘心地随着滚筒的转动,歪向一边,又顺着露在外面的半截三角铁,颓然地委顿在地。随之,整条皮带都歪向一边,上面的矿石毫无防备地泻倒在地。

皮带跑偏了。

野和尚以最快的速度跑进操作室,按下了红色按钮。这个时刻,似乎期待已久,令人激动而战栗。就像炸药的引线被点燃了,就像多米诺骨牌的第一块被推倒了,接下来的连锁反应都是可以预料的。

　　车间值班员的电话打进来，野和尚沉着地接起电话，汇报了情况。放下电话，野和尚吹了声口哨，以轻快的步子跳到滚筒边，抽出那根三角铁，扔出窗外。下面是刚下过雨的草丛，三角铁插进泥地时的那声"噗"，轻微得就像是一只癞蛤蟆从此地跃过。野和尚拿起一把铁锹，开始铲下料口堆积成小山的矿石，铲到一边，清理场地。原先只是在操作室里练戆，百无聊赖，坐等下班，现在力气有地方用了，野和尚一锹锹铲得虎虎生风。电话铃又响了，不去管它。

　　最先赶来的是车间值班员，接着是厂部调度室的人，再接着是矿部调度室的人，都是气喘吁吁跑上来的。原本人迹罕至清冷寂寥的地方，现在人声鼎沸，一派喧闹。矿长是半个小时以后到的，毕竟是发生了设备事故，被迫停产了，他也睡不安稳。听下来，情况并不太糟糕。多亏了当班操作工处置得当，几乎就是在皮带跑偏的一分钟之内，果断拉响警铃，同时切断了电源，整条皮带完好无损，没有撕裂。这种状况，抢修起来难度不大，很快就能恢复生产，不会影响当月的生产进度。以前也发生过类似事故，现场要难看得多。矿长问，具体发生在什么时间？矿里的值班调度说，三点零五分，矿调度室差不多也是在三点零五分就接到警铃了。矿长点了点头，凌晨三点零五分，正是操作工最懈怠最容易打瞌睡的时候，居然能在一分钟之内发现事故，这是何等神速的反应啊。矿长说，当班操作工是谁？众人这才朝野和尚这边看过来。野和尚从容地铲起最后一铁锹的矿石，铲到一边，用胳臂抹了抹汗，然后支着铁锹，靠墙休息。此时场地已经被清理干净。野和尚的师傅插嘴说，这是小风，是矿里年初招进来的学徒，今天是他当班。师傅还打算加一句，他是我徒弟，不过看到矿长朝野和尚走过去，便把那句话咽下去了。

野和尚不认识矿长,但知道来的是个大领导,便朝他笑笑。矿长看到眼前的小青年,前胸后背都被汗水湿透了,身上穿的那件工作服几乎辨不出原来的颜色,比赶来抢修的检修工穿得还脏,走近一点,身上还散发出一股酸馊味。到了一定级别的领导,都是需要具备相当的表演技巧的,何况矿长是从鞍钢调过来的,曾经当过鞍钢业余话剧团的话剧演员,实力在男二号和男三号之间。矿长几乎没有犹豫,就把野和尚一把抱住了。野和尚有点害羞,他从来没有被男人抱过,而且抱得这么紧,比他抱曹金凤抱得还紧。矿长显然很激动,拍着野和尚的肩膀说,小鬼,多大啦?野和尚说,十九岁。矿长说,好,好,早上八九点钟的太阳;上班不打瞌睡,不谈恋爱,保持充沛的精力,保持警觉,一旦发现问题,及时作出反应,好工人。他又对众人大声说,你们看看这个小青年,看看他的工作服,很脏是吧,甚至有点酸臭是吧,但他的心是红的,这就是工人阶级的本色;你们再看看他的这双手,看看他手上的老茧。矿长记得某部电影里的台词,觉得这个场合可以套用,但在把野和尚的手举起来时,发现他的手掌平滑柔软没有老茧,改口说,就是这双手,充分显示了工人阶级的责任心,临危不乱,把设备事故的损失降低到最小,大家要向他学习!矿长声若洪钟,余音绕梁,台词功底十分扎实。在场人员热烈鼓掌。

野和尚后来一直在品味矿长说的那些话。这天在师傅家里,他问师傅,矿长认识我了,还表扬我了,会不会算我立功,发张奖状给我?师傅说,不要太天真了好吧,你当班,你负责的设备出了事故,再算你立功,再发张奖状给你,丧事当喜事办,有这种可能吗?你还没有满师,出了事情,这笔账本来要算到师傅头上的,还好你反应快,我也逃过一劫。这种情况,不记大过就是表扬了,你懂吧;

再说，那天矿长已经口头表扬过你了，到此为止了，不要再想入非非了，听懂了吧？

野和尚听懂了。他知道这种危险游戏不能再玩了，可一不可再，要是被拆穿，破坏生产，要抓进去判刑的，说不定就枪毙了。

此时师娘端着一只热气腾腾的小砂锅出来，说，师徒两个谈得热络来，吃饭了吃饭了！小风，陪你师傅喝几盅。野和尚慌忙站起来，分碗筷，给师傅倒酒。本来他不会喝酒，跟了师傅，技术没有学到什么，酒量倒被带出来了，现在也有二两白酒的量。好在当地白酒便宜，最低档的乙种白酒只有五角七分一瓶，比上海的五加皮绿豆烧还便宜。野和尚不好意思经常吃白食，有时也会拎两瓶酒，买点卤菜，到师傅家里去。学徒工资，一个月只有十七块八角四分，寄给老娘五块，每个月日子过得紧绷绷。师傅师娘为人和善，经常会变相地资助他一些。师傅师娘没有孩子，所以经济显得宽裕。野和尚想过，师傅师娘没有孩子，毛病可能出在师娘身上。师娘太瘦了，不笑还好，一笑，脸上筋筋拉拉纹纹路路，就像丝瓜筋一样。每次师娘笑，野和尚看了都会心疼，心想师娘笑的时候肯定没有照过镜子，要是看到镜子里的笑容，师娘就不会再笑了。桌子上几样家常菜，一碗青椒丝炒茄子，一碗咸菜毛豆，小砂锅里是油面筋百叶结线粉汤，还有一盆比较弹眼落睛，是白切肉，先前端上来的时候，肉的香气就开始在空气里飘，叫人垂涎欲滴。白切肉是带皮的五花肉，煮熟后切成片，蘸酱油吃，酱油里还滴了几滴麻油。野和尚是第一次吃到白切肉，搛了一筷蘸点酱麻油，塞进嘴巴，皮是皮，膘是膘，精是精，嚼了几下，但觉异香直透心底，做人的乐趣全部聚集在此。

野和尚说，我以为，我以为……他几乎就要从皮蛋红肠开始说了，后来总算屏住了，说，我以为，这是世界上最好吃的。师娘很开心，老公的徒弟为了强调她的手艺，居然连用了三个"我以为"。这小鬼会拍马屁，但是拍得有点夸张了。上次吃红烧肉也是这样说，再上次吃酱爆腰花也是这样说，再再上次吃红烧田螺也是这样说，先眼睛朝上翻半天，然后来一句，我以为，这是世界上最好吃的。师娘起先对野和尚有看法，自己烧的菜有人捧场总是好的，但捧场也要捧得适可而止，觉得他年纪轻轻不知从哪里学来的虚伪，但看他的表情倒不像是装的。后来师傅师娘知道他的身世家境，十分可怜他，益加对他好，有什么好吃的宁可自己不吃，也要省给他吃。如此一来，野和尚换了工种，换了个师傅，反倒是交好运了。

师傅、师娘也是上海人，从上海吴泾化工厂支援三线到板桥矿的。师傅家里有台手摇唱机，还有不多几张密纹唱片，是从上海带过来的，前几年在淮海路国营旧货商店淘来的抄家物资。师傅欢喜听上海说唱，特别欢喜听袁一灵唱的《金陵塔》，此时几盅酒下肚，很兴奋，说，放唱片放唱片，听袁一灵的《金陵塔》。师娘笑着说，小风在这里，估计放不成功。三个人一起笑。师娘是话里有话。师傅在家里经常听《金陵塔》，但只要野和尚一去，唱片就出问题，翻来覆去唱桃花牛头红，唱针滑来滑去，反反复复唱桃花牛头红，就是不唱下一句杨柳条儿青。换了唱针还是这样，出怪了。师傅开始还以为手摇唱机年数长了，坏了，也说不定密纹唱片的纹路坏了，但是野和尚一走，唱机就恢复正常。试了几次试出规律来了。师傅不想扫兴，说，我倒不相信了，再试试看，说不定能放成功。野和尚说，师傅，我去放。师傅说，我去。师傅搁好唱片，摇旁边的手柄，摇了五六记，唱片开始转了，再把唱针放上去。三个人都有点紧张。袁一灵开始唱了，桃花牛头红。

连续唱了好几遍桃花牛头红。三个人哈哈大笑。野和尚说，要不，我到外面去转一圈，我走开了，看看袁一灵肯唱下去吧？师娘说，瞎三话四，定定心心坐着喝酒。你师傅也真是，听来听去听《金陵塔》，听不厌的，吵死了。说罢走过去把唱针搁在一边，说，我还是欢喜听童祥苓的"打虎上山"。

野和尚说，师傅，我一直有点弄不懂，桃花牛头红，文理不通啊。牛头怎么会红呢，饲养员给牛灌过酒了，牛喝酒上脸了，还是大菜师傅烧的红烧牛头？再讲，牛头和桃花也搭配不到一起呀，而且下一句是杨柳条儿青，唱的是春回大地，春意盎然，和牛头搭不上边啊！师傅差点一口酒喷出来，笑道，也不怪你，你只听到唱，没有看到唱词，想当然地以为唱的是牛头。我在共舞台看过袁一灵演出，舞台两边放幻灯打字幕的，所以晓得。不是一头牛的牛头，是扭头，提手旁的扭，扭过头去，头扭过来扭过去的扭头。桃花扭头红，杨柳条儿青。这句唱词写得形象，写得赞，赞得不得了。春风一度，桃花盛开，杨柳树抽出青嫩的枝条。杭州西湖白堤，一树桃花一树柳，相隔排列。游客人山人海，在白堤上赏花观景，说说笑笑，指指点点。桃花在枝头摇曳，就像女人在男人爱慕的目光里羞红了粉脸一样，害羞地扭过头去。这是拟人手法，人面桃花相映红，懂吧？野和尚笑道，只怪我读书读得太少，师傅有文化的。师娘笑道，你师傅是高中生，比你多读了三年书。野和尚说，我初中三年也没有正正经经读什么书，大部分时间在家里用香烟屁股卷香烟。师傅还沉浸在刚才的语境里，说，什么叫心旷神怡，到西湖边上去转一圈，就体会到了。师娘说，你也想去游西湖了是吧，游西湖，是去看桃花、看杨柳的，不是去看女人的。师傅说，不要歪曲我的意思好吧。师娘想说什么，还没开口先笑了起来。师傅说，神秘兮兮做啥啊，想到好笑的事情了，讲出来听听。师娘笑道，我也是瞎讲的，每次小风一来，唱机就只唱桃花扭头红，只唱这一句，不唱别的，我猜想，大概小风要交桃花运了。

野和尚听了闷头戆笑。

五 《春官疏卷》

大夜班，晚上七点到早晨七点，十二个小时，没有人打扰，野和尚有足够的时间思考。所谓的思考，其实大部分时间是在想女人。二十岁的男子，原始欲望就像喷薄欲出的岩浆那么炽热，那么急不可耐，那么渴望飞升。师娘说他要交桃花运了，这令他充满期待，但是桃花运迟迟不来。在板桥铁矿的三年多，在和女人交往方面他几乎就是个空白。野和尚甚至有点后悔和曹金凤断绝来往。先前太理想化了，太挑剔了。女人都欢喜哭的，林黛玉也欢喜哭的，贾宝玉就很有肚量，一点都不嫌鄙她。让曹金凤哭好了，一边哭一边照样可以亲热，梨花带雨反而味道浓。在曹金凤身上只进行了初浅的探索，隔层布，十里路。最后十里路有的人会走得很轻快，有的人会走得很漫长。他主动放弃了，没有走下去；其实，走走也无妨，不走呢，或许能看到更加好的风景。

野和尚不会想到，他遇到的第一朵桃花，要在几年以后才出现。那时他已经回上海读大学了，工农兵学员，很时髦的新生事物。那时候能够来读大学的，也算是凤毛麟角，必须有些绝技绝活。比如野和尚的绝活是爬高爬低写标语，那朵桃花的绝技是蒙眼取物。那女子叫许蓓蓓，原来是苏州粮食仓库的保管员，有特异功能。你让她蒙着眼睛到仓库里提一袋三年前某个批次的富强粉出来，她健步如飞立刻给你提来，一路上都不会磕磕碰碰。你在她面前放几小撮米，她蒙着眼睛闻一闻，能闻出哪撮是大米，哪撮是籼米，哪撮是糯米，还能分辨出哪撮是新米，哪撮是陈米。更绝的是，即便是陈米，她也能闻出哪个是三年陈，哪个是五年陈，哪个是八年陈，搞得就像是品陈年黄酒一样。所以许蓓蓓虽然年岁不大，在当地粮食系统却属于标杆级的人物。

有次野和尚去锁化学实验室的门。他是班长，手里有一串钥匙，每把钥匙都不是摆设，都能开锁，这让他很得意，时不时会拍一下腰间，或者作势奔跑几步，让钥匙串左右摇晃互相撞击，听听久违了的浦东说书的钹子声，分外遥远而亲切。野和尚在化学实验室里面检查了一遍，出来刚要锁门，没料到许蓓蓓跟在后面，像是脚步打了个滑，顺势把他撞进门里，反手锁好门。他说，你来干什么？许蓓蓓说，刚才在路上，你对我笑了笑，意味深长，以前你没有这样对我笑过，我懂的。野和尚说，哪有的事，我对你笑，是出于礼貌。许蓓蓓说，不要假正经了，我还不知道你的心思，做实验的时候你眼睛朝什么地方看了，你一直在偷瞄我，还以为我不知道。野和尚听不懂，他心仪的对象是校花级别的，还真的没怎么注意过许蓓蓓。许蓓蓓汗津津地贴到他跟前，说，下流坯，你看我这里了，恨不得把两颗眼珠钻到里面去是吧。你给我老实交代，是不是？苏州话软绵绵嗲悠悠，再配上许蓓蓓火辣辣的眼神，反差极大，杀伤力极大。野和尚说，女同志还是要稳重一点的，幸好你碰到我，碰到别的男人，你就吃亏了；再说，你有男朋友的，男朋友还到上海来看你，虽然有点娘娘腔，但是对你蛮好的，你不能背叛他的。许蓓蓓说，少啰嗦，少给我假正经，做就做，不做算数，本姑娘不是没人要的。话说到这个地步，野和尚就不客气了。在此之前野和尚还是处男，有点笨拙，好在做这个事情完全是无师自通，所以进展还算顺利。紧要关头，许蓓蓓突然问他，你用的是上海蜂花的药皂，是吧？那个药皂用了以后，皮肤特别干燥，气味也不好闻。野和尚不搭理她，自顾自埋头摸索。许蓓蓓又说，我在苏州看到过死人哎，一点都不怕，我其实不适合读化学，适合学医；我就喜欢你这种鼻子大的男生，怎么不响啦，你说，娜拉为什么要出走？

野和尚想，这女人思维有点跳跃。

那一阵，学校里的女生都在迷易卜生的《玩偶之家》，都在谈论娜拉究竟为什么出走。许蓓蓓说，我觉得娜拉不应该消极逃避，而是应该积极地起来反抗。新时代的女性就应该这样。要是我，我就不走，留下来斗争到底。海尔茂太自私虚伪了！野和尚说，斯道泼（stop），这种时刻、这样的场合，把海尔茂扯进来，煞风景吧。许蓓蓓说，同学之间探讨问题，就要见缝插针，随时随地都可以探讨。野和尚气喘吁吁地说，我现在不想和你探讨学术问题，我不希望海尔茂横插一脚，来打扰我们的正事。许蓓蓓噘起嘴不响了，闭上眼睛听凭他摆布，只是在某些时候哼哼几声。野和尚这时候还比较稚嫩，后来见多识广了，发现一个规律，男人和女人亲热的时候，男人会看着对方的脸，会关注对方的任何细微表情。男人好色，说的是男人很注重女人的容貌，女人的美或者丑，直接影响亲热时候的心情，影响亲热的质量。女人不一样，女人并不十分在意男人的相貌。这样的时刻，女人通常都会闭上眼睛，鼓励男人放肆，让男人放开手脚，为所欲为，在被动中，细细品味力度和频率，偷着乐。大多数女人都是这样，只是到了偃旗息鼓的时候，才会星眼蒙眬地问你，开心吧。男人到这个时候，反而想闭上眼睛睡觉了，除非这个女人是绝色，才值得再敷衍一番。

接近尾声时，许蓓蓓的反应有点大，踢翻了几只烧杯和一只酒精灯。野和尚和许蓓蓓后来又做过几次，每次做，事先都要约法三章，不许提起海尔茂，不许谈小说，不许在兴奋的时候手舞足蹈，不许大声喊叫。许蓓蓓统统答应，到时候照样手舞足蹈，照样喊叫，有次野和尚不得已，捂她嘴巴，差点把她闷死；不过，海尔茂倒是不再提起了。

虽然还是特殊时期，但大学毕竟还是大学，况且又是座具有百年历史的学府，不能说文化学术的氛围多么浓郁，至少要比外面宽松很多。校话剧社排演过易卜生的《玩偶之家》，只要说是为了批判的目的而排演，校方就会同意。同样，看的人也要说是为了批判的目的而去看的。野和尚去看了，不是为了批判，也不是去看娜拉和海尔茂的悲剧，而是去看演娜拉的校花的，是想把校花当桃花。可惜那朵校花在台上太想表现了，太风情洋溢了，把娜拉演得就像上海街头的赖三，有点倒胃口。比较起来，他更喜欢易卜生的《彼尔·英特》。只是，易卜生的戏剧太沉闷，看剧本非常容易打瞌睡。后来接触到塞缪尔·贝克特，那家伙写了部《等待戈多》，和易卜生可以一拼，两个人同样枯燥无聊。

这些都是后来的事了。此刻，野和尚还在继续当他的皮带操作工。我之前说过，记忆是混乱的，是未必真实的，但野和尚一口咬定，在板桥铁矿时，漫漫长夜，看着皮带机单调地转动，他很少想女人，想了也白想，不切实际，他会长时间地想一些深刻的问题。

他说到"深刻"一词，让我想笑。

野和尚说，他本来是很清纯的男人，到了大学才堕落的。那些女同学早熟，有过性生活经验的，太主动了，送上门来，你不接受都有点不好意思。

我听了又想笑。

野和尚一开始很羡慕师傅师娘的小日子,手里有钞票,想吃什么,总有办法吃到。野和尚就想过这样的日子,那是因为自己从小是苦过来穷过来馋过来的,等到他一样一样尝过了,惊叹之余,发现也不过如此。要是让他像师傅那样活一遍,有点不甘心。

那时候野和尚肯定不知道娜拉,更不知道一个叫楚门的男人。其实不光娜拉想逃,那个叫楚门的男人也想逃。若干年后的一部美国片,叫《楚门的世界》,里面那个叫楚门的男人,才叫可怜。这个男人从小到大,生活在一个玻璃罐一般的世界里,他就像被装进玻璃罐里的一只蝴蝶,说蝴蝶有点好听了,更像是一只蚂蚱,供人玩耍戏弄,读书、工作、恋爱,所有的一切都被安排好了,按照剧本演出,别人只不过是在配合演出。这家伙一直被蒙在鼓里,当然,后来他也醒悟了,出逃了,逃得十分果决。那时候,那部电影还没问世,野和尚几乎是在二十多年后才看到这部电影的,才知道楚门这个人物,要是早一点看到,他的感慨会很深。他看看周围的人,就是完全按照剧本这么一路过来的。大多数人考不上大学,初中或者高中毕业、技校或者中专毕业,进厂,进大集体单位,进里弄生产组,进酱油店绸布店饮食店;学徒满师后,大家定的是同样级别的工资,然后,有个热心的介绍人出现了,给你介绍对象,于是你就认识一个姑娘,可能很中意,也可能觉得像鸡肋,食之无味,弃之可惜,最终无可奈何地接受下来。师傅就是这样的。师傅谈恋爱时见到师娘的笑容,他难道就不害怕?肯定害怕的,说不定师娘看到他的狰狞也害怕,只不过后来两个人互相看习惯了而已,师傅那种娄阿鼠式的形象,只能讨到师娘这样的老婆。要结婚了,就向单位申请要结婚的房子,那么多想结婚的人一起排队,眼巴巴地等着单位分配房子；然后生孩子洗尿布。人和人基本没有什么区别，穿的衣服也差不多，吃的东西也差不多，都是凭票供应。看到谁的老婆穿了件漂亮衣服，要面子，给自己的老婆也照式照样买一件回来。看看上一辈，看看师傅，几乎可以看到自己的未来。这难免让他灰心丧气。他不想和绝大多数人一样，按部就班，简单重复，没有变化。野和尚要是那时候看到《楚门的世界》，他肯定会感动得一塌糊涂。

这天觉得无聊，野和尚去矿文化站闲逛，无意中看到楼梯角落堆了几个麻袋，像是要处理掉的旧书，其中一本狭长而轻薄的书，不甘寂寞地从麻袋里探出头来。依野和尚的心思，原是想扛个麻袋走的，一麻袋的书，回去定定心心看，但是太招摇了，便随手抽出那本，往工作棉袄里一夹，若无其事地走了。回到宿舍一看，不免有点失望，连张图片也没有，是本字帖，成亲王的《春官疏卷》，原先的封面不知何故被撕掉了，又重新用白纸糊了个封面。他起先以为成亲王是书法家的名字，想想不对，书法家的名字应该老气横秋、法度庄严，比如王羲之、欧阳询、颜真卿、柳公权、苏东坡那样的。这个姓成的家伙，不知是哪路高人，攀龙附凤，起个这样的名字，冒充皇帝的儿子，俗不可耐。

转念一想，这家伙说不定还真是个亲王。野和尚只认识不多几个亲王，名气比较大的是八贤王，讲义气，像老母鸡孵蛋一样护着杨家将一门忠烈。还有个秦王，叫李世民的，后来杀了兄弟当了皇帝。这都是小人书里看来的。以前的朝代只叫什么王什么王，好像只有清朝才叫亲王，恭亲王、礼亲王、康亲王什么的。野和尚专门去矿工子弟中学请教历史老师，才知道成亲王果真有来历，是乾隆皇帝的第十一个儿子。这下弄明白了,第十一个儿子,排名比较靠后,夺嫡估计没什么戏,所以有大把时间练习书法,练出一手好字,被后人当字帖膜拜,反而青史留名了;其他的儿子除了继位的那个嘉庆皇帝,谁还记得。野和尚不知道,这个成亲王本来真有可能当太子的,就是因为字写得太好了,乾隆皇帝觉得他不务正业,玩物丧志,把他从名单上划掉了。

上班时,他把字帖也带去了。闲来无事,就翻开看,但见上面写着:

布度定纪,分州系象。华岐以西,龙门积石,至三危之野,雍州,属魁星。太行以东,至碣石王屋砥柱,冀州,属枢星。三河雷泽,东至海岱以北,兖州青州,属机星。蒙山以东,至南江会稽震泽,徐扬之州,属权星。大别以东,至雷泽九江,荆州,属衡星。荆山西南,至岷山,北距鸟鼠,梁州,属开星。外方熊耳以至泗水陪尾,豫州,属摇星。此九州,属北斗,星有七,州有九,但兖青徐扬,并属二州,故七星主九州也。

看不太懂,像是写山川星辰、地理方位。现在说九州方圆,九州大概就是这上面来的。数了数,一共一百五十个字。落款是:周礼春官疏,成亲王。从头到尾细细看来,但见每个字都写得蛮活的,蛮稳重的,架子也蛮端正的,看了不俗气,看样子是下过工夫的。野和尚想不出还有其他的形容词,就是觉得好,却又说不出好在哪里。

和野和尚换班的女工怀孕了,不肯上夜班。野和尚对班长说,我来顶班,我欢喜上长夜班,我反正日夜颠倒,习惯了。于是就上长夜班。

夜深人静，他把字帖摊开来看，看了几个月，那些字已经印在心里了，渐渐地，野和尚看出字的妙处来了，那种收放自如，轻灵俊秀，就像师娘烧的白切肉，瘦中带肥，肥中带瘦，增一分则肥，减一分则瘦，不肥不瘦，刚刚好。再后来，闭上眼睛，能看到一个清癯的男子，浓眉阔鼻，头顶有点尖，穿一袭束袖的黄马褂，脑后垂一根辫子，悬肘写字。想来那便是成亲王了，看着十分面熟，觉得像自己，莫非自己和成亲王是同一个人，隔世投胎，心意相通。成亲王写了个"布"字，写了个"度"字，又写了个"定"字，写了个"纪"字，抬头看看野和尚，笑笑，继续写，笔画之间略有停顿，却又像小溪流淌那般畅轻快意，写了一整篇《春官疏卷》。野和尚不觉得是神游，像真的一样，像是成亲王耳提面命，在亲自示范给他看，睁开眼睛，豁然开朗，大为振奋，当即就在桌子上蘸着水写。他没听说过永字八法，不知道侧、勒、弩、趯、策、掠、啄、磔，但他知道依样画葫芦。水的形态是圆润的，没有笔锋，但笔锋在他心里，他看得到，手指随着成亲王的笔势挥洒腾挪。坐着写不过瘾，站着写。桌子写满了，用布抹干，继续写。写了几天，食指磨破了，换中指写，中指也磨破了，拿抹布蘸着水写。

我不是在写野和尚的励志故事，而是描写他的疯魔状态。这样的疯魔状态持续了一年多，他觉得桌面不够大了，整个桌面只够他写两个字，再后来，只够他写一个字。不过有一点倒是有明显改观，野和尚不像以前那么邋遢了，上班下班衣着整洁。

春来春去，秋去秋来。有次师傅给野和尚送夜点心来，看到野和尚用一把长柄竹节扫帚在地上划来划去，不像是扫地，一扫帚一扫帚，扫得有章法，有顿挫，随口说道，劲道用了蛮足的，还带点杀气，不像是在搞卫生，像是在练刀法，练关云长的青龙偃月刀啊。

野和尚很兴奋地说,师傅,我是在练书法,练成亲王的字。成亲王你听说过吧,师傅,我写给你看。皮带机尾部正好有一块空地,野和尚把铅桶放满水,竹节扫帚浸到铅桶里,湿淋淋提起来,起笔一横,写到头,扫帚轻提往回一收。师傅的名字里有个南字,野和尚就写这个南字。地上积了薄薄一层粉尘,正好有与宣纸相当的效果。长柄扫帚一路挥洒,不光用了手指的力量,手腕的力量,还用上了腰背的力量,臂部腿部的力量,扫帚在地上拖,不时有竹节断裂,发出嚓嚓的声音。这个南字,足足有两米见方,写得恣肆汪洋,酣畅淋漓。师傅目瞪口呆,说,小凤,你跟啥人学的,哪个老师教你的?保密工作做得这么好,我怎么一点都不晓得。不对呀,整个板桥铁矿,练书法的人不少,能写出这种气势的,能写得这样出神入化的,娘胎里还没有生出来。野和尚嘿嘿笑道,师傅,我是照字帖练的,就是这本。师傅接过字帖翻了翻,感叹道,我一个堂堂的高中生,发配到这种地方当操作工,不怪别人,怪我运道不好。我已经被埋没了,我不想叫我徒弟也被埋没。我明早就去向矿里反映,调你到矿工会去施展才华。野和尚说,师傅,你不要去讲,我在此地蛮好的,有空看看书、练练字,调到矿工会去,敲锣打鼓送退休工人光荣退休,拎只糨糊桶各到各处去刷标语,拔河比赛的时候在旁边吹哨子喊加油,一点意思也没有,去了反而难熬,还不如现在自由。要走就走得远一点,不想在矿里兜圈子。师傅说,你讲得也对,只要有本事,迟早要冒出来的,别人想挡也挡不牢的。

师傅回去对师娘一说,师娘起先还不以为然,说,当个操作工,字写得好有啥用啊。师傅说,当操作工,字写得好是没有卵用,但是你不想当操作工,这点本事就能派用场了。师娘是个急性子,立时三刻就要把野和尚叫来,表演给她看。师傅说,小凤夜班刚刚下班，回宿舍困觉了。急啥，他又不会逃掉的。他打了个哈欠，我也要困觉了。放心，我讲过了，叫他来吃晚饭。又补了句，晚饭的菜弄得丰盛点。师娘笑着说，当初也不知道是谁，吵着要带徒弟，徒弟派给他带了，回来埋怨，说触霉头，带了个别人不要的落脚货，带了个戆木卵。师傅说，不要揭老底好吧，人是没有后眼的。小风这个小鬼，将来可能要成大气候的。你想，到板桥来的时候，戆头戆脑，也不会看脸色看山水，被掘进队的人赶出来，坍台吧，坍台坍得面子夹里全部没有了。要是自尊心强的人，要面子，说不定就自杀了。这小鬼不温不火，不声不响，无所谓。上次皮带跑偏，反应快吧，一分钟不到就按响警铃；换一个人上夜班，口水流一地，皮带撕裂了还在打呼。他这次厉害的，不动声色，偷偷练书法，写得龙飞凤舞，服帖。我最服帖他的，是到了这个地步，还能沉得住气，一点不张扬。我练过书法的，练了几年，到现在骨架还是撑不牢。老实讲，就是叫王羲之来，给他一把扫帚叫他写，写出来也不及小风。师娘说，徒弟有出息，你面子上也有光彩。夫妻两个人眉花眼笑。

这天傍晚，野和尚到师傅家里去，发现桌子上一应俱全，曹素功墨汁倒在碟子里，碟子上搁了一支狼毫，等他来开锋，白纸也已经裁成条幅铺好了。师傅说，小风，快，写给你师娘看，让她开心开心。你师娘已经等了你一天了。师娘听到声响从厨房蹿出来，说，小风，听说你毛笔字写得好，写得活龙活现，师娘激动死了，今朝一整天我人都在发抖。你快写，师娘不会写毛笔，但是看得懂好坏的。野和尚说，师傅师娘，我不会用毛笔的，我用抹布写过，用拖把写过，用竹节扫帚写过，用芦花扫帚写过，就是没有用过毛笔。要不，我用手指头蘸着墨汁写。师娘说，可以的可以的，随便你，怎么写，写啥，自由发挥。野和尚想了想，手指蘸墨，两张条幅一气呵成——

开开心心上班来，
平平安安回家去。

师娘说，好，好，端端正正，四四方方，手指甲的印子也看得出。师傅说，不要不懂装懂好吧，这是笔锋。小风，师傅本来是想贴在墙上的，你写条安全生产标语，我贴在家里，不像腔的。再写张四尺条幅，就写飞龙鼎三个字。老古话讲，秀才难写飞龙鼎，这是最考验功力的三个字。要写繁体字，鼎字简体繁体一样的，飞和龙有繁体的。野和尚说，师傅，我不会写繁体字的，鼎字我也不会写。师傅另外撕了张白纸，写好三个字给野和尚看。野和尚在心里默默比划了一番，说，师傅，墨汁倒在大碗里，我写大字，用五只手指撮拢了写，试试看。

野和尚凝神运气，五只手指一起伸进墨汁碗里，淘了淘，又甩了甩。原来临的《春官疏卷》，属于行楷，因为怕墨汁滴在纸上，写得飞快，接近于行书，真正的龙飞凤舞一般，一气呵成，写得龙腾虎跃，枯湿浓淡，丰盈润泽，骨骼清奇，别有一番狂放不羁的意味，这是用毛笔无法体现出的粗犷野趣，又因为五个手指参差不齐，写出来的效果有点像碑拓，石碑风化形成的残缺美。师傅半天不说话，好一会才大声叫了个"好"，说，我开眼界了，这一世没有白活。你落个款，只写你名字，不要写年月日。我收藏起来，将来拿到荣宝斋、朵云轩去，让行家看看，看他们识货吧。师娘说，这几个字写得怎么样？师傅说，好，不是一般的好，不是用一个好字能够形容的，自成一体，独步天下。小风，你将来可以凭你的书法，走遍天下都不怕，走到哪里，你都是座上宾。野和尚笑道，师傅，你把我捧得太高了。我有自知之明的，我是闲得无聊写着玩的，自得其乐，野路子，不上台面的，也算不上书法，扫帚体，讲出去要被别人笑的。再讲，我也不想把写字当饭碗。师娘说，小风讲得对。我也从来没有听说过，字写得好，可以混饭吃。当工人蛮好的，自由，不要动脑子，每个月到了时间就领工资。小风，去洗洗手，喝酒，吃饭。

这天饭桌上，除了酒香草头、韭芽炒蛋等几样家常菜，多了一只桂花肉。师傅笑道，我也难得吃到桂花肉，今朝是师娘特地为你做的，我是借你光。师娘说，这只菜做起来倒也不麻烦，就是买不到好的肉。做桂花肉，必须要猪腿肉里的梅花肉，别的部位的肉，做出来总是缺口气。今朝到菜场去，正好看到有梅花肉，巧吧。切成片，用面粉淀粉鸡蛋勾芡，入油锅炸，炸到金黄色，看上去就像桂花的颜色，所以叫桂花肉，其实里面没有桂花的。野和尚是第一次吃到桂花肉，揿了一块刚要放进嘴巴，师娘说，蘸醋吃。野和尚依言入口，果然软中带酥，肉香浓郁，色香味俱全，别有一番滋味，好吃。不过，现在野和尚对吃已经很淡然了，但知道说几句好话，会搔到师娘的痒处，依旧连说三声我以为，然后充满陶醉地眯缝眼，说出那句名言，这是世界上最好吃的。师娘开心得格格笑，说，好吃就多吃点，趁热吃。

野和尚说，再过几个月我就满师了，可以拿三十六块工资了。拿了工资，我想请师傅师娘到金陵去玩，到玄武湖去划船；晚饭在新街口大三元吃，吃叉烧、吃烤鸭，师傅师娘想吃啥，随便点。师傅爽气，说，好。师娘叫起来了，说，神经病啊，钞票多得用不光了是吧，要到饭店里去浪费啊。我烧的菜不比饭店里的好吃啊。

六　工农兵学员

　　这天夜班下班，野和尚和师傅在食堂吃早点。

　　师傅说，小风，有个情况你晓得一下。听人讲，工会到处在打听会写美术字的人。矿里各到各处的大标语，这些年风吹雨淋，油漆斑驳，内容也过时了，不严肃，要重新写。标语内容也确定了，就是找不到人来写。板桥铁矿讲是讲有四千多职工，好像人才还是不多。野和尚说，不会吧。师傅说，我记得矿工会有个姓秦的，一手美术字写得蛮漂亮的。最早他在上海大光明电影院门口，立在扒脚扶梯上画电影海报，围了不少人看。这家伙有本事的，皮肤的质感、头发丝的效果，画得像真的一样。我有次看他画电影《夜半歌声》的海报，册那，大块的黑色上面写四个血淋淋的字，夜半歌声，下面露出一只角，画一个狰狞的面容，看得你汗毛凛凛。这家伙在圈子里有点小名气的，原来矿区大标语基本都是他写的，听说生重病了。野和尚呼噜呼噜喝粥，没有接腔。师傅说，你一向安分守己，不惹事情，不张扬，不招摇，蛮好，这是做人的优点。机会不来，没有必要像无头苍蝇一样去投机钻营；但是机会放到面前了，就不要客气了。我觉得，你应该出去闯闯了，去露一手给别人看看。野和尚说，我不会写美术字的。师傅说，你这手字，压过所有的美术字。我基本上没有什么希望了，这一世就困在板桥了，你不一样，年纪轻，抓住机会，下半世可能就改变了。野和尚有点跃跃欲试，说，但是我不认识工会的人。师傅说，不认识，去了就认识了，你这手字就是介绍信。我掂过你分量的，大大方方过去，胸脯挺得高点，你是去帮忙的，又不是去求人帮忙的，怕啥！师傅晓得你功力的，一点问题也没有。

野和尚到矿工会去的时候，工会主席在办公室门口的走廊抽烟，面色很难看。紧要关头，工会里专职搞美工的老秦躺倒了，生病了。前些日子，工会主席差了个手下的干事去看望老秦，说，买两瓶人参蜂皇浆，去看看他，老秦这个人就是娇气，吃老本，稍微不舒服，就请病假，小病大养。要是没有什么大毛病，休息几天可以了，叫他快点来上班，等着他写大标语呢！那干事拎了蜂皇浆跑到老秦家里去看他，老秦说发带状疱疹了，后背肌肉痛得僵住了，手也举不起来，肯定不能爬脚手架了，就是爬上去也没办法写字。回来后，矿工会主席问那干事，老秦生的是什么病？那个干事听过一遍带状疱疹，忘记了，只记得是四个字，脱口而出，红斑狼疮。又说，好像蛮严重的，后背痛得要喊救命，腰也直不起来，两只手已经不能动了，估计要瘫痪了。工会主席一听问题严重了，一般来说，红斑狼疮和奶疖一样，只有女人才会生，男人生红斑狼疮，要性命的事情，一时半会不会好的，弄得不好还有可能要传染的。工会主席对干事说，你再去老秦家里跑一趟，叫他安心养病，暂时不要来上班了，免得传染给别人。

工会主席四处搬救兵。矿文化站倒是有两个也能写美术字的，但是有恐高症，听到主厂房和办公大楼好几十米高，要爬脚手架，踩在搁板上面写，当场腿就发软了。

一筹莫展之时，野和尚来了。

野和尚走进工会办公室，问，哪一个是领导啊，我有事找他。办公室里几个人都在忙手头的事，见这年轻人说话没头没脑，也不懂礼貌，没人理睬他。野和尚嘀咕了一句，好像耳朵都不大好嘛。算了，算我瞎起劲，这种事情本来就和我没有关系。我是来帮忙的，又不是来讨饭的，不要我帮忙，我乐得轻松。工会主席在门口抽烟，听到了，说，你刚才说你是来帮忙的，帮什么忙啊？我就是领导，你有话可以对我说。野和尚说，不是说找不到人写大标语吗，我师傅叫我来帮忙的。工会主席正急得上火，当即握住野和尚的手，热烈地摇晃，说，欢迎欢迎，正等着你来呢，进屋谈进屋谈。说着，便招呼人给野和尚泡茶。又问，你刚才说是你师傅叫你来的，你师傅是？野和尚说了师傅的名字，工会主席听名字很陌生，不知道是何方高人，不过这个问题无关紧要，便说，小同志贵姓？野和尚说自己姓风。工会主席说，小风，想不到你年纪轻轻，会写美术字，有出息的。黑体、宋体这种美术字你应该不成问题吧，要是写魏碑也可以，写隶书好像不合适，正楷倒勉强可以，但是不够弹眼落睛。野和尚说，我只会写正楷，其他的不会。工会主席说，大标语用正楷写，要是用苏体颜体，厚重饱满，问题不大。你正楷是跟谁学的？野和尚说，成亲王。工会主席说，你师父就是成亲王？你刚才说的好像不是这个名字。野和尚说，不是，我师傅是皮带操作工，不会写大字的，他练过几年书法，不过据他自己说，他写出来的字，骨架还是撑不牢；师傅这样讲，也可能是他比较谦虚。工会主席说，那你刚才说的那个姓成的人是谁？野和尚说，我说的是成亲王，他也可以算是我师傅。我打瞌睡的时候，他一笔一画教过我写书法，不像是做梦，像真的一样。不过成亲王不姓成，姓爱新觉罗，是清朝乾隆皇帝的儿子，乾隆皇帝的第十一个儿子。乾隆皇帝你应该知道的吧,好几次下江南,就是为了到扬州逛妓院,吃花酒。野和尚还想说下去,但是工会主席没有耐心听了,说,你到底能不能写大标语,你写的属于什么体?野和尚沉吟半晌,说——

严格来讲,应该属于扫帚体。

工会主席此时心里已经有判断了,这小青年说话颠三倒四,乱话三千,如果不是从某个地方逃出来的,也属于受过刺激神经搭错的朋友。不过搞工会工作的人,涵养功夫都好,敷衍道,你说你能写大字,能写多少大的字?野和尚说,我写过两米大的字,直接用扫帚写的,要是地方足够大,宽敞,写三米估计也没有问题。工会主席对此已经不抱什么希望了,说,了不起,了不起,你厉害的。小风,你蛮热心的,你的情况我基本也清楚了。我再考虑考虑,到时候如果需要,一定请你过来帮忙。谢谢你支持工会工作!谢谢!走好,不送了。野和尚说,我刚刚夜班下班,直接过来的。既然来也来了,总不见得白跑一趟。我现在就写给你看看,行就行,不行我就回去睡觉,耽误不了多少时间的。他错眼看到墙角落里堆了几只大的油漆罐,上去拎了拎,满的,说,油漆也现成的,只要再配一把扫帚就可以了。我习惯用芦花扫帚,芦花扫帚软硬适中,比较顺手。便随手拿起门口的一把芦花扫帚,因为是旧扫帚,铺得很开,找了段绳子,扎了扎,扎成半尺宽,掂了掂,说,可以了。我们找个地方去试试。野和尚没有看到,工会里的几个人都在背后一边对他指指戳戳,一边朝工会主席做怪腔。工会主席苦笑,这小青年来历不明,自说自话,还像牛皮糖一样贴上来就黏住了,被他牵着鼻子走,只能走一步看一步了。

野和尚拎油漆罐,工会主席手提扫帚,二人在前面走,工会的一帮人跟在后面等着看好戏。

工会主席本来想带野和尚到某个偏僻的公共厕所去，反正里面已经被涂写得乱七八糟了，每个坑位都有春宫图打油诗，再让野和尚涂几笔也无妨，大不了再粉刷一遍。哪知野和尚十分挑剔，说厕所要散臭气，墙壁的砖头砌得是漏空的，没办法下手，必须是一整堵墙才好。拐过弯，前面有间旧房子，是原来的氧气瓶仓库，后来仓库搬走了，此地就废弃了。工会主席说，就在这里写吧，这房子迟早也是要拆的。野和尚撬开油漆罐，一罐晶亮黏稠的红漆，把芦花扫帚伸进桶里，说，既然要拆掉的，那我就写个拆字，说罢芦花扫帚便豪气万丈地朝墙上挥去，俯仰挥洒之间，赫然一个两米见方的"拆"字，醒目耀眼。写好，退后几步，自己欣赏一番，还不错，只是油漆蘸得多了，笔画之间有无数条红蚯蚓流淌下来，破相了。以前是在地上写，桌上写，不存在这个问题。野和尚说，我重写。工会主席点点头，他识货的，看出这个拆字奇崛雄浑，颇具功力，而且有一种难以言说的魔力——看着这个拆字，就想动手去拆房子。野和尚扫帚蘸好红漆，提起扫帚，稍微沥沥干，又在红漆罐头沿里舔一舔，再次朝墙上挥去。最后那个点刚刚收住，工会的一帮人便喝起彩来。这个字比刚才那个写得更流畅豪放，而且没有油漆滴淌。工会主席迫不及待地从野和尚手里抢过扫帚，蘸蘸油漆，也朝墙上挥去。众人都很惊讶，不知他要干什么，却见他绕着拆字边缘画了个大圆圈，放下扫帚说，写得好，写得好，可圈可点，我奖励小风一个大大的圈。哈哈哈哈。大家跟着一起笑，笑得很开心。工会主席说，这下，我心里一块石头落地了，放心了。小风，你年纪轻轻，真人不露相啊。写大标语的任务就交给你了。哎对了，你是哪个部门的？我马上去办借调手续。

　　野和尚写的第一条标语，是在矿工大食堂正门的外墙，对他来说算是正式开笔。工会主席帮他拎油漆桶，工会其他人也悉数到场。事先试了几样工具，最后确定用粉刷墙壁的排刷，绑在扫帚柄上。正是中午开饭的时候，围了不少人看热闹。人群里，也有以前看过工会的老秦写标语的。老秦先要用排笔勾线，勾出字的轮廓，再刷红漆，看得你肚肠根也痒了，才不紧不慢写好一个字。写好一个字，要喝茶了，要抽烟了，歇半天再写，就像是在磨洋工。今天看到的这个小青年，写得爽爽气气，就像油漆工在粉刷外墙，动作连贯，潇洒飘逸，看他写字特别过瘾，一笔到底，一气呵成，写好也用不着修修补补，像模像样，而且字写得活，写得漂亮，白墙红字，有立体感。围观的人啧啧称赞，说，一看就知道是油漆工出身，一把排刷正手反手，左右开弓，多少灵活。旁边有人补充，这个水平，至少五级工，要是刷墙头，绝对平服，看不出接缝。

野和尚写好一个，大家就拍手叫好。因为这次写的位置是墙根到窗框这段，是站在平地写，写得特别轻松，也就不到两个小时，一条标语就写好了。

学了哲学思想红，继续革命立新功。

野和尚写得汗也出来了。工会主席退远了看，凑近了看，左看右看，十分满意，说，小风辛苦了，洗洗手，先去吃饭。他搭着野和尚的肩头走了几步，又问，小风，有没有兴趣到工会来工作？

野和尚装戆，笑笑，不置可否。

那个老秦后来很倒霉，带状疱疹好了，想来上班了，工会主席不许他来，要他继续在家养病，说单位里算他出勤的。过几天，老秦硬着头皮来上班了，发觉同事看他的眼神很怪，像是有意在避开他。工会活动经费充足，经常聚餐的，但是从此以后凡是聚餐都不再喊上他。他想不明白。

那间临时仓库因为墙上写了两个"拆"字，过了几天还真的就拆了，原地种了一排夹竹桃，从苗圃里直接移过来的。

这天，矿长下基层参加劳动，到了选矿车间，突然想起两年多前的那次事故，想起那个姓风的邋遢小子，当时对他印象不错，问道，那个小鬼现在表现怎么样？陪同的人知道矿长指的是谁，说，矿长说的是小风吧，小伙子表现很好。矿长你听说了吧，矿里所有的大标语都是他写的，写得又快又好。小风现在名气蛮响的，名气传到外单位去了，兄弟单位也来请他去写标语呢。说话的家伙走到窗前看了看，指着窗外说，矿长，这里地势高，能看到那个爬在炼铁分厂烟囱上写标语的，应该就是小风。另有个家伙说，这个小风，还真有点神秘莫测，规规矩矩上班，一点不露声色，要不是这次工会碰到困难了，他跑去毛遂自荐，还不知道他有这么大的本事，简直是一鸣惊人。矿长点点头，对身旁的办公室主任说——

矿里推荐上大学的工农兵学员名额，好像还有一个机动的，让这个小鬼去。

人的命运之所以不可捉摸，往往取决于某人心血来潮时的一句话。当初毕工组组长，那家伙也是我外公的关门徒弟，他的一句话，把野和尚打发到板桥。矿长的一句话，让野和尚回到上海读大学。野和尚做梦也不会想到，他的人生会有这么大的转折。他读的那所大学，在上海排名不靠前，但是环境幽雅。生活里充满了偶然。要是没有这么多偶然，生活就很无趣了，野和尚后来的人生，也不会活得那么跌宕起伏，色彩斑斓。

现在想来，在板桥铁矿的那几年，野和尚其实活得懵懵懂懂，很单纯、很孤独，活动的半径很小，几乎没有什么朋友，靠一把扫帚脱颖而出，也基本属于歪打正着，有着诸多机缘巧合。不过这也让他明白了一点，必须活得和别人不一样。他的道行是后来才修炼出来的。

据说在离开板桥铁矿的前一夜，野和尚和姓马的老矿工喝了一顿酒，就在宿舍里。两人喝了两瓶洋河大曲，从头到尾没说过几句话，喝的是闷酒，有时闷酒照样可以喝得很愉快。买的是卤菜，其中一盆猪耳朵，很对胃口，两个人咕叽咕叽嚼得欢快。老矿工说，这盆猪耳朵入味，绷脆。野和尚说，是的，有嚼劲。末了，老矿工仰头喝下杯中酒，说道，一瓶半，我到量了。哈哈，喝得爽快。说完倒头便睡。听到老矿工的呼噜声响起来了，野和尚收拾残局。

我听说野和尚回上海读书了，但一直没有见到他。他很少回同寿里，大部分时间待在学校里。野和尚刚回上海那段时间，只要有人来买香烟，不管认识不认识，摆香烟摊女人都要说，我儿子读大学了，是工农兵学员，矿长亲自推荐的。她说的时候满脸堆笑，脸泛红晕，很有点扬眉吐气，一心想与别人分享这份喜悦。要是十年前，摆香烟摊女人还有几分姿色，说不定会有人敷衍几句，现在几乎没有人搭腔，连嗯一声都懒得嗯。大家都自顾不暇，哪有工夫理会别人的闲事，如果是别人家倒霉的事情，听听或许心情会好一点；如果是好事，关我屁事啊，谁还会给你好脸色看。更何况，工农兵学员读大学，听起来和到五七干校办学习班差不多的档次，有什么可以得意的。渐渐地，摆香烟摊女人脸上的红晕就黯淡下去了。

野和尚是带薪读大学的，矿里还每个月补贴他五块钱，他彻底摘掉穷人的帽子了。我在包装车间打包装箱，累死累活，每个月只有三十六块的赤膊工资，他上上课，图书馆里看看书，不仅有假期，还游山玩水，居然拿得比我还多，这让我心里很不平衡。

那天野和尚打电话给我，问我第二天有空吗，很久没见面了，一起吃顿饭。本来他想回家看看老娘的，可以和我到跃进食堂聚聚，但是学校里事情多，还是我过去吧，他在大学门口等我。他还说，上海最近新出了一种香烟，凤凰牌香烟，吸的时候甜丝丝的，会飘出一股奶油香味，蛮灵的，你给我搞一包，阿民你路道粗，有办法的；如果搞不到，看看我老娘的香烟摊有吧，有就买一包，明天带来。我听了厥倒，这家伙会打算盘，我给他买香烟，还要挑挑他老娘的生意，一炮两响。我本来想放他鸽子，但是鬼使神差，第二天还是去了。他站在搭着牌楼的校门口，叼着烟，烟屁股快烧到嘴唇了，敞着衣襟，看上去有点吊儿郎当。他看到我了，吐掉香烟，笑着迎上来。我说，你不是不抽烟的嘛，上次见面你也没抽烟。他说，在板桥铁矿三年多，我一支香烟也没碰过，和口袋里钞票太瘪有关系，又没有关系；像我这种捡香烟屁股出身的人，是不舍得把钞票白白烧掉的。再讲，老娘关照过，叫我不要抽烟，已经营养不良了，再抽香烟，那就是自寻死路了。到了大学情况不一样，宿舍里的兄弟都抽香烟的，近朱者赤，近墨者黑，从早到夜烟雾腾腾，熏也把你熏会了。你好意思一直抽伸手牌吗？你也必须买香烟回敬别人，时间一长就抽上瘾了。无所谓，等到尼古丁把你毒死，也活得差不多够本了。对待生命你不妨大胆冒险一点，因为好歹你要失去它。

后面那句话他是开国语，没头没脑，纯粹是在卖弄。野和尚说，这句话精彩吧，不是我讲的，是尼采讲的，外国人。阿民，凤凰牌香烟带来了吧？我摸出香烟给他，他塞进口袋，拍拍我肩膀说，阿民，你上路的。我几个兄弟只听说上海有凤凰牌香烟，有钞票也买不到，我这包带回去，在兄弟面前蛮有面子的。走，到隔壁小饭店去。从头到尾他再不提起付香烟钞票的事情。我其实不应该来的，但有时候人就像被鬼摸了头一样，明明不情愿做的事情，偏偏还是去做了；明明知道去了会上当，还是送上门去。我见他眼睑下面两块红晕，春风得意，色星高照。他说，本来想带你到食堂里去吃中饭，尝尝大学食堂的味道，但是拿不出手，没有油水的，还不及矿里的食堂油水足。他给了我一支烟，我一看，是许昌牌。我们点上烟。他说，我们宿舍比较统一，全部抽许昌牌香烟，老三家乡的香烟。外地香烟，不要凭票的，而且许昌的烟丝好，中华牌用的就是许昌出的烟丝。

我们进了不远处的一家小饭店。野和尚打招呼道，大块头，老规矩！有个大块头应了一声，看样子野和尚是这里的常客。坐定后，野和尚说，阿民，你晓得我为啥叫你来吧。我等着他说下去。他说，我讲我想你了，你会相信吧。我说，相信你的鬼话啊，我和你的交情好像还没有到这个地步，你想曹金凤还差不多。他说，不要欺负老实人好吧。我发现他读了大学以后口头禅也变了，以前总是说不要欺负穷人好吧。自称穷人的基本上是穷人，自称老实人的肯定不是老实人。他已经开始变得不老实了。他说，我讲的是真的，真的想你。我说，笑，继续笑，继续贼忒兮兮地笑。

菜上得很快，一只香干拌马兰头，一只炒猪肝，一只红烧大肠，还有两瓶啤酒。我们碰了碰杯，他一口灌下去半杯，说，和白酒相比，啤酒就像白开水。放下杯子正色道，阿民，我好像讲过的吧，你是我最好的朋友。我不晓得你怎么想的，我是真的这样想的。从小到大，我没有朋友的。学校里，没有人看得起我，弄堂里也没有人看得起我，只有你阿民才跟我讲讲话，只有你阿民才看得起我。每次出去打相打，你都会喊上我，没有一次漏掉我。我嘴巴上不讲，心里感激的。阿民你凭良心讲，我出去打相打，拼命吧，冲在最前头，对方看到我怕的，我砖头乱挥的，我不怕死的。你晓得为啥吧？你喊我出去，你看得起我，我也要对得起你，让你有面子，照文绉绉的讲法，就是要报答你的知遇之恩，你懂吧。还有一次，阿梁勤发还有毛毛还有白痴痴，好像还有小国明，把我揿在地上拳打脚踢，乱打。你也在，你打了我几记耳光就不打了。阿梁勤发他们继续打，白痴痴打得最凶，打得我吐血。后来你就喊停了，你讲，这只缩货没有还手，放他一马算了，再打下去老派里的人要出动了。一人吐他一口痰，拉铃，开路。这句话我一直记在心里，你讲了这句话，他们就放过我了。我一直记你的情。我知道你其实心里也看不起我，但是你表现得不明显。我到板桥去的时候，你还到北站去送我，还买了一篓苹果，对吧，我都记得的。我走了以后，你还拿了一袋压缩饼干去看我老娘。阿民你做事情上路的，我不会忘记的。吃菜吃菜。这家小饭店的猪肝烧得特别嫩，特别好吃，是吧。

他的香烟抽完了，我的也空了。我说，我去隔壁买一包。他说，抽凤凰牌吧，尝个新鲜，先享受起来。点上烟，他露出十分满足的神情。一股奶油香味袅袅升腾，饭店里的人都在嗅鼻子，寻找香气的来源，最后一起看向我们。野和尚很得意，抛了一支烟给大块头，说，大块头，再来两碗饭。

吃好饭，他抓了一把牙签，说，阿民，你付账。我在门口等你。我原来以为这顿饭会是他请客，我把他想得太好了，他依旧那么无耻。我本来因为他先前在饭桌上讲的那番话，还有点惭愧，有点感动，此时只想再抽他两记耳光。册那，我欠他的。

野和尚执意要拉我去宿舍，见见他那帮兄弟，我不肯，后来就在他学校的河边坐了一会，旁边是几树矮矮的棕榈。那条河的名字很好听，好像叫女娲河还是女娃河的。我有点妒忌他，他活得比我滋润。我大概明白了，他叫我过来，就是为了炫耀。他以前不及我，上海工矿的名额也被我抢了，现在和我平坐平起了，甚至过得比我好了，比我高一头了，叫我过来的目的，就是要压压我的威风。

野和尚说，阿民，有女朋友了吧？我说，谈倒是谈了一个，不过上海的小姑娘心思蛮活的，也不晓得将来怎样。你呢，是不是又和曹金凤好了？我并非无话找话，提起曹金凤，我想刺刺他的神经，我想那应该是他的一道伤口。野和尚笑了，笑得很沧桑，说，天底下女人多了，不是只有一个曹金凤。你看河对面那幢楼，住的都是女生，里面至少有十分之一的女生长得入眼的。我不像以前那么单纯了，遇见的女人多了，这个女人总会叠印上另一个女人，都很模糊，都看不真切，也许这个嘴巴是这个女人的，那个鼻子是那个女人的，那双眼睛又是哪个女人的，女人都差不多，容易搞混。我说，你对女人蛮有研究的，读中学时我就看出来了，你属于闷骚，比我们早熟。那时，学校里有个姓李的辅导员，年纪很轻的，看上去比我们大不了多少。那个女人个子很高，腿很长，走进走出胸脯挺得特别高，走起路来还扭屁股，我们背后都叫她洋种马。你讲，洋种马不是真的洋种马，胸脯是假的，里面垫了两大块海绵，用铁圈固定的。我们都不相信，嘲笑你，讲，除非是你捡香烟屁股捡得多了，练出透视眼了。五班有个女同学，好像叫殷巧珍的，有次碰巧了，去裕德池洗澡，正好看到洋种马也去洗澡。她偷看洋种马，看到洋种马解下胸罩，真的有一大块海绵垫在里面，拿掉以后山头就削平了，胸脯瘪塌塌，和一般女人差不多大。殷巧珍回来对要好的女同学讲，真的喏，和野和尚讲的一模一样，还不及我的大呢。

野和尚笑笑说，其实我是瞎猜的，想不到瞎猜猜中了。

七　竹篾社

那次去他学校以后，我很长时间再没见到野和尚，只是风闻他在大学里混得不错，如鱼得水。他那次怂恿我去见见他宿舍的那帮兄弟，我没兴趣，他有点失望。我倒是有幸看到了他们宿舍八个人的合影，感觉就像《智取威虎山》里的八大金刚，横眉怒目，抓耳挠腮，挤眉弄眼，招风耳朵，各种怪异之相，野和尚混在其中，甚至可以称得上风流倜傥气宇轩昂了。其他七个人都是从农村或是偏远小地方来的，眼界有限，野和尚能言善辩，见多识广，所以虽然他年龄最小，事实上却是他们的老大，那几个哥们对野和尚可以说是言听计从。

野和尚征服他们其实只用了一招。

那次晚饭后，八个人沿着女娲河散步，走到僻静处，看看四下无人，八杆枪一起撒野。其他几个疾风暴雨，尿得混沌一片，扭头看野和尚，却是不疾不徐，一番腾挪，尿出了一个行楷的尿字，因为尿意酣畅，必须一气呵成，难免有几处连笔，但依然可见字形刚健敦厚。老二失声叫道，尿得敞亮透了，比我们大队会计写的字敞亮十条田埂远。敞亮是老二老家的土话，要是说某个新媳妇像电影明星一样标致好看，就说她敞亮透了。那个大队会计是当地最有文化的人，写出来的字也是方圆十里最敞亮的，被野和尚甩了十条田埂,相当于上海人说的甩了十条横马路。可见每个地方的人打比喻,颇为相似。尿尿能尿得这么袅袅婷婷,这么有诗意,有文化气息,众人看野和尚的眼神顿时充满敬服。野和尚很得意。君子藏器于身,伺时而动。

野和尚后来成立竹篦社,一点没费口舌,宿舍里的哥们全部加入。

这里有个背景。其时全国已经恢复高考,第一批正牌大学生浩浩荡荡地开进大学校园。那帮家伙是过关斩将凭真本事进来的,趾高气扬,颇有些看不起学长。两拨人的年龄装束其实相差无几,但是精神面貌完全不同,新来的人是改朝换代的产物,意气风发,肩负使命,在他们眼中,野和尚这帮工农兵学员,就像是前清时期的遗老遗少,所以看他们的眼神充满悲悯和不屑。那些新来的家伙会闹腾,文学社诗社话剧社辩论队武术队篮球队摔跤队新闻社舞蹈社美术社书法社雨后春笋一般,有些社团原来也有,但却远不如新成立的那么生气勃勃。学生会也应运而生,全是新人新班子,里面工农兵学员几乎没有。学生会放出豪言,展开百日竞赛,最终评选出"最具影响力社团"。一时大学里朝阳喷薄,气象更新,百花齐放,万木争春。野和尚他们原来还想着自己是老土地,可以倚老卖老,欺生,哪知道还没轮得上正面交锋,对方已是反客为主,一个个都不免有点自惭形秽。

那天野和尚独自出去闲逛,忽然心生一念,去书法社打擂台。谁知到了那里,接待报名的人问了声,你学什么体的?回答是成亲王。那人说,姓成的,没听说过。我们这里是硬笔书法。摔过来几本一个叫什么华的家伙写的硬笔书法帖,说,回去练得有基础了,再来报名,我们是同仁结社,不是培训班,不带写蟹爬字的一起玩的。另一个书法社倒是正经的,毛笔,不过入社先要买一套字帖,颜柳苏欧四大家的,算是缴会费。野和尚带扫帚去的,不过还没展示,被一个留八字胡的家伙夺去了,说放着吧,我打扫过了。进书法社是有门槛的,不是凭力气凭勤劳入会的,你扫帚扫得再干净有屁用啊,描红簿阶段的人我们不收的;买一套,回去照着字帖好好练字,过个一年半载再来试试运气。经过某个教室,看到一个彪悍的女人在招徕吆喝,以为是蒙古式摔跤队大本营,再一看牌子,居然是拉丁舞社。又经过一个教室,是诗社,门口两个男人面红耳赤地在争论,柳永和潘安两个人到底谁的相貌更好?野和尚心说,这两人八竿子挨不着,有可比性吗?潘安的相貌倒是有野史记载,谁又见过柳永的尊容,还不如辩论潘安和西门庆谁长得好看有意思呢。他刚想上前劝架,却见不知不觉间,两人的辩题已转移到柳永和曹子建谁更有才情,搭配得非常随意,一个推崇雨霖铃缠绵无双,一个钦佩七步诗独步天下。野和尚当然料不到,辩论的这两个家伙,日后都成了相当厉害的评论家。他此时只想回书法社,把那把扫帚找回来,趁这两人闭嘴之前,狠狠抽他们一顿。

回来的路上,野和尚灵机一动,何不玩个别出心裁的,玩个让人心惊肉跳的,压压那帮新来家伙的风头。他把设想对宿舍里的哥们一说,众人默不作声。

良久,老大说,八弟,你确定你不是在说笑?野和尚郑重地点点头。老大说,要真这么玩啊,你不嫌腌臜,老哥也豁出去了,谁让老哥崇拜你呢。当年在老家,用砖块瓦片都刮过,要不是老家不长竹子,说不定也用那玩意了。老四说,不怕大家寒碜我,八岁之前,我只知道用手抠,然后撮些泥巴把手抹干净。要是能用上竹片,那是大户人家的做派,太考究了。野和尚差点反胃要吐了,赶紧说,各位哥哥打住,我这倡导的是一个理念,呼唤传统的回归,亲近大自然,田园诗情,勤俭节约,有象征意义,并不是真要这么做。该用草纸还是用草纸,偶尔想图个新鲜用竹片刮一下也可以,这东西拿在手里主要是唬人的。之所以用竹片,是借用它的品性,显示一种特立独行的风骨。众人这才恍悟,连声称妙。老大说,那就叫竹爿社吧,实在,有生活气息。八大金刚里有好几个当即投反对票,说竹爿社太写实了,缺乏美感,缺乏气势,容易联想到农村供销合作社,联想到庄户人家生火用的柴爿稻草。那几个都是农村出来的,好不容易到了大城市,总想着混得高雅些。野和尚说,各位哥哥说得都有道理,我们得起个俗中带雅的名字,还得琅琅上口,便于流传。我在路上想过,不妨叫竹篾社吧。竹字清雅,篾字朴实,合在一起,既阳春白雪,又下里巴人。各位哥哥看看可好?

大家一致通过。

去学生会申请教室,竹篾社,打出的牌子是"回归传统,返璞归真"。对方以为是写田园诗,走陶渊明那一路的,见怪不怪,居然同意了。

事先野和尚画了个图形,标好尺寸。老四去食堂偷了把斩骨刀,交给老五。老五在老家还真干过竹篾活的,直接钻进校园北面那片竹林,砍了一棵粗细适中的竹子,连劈带斩弄成竹片,一掌长,两指宽。弟兄几个席地而坐,把竹片在石头上打磨抛光;一共做了五十块,其中八块用小刀刻了编号。都以为大功告成了,野和尚却说,还没完呢,还指着这些竹片发笔小财呢。接着便如此如此这般这般地说了一番,众人眼冒精光,说,老八,你天才啊,还有这样玩法的。

老五说,在老家的时候编竹器,劈好的竹条篾条先在热油里过一遍，编出来的提篮、盖篮、大肚竹瓶，红中透亮，坚固耐用，出口到日本国。要不，夜里溜到食堂里去，开大油锅，等到油锅冒烟了，把这些竹片像炸油条一样炸一遍，立刻发红发紫，快速简便。野和尚说，老五，学化学的怎么搞得像是学烹饪的一样，有点专业精神好不好！于是，当天夜里，一行人溜进实验室，熟门熟路，找了个最大的压力罐，先把竹片放入，抽出里面的空气，注入氩、氖等惰性气体，再注入二氧化碳和氮气，这两样是不燃气体，再加压，加热，设定了半小时时间。这一招叫不燃气体加温加色法。众人心里都没底，不知道结果如何，待到揭开盖子，竹片已由青发红，而且是那种色泽饱满透亮的枣红色，年代感一下子就出来了，禁不住欢呼起来，说道，知识就是力量啊。

众人喜气洋洋，各自拿了一块，所拿的编号都按照弟兄几个的排行，野和尚给老大的是一号。老大坚辞不受，说，你是创始人，你应该拿一号。推让了几个来回，野和尚说，老大永远是老大，要是换了，就坏了兄弟的排行，你让我出去怎么做人？老大莫非以为我是那种沽名钓誉之辈。老大这才作罢。老五说，要是钻个洞，穿上绳子，系在裤腰里才好，反正出恭时也要脱裤子。老二说，老五，你还真打算用这个刮啊，到时候弄得臭烘烘的，我可一脚把你踢出宿舍。弟兄几个嬉笑打闹着回宿舍。

八个人都是不嫌事大、爱起哄的，闹腾着要搞个大场面，最后找了个阶梯教室开成立大会。在此之前，只有文学社才搞过这么大的排场。事先八个人分成几拨，在食堂里造声势，一搭一唱，说，今晚可有热闹看了，竹篾社成立仪式，在三号楼的阶梯教室。另一个说，什么竹篾社，这名字起得哗众取宠，不伦不类，什么玩意儿。又一个说，是呀，有点神秘兮兮，横空出世，好像有点背景的。还说去了有礼品,见者有份。那个说,这倒是稀奇事,要去看看。到时候果然哄骗来了百多号人,有些纯粹是来看热闹的。有个女生想得天真,说,大概是传授编织工艺的,教你怎么编簸席,这倒不错,我还真缺少一张三尺的簸席。可看看讲台上并没有青皮竹篾,没有篾刀,也没有样品,倒是有个纸盒里装了不少竹片,红中透亮,不知道是做什么用的。另一个女生很聪明地说,待会可能有游戏环节。黑板上有一行大字,用白色的水粉颜料写的,龙飞凤舞一般,好字,写着:古风禅意,返璞归真。看了仍然让人摸不着头脑。

晚上七点一到,前后两扇门关拢,灯光熄灭。还好,西面的窗户有月光透入,那些月光透过树丛再穿过飞檐长廊,早已朦胧成雾,但勉强使整个教室不至于陷入一片漆黑。有几个女生撒娇般地尖叫起来,也有男生吹口哨起哄的。

此时,讲台侧面亮起一豆烛火,那烛火太微弱了,只能勉强照亮持烛人的手,照不清他的脸。烛火缓缓地移向讲台,立在讲台正中。那个隐身在黑暗中的人突然向烛火撒了一把粉末,顿时橙红中带青蓝的烈焰升腾而起,伴随着爆裂之声,映亮半个教室。众人冷不防都吓了一跳。随之,响起一阵骇人的狂笑。笑声刚止息,灯光也亮了,人们看到,先前那个隐身在黑暗里的人此时刚巧收敛起夸张的笑容,却又漾开一片笑意,朝大家拱手。有人认出来了,这是化学系的工农兵学员,好像姓风的。对化学系的人来说,类似的小魔术简直是小菜一碟。野和尚笑着说,刚才是和各位开个玩笑,只是为了吸引大家的注意力。今天是竹篾社的报名兼成立大会,感谢大家的赏光,我代表竹篾社筹备组欢迎各位到来。野和尚带头鼓掌,但除了把门的那几个大汉,没有人应和。野和尚说,大家最关心的,一定是竹篾社是个什么性质的团体,在此我先出个题考考大家,回答出来的,发竹篾一块,被优先考虑加入竹篾社。野和尚这一招叫欲擒故纵,弄得好像竹篾社门槛很高。场内一片嘈杂,纷纷嚷道,太无聊了!别卖关子了!没空陪你玩这种低级游戏!什么狗屁竹篾社,本小姐没兴趣,再废话就走咯!

野和尚说,大家稍安勿躁,我这就进入正题。我的问题是,人和动物在生活习性上有什么差异?在场的没人理睬他。野和尚自嘲地笑笑,说,你们觉得这种题目太小儿科了,不屑一答;我也没有学过动物学,说错了,权当我是在胡说八道。其实你们心里多少也有答案,比如,动物分肉食动物和食草动物,人呢,什么都吃。人不会在大庭广众之下做羞人答答的事,动物不管这一套,兴之所至随处交配。还有,人是躺着睡的,动物是趴着睡的。也许有人会反驳说,长颈鹿是站着睡的,鱼是一边游一边睡的。是的,凡事都有例外,猫头鹰还睁着眼睛睡呢,是吧。还有,动物吃生的东西,人要煮熟了吃。前排有个家伙站起来插嘴道,人不光吃熟的东西,还懂烹饪之法,诸如:煎,烧,烹,炸,炒,爆,熘,贴,瓤,焖,煨,焗,扒,烩,烤,熏,余,炖,熬,煮,蒸,涮。野和尚说,朋友,斯道泼。要是我没有猜错的话,你应该是相声社派来的卧底,你现在技痒难熬,是不是很想一口气说出满汉全席,来个全套报菜名了。那家伙居然点了点头。野和尚说,好的,散了会请你表演,现在请坐下,听我继续说。各位,注意了,我说的重点来了,这也是容易被大家忽略的一点,那就是,拉屎以后,动物会直接离开现场;人懂文明,讲卫生,要擦屁股。

此言一出,骂声四起,众人向门口拥去,再也无法忍受这无聊至极的闹剧。却发现门被锁住了,两扇门都有几个一脸凶相的人看守,只进不出,毫无通融余地。众人后悔不迭,上贼船了,只好骂骂咧咧地回到座位。

野和尚正色道，各位的神经不至于这么脆弱吧，我又不是在你们吃饭的时候说拉屎，用得着这么愤怒？幸好我们早有预料，否则还真让你们逃跑了。刚才本人不过用的是"赋、比、兴"里"兴"的修辞手法而已，先言他物，以引起所咏之物。我们探讨的是严肃的话题，绝不低俗下流。大家看看这是什么？野和尚举起手中的竹片，众人看了依然不知他葫芦里卖的什么药。野和尚说，这在古代，叫做"厕筹"。有关厕筹最早的记载，出现在魏晋时期。司马光的《资治通鉴》里对此也有提及。厕筹又叫厕简，如果大家对这两个名词还比较陌生，那么另一个通俗叫法就很熟悉了，搅屎棍。古人蹲完茅坑，就用这样的厕筹把污秽刮去，然后清洗干净，供下次使用。

此言一出，坐席里又是一片骚动，骂声四起。

野和尚不理他们，继续说，李时珍的《本草纲目》里说过，使用年限长久的厕筹，可以入药。野和尚停顿片刻，等着下面起哄叫骂，因为厕筹入药一说，实在是太恶心了，谁知因为抬出了李时珍的名号，居然把大家镇住了，下面鸦雀无声。野和尚微微一笑，说道，我们引以为傲的古代四大发明，其中之一就是造纸术，但一开始造出来的纸不是用来擦屁股的，而是代替繁重的竹简，用来写字的。到了明清时期，用草纸擦屁股才在民间普及。不过，乡下的穷人买不起草纸，上茅房时依然用稻草瓦片砖块。

野和尚摩挲着手中的竹片，说道，我后悔读了化学系，我应该去读历史系，历史比化学有趣得多。我翻阅《明史》，明朝宫廷里设有宝钞司，宝钞司不是印钞票的，那时候也没有钞票，用的是银两和铜钱。宝钞司是专门管皇上后妃的草纸的，排场还很大，一名主管太监，下面还有管理太监、佥事太监、掌司太监、监工太监，还

七　竹篾社

有详细规定，草纸竖不能超过两尺，宽不能超过三尺，必须绵软无比。再久远一点，草纸还没出现，怎么办？有钱人的世界我们永远不懂的。南朝的首富石崇上厕所时，侍女端着沉香汁在一边恭候，如厕完毕便伺候他洗屁股，再换上新衣。所以在古代，更衣有时候也是上厕所的代名词。《世说新语》大家看过吧，南朝的临川王刘义庆组织门客写的，里面记录了一件非常有趣的事，可以作为相声素材。西晋大将军王敦被晋武帝招为驸马，头一回使用武阳公主的厕所，见旁边的漆箱里放着干枣，只当是消闲食品，便全部吃完。完事后，侍女端来一盆水，还有个盛着澡豆的琉璃碗，王大将军又把澡豆倒在碗里，一饮而尽，惹得侍女们掩嘴而笑。原来，这位驸马爷出洋相了，干枣是蹲坑时塞鼻子的，水是洗手的，澡豆则相当于现在的肥皂。

场内的人听得津津有味，毕竟这些偏门知识点还是第一次听到。野和尚很得意，继续说道，据说早年间欧洲一些国家的王公贵族，是用新鲜的鲑鱼片擦屁股的，鲑鱼除了清洁，还有除臭消痔的作用。法国的王室狂放一些，王室和平民一样，如厕后用粗麻绳前后一拉，完事。各位想象一下，这个动作可是有点豪放也有点滑稽的哦。俄国的王室很粗鄙，用新斩杀的鹅脖子擦屁股，这种做法奢侈又残忍。彼得大帝都听说过的吧，这家伙一走进茅房，便有一只肥鹅在门口候斩，如厕一次，斩杀一只鹅。要是哪天彼得大帝拉肚子，拉几次，便有几只肥鹅无端送命。在亚洲，古代日本的皇族也讲究，用蝉翼即蝉的翅膀擦屁股。蝉的翅膀很硬，有茎梗，要在温水里浸泡几天才能用……

场内笑声洋溢，气氛和谐。野和尚说，我们成立竹篾社，不叫厕筹社，毕竟，时代不同了，社团名称也要有时代的气息。当然，竹篾和厕筹的功能是一样的,精巧实用,携带方便,走到哪里都不用慌张,用完了,水里一冲,擦干,下次再用。如此循环使用,节约纸张不说,还能与古代劳动人民的精神对接,体会文明进化过程中跳动的脉搏。将来有一天,我们老了,我们的孙子问我们,爷爷,奶奶,你们年轻的时候,做过什么勇敢无畏的事情?我们可以骄傲地说,在大学时,我参加过竹篾社,为节约纸张、保护环境出过一份力。好,闲话少说,言归正传。这是我们从乡下收来的厕筹,真正的老货,老物件。看看,经历了数百上千年岁月的洗礼,留存到今天,多么润泽光亮,还有包浆,既有文物价值,又有观赏价值,还有使用价值。愿意加入竹篾社的请举手,以成本价购买一块厕筹,五块钱一块,请大家准备好现金,按秩序到门口购买。

大门一敞开,人群蜂拥而出,逃了个精光。有几个手里被强迫塞了块竹片的,逃出去几步便把竹片丢了,仿佛受到奇耻大辱。

野和尚叹息一声道,白昼的光,如何能够了解夜晚黑暗的深度呢?这样的结局,尼采早就预料到了。

最后竹篾社的成员,就是寝室里的八个人。不过声势倒是造出去了,其后几天,全校争谈竹篾社。到食堂去吃饭,几个队伍都排着长龙,野和尚他们排在哪里,排在前面的人便掩鼻而逃,躲瘟神一般。

隔了几天,学校布告栏里贴出一张告示,上面的毛笔字清雅端秀,内容却是没头没脑,也无落款。大家都围着看,不明所以。

盗墓四大门派:摸金、发丘、搬山、卸岭。

收藏古董,何须依赖宵小之徒。

本派名号:拾遗。搜罗散落民间的遗珍。

收藏之梦,今日可圆。

五块钱,成风雅之士,盘千年古物。

三零八、三零八、三零八……

看不懂的,怎么看都不懂;看懂的,就看懂了。

此后几天,一到晚上,野和尚他们住的三零八室宿舍,门口总会有些窸窸窣窣的声响,然后轻叩几下门,接着门缝底下会塞进一张五块纸币,或者一些零碎纸币,点一下也是五块。这边便也从门缝里塞块枣红色的竹片出去。买卖双方都不见面的。没过几天,四十多块竹片就卖完了。野和尚用粉笔在门上写了"售罄"两个字,此后叩门声再不响起。那些竹片一共卖了两百多块钱,弟兄几个每人分了二十块,余下的一起去小饭店搓了一顿。席间,众人都向野和尚敬酒,说,老八,咱弟兄几个以后就跟着你混世界。野和尚面有得色。

先前野和尚交往过一个叫许蓓蓓的女生,时间一长,两个人都有点厌了,就分手了。后来野和尚又交往了好几个女生,就像婴儿换尿布一样,换得很频繁。都是成年人,思想解放,说好的只是逢场作戏,不当真。就像是喉咙里渴得冒火星了,你需要来上一杯,牛奶还是清水无所谓。出了竹箧社的新闻后,正在交往的那个女生就和他绝交了,说是丢不起这个脸。有次在路上碰到个不认识的女生,眼睛细长,容光明媚,摊着手调皮地说,给我看看。野和尚先前也注意过这个女生,系花或者校花级别的,只是无缘亲近,当下便说,看什么?女生说,就是那个。野和尚明白了,从口袋里掏出竹箧,递给她。那女生慌忙后退一步,说,你拿着就行,我只是看看。可以了,收起来吧。真的是老货吗?野和尚说,如假包换。女生掩嘴而笑。两人就此认识了。女生叫吴爽爽，笑声爽朗，说话行事和她的名字一样，很爽直。以后见面，吴爽爽的第一句话总是，盘过那个，洗过手了吗？野和尚背地里很阴暗地想，和她做那个事情，一定也很爽。

有次约她看电影，她爽快地答应了。他说，不知道今天晚上放什么电影？她说，管它放什么电影呢，只要是电影我都喜欢看。他会心地一笑。是呀，谁还真的在乎放什么电影呢，看电影不就是为了调情吗？几个月或者一年以后，或许才会正儿八经地看电影，那是因为在电影院里调情已经调够了，在别的地方已经有过更深入的调情了，这时候才是真的去看电影，才在乎放什么电影，好不好看。现在这个阶段，不是为了看电影，而是等待电影院里灯光熄灭的那一刻，春潮涌动。哪知道，这个叫吴爽爽的女生单纯得是真的去看电影的，看电影里那些长得好看的男人女人。她最喜欢的女明星，一个叫杨雅琴，一个叫吴海燕，还喜欢一个叫于洋的男演员，虎背熊腰，就像是楚霸王再世。可惜今天杨雅琴吴海燕楚霸王都没来。灯光一熄灭，他就抓住了她的手。她说，什么事？他说，没事，就想握住你的手。她便由他握着，轻轻地摩挲，只是笑着说了句，你洗过手了吧。她专注地看电影，他专注地看她的侧影。他觉得这个女生专注于银幕的时候，那种虔诚的神态很吸引人，她侧面坚挺的胸部也很吸引人，而且她嘴唇上翘的面部剪影很生动，能看到睫毛的闪动，能看到眼珠在光影反射里的忽明忽暗。她说，手。一个字，言简意赅，这是警告，他的手去了不该去的地方。几分钟后，她又说，手。这是嗔怪，他的手又不老实了。他又缩了回去。终于，趁着一阵炮火连天的轰炸，有个军官中弹了，士兵们围着他，军官气息微弱地安排后事；她全神贯注地盯着银幕，呼吸急促，明显被打动了,他又伸出魔爪。这次,他得逞的时间长些,等她说"手"时,他又及时撤回。

后来,记不清是第几次偷袭了,她忽然慈悲心大发,不再说"手"了,而是凑近他耳边说,男生是不是都这样啊,早知如此,我就一个人来看电影了。又补了句,早知道你这么不安分,我就带你去宿舍了;我们宿舍现在就我一个人,放假了,都回家了。他原以为她冰清玉洁守身如玉,是一座难以攻克的堡垒,哪知道半场电影就攻克柏林了。两人去了她的宿舍;去他的宿舍不行,竹篾社的人都没回家,而且个个如狼似虎没有底线,哪怕乘没人的时候进去,也难保能全身而退。去了她宿舍,在她的床上,她显得很害怕,好像是第一次,不知道如何配合。他见此,也隐藏起老练的面目,假装是个生手,笨手笨脚。其实两个人都在装,都装得很像那么回事。避孕套拆开来,橡胶很脆,一撑就破了,显然是劣质产品。他问,你这儿有存货吗?她扇了他一记耳光,说,问女孩子这种话,找抽。他说,那么,我飙在外面。她默许了。等到他觉得发烫,想撤离时,她满脸通红地不让。他急了,说,飙在里面你会怀孕的,要是怀孕你会被学校勒令退学的。她说,不管了,退学就退学。关键时刻,女人比男人更敢说敢当,英勇无畏。

接下来的一幕有点啼笑皆非,同寝室的一个女生提前回学校了。钥匙插入钥匙孔的时候,吴爽爽说,坏事了。门开了,那室友把包朝床上一摔,一屁股坐在床沿,像是在生闷气。他和她躲在蚊帐里大气不敢出,事情做了半截子,衣衫不整,不知如何是好,只盼望那个女生去洗澡或是去食堂吃饭。大概过了有十分钟,也许更长一些,那个女生说,屏功好的,保持原来姿势一动不动,高难度,发自内心佩服你们,给你们鼓鼓掌。说罢拍起手来,拍了三五下,又说，爽爽，本来以为你眼界很高，总觉得整个寝室你会是最后一个沉沦的。想不到，刚刚大三，你就迫不及待地失身了。起来吧，这么一双男人皮鞋脱在下面，还想瞒谁呢。放心，我不会离开的，看谁屏得过谁。我就是想看一眼，让爽爽自甘堕落的是哪个英武男生？吴爽爽知道事情已败露，狠狠地拧了他一把，悄声说，快滚吧。于是野和尚以最快速度穿好衣服，狼狈地爬下上铺。那女生冷笑道，我还道是谁呢，原来是竹箴社的下流坯。爽爽，你的品位也太差了吧。

那个吴爽爽此后和他再无交集。他倒是嬉皮笑脸地提议过，上次做到一半，我采花未成，你也不算失身，要不找个稳妥的地方，重新来过？他是在路上把她截住的，她正拎了一袋垃圾要出门丢掉。她把袋口敞开，把那袋汤汤水水瓜皮鱼骨的垃圾，统统扣在他头上，扬长而去。再后来，有班里的女生传给野和尚听，说那个吴爽爽在外面放话，说本来只是好奇心，想看看那块竹箴，没料到竹箴上涂过药的，不知不觉就中招了，迷迷糊糊就被他骗去宿舍了，还好及时醒过来了。有人问吴爽爽，那个竹箴社的下流坯凌辱你了吗？吴爽爽笑着说，没有，他不是男人，我是说他那方面不行的，可怜虫。班里那个女生问野和尚，她说的是真的吗？野和尚说，你以为呢？

整个大学期间，野和尚收获良多：结识了一帮好兄弟，结识了不少女人，还结了一个竹箴社。野和尚曾经被誉为女娲河边最有女人缘的男人，只是后来被吴爽爽放了一把野火，几乎校园里所有女生都很鄙视他，好在已是临近毕业，无所谓了。竹箴社的名声虽然不怎么好，但是名气很响，无人不知，无人不晓。

赘叙一句。野和尚的毕业论文题目就叫《厕筹——文明史上不可或缺的一环》。论文评审组一致认为，难得一见可读性如此之强的论文,旁征博引,谈古论今,横贯中西,寓教于乐;但有故弄玄虚之嫌,现实意义也不大。更主要的是,化学系专业写的是非本专业的论文,学非所用,用非所学,严重背离学术精神。不予通过。

论文没通过,毕业证书还是拿到了。往届的工农兵学员还要幸福,毕业了,只写思想小结,不写论文的。此时对工农兵学员还没有明确的说法,也不敢太歧视他们,毕业后,原则上是哪里来回哪里去。野和尚占了便宜,先前去了金陵的板桥铁矿,那里属于上海飞地,户口还在上海,所以野和尚被分到上海徐家汇的一个民办小学。其他兄弟都被打发回了老家。分手在即,宿舍里的八兄弟自有一番依依不舍,含泪相约:苟富贵,毋相忘。后来八个人谁都没有富贵,没有发达,渐渐地也就相忘于江湖了。

八　女人佩丽

我一直没有搞清楚，野和尚第一次到衡山去，是在什么时候。有可能是在读大学期间，也可能是他在民办小学教书的那个暑假。只是那次去，他和那个女人并没有什么接触，只是看到了她的背影，就是那匆匆一瞥，埋下了令他神魂萦绕的种子。虽然后来世事烦扰，一时顾不上衡山，但是那颗种子始终在慢慢发酵。现在提起这个，好像很突兀。我的思路确实有点飘。

离开大学以后，野和尚住回到了家里。我和他见面的次数多了，但一般只是点个头笑笑。每次出门，我都会习惯性地摸摸口袋，保证里面有几块钱和一些零碎粮票，有备无患，以免哪天野和尚又突然"请"我吃饭。

有次看到野和尚出门倒垃圾，竟然没有赤膊，穿了件汗背心，这还不是最怪的，最怪的是，他居然穿了条直条纹的睡裤，裤脚管超过小腿肚。我和阿梁、勤发一人一把竹椅子正在坐着闲聊，看到野和尚这副打扮，我们眼睛发直了，汗也流下来了。不过是出来倒个垃圾，用得着全副武装吧，汗背心还要加条睡裤。要知道，这是夏天，三十七度的天气，穿条短裤还嫌多，整条弄堂里的男人从老到小个个赤膊短裤。那时候的上海男人还有点自尊心，不像后来，男女老少都穿睡裤，睡裤的花头也是奇出百样。那时候只有女人才穿睡裤，女人是没有办法，必须要穿睡裤，否则在弄堂里走来走去，夜里乘风凉，白皙皙地晃来晃去，不雅观。野和尚大概忘记自己是男人了，男人像女人一样，也去弄条睡裤穿，装腔作势装得太恶狠狠了，没有天理了。

知道野和尚当了人民教师，弄堂里的人对他客气很多。在上海人心目中，有两个职业最受尊重，一个是警察，一个是教师，前面都要加"人民"两个字，警察叫人民警察，教师叫人民教师，"人民"两个字不可以省略的。人民教师是个相当有分量的职业，小学教师尤其有分量，中学教师要差一点，中专和技校的教师就不算是人民教师了。一般的人和教师打交道，也就到此为止了。要是说到某某人是大学教师，不会称他人民教师，就算听到，也像听到某个人是在驳船上踩着跳板扛大包的一样，没有反应的，屁弹过。这个时候，这种状况依然没有什么改变。野和尚当了人民教师，而且还是小学的人民教师，弄堂里的人都有点另眼看待。年纪大的都随着摆香烟摊女人的叫法，叫他风风。我们还是叫他野和尚。勤发此时已经从崇明回来了，顶替他老娘进了环卫所。阿梁还是在织袜十八厂。我记得工作以后，家里就没有买过袜子，全部是阿梁从厂里偷出来的处理品，一天偷一双，几个好朋友分分，纱线袜尼龙袜腈纶袜丙纶袜样样有，花式确实单调点，但是又不收你钞票，你还想嫌憎嫌鄙？那时工人的分量和人民教师的分量相差无几，大致相当，我们承认野和尚和我们已经平起平坐了。有次，我们四个，我，野和尚，还有阿梁和勤发，还一起到新成游泳池去游泳。那次是勤发请客的。野和尚不会游泳，连游泳裤都没有的，穿着平脚裤坐在一边看我们游泳，但大部分的眼光在看年轻女人，有时也会调整一下坐姿，免得两只蛋漏出来。其实我们几个也不是正正经经去游泳，也是存了别的心思去的。你要看那么多赤裸着的纤细的手臂和白皙的大腿，那么赏心悦目，令人馋涎欲滴浮想联翩，游来游去的时候偶尔还能擦碰一下，揩点油，除了游泳池，你还能去哪里？

我们起先不知道野和尚被分到民办小学，听他的口气，好像是个蛮像样的小学，事实上那家民办小学是开在华山路一条弄堂里的，大跃进时期的产物。里面一大半的教师，是居委会扫盲班毕业的。那个校长，也是从副食品公司调剂过来的。据说一开始，那个校长对他很客气，很器重，毕竟他是整个学校里唯一的大学生。野和尚却有点客气当福气了，以致到后来，这成了野和尚从事过的寿命最短的一份工作。

那段日子，很多人给野和尚介绍女朋友，那些女的都不错，有美发厅的理发师，有点心店卖筹子的，有煤气公司的抄表员，档次最高的是家南货店的副经理。你都无法想象，那个从小被人看不起的邋遢鬼，摇身一变居然成了——借用北方人的比喻，居然成了香饽饽。很好笑的是，有个老太婆拐弯抹角地把曹金凤介绍给野和尚。老派的人做媒都是领到家里来相亲的，不像新派的人，介绍对象都在咖啡馆小饭店或者人民公园的长椅子上。那个老太婆直接把曹金凤领到三层阁来了。在此之前，曹金凤不知道给她介绍的是野和尚，野和尚也不知道那天要来的是曹金凤，见了面两个人都愣住了，都笑起来了，一点不尴尬，谈得还很热络。曹金凤白白净净，只是比以前更胖了，全身的肉完全潽开来了，就好像几床棉花胎在太阳底下晒得蓬蓬松松然后叠在一起。摆香烟摊女人赶紧端着火油炉到晒台去，去烧水潽蛋。那个老太婆也跟到晒台里去，两个女人眉花眼笑，觉得这次基本成功了。那个老太婆自以为掌握了野和尚的审美倾向，笑着说，情人眼里出西施，你儿子胃口蛮特别的，欢喜长得胖的女人。走的时候，野和尚还送曹金凤下去，一路说说笑笑，一直送到弄堂口。野和尚一路走回来，觉得奇怪，今天曹金凤居然没有哭。后来，当然是没有下文的。对于上门来做媒的，野和尚非常执拗，一概拒绝。不知是因为他见识领略过女娲河边的姿色，所以看不上那些庸常的脂粉，还是别的原因——应该是别的原因，只是那些做媒的不知道而已。

摆香烟摊女人以为儿子是读书把脑子读坏了，这个年纪的男人看到女人应该像饿狼一样，儿子对女人不感兴趣，不正常了。她劝儿子，还请了人来劝儿子。儿子的社会地位高了，摆香烟摊女人的地位也水涨船高，今非昔比，所以请来的是弄堂里公认的德高望重的老太婆。那天野和尚吃好午饭，出门转了一圈，回来的时候上楼梯，听到三层阁里有个绍兴口音在说，你儿子眼界高是好事，但眼界不能高得野豁豁；要经常给他敲敲木鱼，不要怕浪费口涎水，流的口涎水不会白费的，就像朝一块木板不断地浇水，总有一天会长出木耳或者蘑菇来的。野和尚觉得这个比喻非常精彩。

说话的绍兴老太就是十二姑婆。十二姑婆是谁的姑婆，她那个十二的排行是怎么算的，一点不重要，也无从考证了。野和尚以前见过她几次，都是在三层阁。那时他不知道十二姑婆为什么会到三层阁来、来干什么，只觉得这老太婆眼睛精亮，似乎洞悉一切，有点神龙见首不见尾的味道。而且，每次十二姑婆一来，当天晚饭的桌子上总会有惊喜，比如红肠，比如猪头肉。野和尚走上三层阁，笑着叫了声姑婆。他和十二姑婆倒是很谈得来，十二姑婆满口俚语俗语，还允许野和尚反驳，然后再用绍兴俗语批评野和尚，说他"姆着唠叨，老倒勿着，背时背德，交魔窟运"。野和尚听不懂，十二姑婆便很耐心地解释。野和尚总算听懂了，说，就像《红楼梦》

里对赵姨娘的评价，着三不着二。十二姑婆说，对对对！你讲的赵姨娘是住几号里的？一老一少谈得投机，谈了一下午。十二姑婆搭出野和尚的脉了，说他见识了不少女人，见一个欢喜一个，心思野了，心思还没有安顿下来。男人手里有些钞票，心思肯定要野的。十二姑婆接着便说出了一番很有哲理的话，说，男人花钞票，要花在值当的地方。花在吃的上面，很受用；花在穿的上面，很威风；花在嫖的上面，要落空。不过你也不算嫖，新社会也没有野鸡妓女咸肉庄。你只是玩心重。这世上女人那么多，木佬佬，你一个一个都欢喜，欢喜得过来吧。现在劝你，也劝不醒，时辰一到，你自然就醒了。吃、穿、嫖，还漏了个赌。赌是怎么讲来的？你年纪轻，脑子活络，想一个，要和受用、威风、落空押韵的。十二姑婆慈眉善目，言语温和，鼓励他好好想。他想了想，觉得十二姑婆刚才说过的一个绍兴俗语很精彩，放在这里很恰切，交魔窟运，意思是昏头了，陷进去拔不出来了。十二姑婆连起来念道，吃受用，穿威风，嫖落空，赌交魔窟运。十二姑婆的脸上显露出满意的神色，虽然字数不一样长，但是押韵，念起来也顺口，觉得不虚此行。

临出门，野和尚塞了五块钱给十二姑婆，十二姑婆一点推让的意思也没有，直接装进手里拎的马夹袋。

这期间，野和尚敷衍老娘、也算是给十二姑婆面子，见了一个对象。约在人民公园。野和尚去的时候，十二姑婆和那个女的已经到了，于是寒暄一番。十二姑婆说要到邵万生南货店去荡荡，先走了。野和尚和那个女的就坐在长椅上攀谈。那个叫佩丽的女人看上去不是很年轻了，好像有廿七八岁了，长得倒是很艳丽。女的说，你看到我，肯定中意的，上海滩长得像我这样好看的女人不多的。我样样都蛮好，就是生活作风不好，但是和你好了以后，我会收心

八　女人佩丽

的。野和尚听了就想逃了。那个女的说,我和你有缘分的,你的长相让我蛮放心的,你的职业也让我蛮放心的。找男人,就要找放心的男人。你不要多心,我不是讲你长得难看,你也不难看,蛮有男人味道的。我是觉得,好像和你前世有约的,讲好的,这一世我等你,你来找我。我有点急了,比你先投胎几年。等等你不来,等等你不来,我以为你不来了,投胎投错了,你投胎去做牛做马做猪猡了,我只好去找别的男人了。想想不甘心,就离婚了。总算等到你出现了。你和前世好像没有什么变化,还是大鼻子、厚嘴唇,头顶也有点尖,形状尺寸几乎一模一样。听十二姑婆讲,你还没有结过婚。你如果心里不平衡,你也去结趟婚,结了婚再离婚,我等你,互相不吃亏。我今天讲得比较透彻、实际,想讲的话全部摊在台面上,你回去考虑。野和尚笑笑。

两个人在人民公园门口分手。她住在金陵东路靠近外滩,朝东走,野和尚朝西走。野和尚看她的背影,腰肢一扭一扭,蛮飞的。野和尚想,这女人直率蛮直率的,也有点十三点。

早上起来,老娘已经把泡饭盛好了,还有一根油条。现在经济条件好了,老娘想要让他补补以前十多年的亏空,每天给他准备的早饭也换口味,有时是生煎馒头配油豆腐线粉汤,有时是豆腐浆粢饭,有时是小馄饨加两只豆沙汤团,有时是两块粢饭糕配一碗酒酿圆子,有时是粢毛团加豆腐花,有时是一碗红汤阳春面。野和尚叫老娘不要再忙了,早饭就吃泡饭,有油条就油条蘸蘸酱油过泡饭,没有油条就乳腐酱瓜过泡饭,吃了落胃、适意,吃不厌的。吃好泡饭上班去,在北京西路成都北路口,乘十五路电车,乘到终点站徐家汇。下来再走一段路,穿进一条叫福兴里的弄堂,笃底的一幢砖木混合的西式建筑，就是培康民办小学。

每次来上班，野和尚心情都不好。本来希望能分到好一点的单位，好到什么地步他也说不清，至少是正正经经坐办公室，而不是和一帮老阿姨混在一起，而且那个领导还是个赵姨娘式的人物。一开始他还有点收敛，和大家都客客气气。学校里就他一个年轻男子，很讨老阿姨们喜欢，说要给他介绍女朋友。野和尚怕了，慌忙说已经有女朋友了，那些老阿姨才作罢。那些老阿姨从家庭妇女一跃而变成拿固定工资的人民教师，都很鲜格格，明明学校离家只有几步路，偏偏要把饭菜装在饭盒里带到办公室来吃，以表示和里弄生产组的老阿姨以及家庭妇女的区别。野和尚现在在吃的方面不太讲究，中午有时在弄堂口买两只高脚馒头，倒杯白开水，混一顿。那些老阿姨见了便肉痛死了，小风长小风短，小风屁股里长大蒜，纷纷你一筷我一筷地挟好菜给他吃。野和尚很感动，情不自禁地想起了板桥的师傅师娘。后来情况熟悉点了，就通过学生的家长，在隔壁的仪表厂食堂搭伙，价格便宜，油水也足。

吃好午饭，野和尚也投桃报李，陪老阿姨们谈谈山海经，说说当矿工时的一些事，随口编。说自己又要打风钻，又是爆破工，钻好孔，必须在三分钟之内，在三米外的距离把雷管直接投进钻孔里，要是超过时间，或者投不准，人就要被炸死了。老阿姨们听了吓得手脚冰冷。后来又给老阿姨讲恐怖故事，一双绣花鞋，香港路九号，绿色的尸体。那些老阿姨说是在学校当教师的，其实闭塞得很，那些在民间流传甚广的故事，居然闻所未闻。野和尚添油加酱，绘声绘色，紧要关头还突然大叫一声"哇"，吓得老阿姨面孔煞白。有几个老阿姨下午上课的时候，走进教室，手脚还在发抖。

这天野和尚在批改作业，有个姓潘的老阿姨说，风老师，你的电话。野和尚接起来一听，是那个叫佩丽的女人。野和尚后悔在人民公园分手时，给她留了电话号码。佩丽说，风生水，你是男人吧，谈不谈无所谓的，谈得成功谈不成功也无所谓的，不过做人还是要懂道理的。上次见面以后，你电话没有一个，信没有一封，啥个意思啊？你嫌鄙我难看也是一种讲法，嫌鄙我离过婚也是一种讲法，嫌鄙我年龄比你大几岁也是一种讲法，嫌鄙我有狐臭也是一种讲法，总不见得分手以后就无声无息了，像男人吧？你现在回答我，你心里怎么想的？旁边几个老阿姨竖起耳朵都在听，野和尚能说什么，而且他根本不知道佩丽有狐臭的，还没有了解到这个地步，只好对着电话含含混混地说，好的好的。佩丽说，什么好的好的，讲讲清爽。野和尚说，好的好的。佩丽说，你身边有纸吧，把地址记下来，今天晚上我在家里等你，到了以后讲讲清爽，该怎么就怎么。放心，我不会缠住你的。野和尚还是说，好的好的。

搁好电话，野和尚"嗤"了一声，心说这个女人坦率倒是坦率的，但是坦率得太吓人了，自己不配和这种女人打交道，不是一个等量级的，吃不消她。他暗暗在心里发誓，打死我也不会去的，去了倒是真的交魔窟运了。

这天吃好晚饭，看斯丹达尔的《红与黑》。这是年初时买的，还没来得及看。当时还在大学里，看到附近那家新华书店贴出告示，说第二天一早卖世界名著，野和尚兴奋死了，都没怎么睡着，捱到半夜三点多就起来了，把宿舍里的兄弟全部叫醒，去排队。因为告示上说了，一人只能买两套书。那几个对买书都没什么兴趣，而且不像野和尚，是带工资来上学的，有钱人。赶到那边，已经有不少人在排队了，是在新华书店的后门排队，乌漆墨黑，只有门框上吊着一盏昏黄的灯，鬼绰绰一点亮，但在野和尚看来，却像是座灯塔。

气温很低,大家都原地跳着,跺脚,还要等候几个小时。野和尚觉得,这种等候的感觉就像是和女朋友约会,女朋友还没来,随时随地会出现,皮肤底下会发痒,搔也没用,全身都痒,心痒难熬大概说的就是这种感觉。难熬中有期盼,所以难熬就变得不那么难熬了。终于等到天亮了,有人出来挂了块牌子,一长串,左面是书名,右面是价格。野和尚过去看了看,记下了,回来告诉那几个兄弟,你买什么,你买什么,把钱给他们。小窗口打开了,开始卖了,依然秩序井然,没有人插队拥挤,来买书的都是读书人,不是读书人不会来凑这个热闹。本来计划里有大仲马的《基度山恩仇记》,轮到时卖完了,好在其他的都买到了。那些小说,大多都看过,但是欢喜,欢喜就要买回来。男人对书的占有欲和对女人一样,只要欢喜,就要想办法弄到手。

野和尚看《红与黑》,看书里对德瑞娜夫人的描写,脑子里幻化出的是另一个女人,腰肢一扭一扭,蛮飞的。飞不是妖。"飞"是上海方言里最精彩传神的形容词,对男人女人都可用,普通话里没有对应的词,只有上海人听得懂"飞"的意思,而且没法解释,解释出来就不是"飞"了。如同老子的道可道,非常道;名可名,非常名。一个意思。如果一定要对"飞"作个注解,那么,只能倒过来说,说别人飞的人,十分里面大致有四分欣赏、两分妒忌、一份羡慕、一分鄙视,剩下的两分没法摊到桌面上说,要看语境,不同的语境有不同的解释。

德瑞娜夫人和佩丽是两种不同的女人。德瑞娜夫人美丽端庄,越是端庄的女人,越是容易被坏男人勾引;佩丽不一样,佩丽是美丽加风骚。这女人坦率倒是坦率的,说自己生活作风不好,主要是因为心肠太软,不好意思拒绝别人。风骚的女人轮不到男人去勾引,男人只有被她勾引的份。野和尚突然有一种冲动，就像当年当皮带操作工，面对那个红色按钮，越是不能触碰，越是想去触碰。现在，他就想触碰那个红色按钮。佩丽在他记下地址后，又关照了一句，金陵东路，靠近外滩的。野和尚跟老娘说了声，去看个朋友，会晚点回来。老娘满面笑容，说，你去，你去。到南京西路乘 20 路电车，乘到底，沿着中山东路走过去。到了那里一看，居然是公寓大楼房子，有钞票人家住的。

电梯门开着，一个女人坐在一把高脚凳子上嗑瓜子，警惕地看着野和尚。野和尚左右打量，寻找楼梯位置。那个女人说，进来，有电梯不乘，乡下人啊！野和尚惶然地走进电梯。开电梯的女人问，几楼？野和尚说了几楼。又问，找啥人？野和尚不开心了，册那，你是包打听啊，但还是回答了，徐佩丽。开电梯的女人嘴巴一撇，说，这个女人蛮忙的。野和尚听了就明白了，就想打回头票了。

硬着头皮过去，敲敲门，在门口喊了两声，佩丽，佩丽。里面有人应，自己进来。野和尚这才发现门是虚掩着的，里面是打蜡地板。野和尚说，要赤脚吧？佩丽说，赤啥个脚啊，脱了鞋子换拖鞋。门口有双草编的拖鞋，别的男人穿过的，野和尚心里抗拒，但到了这个地步只好穿。佩丽穿着短袖睡衣斜靠在沙发上，半倚半躺。那件睡衣老价钿，粉红的，丝绸的，弄堂里的女人不要说穿，看也大概只在橱窗里看到过。那个也不叫沙发，后背是带圆弧的，朝一面斜上去的，绒缎面子，在画报上看到过，叫贵妃榻还是香妃榻的。野和尚以为有钞票人家用的全部是红木家什，这里不是的，梳妆台和矮柜是一种焦黄的颜色，就像文旦皮剥下来，放了几天的那种焦黄，不知道是什么木头。佩丽指了指自己的脚边，说，坐呀。喝咖啡还是喝龙井，我去给你泡。野和尚说，不喝，我嘴巴不干。佩丽嘻嘻一笑说,用不着拘束的,我又不会吃人的。坦白讲,我没有想到你会推门进来,我以为你没有这个胆量。既然进来了,就不要讲后悔不后悔了。说着,她目光烁烁地看着野和尚。野和尚不敢坐,坐下去就要有事情发生了。他不想和佩丽发生什么事情,先前听她自己说的,她样样都好,就是生活作风不好,一般女人不会这么说的,说得太赤裸裸了,听上去就有点吓势势了。红色按钮碰还是不碰,到这个时候他又犹豫不决了。

佩丽说,人民公园碰了一趟头,你就没有声音了。我不打电话给你,你也不会打过来的,对吧。老实讲,我蛮气的,我还没有碰到过你这种男人。所以我必须叫你过来,教训教训你。如果你看到我的脚,这双脚白嫩吧,光洁吧,脚样好吧,女人的脚不好随便露出来的,尤其是这种孤男寡女的场合,露出来了,你会以为我是在勾引你,那也没办法,告诉你,我就是在勾引你,显得我是个表里如一的人。如果你看到我的手臂,上次在人民公园我穿的是长袖子,你没有看到,你看,手臂一点斑疤也没有,滴光丝滑,要是让你看到了,你心痒吧,你心再痒,我也叫你马上滚,把火头点炀了,没有地方灭火,就要让你难过,折磨你。如果你看到我刚刚不当心露出来的一小块肚皮,我会扇你两记耳光,这不礼貌你懂吧,男人不应该朝禁区瞄,这必须受点惩罚。如果你看到我的面孔,上次在人民公园我没有化妆,今天化妆过了,底坯好,一化妆更加漂亮,面孔精致吧,好看吧,你会觉得长着这样精致好看的面孔的,肯定是个纯洁的天使。那好,我会满足你的想象,把纯洁装到底,让你陪我聊聊天,谈谈世界名著,谈谈芳汀,谈谈安娜·卡列妮娜,谈谈包法利夫人,谈谈欧也妮·葛朗台,也蛮开心的。问题是,你不光看到了我的脚,看到我的手,还影影绰绰看到我的一小块肚皮,还看到了我化过妆的面孔,这样,我就不能轻易放过你了。

野和尚觉得地板坍塌了。

……

下去的时候,还是刚刚那个开电梯的女人,对野和尚说,不过夜啊?已经半夜三点多了,外面电车也没有了,索性过夜嘛好了。回去喝杯红糖茶,你的面色太难看了。野和尚领教了。大概上海滩所有在公寓大楼开电梯的,全部是包打听,欢喜管闲事,职业特点。

第二天去上班,学校里的老阿姨看到野和尚,都说他面色不好,发灰,要他注意营养,注意休息,弄只甲鱼冰糖炖炖,补补身体。

有次我下班回来,野和尚也正好下班回来,在弄堂里碰到,我发现他面色晦暗,脚步打飘,随口打招呼说,怎么啦,好像精神不好嘛,是不是生病了?野和尚说,阿民,等一歇到三层阁来一趟,跟你讲讲闲话。我回去了一趟,就去到隔壁的三层阁。摆香烟摊女人还在弄堂口摆摊头,就他一个人在家。野和尚说,阿民,你坐。我蛮孤独的,没有人可以讲讲心里话,蛮苦的。你是我最好的朋友,有些事情,不可以对别人讲,只好对你讲。我不响,听他讲下去。

野和尚开始讲故事——

我碰到一个女人,长得绝对好看,绝对有钞票,也绝对神秘。我到她家里去,公寓大楼,洋房,打蜡地板,落地钢窗,还有阳台,用不着走楼梯的,上上下下乘电梯,这种生活你过过吧。进了门,还不好直接走进去,册那,要换拖鞋的,草编的拖鞋,穿上去阴嗖嗖的,适意。屋里的摆设,富丽堂皇,还有壁炉,壁炉旁边几把火钳,亮晶晶的是铜的。还有一只贵妃榻,你没有看到过,你只看到过竹榻,我以前也只看到过竹榻。再土再难看的女人,只要朝贵妃榻上一躺，摆只嗲悠悠的动作，就摇身一变，变成贵妇人了。我有几点想不通，我到现在也没有搞清爽，这个女人是做啥工作的，好像有工作的，好像又没有工作的；至少是不靠工资过日子的。我也不晓得她看中我哪一点，我这种男人，在有钞票人的圈子里，就是垃圾瘪三，她看中我哪一点？我眼睛尖，看到圆台子的玻璃下面，压了几张侨汇券。这女人有海外关系的，外面有人的。而且蛮怪的，她不是住这里附近的，年龄也和我相差一截，是十二姑婆介绍的，不晓得怎么七转八弯就介绍给我了。现在想想，十二姑婆也不是普通的老太婆，也是有来历的……我这天到她屋里去，八点要敲过了。我有预感的，去了，肯定要被她黏住，逃不掉的。后来果然是。这种感觉是啥个感觉你晓得吧，就像是屋顶坍塌了，地板也坍塌了，人沉下去了，轻飘飘地沉下去，一直沉下去，再怎么沉也沉不到底。事情做好，你猜她怎么评价我？册那，她讲我还太嫩，没有技巧的，靠力气的，只不过比平均水平高一点点。

我说，不是蛮好嘛，你交桃花运了。他说，你想得太简单了。这种不是桃花运，是桃花劫，是受刑罚。

野和尚说，阿民，学农的时候，看到过农民榨菜籽油吧。不是镇上的那种机器榨油，是农民的院子里土作坊的那种。一个老农民，一上一下地踩一块木头的踏板，于是红得发亮的木舂也一上一下地舂，舂在菜籽上。过年时舂年糕大概也是用这只木舂。石臼底部有只小洞，装滤网的，外面接了一只舌头，一舂一舂，榨出来的菜籽油就从舌头里流出来了。那些舂过的菜籽，老乡不舍得丢掉的，还要舂第二遍，第二遍还是会有油舂出来，但是不多了。这还没有结束，老乡还要舂第三遍。只要肯花力气，砻糠里也会榨出油来的，你讲对吧。那些菜籽被榨过三遍，就彻彻底底被榨干了，干瘪了，再也榨不出油了。野和尚说到这里不响了。我看着他,等着他抖包袱。野和尚幽怨地看了我一眼,说,我被这只女人榨了不止三遍,这只女人太穷凶极恶了,我比菜籽还要可怜,彻底干瘪了,伤元气了,不晓得还恢复得过来吧。

我听他讲,表面上像是在诉苦,册那,实际上还是在炫耀。

九　反转

那天以后，野和尚没有再和佩丽联系，不敢再和她腻下去，再腻下去要送命了，而且还有种莫名的恐惧，好像随时随地会落入仙人跳，没有太平了。佩丽再打电话来，开口就说，我想你了，你想我吧？野和尚就说，好的好的，谢谢，我在上班，我现在没有空，下次再讲好吧。再会再会。说完慌忙挂电话。佩丽倒是知趣，再也不打电话来了。

前段时间，学校里来了个新老师，原来是公办小学的，不知道为了什么调到民办小学来。新来的老师中师毕业的，叫金彩凤，和唱越剧的女明星名字一样。老阿姨闲得无聊，和她寻开心，叫她唱一段三盖衣。小金老师面孔就红了，说，我不会唱越剧的呀。老阿姨就心软了，知道小姑娘面皮薄，不再和她开玩笑了。野和尚和她打了个招呼，小金老师面孔又红了。小金老师的办公桌和野和尚面对面，表面上对野和尚很淡漠，背地里时常会偷偷塞一只咸鸭蛋，或者几粒乳脂糖给野和尚。野和尚来者不拒，顶多对小金老师笑笑。两个人年纪相仿，小金老师也长得清秀可人，不过野和尚觉得她太单纯了，身体也太单薄了，女人味道不浓。

这天野和尚正在课堂里讲解课文，外面噼里啪啦放起了鞭炮，弄堂里有人结婚。民办小学不像公办小学那么严格，学生的纪律也散漫,那些学生巴不得弄堂里天天有人结婚,一天起码结个五六场婚,也好趁机活络活络筋骨,免得坐的时间长了屁股上生疖子。此时听到放鞭炮,那些小学生的魂灵就被牵走了,一下子都哄出去看闹猛了,叫也叫不住。野和尚苦笑着把教义夹一合,却见小金老师站在门口。野和尚说,你们班级怎么样?小金老师笑着说,一个不剩,全部逃光了。两个人都觉得有趣,笑了一会。小金老师说,风老师,你过来。说着就朝窗口走过去,野和尚跟了过去。小金老师说,有桩事情蛮烦的,其实我来了就这点时间,和大家也不熟。昨天放学了,张校长把我叫到操场里,讲,学校一直没有设教导主任的位子,因为没有合适的人选。怪吧,对我讲这种事情,我又不懂的。张校长还讲,他的儿子在江南造船厂上班,廿五岁,比我大两岁,年龄蛮配的。还讲他儿子工资蛮高的,还有奖金,七七八八加起来将近一百块。啥个意思啊,想叫我和他儿子谈朋友啊!你讲烦吧。野和尚不响,不知道说什么。张校长的儿子到学校来过的,在造船厂里当油漆工,一副样子有点戆兮兮的。小金老师说,你晓得我为啥要从公办小学调到这里吧,我本来不想讲,难为情,也是这种事情,校长要给我介绍男朋友,是他的侄子。我拒绝他了,校长就刁难我。过不下去了,才想调工作。想不到,到了这里又碰到这种事情,你讲烦吧。我爹爹姆妈年纪老了,不想对他们讲,讲了又要缠不清爽了,说不定就闹到单位里来了。我也没有人可以讲讲。烦死了。现在风老师晓得这桩事情了,不要嘲笑我。野和尚说,我不会嘲笑你的。如果看不中,不想谈,你就拒绝好了,讲话讲得婉转点。张校长看上去还是比较正气的,不一定会为难你的。

这时走廊里传来声音,两个人便回到办公室。几个老阿姨看热闹回来了,说,学生不会再来上课了,再讲时间也差不多了,快要放学了。其中一个老阿姨对野和尚和小金老师说，你们没有去看闹猛啊，是廿五号里吴胖子的阿二头结婚，新娘子车嫁妆过来，两只樟木箱，红脚盆里还有热水瓶花瓶糖缸塑料花，还有六床被头、四对枕头、两条羊毛毯，倒蛮像样的。另一个老阿姨说，风老师，啥辰光吃你的喜糖啊？野和尚说，女朋友还在天上飞呢，再讲，啥人会看得起民办教师啊。有个老阿姨说，你不是讲你有女朋友的嘛！早晓得你没有女朋友嘛，我就给你介绍了呀。张校长说，小风，你这个话就不对了，不管公办民办，都是人民教师，现在社会地位顶高了，啥人敢看不起啊。张校长以前是副食品公司的普通工作人员，现在当了校长，享受股长待遇，十分鲜格格。有次儿子学徒转正，要填写登记表，他就叫儿子在家庭出身一栏里填革命干部。野和尚朝张校长笑笑，拱拱手。

有个姓顾的老阿姨特别会轧苗头，发现刚才说到风老师有没有女朋友的话题，和小金老师一点关系也没有，小金老师面孔红了，有点蹊跷，大概小金老师对风老师有意思。换一个人，或许因此会促成这两个年轻人，但是姓顾的老阿姨有私心，想把自己的外甥囡介绍给风老师，所以就说，找对象，找同一个单位里的人最不好了，从早到晚在一起，回到屋里还是在一起，一点新鲜感也没有，一点自由也没有了。风老师，你放心，我保证替你找一个称心如意的小姑娘。野和尚笑笑。姓顾的老阿姨打算好了，今天回去就把外甥囡叫过来，跟她说风老师的事情，说他人聪明，卖相也好，还会打冲击钻，还会像投手榴弹一样搞爆破，还写得一手好字，还会讲绿色的尸体，有情趣，能文能武，没有缺点了。

张校长说，有桩事情宣布一下。明天上午，区教育局和街道要来检查指导工作，我安排他们在风老师和小金老师的班级旁听。不过也难讲，上级领导也有可能到其他班级转转，所以大家今天晚上辛苦一点，认真备备课。老阿姨听了，个个面色难看。平时上课说的都是上海话苏北话宁波话无锡话，混在一起乱讲，南腔北调，九腔十八调，就是普通话讲不来的，就怕检查团来了出洋相。要是课堂里坐几只陌生面孔，揩急汗也来不及了，恐怕上课也上不像样了。好在第二天来的人都很循规蹈矩，并未四处瞎转，老阿姨白白担了一夜心事。

检查组的人听了两堂课，都表示满意，说民办小学办到这个水平不容易。来的人对野和尚印象深刻，他口齿清爽，举例生动；又翻看了上学期的成绩档案，发现野和尚的班级期中考试的成绩都在八十五分以上，他任课的其他几个班级的科目成绩也在八十分以上，便在其后的座谈会上，要野和尚谈谈教学经验，以便向全区的民办小学推广。野和尚推脱不掉，只好站了起来，说道——

谈点经验体会，讲错了，请大家批评指正。我的经验只有一条，打。教育小学生，还是要靠打的，否则他们年纪太小，记不牢。你苦口婆心地讲一大篇大道理，叫他抄一百遍生字，叫他订正差错再重复做几十道习题，或者上课罚立壁角，没有用的，一个转身就忘记了。打一顿，就记牢了。我只打手心，这里肉头厚，皮下神经丰富，打得痛，而且没有什么伤害；用教鞭抽打还有一个附加的好处，举起来挥下去的时候，教鞭会发出声音的，声音在空气里震荡，课堂里其他学生看到了也会害怕，就和杀鸡儆猴一个意思。一般来讲，我是高举轻打，举得高，挥下去的速度要快，这样声音的呼啸震荡也响，但是接触到手心时速度放慢，减轻抽打的力度。几个班级，凡是调皮的男生基本上都被我打过，女学生打过的不多，只有两三个。有时候用不着我亲自动手，我叫别的同学传话给家长，就讲某某某作业没有完成，必须惩罚。家长基本都很配合，第二天托人传字条过来，讲，惩罚过了，打了几记屁股；有的家长脾气暴躁，打耳光，拧耳朵。所以我班级里的学生现在个个服服帖帖，成绩自然而然就提高了。

检查组的人听了闷声不响。好一会，有个秃顶老成的家伙说，小风老师讲得蛮幽默的。体罚学生，我们一般是不提倡的，但是通过体罚，成绩确实是上去了，学生的纪律性也加强了，这也是事实。所以具体情况还是要具体分析，不能一概而论。我们关起门来讲，体罚学生肯定是不能大范围推广的，但是在某些地区，小学生确实特别调皮捣蛋，无法无天，可以作为试点。当然，打的时候还是要注意轻重，掌握尺度。有一点我要特别强调，作为教师，能不动手就不要动手，能不亲自动手就不要亲自动手，能通过威吓达到目的，就尽量不要使用武力。小风老师的做法就值得赞扬，高举轻打，这要靠练习的，多练几遍应该能熟练掌握的。毕竟体罚不是目的，是辅助手段，只不过是起到威慑作用。还有一点也是经验之谈，老师不出面，让别的同学去告状，让家长教育小孩，起到同样的效果。归纳起来，就是加强学校和家长的紧密联系，积极配合，互相帮助，共同督促。

大家热烈鼓掌。

一晃几个月过去了。野和尚每天上班下班，乘15路，乘到底，下了班再乘回来。经常乘这条线路，总会看到几个老面孔，那些老面孔看到他，也会不易察觉地露出一丝微笑，认出他也是老面孔。

有次下班，和小金老师一起出门，小金老师要走到南丹路去乘别的车子，两个人同了一段路。野和尚说，张校长后来又找你谈过儿子的事情吧？要讲究点策略的,只要不挑明,你就装糊涂;要是他挑明了讲,要你跟他儿子谈朋友,你就婉转拒绝。小金老师说,张校长又讲过两趟,后面一趟是挑明了。我对他讲,我暂时还不想考虑这个事情。张校长就没有勉强。张校长人蛮好的。野和尚笑笑,说,我车子来了,明天见。小金老师好像还有话要说,见野和尚已经上车了,就挥挥手说,明天见。

别的老师喊校长,都是恭恭敬敬地喊张校长,野和尚一开始也喊张校长,喊了几天就改称呼了,喊他老张,有时候心情好,喊张师傅,喊张大哥,乱喊。他有次香烟抽完了,说,爷叔,拿支香烟过来。校长一时还没有反应过来,野和尚就上去摸校长的上衣口袋,把香烟掏出来,朝嘴巴里叼了一支,又朝耳朵上夹了一支,再把香烟塞回校长的口袋,拍拍他肩膀,说,阿哥,烟酒不分家。旁边的老阿姨看得目瞪口呆。张校长宽容大度,一点不生气,说,当过矿工的,就是这种风格,何况还是小青年,小青年总是调皮的。

这天佩丽打电话来了,开门见山说,风生水,我怀孕了。野和尚吓了一跳,心想不可能啊,只做了一趟,就算是做得天崩地裂,也没有这么巧就中头彩了吧。野和尚说,我在上班,没有空听你开玩笑。佩丽说,不是和你开玩笑,有哪一个女人会用这种事情开玩笑。我到医院里检查过了,怀孕了。出了事情总要解决的,你看怎么办？今天夜里你过来好吧。野和尚说,再讲,再讲好吧。佩丽说,今天夜里来吧,爽爽气气讲一句,来还是不来？野和尚说,好的好的,现在定不下来,再看情况好吧。佩丽说,看样子你是不肯来了,是吧,你要是不来,我就冲到你学校里来。野和尚说,最近比较忙,没有空,等我安排好再和你联系。佩丽说,你没有空,我有空的,我现在就到你单位来。说完就把电话挂掉了。野和尚想,这是在威胁我。这只女人当我是小学生了，经不起吓，一吓就吓瘫了。女人都要面子的，她不会真的来的。不过他心里还是有点寒丝丝，这个女人讲得出做得出的，还是要防她一脚。

第四节课下课，大家都聚在办公室里，准备吃午饭了。学校里就这一间大办公室，也没有校长室，大家挤在一起，只不过校长的办公桌在笃底靠窗的位置，风水好点。大家正在谈论昨天晚报登的新闻。杨树浦那边出了一个敲头党，裤腰里塞把奶子榔头，乘着夜色寻找目标，看到单身行人，不管男人女人，上去就是一榔头，敲好抢了钞票就逃，速战速决，弄得人心惶惶。警察埋伏了几天，把这个敲头党抓住了，居然是个二十几岁的外地青年。一个老阿姨说，前段时间担足心事，就怕这个家伙从杨树浦一路敲到徐家汇来，出门也不敢出，还好把这个赤佬捉牢了，大快人心，人民警察有本事的；另一个说，最好快点判死刑，判好就拖出去枪毙。

说得正热闹时，办公室门被推开了，走进来一个年轻女人，穿一件米色的薄呢长大衣，领口系了条花的丝巾，头发烫过的，但是蛮别致地扎了道米色的绒线头箍，手里拎的一只皮包是紫绛红的。房间里一下子没有声音了，所有目光都朝向进来的女人。看到过时髦的女人，也看到过漂亮的女人，但是这样时髦又这样漂亮的女人，还是不多见的。小金老师在师范学校学过美术的，一眼就看出来，这个女人蛮懂色彩搭配的，全身上下不超过三种颜色。张校长飞一样从角落里蹿出来，笑着说，我姓张，是学校的校长。请问这位女同志，有事情吧，还是找哪位老师？

女人盈盈一笑，说，我找风生水老师。

野和尚站起来，该来的总是要来的，躲不开的，心里有点发毛，脸上还是笑着说，佩丽你来啦。走，我们出去谈。

九　反转

佩丽说，你不要拖我，用不着出去的，就在此地讲。我给过你机会的，你不要，我也没有办法，现在就当着你同事的面讲讲清爽。我怀孕了，你打算怎么办？你一直在回避我，一直在拖，我也想拖的，但是我的肚皮拖不起了，肚皮一天一天要大起来了，过几天面孔上蝴蝶斑也要出来了。我今天豁出去了，面子夹里全部不要了，名声坏了就坏了。我告诉你，出了事情你想当缩头乌龟是吧，没有这么容易的。早晓得有今天，那天夜里你就不应该扑上来欺负我。你当时怎么讲的，你讲你会负责到底的。你放过的屁你大概忘记了是吧？做了事情就不要赖，男人敢做就要敢当。你看到过我肚皮的，雪白粉嫩，是吧，女人要是生过小囡，皮肤就松了，下面也松了，肚皮也松了，肚皮上面还会有妊娠纹的，所以我不想生小囡。我要你摆句话出来，打胎，还是把小囡生下来？你要把小囡生下来也可以的，现在跟我到民政局去开结婚证书，光明正大地把小囡生下来。你是私生子，我不想我的小囡也是私生子。我去打听过了，你是情场老手，老吃老做了，大概以为女人都是好欺负的，白相过了，拍拍屁股就跑路了。对不起，不要捏鼻头做梦了，我不是好欺负的，这趟我不会放过你的。

佩丽一番话说得入情入理。学校里一帮老阿姨一边听，一边点头，对野和尚恨得咬牙切齿，真是知人知面不知心，想不到这个姓风的年轻人是这种坏料。姓顾的老阿姨已经气得发抖了，忍不住在心里骂，人面兽心，陈世美，拆白党，下作坯，大流氓，骂了不解恨，又加了句什么里的妈妈的苏北方言。还好外甥囡有男朋友了，要是介绍给这个男人，就跳进火坑了。

野和尚此时已经回到座位上。这个女人果然是厉害角色，随口编故事，编得像真的一样，而且做功好，一边讲，一边哭，声情并茂，做功比王丹凤还要好。野和尚说，佩丽，你讲好了吧？佩丽说，我心里的苦三天三夜也讲不光，现在我想听你讲。野和尚说，大家摆事实，讲道理。事实你已经讲过了，蛮清爽了，道理嘛，一时三刻讲不清爽，直接谈条件好了。你有啥条件，摊开来，大家好商量。佩丽说，你要是早点就这样讲，我也用不着逼逼急赶过来了。我是通情达理的，从小家教好呀。你要是和我结婚，用不着谈啥个条件。你要是不想和我结婚也可以，我也不是那种离开男人就要寻死寻活的人，我也是有骨气的。肚皮里的也是一条生命，我不舍得就这样放弃他，我会养他大的，但是你要付我营养费误工费坐月子的钞票，还有将来小囡读书的钞票，你也要分担的。我叫人算过了，七七八八加起来，至少八千块。野和尚说，我明白了。八千块，合情合理，也不算狮子大开口。我家里有点存款，通通拿出来，再找朋友凑凑，再去义务献血，献一趟一百块营养费，献几十趟血，大概也够了。不够，写张借条。他说罢显得很轻松，还笑了笑，然后就低头在抽屉里翻找。众人都盯着他看，不知道他在找什么，不像是在找钞票，钞票不可能多得潽出来，塞在办公室抽屉里。

野和尚在抽屉里翻找了一会儿，翻出一样物事，朝桌子上一丢，说，佩丽，你自己看。丢出来的是个纸包，薄薄的，狭长的，外面用旧报纸包着，上面还扎了道细绳子。不像是钞票，钞票是不会这样包的。众人不解其意。佩丽也迟迟疑疑没有上前去拿。

野和尚说，佩丽，讲桩事情给你听。学农的时候，我用不着去扫猪榭挖山芋锵地，我是烧饭师傅，帮班级里的同学烧饭。有趟去镇里买菜，那个镇叫下杨桥镇。之所以这个镇的名字我记得这么清楚，因为我差点在那里送命。买好菜从菜场出来，过马路的时候，一辆拖拉机失控，直接朝我撞过来，再从我肚皮上轧过去，血流了

九　反转

一地。送到医院去做手术,大概麻药打得太少,我被痛醒。我听到医生讲,这个小家伙蛮作孽的。护士问他,为啥?医生讲,可能以后生不出小囡了。我当时听不懂,还蛮开心,被拖拉机朝身上压过去,居然没有死,命大吧,以后可以对人吹牛了。过了几年,懂点事情了,才觉得这个问题蛮严重的。我在矿里的职工医院检查过,在金陵的工人医院检查过,到了上海,偷偷去中山医院检查过,结论是一样的。表面上,我还是个男人,但不是百分之百的男人了,生育能力没有了。别的男人器官里有一条条小蝌蚪的,医学名称叫精子,我没有的,我只有一泡清汤白开水。这段历史我本来不想讲的,对男人来讲太坍台了,是你逼我,到了这个地步只好抖开来讲。你不怕坍台,我也不怕坍台;你不要面孔,我也不要面孔了。野和尚把纸包朝写字台边上送了送,说,几本病历统统在这里,里面有诊断结论,你自己打开来看。别的我也不讲了,讲出来伤人,伤和气。

办公室里静寂无声,所有人都呼吸急促。

野和尚说,我心里蛮难过的,不是因为你欺骗了我,而是因为我再也不能相信你了。这句话不是我讲的,是尼采讲的。野和尚一剑封喉,此刻倒像是解脱了,双手抱头朝椅子背上一靠,眼睛一眨一眨,看天花板。

佩丽终究还是没有去抖开那个纸包,面色发青,发呆,发了几分钟呆,说,风生水,算你狠。我认得你。她说完,别转屁股就走,走出去,门碰得很响。

没有人说话,信息量太大了,需要时间消化。张校长说,小风,来,抽香烟抽香烟。两个人点好香烟,呼了一口。张校长说,小风,你喊过我老阿哥的,现在老阿哥想看看这个纸包,可以吧。声明一下，我不是要刺探别人隐私，是关心同事。野和尚摆出一副无所谓的样子，点点头。张校长小心翼翼地把绳子解开，把外面的旧报纸打开，里面是本薄薄的书，封面是白皮，上面写了四个字：春官疏卷。翻开来，是本字帖。张校长说，不是病历卡啊，我还以为是病历卡。小风，你道行深的。

野和尚说，她会编故事，我也会编故事的；她会甩烂山芋，我也会甩烂山芋的。现在的社会，胆大吓胆小的。走喽，出去买只高脚馒头吃吃。

办公室里的人面面相觑。悬念，惊奇，高潮，剧情反转，又反转。半个钟头里就好像看了部电影，情节太复杂，有几个地方还没有看懂，走出电影院还要想一想。

过了若干年，有次野和尚在德大咖啡馆和客户谈生意，听到车厢靠背后面有个女人在说话，声音很熟悉，是佩丽的声音，还是蛮嗲的，只是不如以前清亮了。只听佩丽说，蛮巧的，我和你像是前世有约的，就好像我一直在等你，等等你不来，等等你不来，我就有点急了，就嫁人了。野和尚忽然有点调皮，想走过去，把她接下来要讲的台词代替她讲，想到这里禁不住笑起来了。客户问，风先生，你笑什么？野和尚压低声音说，和你谈得蛮投机的，以后合作肯定愉快，所以就笑出来了。客户受他影响，后来也压低声音说话，两个人头碰头，像是在搞秘密情报工作。其间野和尚去了趟厕所，走回来时正好和佩丽打了个照面，佩丽看看他，一点反应也没有，就像看到的是陌生人。这样，野和尚倒也释然了。

九　反转

十　衡山访故

摆香烟摊女人是在这天夜里死的，死之前毫无预兆，只是说心口痛。野和尚慌忙从后间赶过来，老娘已经走了。半夜里，正是好睡的时候，猛然听到几声凄厉的呼喊，"姆妈，姆妈，姆妈——"一声比一声尖利凄惨。左右隔壁都被惊醒了，侧耳细听，后来就沉寂无声了。第二天早上，我在门口碰到野和尚，见他眼睛红肿，说，老娘走了。老娘走得太早了。老娘苦了一世，没有享过福。

住在底楼客堂间的老太对野和尚说，过歇来车尸体，关照俚笃，担架从三层阁抬下来，一路当心点，勿要碰楼梯扶手，勿要碰墙壁。野和尚没有理睬她。殡仪馆来抬尸体的两个小伙子毛手毛脚，走楼梯下去，一路磕磕碰碰。客堂间老太说，倒霉了，要勿太平了。果然，后来几天，楼梯经常无缘无故会发出声响，没有人走上走下，楼梯也会响。邻居都吓死了。客堂间老太烧香拜菩萨，还朝楼梯磕头，说，风风姆妈，你一路走好，勿要吓我。我胆子小，经勿起吓的。亭子间小夫妻说，夜里摆香烟摊女人就停在亭子间门口，还用手指甲抓门，吓得夫妻俩钻在被窝里动也不敢动，还拼命想，以前什么地方得罪过摆香烟摊女人。几家邻居都来求野和尚，说，你姆妈不放心你，所以就不肯走；你劝劝你姆妈，叫她放心去好了，大家会照顾你的。野和尚起先不想理睬，天气干燥，楼梯的木板有爆裂开豁太正常了，再一想，几家邻居这次都送了花圈，以前也还算宽厚，于是跑到楼梯口说，姆妈，你放心去好了，去投胎一户好人家，享享福。这一世你没有享过福，下一世好好享福。阴间里要是缺钞票，冬至清明我会烧锡箔烧黄纸的。说完以后，当天夜里楼梯就不响了。

过几天，野和尚捧回来一只骨灰盒，颜色接近于铁锈红，那时候叫改良漆，气味很大，但是经久不褪色。他不知道老家有没有祖坟，连老家在哪里都不知道，也就没有落葬，随手放在搁板上。

野和尚请了几天丧假，料理好老娘的后事就去上班了。老阿姨看到他戴了黑纱，没有人问他，也没有人和他说话。最好笑的是，小金老师在办公桌上堆了很高三沓书，就像是竖了一道屏风，本来两个人面对面，现在是眼不见为净。有一种伤害是，你没有伤害到她，她觉得你伤害她了。有次办公室里只有两个人，野和尚想缓和一下紧张关系，主动喊了一声小金老师。哪知道小金老师后退几步尖叫道，你不要过来，你不要过来。她还把只墨水瓶捏在手里，随时准备朝野和尚掷过来，然后贴着墙根一步一步退出去，到了外面就嚎啕大哭。大家围拢上来，问她发生了什么事情？小金老师还是哭，不响，只是朝办公室指指。办公室里只有野和尚一个人，大家仿佛都明白了。那以后，学校里的老师包括搞财务后勤的，只要是女的，看到野和尚就像看到采花大盗，躲避不及。有次野和尚进办公室，姓顾的老阿姨正好开了门出来，野和尚想和她搭讪几句，就没有让开，而是笑笑，还没开口，姓顾的老阿姨正色道，风老师，我儿子也和你差不多大了，你不可以对我动坏脑筋的。

那段日子过得非常尴尬。好在，张校长对他还是一如往常，要他节哀，说不知道他老娘走了，否则一定会去参加大殓的。有次他还推心置腹地说，小风，我也是过来人，年纪轻时犯点生活错误，正常的，时间长了，大家会谅解的。事情过去就过去了，像日历一样翻过去，不要背思想包袱，轻装上阵。说完拍拍他肩膀。

这天中午，野和尚出去吃了一碗阳春面回来，张校长正在讲故事。以前讲故事的是野和尚，讲的故事紧张刺激，老阿姨们听得汗毛一根根竖起来，憋了一泡尿都不想离开，生怕漏掉一点，下午第一节课的预备铃响了，大家才去抢厕所。现在野和尚不讲故事了，张校长就冒出来。张校长讲的故事干巴巴，淡寡寡，一点味道也没有，不过大家还是装出一副津津有味的样子，给他面子。有次小金老师在看小仲马的《茶花女》，张校长随手翻了翻，忽然想到了什么，说，大家晓得清朝的最后一个皇帝是谁？姓马的老阿姨知识面比较广，说，你讲的是溥仪吧。张校长说，是的。这家伙解放以后关进牢监，后来经过劳动改造，放出来了，还和一个护士还是医生结婚了，写了一本回忆录，题目就很黄色，叫"我的下半身"。有个老阿姨兴趣来了，说，张校长你看过吧，给我们讲讲情节。张校长说，我到图书馆去借了几趟，没有借到。另一个老阿姨说，这种黄色书，国家怎么可以给他出版的。姓马的老阿姨悟性好，说，估计是作为大批判材料印出来的，揭露封建王朝寄生虫的生活糜烂，乱搞腐化。野和尚听了，只好拼命掐大腿的肌肉，否则就要笑出来了。

这天张校长讲老古话了，说孙中山先生逝世时，出殡的场面声势浩大，他有幸在山东曲阜老家亲身经历，一路跟在浩荡肃穆的出殡行列后面，一直跟到孔庙附近，才被人流冲散，鞋子也找不到了。那场面庄严隆重极了，灵幡飘扬，钟磬嘹亮，红烛高烧，香烟缭绕，诵经之声直盖云天。大家化悲痛为力量，一路上一点哭声都听不到。张校长说得绘声绘色，老阿姨们都显露出好生敬服的神情，说，张校长到底是张校长，见过大场面的。野和尚觉得奇怪，孙先生是在北京去世的，不是死在山东曲阜的，而且张校长口中的那种排场，怎么听都不像是国父的葬礼，倒像是祭祀大成先师文宣王孔子仲尼的仪式，那地方倒确实是在山东曲阜。野和尚拼命掐大腿肌肉，要掐出那种钻心的痛，才有效果，想不到掐了十几天，大腿肌肉已经麻木了，没忍住就笑出来了，闸门一打开就关不住了，他开始是压低了声音笑，后来变成大笑，笑到后来变成狂笑了。

所有人都惊恐地看着他。

野和尚笑得十分爽快，脱口而出，张校长，那时候你几岁？张校长说，大概有十五六岁了吧。野和尚说，那你现在也不过是……俺是属龙的，张校长平时一口流畅的上海方言，此刻爆出山东腔，可见是很不开心了。野和尚撸撸头发，先叙述了中山先生葬礼的史实，顺便把"余致力于国民革命凡四十年"的总理遗嘱背了几句，然后挑出张校长故事里的几个明显漏洞，极尽揶揄，恣意嘲谑。小金老师面孔煞白，姓顾的老阿姨拎起两只热水瓶说声泡水去，溜之大吉，其他老阿姨手忙脚乱收拾起残羹剩饭，也脚底擦油了。

野和尚感到从未有过的畅快，好像这段时间累积的郁闷一扫而空，精神格外振奋。他意犹未尽，凑到张校长的面前，拍拍他肩胛，说，爷叔，以后吹牛皮，先打好草稿。

野和尚图一时口舌之快，后来也有点后悔，他把张校长得罪了，会有后遗症的。哪知道张校长还是对他客客气气，就像什么事情也没有发生过，有次还隔空丢过来一包光荣牌香烟，野和尚眼敏手捷地接住。张校长说，光荣牌，停产了几年，现在又生产了，拿一包抽抽。野和尚朝张校长拱拱手，说声谢谢。野和尚很惭愧，以小人之心度君子之腹，张校长宽宏大量，自己小看他了，那次实在

十　衡山访故

不应该嘲笑他。

过了几天,张校长找野和尚谈心,东拉西扯兜了一大圈,才回到正题,说门房间的老许退休了,想叫野和尚接替老许的位子,管几天校门;他的班级,暂时就交给小金老师。张校长说,革命工作没有贵贱之分,希望小风老师不要有其他想法,而且这是暂时的,等街道派来新的勤杂工,小风老师还可以回去教书。

野和尚心里说,悬在空中的那只靴子终于落地了,却也不肯服软,随口编故事,笑着说,张校长,本来我还不好意思开口,既然你讲到工作问题,我也就坦率讲了。我私底下一直在联系调动。徐家汇太远了,上下班路上要花一个多小时,想调到离家近一点的单位,方便照顾老娘。没有想到老娘突然就走了,工作调动的事情倒有眉目了。明天开始,我要请几天事假,处理一些私事;再过几天,可能调令就到了。我给学校添了不少麻烦,张校长一向很关照我,我会记在心里的。

张校长本来以为野和尚会吵闹一通,事先还准备了腹稿,打算做番耐心细致的思想工作,这下子事出突然,他反而愣住了。

野和尚后来就到山海关路菜场去上班了。这里面的很多关节我一直没有搞清楚,比如,他是怎么认识菜场经理的,谁牵的线搭的桥,野和尚走投无路了,是谁这么及时地伸出援手?我突然想到一个人,表面上看,就是个普通的老太婆,很容易被忽略,实际上此人有点能量的。这个人就是十二姑婆。我曾经听野和尚随口提到过,当时就觉得这是个人物,因为野和尚说,这个绍兴老太,居然把佩丽介绍给他,他和佩丽根本就是两个世界、两个年龄段的人,完全连不上的,可见十二姑婆的路子蛮野的。那么可以作点合理的想象,那个菜场经理,很可能就是十二姑婆的儿子,或者说关系很近的亲戚。至于十二姑婆为什么要帮野和尚,这仍然是个谜。

有次我和野和尚在晒台里乘风凉,我说,你最开心的时候,大概是在大学里读书,那段日子你蛮活络蛮自由的。他说,不是,我最开心的那段日子,是在菜场里卖鱼。我说,小学老师不做了,去菜场里卖菜,心里难过吧?他居然笑笑,说,一点不难过,觉得蛮好。一个人知道自己为什么活,就可以忍受任何一种生活。后面那句话他又开国语了,简直受不了。

到山海关路菜场报到之前,野和尚去了一趟衡山,寻访故人。他不知道那位故人姓什么叫什么,也不曾有过交谈,甚至没有看到过故人的脸,只是看到一个背影,就这么兴冲冲地跑过去了,听起来有点像发花痴,往好的地方说,很浪漫。

两年前的暑假,老六的家乡有卡车运货到上海,宿舍里的人搭便车去老六的湖南老家玩了几天。途中经过衡山,八个人在山脚的南岳庙外转了转,没能进去,门口有站岗的,南岳庙改兵营了,从敞开的大门望进去,大殿两旁盖了几排青砖瓦房,里面有军人家属模样的在洗衣服。于是去爬衡山,其实用不着爬,不是那种曲里拐弯的石阶小道,一路都是宽敞平坦的大路,只是有坡度。到一个地方就拍照留影,忠烈祠、炮台碑、石浪台、紫竹林、邺侯书院,摆出各种姿势,装怪腔、扮鬼脸、嬉笑打闹。那些地方,要么大门紧闭铁锁看家,要么残破不堪几近坍塌。看了牌匾或者石刻,你才知道这里曾经是个古迹或景观。一路上去几乎没看到人。到了寿佛殿,人气大旺,大门敞开着,一屋子民工模样的人,有的躺在草堆上,有的在打牌,大殿里缭绕着劣质香烟和汗酸脚臭的气味。有个稚气未脱的年轻人依着廊柱在吟诵——

十　衡山访故

青春是美丽的彩霞，爱情是瓶中的鲜花，家庭是临时的温暖，坟墓是永远的故乡。

这个年纪，最容易被那些所谓的哲理名句蒙骗。

野和尚悄声对众人说，晚饭的钱有着落了。他说罢跨进殿里大声打招呼，老乡们，辛苦了。挨个散烟，散了两包多烟。那些民工受宠若惊，赶紧站起来赔笑接烟，得知野和尚他们是上海来的大学生，更是添了几分恭敬神色，说，游山玩水，好福气。那时候"旅游"一词还不时兴，大多用的是"游山玩水"一词。野和尚问起他们，说是县里派出来干活的，具体干的是什么，再也不肯细说；还说他们这样的民工来了好几拨，分散在各处，现在活干完了，明后天就各自回家了。野和尚说，到了衡山，有没有拍张照留个影？众人看看野和尚背着的相机，摇摇头。野和尚说，这还不容易，我这带着相机，给各位老哥一人拍一张，回去也能在村里说道说道。那些人喜形于色，嘴上却说，不敢当，不敢当，怎么好意思浪费你们的相片呢，老贵的。野和尚说，不碍事，等我们回到上海，照片印出来了，就给你们寄来。那些民工欲言又止，去大殿深处嘀咕了一会，散的时候都笑逐颜开，走过来一个年长些的笑着说，大伙打小也没拍过什么照片，前几天还叨咕呢，来一趟衡山，好歹也得留张相片。刚才大伙商量过了，一人拍一张，再来个集体照。非亲非故的，不能平白占你们便宜，我们出钱，就这样我们还占了便宜呢。野和尚说，老哥客气了，那就收点成本费吧。年长者豪迈地一挥手，去南天门拍照。

众人都喜气洋洋，利索地换上干净衣服，一行人便浩浩荡荡地向南天门进发。一路上依然渺无人迹，所经过的铁佛寺、送子殿、寿星殿、皇帝岩也是荒败不堪。都是年轻人，脚步轻捷，不费多少时间便到了南天门。先前受神怪小说和小人书的影响，以为南天门就是仙境了，定是祥云缭绕，神秘莫测，哪知道牌坊倒是有一个，却也门柱断裂，景象残破。先前在南岳大庙门口，野和尚听人说过，要是天气晴好，太阳初升，站在南天门能看到五龙朝圣的奇观。说是放眼望去，湘江蜿蜒，拱着一轮红日，有五龙朝圣之相。此刻时辰不对，雾气浓重，什么也看不到。相机里的胶卷正好拍完了，野和尚在背人处取出胶卷，拿着空相机装模作样地取景对焦距。那几大金刚也不是等闲之辈，忙碌着给民工兄弟整理衣襟，梳理头发，假戏真做。一个接着一个站在牌坊前，要的就是南天门那三个字，镜头里都笑得春光明媚。野和尚流水作业，咔嚓咔嚓按得勤快；最后来了张集体照，或蹲或站，高低错落。也没人质疑，一卷胶卷照三十六张照片，怎么按了四十多下也不换胶卷，都不懂。然后就到了收钱的环节。野和尚等人还假惺惺地推辞了一番，年长者大义凛然地说，亲兄弟，明算账；这钱的事，不能含糊。于是一个人收了一块钱，集体照要按人头印，算十块钱，还有挂号邮寄的钱，一共收了六十块钱。地址只留了年长者的，他说到时候给每个人送去，乡里乡亲的，离得都不远。

　　本来还打算去祝融峰，说是衡山第一峰，但一路所见，想来祝融峰也无甚景色可看，看看天色也不早了，就打道回府了。和民工兄弟在寿佛殿分的手，互道珍重。民工兄弟们千恩万谢，说眼看着要离开了，碰到好人了，给拍了照片留了影，不枉来了一趟。看看走得远了，老四说，好像有点亏心啊，他们说是遇到好人了，哪知道是遇到贼人了。钱都被骗了，还满面春风地目送我们下山。老大抽了老四一记头皮，说，臭小子你骂谁是贼人，老八这是想着给大家改善伙食，你小子是把好心当成驴肝肺了。老二附和道，老大骂得好！老四，你几时见过有这么和善的贼人，给人整理衣襟整理头发，还伺候着他们拍照，指点他们摆姿势，指点他们怎么笑才笑得自然好看；我们只不过通过诚实的劳动，赚了一点辛苦费。老七说，是呀，我们自己也作出了重大牺牲，本来就想着在南天门留个影，这一来，我们也没拍成。老四也认识到自己错了，眼界太局促，不能跳出来看问题，但还是嘀咕了一句，要是他们收不到照片，还是会很失望的。野和尚说，他们只当是被邮局遗失了，再不会朝其他方面去想，时间一长，也就忘了。这点钱，多乎哉，不多也；待会拿出一半钱，请几个司机好吃好喝一顿，余下的，到了县城，买些糕点蜂皇浆什么的，孝敬老六父母。这就叫取之于民，用之于民。众人一起拍手称善。

走到一个岔路口，有人说，那里有个学校呢，挂着牌子。众人说着，继续下山。野和尚冥冥之中好像被什么东西牵动了一下，情不自禁地朝学校的那边走了过去。学校似乎放学了，附近不闻嘈杂，分外宁静。

一个年轻女子走出屋子，手里提了一只竹篮，朝树林走去。野和尚看到的只是她的背影，她剪着齐耳的短发，衣着素朴，挽着裤腿，走得那么轻盈欢快。树林之前是一大片泥地，她就赤脚踩在泥地里。野和尚想，她应该就是这里的老师，她是去采蘑菇的吧。天太热了，出了汗，衣服黏在她身上，勾勒出女子的身形，他无法想象，女子的背影居然能这么好看，女子的步态居然能这么好看，天然地妩媚动人，春风一般清新。在这样幽静的山里，看到这样一个清纯的女子，恍惚中像是在做梦。他没敢跟上去，怕踩到枯枝发出声响，惊扰了她；他只是默默站着，看她风吹杨柳一般地走路，这样的画面太美好了，美好得几乎不真实，任何声响都会把这个画面打破成碎片。

渐渐地，那女子手里的竹篮变成了一只瓦罐，那片光秃的泥地变成了长满野花和小草的田野，变成刚刚收割过的麦田，女子的头上不知何时出现了一块头巾，走着走着，那女子走成了一幅油画，她成了画中人。

老大找过来了，看到野和尚一副失魂落魄、如痴如醉的样子，说，老八你发什么呆呢？走出老远了，才发现你不在。看到什么稀奇了？野和尚支支吾吾说，没什么老大，下山吧。

一晃两年过去了，野和尚又来了，来寻找一个近乎虚幻的梦，寻找一个近乎虚幻的女子。

火车到了衡山，出站打听了一下，才知道此衡山非彼衡山。他要去的衡山，当地人不叫衡山，叫南岳，从这里到南岳，先摆渡，到了湘江对岸，再换乘长途汽车。好在一路还算顺利。倚着长途汽车的窗口，凉风习习，分外惬意，野和尚闭目养神，不由得想到张先的诗句，心似双丝网，中有千千结；再睁开眼，已看到衡山了。看似咫尺远近，车轮如飞，但再怎么奔驰，好像还是有那么些距离，不远也不近，你看得到，她就横亘在你的面前，你却永远到不了她的怀抱。终于，汽车融入衡山的一片翠绿里。

等到双脚踏上衡山的山道，野和尚忽然有点近乡情怯。

过了忠烈祠，过了纪念堂，又走了一会，就是那个岔路口，一边是上山的大路，一边是石板铺就的小道，石板四周是倒伏的野草。虽然只来过一次，却是再熟悉不过了，梦里似乎来过无数次了。当时并没有走进去很远，现在走过去，脚步放得很轻，怕自己这个不速之客，惊扰了那位女教师。

　　上次没注意，其实这里有个亭子的，叫揽月亭，学校就搭建在揽月亭旁边。说是学校，其实只有一间教室。学校完全是用木头和竹子搭建的，东面那间是教室，面积也最大；挂黑板的那面是木头板壁，山上风大，所以这堵板墙很厚实。教室的两边是半敞开的，用碗口粗的竹子搭了一米多高的围栏，围栏到屋顶的部分是空的，教室里的采光就靠这左右两面的敞露。但是这很难抵挡风雨啊。野和尚眼前忽然闪现出一幅画面，风狂雨暴之时，雨会向教室横扫进来，于是空出这半边的教室，把课桌挪到教室另一边，大家挤在一起上课。教室中央挂着一盏汽油灯。除非是阴雨天，天色特别晦暗，又恰逢停电，一般情况下，这盏汽油灯大概不会点亮。教室的斜顶是用毛竹做支撑，外面铺着油毡和茅草。屋檐向外伸出，伸得很长，为了尽可能地遮挡风雨。这样的建筑风格，有些像江南某些小镇的茶馆，有几分古趣和野趣。靠门的屋檐上居然挂着一串风铃，串的不是金属片或是玻璃做成的小铃铛，串的是一节节细竹，每节细竹上都烫了一些小孔，微风吹来，竹节之间会碰撞出清脆的声音，还有风钻入小孔发出清幽的呜咽，笛声一般如泣如诉。真正是别出心裁。他心里禁不住暗暗赞叹。黑板的背面，是一间卧房，有教室的三分之一大小，南北两面是板墙，门开在北面。他惊为天人的那个短发女子，上次就是从这扇门里走出来的。朝西的那堵墙厚实些，开了窗子，此时窗子上有窗帘拉着。接着西墙的，是个竹棚，有灶头水缸木柴稻草水桶扁担，堆放得杂而不乱。竹棚相距上山的大道二十多米远，上山的游客偶尔也有对这座竹木建筑充满好奇的，走过来看看，故而这里放了几把竹椅子，供来客休憩，只要你不那么讲究，凳子上有几个茶杯，渴了，可以舀水缸里的水喝。

野和尚绕着学校转了一遍，没有发现人，便回到教室里，进门时拨了一下风铃，铃声悦耳。简陋的讲台上摆着几摞作业本，就近一摞是刚交上来的语文作业，看深浅，似是二年级的。野和尚随手翻了几本，发现有错别字，一时技痒，拿起桌子上的蘸水钢笔，蘸了蘸红墨水，随手批改起来。

此时门口传来一个女子的声音：你就这样闯进来，还在学生的作业本上乱涂乱改，你懂礼貌吗？

十一　杨老师

　　当天吃好晚饭，两个人站在揽月亭的廊柱边，此时红日尚未西沉，山坳里一片橙红的温暖之色打在脸上，脸上像是化过妆一般亮泽。野和尚说，走马观花，是发现不了衡山的美妙的，你会觉得衡山残破不堪，了无意趣；等到你静下心来，细细观赏，才会领略到衡山气韵生动，有一种奇特的美，每一个局部都像是一幅油画。她笑着说，我在山上住了五年，看来还不如你对衡山了解。野和尚嘿嘿傻笑，解嘲似的朝对面山谷喊道：

　　阿三，老鹰来喽——

　　她说，你喊的什么呀，听不懂。野和尚说，上海没有山的，上海人到了外地，就要去爬山，爬到山顶，都要这么喊一声，阿三，老鹰来喽。要是十几个人一起喊，很有气势的。用不着管阿三是谁，老鹰来没来，也不用管那声呼喊能在山谷间回荡多久，喊好就下山，好像爬山不为别的，就是为了喊这么一嗓子。有时候，这么一喊，还真有老鹰从对面山顶上飞起来。她笑道，上海人都这么怪吗？她用两只手在嘴巴前拢成喇叭状，喊道：

　　喂——，能——听——到——我——吗——

　　喊声响亮辽远，又很温婉清澈，山谷间回荡起悠长的回声。野和尚看着她，觉得这种毫不扭捏又带点山野之趣的小女子神态，可爱极了。

野和尚说，有没有这样的情况，男女两个人初次见面，一点也不生疏，就像曾经见到过的一样，有种很亲切的感觉。她看了他一眼，没说话。野和尚说，《红楼梦》里就写到过，黛玉见了宝玉，吃一大惊，心下想道，好生奇怪，倒像在哪里见过一般，何等眼熟到如此。贾宝玉见到林黛玉，笑道，这个妹妹，我曾见过的；虽然未曾见过，然我看着面善，心里倒像是旧相识一般，今日只作远别重逢，亦未为不可。她笑着说，不要这么腻歪好吧。野和尚笑道，腻歪也是曹雪芹喜欢用的词。她说，书里有吗，好像没有吧？曹雪芹没有这么俗气吧。

野和尚说，我对你，差不多就有这样的感觉。我说的不是一见钟情，或许也有一点点那么个意思吧，我是说，我和你不像是刚刚才认识，而是认识了很多年了。她说，打住，我和你又怎样了？我不过是看你的字写得好，又得知你也是小学老师，不讨厌你而已。才见面，不要拉近乎拉得这么肉麻好嘛，还把《红楼梦》搬出来了。说句不中听的，我不了解你，你也不了解我什么，只是念着你远道而来，尽地主之谊，请你吃了顿家常便饭。野和尚说，那样的饭，上海可吃不到。一大碗热气腾腾的米饭，舀一勺辣酱，拌一下，上面又盖了几片腊肉，异香扑鼻，我以为，我以为，我以为，这是人间美味啊。她说，你再不下山天就黑了。野和尚说，我说过我要赶着下山吗？没有吧。我从上海乘火车过来，又是摆渡，又是乘长途汽车，踏上衡山才几个小时，你就赶我走啊，太没人情味了吧。晚上我就睡在教室里，几张课桌拼一下，就对付一晚了。她不理他，走到竹棚那里，舀水洗碗。野和尚说，其实我也不是第一次来衡山，两年前和同学来过。这次是特意来看一个老朋友的。她不理睬他，

十一　杨老师　　127

洗好碗筷，用一把笤帚洗刷铁锅。野和尚说，你就不想知道我来看哪个老朋友？她把洗好的碗筷抹干，放进一只竹篮，盖上盖，拿进屋子。野和尚跟过去说，上次你拿的不是这只篮子，那只篮子很特别，肚子胖鼓鼓的，像是腌咸菜的瓮，独一无二。她盯着他的眼睛，说，你不是编瞎话，你见过那只篮子？她用的不是肯定句，是疑问句。野和尚笑着点点头。她说，你没见过那只篮子呀，那只竹篮是我自己编的，觉得好玩，有意编得怪模怪样的。后来我同学来看我，喜欢得不得了，我就送她了。你应该没见过呀。

野和尚说，我见过的，我没编瞎话。我那次看到你，你就是从这个门里出来，提着竹篮，走在夕阳里，走向前面的林子里。那幅画面太生动了，你知道像什么吗，就像是一幅油画。我要是会画油画，我就画下来了。我要是在哪里看到这样的油画，说不定我也会买下来收藏。那个画面让人印象太深刻了，常常闭上眼睛就会在脑子里出现。不要笑话我，就是因为见到你的背影，我念念不忘，所以这次就来看你了。她露出羞赧的神色，说，好端端的，怎么就说起胡话来了呢，我又不认识你，我又没和你说过话，你来看我做什么？大上海好看的女人那么多，你惦记一个土里土气的乡下女教师干嘛。野和尚说，有部山鹰之国的电影叫《创伤》，你看过吧？她说没看过，看过一部叫《宁死不屈》的。野和尚说，那部电影里的女主角叫维拉，是个医生，长得特别好看，背影也好看，走路的时候上身不动的，两只手插在白大褂的口袋里，高跟鞋咔咔咔咔，特别有气质。这部电影在上海放映时，上海女人都不会走路了，全部学维拉走路的样子，烫头发也烫维拉的式样，说话的腔调也学维拉那样拿腔拿调，样样都学维拉，你说好玩吧。她格格格笑着，说，上海女人太有意思了。野和尚说，有时走在马路上，看到前面一个女人,高跟鞋哼哼哼哼,腰身笔挺,很有气质,你会忍不住赶上几步,去看看她长什么样;等你看到她的脸,多半会大失所望,忍不住就想骂册那。"册那"是上海男人骂人的口头禅,省略句。于是后来在上海就有了这么一句流行语,叫作背影像维拉,正面骂册那。她说,这也太刻薄了吧。

野和尚说,先前只见过你的背影,不知道你究竟长什么样,这样反而好,充满了想象。她说,我长得怎么样,和你有关系吗;现在见到了,让你失望了吧?是不是也想骂那句省略语。他说,没有啊,你比我想象中还要好看几分。你和维拉是两种风格、两种气质、两种味道,你就是像现在这样,一点都不梳妆打扮,已经不输给维拉了。她娇嗔道,又胡说八道了。他说,美的最高境界是什么,清水出芙蓉,天然去雕饰。她说,读书读得仔细点好吗,那上面还有两句呢,览君荆山作,江鲍堪动色;接下来才是清水出芙蓉,天然去雕饰。这是形容文章精妙的,不是形容女人的。野和尚说,我学业不精好了吧,我甘拜下风好了吧。怎么称呼你?她说,叫我杨老师好了。他说,杨老师总有个名字吧。她一笑,说,不告诉你。

他说,有没有想过去考大学?她说,想的。就是找不到人来代课,就搁下了。他说,待在这山上当个孩子王,也蛮好。只是一天天周而复始,没有变化,缺少新鲜感,时间长了,会不会厌倦?她两手托腮,入迷地看着暗淡下来的晚霞缠绕山峰,又逐渐隐去,说,谁说没有新鲜感了?你以为每天的生活一成不变,今天只是昨天的重复,那只是你的感觉。其实每一天都是不一样的,就说停留在我窗口的麻雀吧,每天一大早都来,叽叽喳喳地吵闹一番。这样的画面每天都能看到,习以为常了。你以为今天停留在你窗台的,就是昨天的那只麻雀吗?不是的。今天来的那只不是昨天来的那只,甚至不是前天来的那只，它是第一次来这里逗留。你以为听到的叽叽喳喳是同样的鸟语，其实不是，它表达的是不同的意思，只是你听不懂而已。连出现在窗口的麻雀都不一样了，你怎么还觉得我的生活是一成不变的呢？

野和尚哑然。这个女子这么年轻，却又谜一般地深邃。又说了一会闲话，她回屋拿了块毛巾出来，新的，又给了他一个手电筒，说，去洗洗吧，就从这里穿过去，有条小路，沿着石阶下去，听到溪流声，就看到一个水潭了。这是山上，不是平地，走路小心些。野和尚答应着。

顺着她指的方向穿过去，果然有条小路，循着水流声摸索过去，便看到了那个水潭。溪流是从上面一块凸出的岩石上淌下来的，水流不大，不是长流水，而是时淌时歇。水流停歇的时候，如水的月光倾泻下来，把水潭映得清亮如镜；但这样的状况不会维持很久，上面的泉水又开始流淌下来，时急时缓，镜面被打破后，形成一圈圈涟漪，向边缘漫洇，流向山下，或许会在下面的不远处也形成一个水潭。野和尚磨蹭了一会儿，抽了两支烟，四周很安静，树叶不晃，鸟儿不叫，间歇会有几声虫鸣。他走回来时，杨老师已经进屋，灯还亮着，大概是在看书。进教室一看，几张课桌拼拢在一起，还铺了块床单，还有条毯子放在上面。那天晚上，野和尚居然很快睡着了。

第二天，野和尚下了一趟山，买了些米面，买了一挂腊肉，买了牙刷牙膏，还给自己买了双拖鞋。走了几步，看到一个小摊上，有个粉色的头箍，在上海，年轻女子是不会戴这样的头箍的，太土气了，但要是戴在杨老师这样泉水一般清纯的女子头上，很合适，挺好看的，就买下来了。她看到他买了这么多东西回来，说，你不打算走了，要在这里安营扎寨了是吗？野和尚说，你不是说过，你看到我不讨厌嘛。她嗔笑道，讨厌。野和尚说，你把头箍戴上试试，我看看好不好看。她说，不戴给你看。拿着头箍进屋，好一会才出来，笑意嫣然，显然是试过了，喜欢的。

下午放学了，学生们喊着杨老师再见，看到他，也笑着朝他挥挥手，跳跳蹦蹦地回家。她把手搭在眉间，目送孩子们穿小路朝山里去。她那个手搭凉棚的姿态很妩媚，充满了母性。她说她从十七岁开始当教师，在这里待了五年，把他们从一年级教到三年级，然后他们就到山下去念书了，山下的学校条件好，有风琴，有大操场。他看着她，虽然没有见过她十七岁时的模样，但她还是像十七岁的女孩那么清纯明媚。

她去学校后面的菜地里，挑了一些鸡毛菜，切了几片腊肉，烧了个汤，还有学生家长送的腌萝卜，两个人就坐在竹棚里吃饭。抬眼望去，群山连绵，郁郁葱葱。野和尚说，听老乡说，衡山下面都挖空了，成了军事基地。她说，回到上海不要瞎说，这是军事秘密。他说，老百姓都知道的事情，算什么军事秘密。她说，老百姓和军队是一家人，一家人之间当然用不着隐瞒什么，但是对外人就不一样了。他说，那我算自己人还是算外人。她调皮地说，你要是嫁到衡山来，就是自己人。他说，男人结婚叫娶媳妇，女人结婚才叫嫁人。我要是嫁过来，那变成倒插门了；不过，要是嫁给杨老师，就是倒插门我也愿意。她半真半假地说，好，说话算话，立字据，马上写下来，不许反悔。他一下子愣住了，心里也明白她的话并不当真，一时却不知道如何回答。

这次到衡山来，虽是一时冲动，来了倒也不后悔，反而有种喜出望外的感觉，看到她，就喜欢上她了。从来没想过，接下去两个

十一　杨老师

人会如何发展；只是喜欢而已，只是觉得在衡山的半山腰，有个喜欢的女人，又是个绝色的清纯女人，是个很不错的落脚点。男人大概都有种懵懵懂懂的奢望，这样的男人为数一定不少，想着走遍五湖四海，每个地方都有个落脚点，都有个喜欢的女人在等着他，不是每天都在等着他出现，他不来的时候，她有自己的生活，照样过得很滋润，并不等着他来滋润。但对他而言，意义不同，陌生的地方有个甜蜜的念想，有个熟悉而可爱的女人，他乡就变成了温柔乡。要是立下字据，无疑是立下一张卖身契，和他的初衷完全相悖，怎么下得去笔？他要的是无拘无束，放浪形骸。

她扑哧一笑说，害怕了吧，逗你玩的呢。放心吧，不会用绳索把你捆绑起来的，来去自由。你来看我，我已经很开心了。还要添点饭吗？他心情松弛，笑着点头。那顿饭吃得时间很长，看着太阳慢慢被群山吞没，四周陷入黑暗。她点亮了水池上方的一盏煤油灯，散开一片昏黄的光雾。她要收拾桌子，他示意她坐下，把手摊开放在她前面，她犹豫了一会，把手合上来。她的手很娇小，温暖柔和，他稍稍用了点力，她也给了点回应，用手指在他掌心轻轻划了一下。肌肤的刺激让他有饥渴的感觉。她说，打算待几天？他说，三四天吧。她说，怎么安排？要不明天你去爬祝融峰吧。我给你烙几张饼，带点水，一早去，晚上回来。我不能陪你去，要上课的。他说，我陪你；你烧饭，我代你上课。她笑道，真的呀？我还忘了，你也是老师呀，风老师。

第二天，他还真的代她上了两节语文课。走进教室，学生们都对着他笑，整节课都对着他笑，好像他讲的是非常有趣的内容。他找了个借口溜出去，心里有点疑惑，莫非睡着时，她用墨水在他脸上画了什么？这里没有镜子的，她不用镜子的，齐耳短发，梳理几下就服帖了。镜子不是用来照美丑的,是让你照瑕疵的,照出瑕疵想办法化妆弥补。真正长得好看的女人用不着照镜子。他在水缸里俯身照了照,一切如常。

她在灶头上烧汤,卷心菜,野蘑菇,还有一个白萝卜切成小块,烧成一锅,给孩子们吃。学生们中午都在学校里吃饭,带着饭来的,有的是带一个熟红薯,有的是带几个烤过的土豆,有的是锅巴加一块腌萝卜,都是冷的,她好歹能让孩子们喝碗热汤。她说,你怎么出来了,没下课呢。他说,没事,我出来转一圈,回去上课了。回到教室里,孩子们依旧对着他笑,不是那种笑出声来的笑,是脸上洋溢开来的笑。有个梳羊角辫的女孩站着念课文,时不时抬眼看他一下,笑意盈盈。他忍不住问,今天是不是一个特别开心的日子?学生们齐齐地点头,继续对他笑。他说,你们都笑了两节课了,能不能告诉风老师,什么事情让你们这么开心?那些孩子异口同声地喊叫起来,杨老师有老倌子哎。然后场面就无法控制了,微笑变成了疯笑,一直闹腾到下课。她进来了,孩子们依然无所顾忌地喊着,杨老师有老倌子哎。她满脸羞红,扭身就逃。

吃饭的时候,两个人还为这事笑了老半天,笑得饭都喷出来了。"老倌子"是当地的土话,老公的意思。学生们不笨,从杨老师欢欣的神情里,看出这个男人和她的特殊关系。

学校东面,靠近山崖有一棵大树,十来米高,树身粗大,一个人合抱不过来。奇特的是,树的根部分布着很多树瘤,不知道是不是叫树瘤,每个树瘤都有碗口大小,都是鼓突着的半球状,粗粗一看就像是庙宇前面的石狮子的头部,细细看来,依然像是石狮子的头,却又形态各异,鬼斧神工。树的枝杈细密纵横,树叶很细,像是牛毛。他问她,这是什么怪树?她说,这是椰榆,整座衡山就这

十一 杨老师

么一棵榔榆树,好看吧？要是冬天下过雪,满树的雾凇还要好看呢。他说,满树雾凇,很有画面感,你坐在树下看书,脖子上围一条红色的围巾,就是一幅绝好的油画。她呛了他一句,老是油画油画的,换个新鲜的比喻好不好？

晚饭后,两个人喜欢坐在这棵榔榆下,一人坐一个树瘤,看落日晚霞。下午时飘过一阵细雨,山谷里升腾起缕缕氤氲之气。她的膝头放着一本书,她几乎每时每刻身边都有一本书,她喜欢看书,就像他以前认识的那些女孩喜欢看电影,喜欢香水,喜欢式样时髦的羊毛衫,喜欢一支色彩艳丽的口红。女人都有自己的心头之好,杨老师的心头之好就是看书。和他在一起的时刻,她并不准备看书,只是习惯性地把书放在膝头。她说,拿起书,哪怕不看心也很安宁,再没有杂七杂八的思绪。他和她挨在一起,十指相扣。在天色暗沉下来之前,远处山峰起伏间的那抹黛青色是最美妙的。天完全黑下来了,原先色彩缤纷的山谷,此时漆黑如深渊。野和尚说,当你凝视深渊时,深渊也在凝视着你。她格格地笑着说,你是不是特别崇拜尼采？来了这些天,我都听你说了好几句尼采的名言了。他闷头傻笑。

她叹了一口气,说,你有没有发现,时间好像变短了,一天没有二十四个小时了,被什么人偷走了几个小时。天亮了,一会儿工夫就中午了,一会儿工夫就傍晚了,一会儿工夫就夜深了。怪了,怎么一天一天过得这么快啊。再过一会儿,你又该去把课桌拼起来,搭你的床铺了。他说,今天想把床铺搭在你的房间里,可以听着你的呼吸声入睡。她说,想也不要想,你又不是我的老倌子。他说,你想不想我做你的老倌子？她说,不想。你是大城市的人,我是山里的人,我们不是一路人,终究走不到一起的。凡事不能勉强。又说，刚才我洗锅灶的时候，你溜进我房间干什么去了？他说，我没有啊。她说，我的被子本来铺得好好的，都被你弄乱了。你究竟干什么了，老实交代，是不是做了什么不好的事情？他慌忙说，没有没有，我只是把头钻在你被子里，闻你的气味。她娇嗔地骂道，下流。他说，窈窕淑女，君子好逑，这是正常的好吧。你的床上有你的体味、你的鼻息、你的汗液，那些气味都印在被子里、床单上、枕头上，融合在一起，就是你的体香。即使做不了你的老倌子，闻闻你的体香总可以吧。她说，我不要听，无赖，下流坯，再瞎说我就赶你走了。他说，我不是对所有女人都这样的，只有真正喜欢的女人，我才会这样。她说，我不要听。你还想对所有女人都这样啊。你真正喜欢的女人，不止我一个吧。我不吃醋。你能从上海赶过来看我，也是你的一片心意。不要想入非非了，开开心心在这里放松几天，回上海后，重新找份好工作。

那天夜里，野和尚有点辗转反侧，很久才迷迷糊糊地睡去。

离去的那天，她煮了几个鸡蛋，放进野和尚的包里，说，带着路上吃。哪天累了，或者过得不好，就回衡山来休养几天。野和尚说了声嗯，一时间百感交集，有万分不舍。

下了山，乘长途班车，再摆渡过湘江。到了火车站，正打算买票，回头看到售票厅门口摆了个荔枝摊，绿里透红的荔枝还连着枝干，留着翠绿的叶子。这样新鲜的荔枝就是在上海也是难得见到。他问摆摊的老太，多少钱一斤？老太说，四毛一斤，还用手指比划了一下。他没有丝毫犹豫，买了两斤荔枝，像捧宝贝一般小心地放入包里，原路返回衡山。

到了衡山脚下，已是暮色笼罩，好在上山的路好走，也不费力。远远地看到学校了，灯暗着。走近了，教室里没人，摸摸灶头也是

十一 杨老师

冷的，她的房间里也是暗的，贴着门听了一会，没有声息，不像是已经睡了。他转到山崖那边，发现她坐在月色里，就是平时两个人喜欢坐的椰榆树下，手里还是捧着一本书，似是在出神。他悄悄走过去，以为她不会发现，却见她也不回头，也不惊讶，说，怎么又回来了，没赶上火车还是怎么了？他笑着说，还没买票呢，就看到这个了，心想你肯定喜欢吃，就临时改变主意了。说着拉她回到学校，把包放在地上，小心地从包里捧出荔枝。她惊讶地叫起来，荔枝！还是这么新鲜的荔枝，我可是第一次看到。在山下，哪怕是在县城里，也很少看到有荔枝卖的。他说，一骑红尘妃子笑，无人知是荔枝来。喜欢吗？她说，喜欢，太喜欢了。我从来没吃过。说着就剥了一个，塞进他的嘴里，说，甜吧？他说，甜的，你也吃。她没吃，却说，待会下山，脚步走快点，赶末班车去摆渡口，还来得及。夜里过路车多，赶上哪班火车就坐哪班。说着，从屋里找来个炮弹壳，迫击炮的弹壳，说是挖春笋时挖到的。抗战时期，衡山上也曾炮火连天，血肉横飞。离学校不远有座纪念碑，一个大的炮弹，弹头直指青天，四周是几个小炮弹，都是用坚硬的花岗岩雕刻成的，以此纪念为国捐躯的英烈。即便是几十年过去了，山民偶尔还能从地里挖出炮弹壳。

她在炮弹壳里放了点水，挑出一支带枝干带绿叶的荔枝，上面结着几个青里泛红的荔枝，插在里面，放在窗台上，说，这些荔枝明天给学生们吃，他们还从来没吃过荔枝呢。他说，你也趁着新鲜吃几颗。她说，难得你有这份心意，买了荔枝还赶回来，我已经很开心了。这样新鲜的荔枝，放在窗台上，每天看看，挺好的，看着比吃到肚子里还要开心。我不吃，不是说我不喜欢吃，没吃过的东西，不馋；要是吃了，却再也吃不到了，反而会难受，会有贪念。

人不能太贪心了，不能样样都要尝。有些东西该尝，有些不该尝，尝了不该尝的，心心念念会想着再尝尝，这日子就过不安生了。要尝的，是那些今天尝了明天还能吃到的东西，你只要想吃了，就能吃到，这日子就过得踏实。

他默默地端来脚盆，舀了半瓢水，又加了些热水，把她的布鞋脱了，把她的脚浸在热水里，用手撩水，撩在她的小腿肚上，又用手把她的脚丫抹洗了一番，脚背、脚底、脚趾缝，都洗到，然后去她房间里拿来了擦脚毛巾和拖鞋，用毛巾把她的脚细细擦干，给她穿上拖鞋。她也不说话，听凭他摆布。接着，他把自己的脚放进脚盆，说，今天不走了，明天一早下山。

十二　山海关路菜场

野和尚最后去了一次学校。先到隔壁仪表厂吃午饭，然后把剩下的饭菜票都退了，再到办公桌整理东西，该移交的都移交了，该带走的东西都放在一只纸板箱里，绳子一扎，提了就走。开了门，他说，各位，再会了。没有人抬头，没有人说再会，也没有人送他，办公室里的人个个面色尴尬，心里都有点虚，多少都有几分犯罪感。

过了几天，野和尚就到山海关路菜场去上班了。

菜场经理说，十二姑婆介绍过来的人，我会特别关照的。果然，经理把他分在最清闲干净的盆菜摊。盆菜摊原来有个小女人的，叫丁小琴，身高只有一米五，人长得小样，手小，脚也小，面孔长得倒很精致，耐看。一开始丁小琴是师傅，教野和尚怎么搭配、怎么弄。过了没几天，两个人的主次就颠倒了，野和尚主意大，当上手，丁小琴做下手，常常是野和尚命令她，应该怎么怎么、如何如何。小女人服服帖帖，野和尚说什么就是什么，十分听话。小女人还对别人说，我就欢喜这种拿主意的男人，我就欢喜跟在他屁股后面做事情；女人不欢喜动脑子的，所以就要和男人搭档，有劲呀。常常野和尚来菜场上班，丁小琴准备工作已经做得舒舒齐齐，还帮他把早点心也买好了，有时候是两块粢饭糕，有时候是两只豆沙馒头，有时候是一副大饼油条，就像个丫头一样，倒弄得野和尚不好意思了。当然钞票粮票还是照算的。

　　盆菜这个活非常有新奇感，甚至还带点艺术性，菜肴随意搭配，全凭想象。比如一根茭白、一根胡萝卜、薄薄一片肉、小半颗花菜，荤素都有，可以炒一盆。几块猪尾骨、一块冬瓜，小排冬瓜汤。一个青椒、一根胡萝卜、两朵水里发好的黑木耳、几片黄芽菜，买回去就是个色泽好看的炒素。几条小杂鱼、一小块姜、两根葱、一只番茄、一只洋山芋，就是一菜一汤，干煎小杂鱼配番茄洋山芋汤。一块猪肝、一只灯笼辣椒，青椒炒猪肝。野和尚的盆菜摊生意特别好。很多男人来买菜，不喜欢动脑筋，也不知道什么菜应该搭配什么菜，到了盆菜摊一看，一目了然，都给你配好了，有荤有素，随便你选，还不要鱼票肉票，占公家便宜，又省事省心，何乐而不为？有时生意太好，来不及装盆菜，野和尚就胡乱塞几块豆腐干，也算一盆菜。来买的人说，几块豆腐干也算盆菜啊，啥个意思啊，瞎来来嘛。野和尚说，不要小看豆腐干好吧，回去切成丝，开油锅，开大火，急炒十几下，装盆，浇几滴麻油，就是一道美味——炒干丝。你要是条件好，有钞票，想考究点也可以，就在隔壁摊头买半只冰鸡，在前面鱼摊买几只没人要的落脚货海虾，剥虾仁，再到邵万生买块火腿。回到屋里，先熬鸡汤，熬好鸡汤放干丝，再放鸡丝火腿丝虾仁，像现在这种天气，大闸蟹上市了，挑点蟹黄进去；要是冬天，搞点时令蔬菜，绿叶菜，增加色味；要是春天，买得到竹蛏，放几只竹蛏；要是夏天嘛，放点油里爆过的鳝丝。这道菜厉害了，扬帮菜里的名菜，扬州干丝。想吃吧？想吃就买两盆豆腐干回去。讲得来人萎头萎脑，服服帖帖，买好两盆豆腐干拔脚就走。丁小琴在一边笑着拍手。

　　野和尚到盆菜摊两个多月，经理已经表扬过他三次了。经理对他说，大学生到底是大学生，不一样的，脑子活络，你来了以后，盆菜摊的花式品种比以前翻了一倍，而且还没有顾客投诉，不简单的。你看前面鱼摊头，那个叫吴彩玉的女人天天和顾客吵，五筋吼六筋，有意思吧。野和尚说，这个女人爽气，我倒蛮想和这个女人搭档。经理不睬他，说，我再给你两个人，把盆菜摊搞搞大，好吧？野和尚说，再怎么搞，盆菜也就这点花头，搞不大的。我想到鱼摊去。经理说，我和你关起门来讲，鱼摊的大组长口气比力气大，本事没有的，骚卵一只，老是荡到禽蛋组去，帮禽蛋组的几只女人搬鸡蛋，称鸡蛋，乘机在女人身上摸一记捏一记。我早就想换掉他了。你去，你是大学生，脑子好，能力强，你到鱼摊去做大组长，管下面八个小组，十七档摊位。野和尚说，我就来了这点时间，你就叫我当大组长，下面的人不会服帖的。再讲，我也不想管别人，我想管摊位，卖鱼。经理说，卖鱼太辛苦了，半夜里三点多钟就要到菜场来了，分鱼、拣鱼，五点半，天还没有亮，就要开秤了。大冷天，都是冷气货，还要敲冰块，能把你的手指头冻掉。野和尚说，我年纪轻，身体好，不怕吃苦，也不怕冷的。经理放心好了，我不会坍你台的。经理说，我考虑考虑。

比较起来，盆菜摊是整个菜场最清闲适意的摊位。鱼摊肉摊禽蛋摊，都是大清早五点半开秤，蔬菜摊豆制品摊六点钟开秤，盆菜摊开秤最晚，六点半开秤。在此之前的准备工作也比较省力，到豆制品摊，拖几板豆腐百叶素鸡豆腐干油豆腐水面筋过来；到蔬菜摊，拖几筐蔬菜过来，里面黄瓜冬瓜番茄茄子韭菜黄芽菜小棠菜洋山芋京葱小香葱样样有；再到水发摊，拖一铅桶发好的肉皮和黑木耳；再到鱼摊去，拎一铅桶没有人要的杂鱼毛鱼断头虾；再到肉摊，弄点猪肝猪腰猪尾骨瘦肉，随后东搭西搭，自由发挥，一盆盆装好，等人来买。大概到上午十点钟左右，盆菜基本就卖光了，可以收摊了。闲着没事了，就去看吴彩玉卖鱼。有时大清早就到菜场了，也去看吴彩玉分鱼、拣鱼。

一筐筐鱼倒在地上，吴彩玉眼疾手快，两只手同时进行，随手分成几摊，黄鱼、带鱼、马鲛鱼、乌贼鱼、橡皮鱼、鲳鳊鱼、海虾，先粗分，再细分。同样是黄鱼，还要分大黄鱼、中黄鱼、小黄鱼，价格不一样的，大黄鱼三角六分一斤；中等大小的黄鱼两角五分一斤；小黄鱼，和女人的手掌差不多长短，一角五分一斤。带鱼也是分三档，大带鱼三角一分一斤，中带鱼两角两分一斤，小带鱼一角五分一斤。野和尚心想，这个女人手脚勤快，长得也好看，风骚，有味道。可惜这个女人太辛苦了，和她搭档的男人是只标准的戆木卵，站在旁边看，不动手，他以为自己是绍兴师爷啊！

有一次，一个老阿姨问吴彩玉，为啥这两种鱼面孔长得差不多，一斤左右的叫马鲛鱼，半斤一条的叫青占鱼？吴彩玉不耐烦了，但是面孔上还是笑嘻嘻地说，你问我，我去问啥人啊。我是卖鱼的，又不是水产大学的，再讲，上海有水产大学吧。买就买，不买就到旁边去，啰里啰嗦，后面还有这么多人排队呢，都急着上班的，不要浪费大家时间好吧。那个老阿姨胸口很闷，排了半天队，被后面的人一推一挤，挤到旁边去了，想重新挤回来，就有人叫，这个女人是插队的，拖她出去。老阿姨气不过，从鱼摊上抢了一条马鲛鱼就逃。吴彩玉反应奇快，把钩秤甩出去，尖钩钩住老阿姨的后领，硬生生把她拖回来，后领头钩出一只洞。吴彩玉说，你钞票鱼票不付就想逃啊，想叫我吃赔账啊。老阿姨面孔涨得血血红，付了鱼票钞票，头也不回，还有几分找零也不要了。

第二天，老阿姨又来了，面孔铁板，说，昨天有四分找头没有拿，还给我。吴彩玉说，四分找头是吧？说着在铁盒子里取了四只一分的分币，捏在手心，说，阿姨，你只要讲出道理来，四只分币马上给你。你昨天为啥不拿，要等到今天来拿。老阿姨也是有备而来，事先想好应对的，说，昨天人太挤，排队排得头昏脑涨，买好鱼忘记拿了。吴彩玉说，好的，我认账的，那么就算是寄存在这里的，好吧？不过，寄存要收寄存费的，寄存费一角，一角拿来，我四只分币给你，两清。老阿姨骂道，你这只臭女人烂女人妖怪女人，想贪污我四分铜钿，不得好死；走到河浜旁边跌下去淹死，走到马路上被汽车轧死，出门被雷劈，进门天火烧，睡觉被枕头闷死。吴彩玉说，反一反，你在骂你自己，啥个臭女人烂女人妖怪女人，就是你呀！眼屎也不揩揩清爽就出来了，嘴巴刚刚吃过米田共（粪），开口就是一股臭气冲出来。大家来看呀，就是这个不要面孔的女人，昨天偷了一条马鲛鱼就想逃，被我钩秤甩出去，钩牢领头一把揪回来。今朝这只女人又来要无赖了，大家认好这只烂污泥面孔，下次看到她就报告派出所。那个老阿姨再次仓皇而逃。

第三天，老阿姨又来了，还带了几个男青年，长相差不多，一看就是一只模子里浇出来的，是老阿姨的儿子。那几个儿子上来就开粗口、切口，句句下作，句句恶毒。吴彩玉听骂不动气，只当母子几个是空气，照样笑眯眯地做生意。和吴彩玉搭档的男人不知道逃到哪里去了。那个老阿姨有儿子撑腰，也凶了，说，你收寄存费，我就利滚利，四只分币利滚利，要还我四角。还有，我的领口被你钩坏了，到裁缝摊补一补，起码一块，也要你赔的。其中一个儿子说，你这只歪×烂桃子，今朝要是不把一块四角给我老娘，就叫你横着离开鱼摊头。说着拔出一把三角刮刀。野和尚看看苗头不对，早已冲到肉摊，拿了一把最大的拆骨刀，此时一路高叫，让一让，

让一让，当心被我这把刀碰到。话音未落，他已经吭哧吭哧地把拆骨刀搬到鱼摊，朝台子上一放，说，阿妹，肉摊的阿福爷叔叫我拿过来的。阿福爷叔讲，要是碰到来惹是生非的流氓阿飞、捣乱分子，就用这把刀斩他四只手指头下来，记在阿福爷叔的头上。说罢朝肉摊那边指了指。大块头阿福也在肉摊遥相呼应，挥挥手，声若洪钟，小阿妹，要帮忙，喊一声，爷叔五秒钟赶到，再带两把斩蹄髈的厚朴刀过来。吴彩玉像唱山歌一样还了一句，听到了，谢谢阿福爷叔！

吴彩玉把拆骨刀在手里掂了掂，用两只手掂，又用一只手拿刀柄，一刀下去，轻轻松松，一条一斤多的马鲛鱼被斩成两段。这女人看上去倒也不是野蛮女人，手劲力道还是有的。要知道，这把拆骨刀的造型，和李逵的板斧有几分相像，难怪肉摊的人个个身坯粗壮。吴彩玉说，这条鱼一斩两了，破相了，我做好人，不收鱼票卖了。有个小脚老太落手快，买去了。自从野和尚把拆骨刀搬过来，老阿姨和几个儿子就识相了，不响了，再看到吴彩玉斩一条马鲛鱼就像是在斩棉花糖，都有点寒丝丝。吴彩玉提着拆骨刀，还想再斩一条，野和尚说，阿妹，慢！这种粗活，不是女人做的，应该由男人来做。说罢，他把七八条马鲛鱼一字排开，手起刀落，通通一斩为两，说，今朝我就借花献佛、自作主张了，这几条马鲛鱼全部不收鱼票。阿妹，你同意吧？吴彩玉说，同意的。以后，你讲了算。排队的人一阵骚动，抢着买不要鱼票的马鲛鱼。吴彩玉叫道，不要急，一人只好买半条。不知什么时候，老阿姨和儿子已经溜之大吉。吴彩玉一边称鱼，一边收钞票，忙而不乱，还忙中偷闲地对野和尚说，经理对我讲过的，讲你想调到鱼摊来，我不同意。听说你是大学生，我就倒胃口，我顶顶讨厌大学生，酸溜溜的，装腔作势，自以为了不起，屁灶精。今朝看你蛮活络的，不像大学生，对我路子的。等到收摊了，我就去对经理讲，调你过来。这只寿棺材、戆木卵、缩货，男人不像男人，看到来了几个小纰漏，就吓得逃走，不晓得逃到哪里去了，太看不入眼了，老早就想一脚踢开他了。

知道野和尚要调到鱼摊去，丁小琴说，小凤，你要是觉得我哪里做得不好，你就明讲好了，我会听进去的，我会改的。野和尚说，这句话是从哪里来的，我怎么会对你有意见呢？你人蛮好的，我和你搭档也蛮开心的。丁小琴说，那你为啥要调走，要调到鱼摊去？你肯定是嫌鄙我，所以不想和我搭档，不想看到我。说到这里，小女人眼泪汪汪。野和尚慌忙安慰她，说，是我不好，事先没有和你通气。我这个人没有长性的，随便做啥事情，做做就厌倦了。你看，我当过矿工的、当过皮带工的、当过小学老师的，全部做不长。我欢喜尝新鲜的，和你没有关系。小女人说，那你是不是看中吴彩玉了？这个女人绰号叫"午餐肉"，你晓得啥个意思吧，我告诉你，这个女人生活作风不好的，你去了，要吃她苦头的。野和尚说，她生活作风好不好，和我有啥关系。我是去和她搭档卖鱼，又不是去和她过日子。丁小琴说，那么，她有一次和顾客吵架，你为啥去帮她？还帮得那么起劲，还动刀了。野和尚笑道，都是菜场同事呀，看到她被人欺负，难道不上去帮忙？要是有人欺负你，我照样冲在前面，照样去肉摊拿把拆骨刀来。丁小琴说，那你到鱼摊去好了，但是，去了不许和吴彩玉要好，不许和她说说笑笑。去了以后，要经常回来看我的，好吧。野和尚笑道，我又没有离开山海关路小菜场，还是一个单位，天天见面的，你这句话讲得太滑稽了。再看丁小琴的神色，含情脉脉看着他，心想不对了，这小女人有别的想法了，这倒麻烦了。他随便敷衍了几句，赶紧逃开。后来再看到丁小琴，看到她候过来，他也总是寻找借口，能避则避，能逃则逃。

调到鱼摊，每天就要起早了，三点钟就要起来了，点火油炉，下一盘面，酱油麻油一拌，吃好去上班。平时买切面，总是一下子买两斤，趁着切面软的时候，分成圆的一盘一盘，放在篮子里，挂在通风的地方，放一个星期也不会生霉点，到吃的时候下一盘，很方便。老娘在时，家里就没有用过煤球炉，一直用火油炉。穷的时候，吃得简单，不烧什么菜的，基本上就是酱菜乳腐榨菜，偶尔会有只咸蛋，一切两，老娘和他一人半只。老娘的半只咸蛋，蛋黄不舍得吃，筷子一挑，挑到野和尚的碗里。偶尔蒸点咸肉咸鱼，已经算是奢侈了。煤球炉用起来太麻烦，开销也大，大清早要生煤炉，要准备炀火煤球废纸柴爿刨花，否则煤球点不炀，夜里要是封过夜，还要白白浪费一只煤饼。火油虽然比煤球煤饼贵，只是烧烧饭、烧烧泡饭，下点面，用的时间短，反而省钞票。早上别人在生煤炉的时候，老娘已经出摊了，夜班下班的、早班上班的，经过都会买一包香烟。这属于早高峰，老娘不会放过的。老娘死之前，倒是说过想用煤球炉，儿子住回家里了，烧菜烧饭方便点，不能一直吃食堂，关照野和尚有空在晒台里搭个披，放煤球炉。可惜野和尚一直没有当桩事情。现在一个人过，更加用不着煤球炉了。

以前在徐家汇上班，出门之前，老娘会到晒台里去看看天色，然后关照他带把雨伞；或者说今朝不会落雨，用不着带雨伞。现在野和尚出门之前，也会到晒台里去看看天气，半夜三点多，天空乌漆墨黑，看不出啥个名堂，只不过是习惯性动作，从老娘那里继承过来的。天气开始转暖，过几天要翻箱子了，把天热穿的替换衣服拿出来，再把冬天的棉袄和厚被子晒晒太阳、放到箱子里去。比较起来，野和尚还是欢喜夏天，每天临睡之前用温水揩揩席子，出汗了，到晒台里水龙头一开，冲一把冷水浴。等到西北风刮起来，再从箱子里把棉袄棉被拿出来，在太阳底下晒得蓬松，冷空气一来，随时可以穿、可以盖。大家都这样做。要是反过来，就是精神不正常了。也有例外，冬天还没有过去，就抢先穿上春装了，那种人一般都是穷人，那件衣裳基本上也是他唯一一件像样的衣裳，要紧先穿起来，穿出去引人注目。所以有句俗话，叫，穷人先出世。

曾经有过一次，野和尚领了个女人回来过夜。

天天吃面，吃厌了，想换换口味。野和尚到附近的跃进食堂，叫了一客盖浇饭，浇头是咸菜素鸡。对面坐了一个女的也在吃盖浇饭，穿得蛮时髦的。野和尚朝她笑笑，她也朝他笑笑。野和尚觉得这个女人长得讨人欢喜，笑的时候两只眼睛眯起来，聚光，就显得眼睛特别亮，而且眼梢朝上弯，有种勾人的味道。也有种女人，天生大眼睛，但是大而无神，看起人来两只眼睛定漾漾，散淡无光，白茫茫一片，一点味道也没有。你告诉她，眼睛要适当地眯眯，要学会收缩，就像用拳头打人，先收回来，再打出去，才有力道；不要从早到晚这么直白坦荡，有收才有放，这样，放出去的眼神才会带电。不过，你讲了也白讲，她听不懂的。有的女人倒是虚心，也开始眯眼睛，眯了再睁开，还是一片白雾，没有电的，眯眼睛的时候比不眯眼睛还要吓人。所以，女人的眼睛不是越大越好看，还要看她眼睛里有没有电。有些东西是天生的，想学也学不会的。

这女人吃的浇头是蒜香回锅肉，噘着嘴巴发嗲，说，太油了，都是肥肉，吃不下去。她装模作样要把肥肉挑出来丢掉。野和尚心里暗笑，你买的时候就应该晓得，回锅肉不是椒盐排条，就是这种肥肉，不见得从来没有吃过回锅肉吧。他见识过这种女人，在外面娇滴滴，嫌弃这样、嫌弃那样，这个不好吃，那个也不好吃，好像是大户人家出来的大小姐；其实在家里，样样不舍得丢掉，样样好吃，馊了的菜也照样吃，毛没有拔干净的槽头肉也吃得喷喷香。野和尚笑着说，不要浪费，我欢喜吃肥肉，给我吃吧。那女人媚笑着说，你不嫌鄙？野和尚说，又不是你嚼过了吐出来的，有啥好嫌鄙的；再讲，你长得清清爽爽的，就是沾上点口水，也是干净的，我不嫌鄙。这种话已经有点调情的意味了。那女人朝野和尚一笑，把肥肉一片一片撷给野和尚。野和尚吃了一片，说，嗯，味道烧得蛮好，可惜我这块素鸡咬过一口了，否则就给你吃了。女人说，我也不嫌鄙你的。野和尚就把素鸡撷给她，还挑了些咸菜给她。野和尚吃得快，吃完了看女人，用筷子一撮一撮挑了吃，看得肚肠根也痒了，要不是看她长得比较入眼，恨不得一碗清汤浇在她头上。这女人太会装了，装文雅，装大家闺秀，以为大家闺秀吃饭就是这种小鸡啄米的吃法。他表面上还是对着她温柔地笑，耐着性子等她。女人害羞地说，不要盯着我看呀，难为情吧。野和尚说，我到门口抽烟。香烟还没抽完，女人出来了。

野和尚说，去看场电影好吧？女人说，今朝不想看电影。野和尚说，要么到南京路去荡荡？女人说，荡马路顶没有意思，走不动。野和尚说，那么，到我家里去坐坐，喝杯麦乳精。女人笑笑，默许了。走了几步，野和尚假装蹲下来系鞋带，落后两步，看女人，裤子剪裁合身，屁股包得蛮紧的，两条腿也笔直的。女人回头察觉他的动机，笑着说了句，死腔样子。

女人倒也不是那种聪明面孔笨肚肠的女人，看到桌子上有本《牛虻》，说，这部小说拍过电影的，拍了不止一遍，好几个国家都拍过的。我看到过的最好的一个电影版本,好像是苏联拍的,记不清了。电影一开始,一个特写镜头,教堂的墙壁上,刻了一行外文。这时候旁白响起来,说,这么坚硬的石头上,一个男人用指甲刻了这么两个字,宿命,而且刻得这么深,这里面该有怎样的怨气啊?哈哈,我讲不好,好像不是"怨气"这个词,我记不清了,大概就是这个意思。旁白好像是邱岳峰的声音。这种电影开场你讲精彩吧,吸引你看下去。野和尚说,是的,我也看过这部电影的,赞的。小说开头不是这样的,小说开头是,亚瑟坐在比萨神学院的图书馆里,浏览着一堆布道手稿。她笑道,是的是的,我也记得的。这种开头比较平稳。你的记性比我好。野和尚听有人说他记性好,人来疯发作了,说,《艳阳天》的开头是,萧长春死了媳妇,三年还没续上;《叶尔绍夫兄弟》的开头是,他们还没进门,就拥抱在一起;《三国演义》的开头是,天下大势,分久必合,合久必分;《林海雪原》的开头是,晚秋的拂晓,白霜蒙地,寒气砭骨,干冷干冷;《高老头》的开头是——她已经笑得瘫软在地,摆手叫他不要再说下去了,她服帖了。野和尚去拉她起来,却被她一把拉倒在地。

……

野和尚本来以为会看到一条白玉无瑕的秀腿,哪知道不像白玉,更像是没有修剪过的草地,野草杂乱地倒伏,有的草还是鬈曲的。野和尚没有想到,女人的腿毛可以长得这么茂盛,比男人还要茂盛,当时就像被浇了一盆冷水,从头冷到脚。世界上大概再也没有比这个更煞风景的画面了,一点热情也没有了,一点想象也没有了。想象还是有一点的,他怕她敞衣露怀的时候,胸口还有一丛葳蕤的胸毛。

野和尚故作紧张地说,你听到啥个声音吗?女人醉眼迷离地说，没有啊。野和尚假装侧耳倾听，说，好像是从老娘的骨灰盒里发出的声音。说着，他就走到搁板那里，把骨灰盒重新摆摆正。那女人一抬头，看到搁板上的骨灰盒，吓得面如土色，差点裤子也来不及穿就逃了，从此以后再也没有来过。

十三　"承包"鱼摊

这天下班，吴彩玉说，我要弯到富春楼去，吃碗酒酿圆子，长远不吃了，今朝特别想吃。野和尚说，我陪你去。两个人走过去，一人一碗酒酿圆子，又叫了两客小笼馒头，野和尚付的钞票。上次一人一碗双档、二两生煎，是吴彩玉付的钞票。吴彩玉说，过几天，想到大壶春去吃生煎馒头，只有大壶春的生煎馒头对我胃口，咬劲足，有弹性的，再来一碗咖喱牛肉汤，吃得适意。就是路太远了，一个人过去，没有劲。野和尚说，我陪你去。吴彩玉说，真的啊，我开心的。哎，你好像从来没有问过我的个人情况。野和尚说，我问了，你不好生气的。吴彩玉说，我不生气。野和尚笑着说，为啥别人背后叫你午餐肉？吴彩玉说，菜场里的这票货色，就是欢喜嚼舌头。午餐肉香吧，想吃吧，看得到，吃不到，就给人起绰号。这票货色也就这点本事。野和尚说，明白了。

吴彩玉说，明白啥啦，你晓得我是哪一种女人。坦白告诉你，听了不要怕，我是克夫命，已经克死三个男人了，平均两年半克死一个。第一个男人福气最好，是噎死的。近水楼台呀，我每天烧鱼烧虾给他吃，我烧得好，他吃福好，后来被鲨鱼的软骨头卡住喉咙，死了；死得心满意足，一点也不痛苦。第二个男人是抽风死的，死在床上。我大概床上的表现太好了，他兴奋过度了，刹车刹不住了，也死了。第三个老公是气死的，只有这个老公死得比较冤枉，我给他戴了一顶绿帽子，碧碧绿的绿帽子，他戴上去不适应，活活气死了。野和尚听她说，听得寒毛一根根竖起来了。吴彩玉说，菜场里我和你是搭档，如果搭得好，一日三顿，你可以来我家搭伙，搭得满意的，就一起搭伴过日子。反正我已经克死三个男人了，指标已经用完了，你可以放心了，不会再克你了。想不想试试？野和尚不敢试，心里怕的，那张床上已经死过三个男人了，他不想做第四个。万一阎罗王看她结婚结得勤快，又给她增加一个指标，那就完结了。野和尚笑笑，笑得面色难看，说，我和你做搭档就够了，其他念头我不会动的。

吴彩玉盯着他看，看了一会就笑出来了，笑得前仰后合，眼泪都笑出来了，说，野和尚，你是戆徒啊，你真话假话也听不出的啊！你几岁，我也几岁，我是小月生，还比你小了几个月，可能结过三趟婚吧，我像是结过三趟婚的人吧，我没有这么老吧？告诉你，我吴彩玉非但没有结过婚，而且，不讲了，不相信给你看户口簿。我第一个搭档是啥人你晓得吧，就是姓周的大组长，坏料、骚卵、想欺负我，被我打过两记耳光，大庭广众之下打的，打过耳光就太平了，不敢动我了。男人就是蜡烛。都讲我吴彩玉凶，讲我是雌老虎，是野蛮女人，一点不错，在菜场里卖鱼，必须凶，不凶，别人就要欺负你。后来经理就给我派了个戆木卵过来，戆木卵倒是不吃我豆腐，但是一点不派用场，像个朝奉先生，像个监工。我蛮看得中你的，想和你一直搭档下去，不想再换了。所以，有些话必须先讲讲清爽，免得将来难看。你就当我是坏女人好了，坏到底了，坏到头顶生疮、脚底流脓，你就有思想准备了，一个女人再坏不可能坏到哪里去了，你再听到别人乱嚼舌头，也就不过如此了，就无所谓了，不会受影响了,我和你搭档就一直搭下去了。听懂了吧?

野和尚说,听懂了。

吴彩玉说,听懂就好。不许再吃了,这几只小笼包留给我。

野和尚说,我也想对你讲点心里话。我和你两个人,吃辛吃苦,每天比别的摊位多卖几筐鱼,钞票不比别人多一分,有点不合理。我想去找经理谈谈。吴彩玉说,谈啥,叫他加工资,他肯吧?野和尚说,我想承包鱼摊。吴彩玉说,异想天开,经理不会同意的。野和尚说,我先问你,你愿意吧?你愿意的,我就去谈。吴彩玉说,我上次就讲过了,你讲了算。野和尚说,我有数了。

这天上午十点多了,鱼摊的生意清闲下来,只剩一点落脚货了。吴彩玉说,你不是要去吗,你去好了。野和尚,那么,我去了。说是这样说,但是身体没有动。这时有个老头来买鱼,吴彩玉说,老宁波,这点龙头烤特地给你留着的,我做好人,不收你鱼票,统统卖给你。说着,她把那些软塌塌的龙头烤抓进秤盘,满满一秤盘,称好,倒进老宁波的菜篮。旁边还多出一小堆,也丢进老宁波的篮子里。老宁波开心死了,连声说,谢谢小妹,谢谢小妹。这东西下老酒,交关赞咪。野和尚随口问了声,这种龙头烤,买回去怎么吃?老宁波说,红烧烧,清炖炖,交关入味咪,交关好咪;来不及吃,放在竹匾里,晒干做鱼干。好吃,好吃。

除了祖籍浙江的,比如宁波人绍兴人,其他人不会买龙头烤的。一个月也就这几张鱼票,不舍得瞎用,总是买黄鱼带鱼乌贼鲳鳊鱼海虾一类的海鲜,或者青鱼鲫鱼黑鱼鳜鱼鳊鱼鲈鱼花鲢黄鳝河虾这种河鲜,不会买这种杂鱼。还有一种蝴蝶鱼,也没有人买。不知道是什么原因,上海人就是不欢喜吃蝴蝶鱼。现在的人听到蝴蝶鱼,听不懂,不知道这是什么鱼,要是换一个名称就熟悉了,多宝鱼，蝴蝶鱼就是多宝鱼。这种鱼在二十年后身价大涨，在饭店请客，点上一条多宝鱼，很有面子，听听名字也吉利。但在这时候，它还叫蝴蝶鱼，清雅落寞，养在深闺无人识，徒有一个好名字。口味和价值是随着岁月流转变化的，就像某些人，你必须等上十年二十年，才能等到时来运转的那一刻。

野和尚说，我去了。吴彩玉说，你去吧，我来打扫。野和尚就到经理室去了。

经理室也不是正正经经的办公室，就在菜场里面腾空搭了几间铁皮房子，包括财务室和武保组。经理室本来在东头，是在鱼摊上面的。几天下来，经理的鼻子不通了，太腥气了，回到家里，老婆不让他碰，说是和他搂抱在一起，就像是抱着一捆带鱼，有时觉得是抱了一条鳗鱼鲞，总之，一点感觉也上不来。于是经理室和财务室对调了一下，调到蔬菜摊的上面。

财务室的几个女人对经理恨之入骨，回去用香肥皂擦面孔擦头颈，一点用也没有，鱼腥气已经渗透到皮肤里去了。财务室的几个女人正处于如狼似虎的年龄，老公也刚猛骁勇，本来夫妻生活十分频繁，一天至少做一次，现在老公都不肯香老婆面孔。其中一个叫李玉梅的对要好小姐妹说，有次已经要开始做了，这死赤佬讲，这次就算了，下次再做，先去洗个澡，香肥皂擦得彻底一点，擦好再做。我讲，哦哟，搭架子嘛，翘尾巴了嘛。菜场是大集体单位，没有浴室的好吧。想做就做，不做算数。这死赤佬竟然摸出一只口罩，戴好口罩再扑上来，说，菜场没有浴室，就到裕德池去，到卡德池去，洗好回来，我热烈欢迎。我讲，放你的狗屁。你一个月赚几钿，我一个月赚几钿，裕德池洗一趟，最便宜的一张票也要一角八分，舍得吧？我不嫌鄙你，你也不要嫌鄙我。下次再看到你戴口罩，对

十三 "承包"鱼摊　　153

不起,老娘不奉陪了,老娘去找别人做。这死赤佬一听,就放软档了。

野和尚上楼梯时,还在想着龙头烤和蝴蝶鱼。那些鱼没有人买,卖不掉,就和其他的臭鱼烂鱼小毛鱼混在一起,退还给配送站,然后再送到养殖场去,给鸭吃,给鹅吃。所以这个年代,是鸭和鹅的幸福时代,伙食特别好。这个年代的鸡也幸福的,吃碎米吃米糠吃皮虫,都是天然食品。这个时候上海的饭店也不多,吃得起饭店的人也不多,吃好,跑堂的来收拾桌子,碗里盆子里基本都是空的,没有多少泔脚。每个弄堂里,都有泔脚桶,有人定时来收的,里面也没有肉骨头的,啃下来的肉骨头不丢掉的,晒干,卖给废品回收站,六分一斤。野和尚海阔天空,胡思乱想。看到经理也不谈正事,继续跑无轨电车,说——

现在的鸭子、鸡、鹅,还有猪猡,寿命都很长,肉也鲜嫩,以后寿命就不会这么长了。以后,人的寿命长了,要比现在长得多。几十年以后,老不死不再是一句骂人的话,而是一句赞美的话,听到别人讲你是老不死,你开心死了,就像祝你长命百岁一样。就像现在两个人见面,一个讲,哦哟,长远不见,你比以前胖了。另一个很开心,笑着说声谢谢。胖了,说明日子过得好,心宽体胖,属于奉承的话。要是将来,你讲别人胖了,对方用不着和你客气,直接两记大头耳光朝你扇过来。为啥,将来以皮包骨头为美、以骨瘦如柴为美,大家互相攀比,谁比谁更加像柴爿,最像柴爿的就是第一美女。讲别人胖,属于侮辱性语言,官司打到法院去,法官也判你输。以后马路上、公共汽车上,全部是老头老太,个个红光满面,精神比年轻人还要好,打相打不再是年轻人的专利,全部是六十岁以上的老头;跳舞的也不再是身姿曼妙的女青年,全部是花枝招展的老太，人手一块大丝巾，大红大绿俗不可耐。老头老太在公交车上和年轻人抢座位；两个七十岁朝上的老头，会为一个六十三岁的老太争风吃醋，大打出手，鼻青眼肿；甚至一个八十岁的老头，可以把怀孕八个月的孕妇从座位上一把拎起来，坐下以后，还要指着孕妇的鼻子骂十分钟，说见了大伯还不赶快起身让座，一点教养也没有，简直寡廉鲜耻。人的寿命长了，鸡啊鸭啊鹅啊猪猡啊寿命就缩短了。那时候没有配送站了，鸭和鹅吃不到鲜鱼鲜虾了，还没轮到发情就被推上断头台了，因为人发明了催长素，激素，不再以年份来判断该不该上市，该不该出栏，而是根据斤两来决定，长到一定的分量，就吃刀子。家禽猪猡吃了药，长得飞快，长得快也就杀得快，肉头不及现在鲜嫩了，吃上去木渣渣的。

野和尚那时候有点恍恍惚惚，他也不明白怎么会涌出来这么些莫名其妙的想法。后来想想，大概是突然之间走火入魔了。要是他活得足够长久，那么他会接受到一个新词：穿越。这个词现在很陌生，将来会很时髦。经理听他说，也听得恍恍惚惚，开始还有点困惑，后来频频点头。

野和尚终于切入正题，对经理说，他要承包鱼摊。经理吓了一跳，说头疼，听不明白，去把大组长叫来。他心里想，这个小鬼还是太年轻，没有吃过苦头，"承包"这两个字不可以乱讲的。姓周的大组长来了，问，啥个意思？野和尚说，以前每筐鱼，你收到多少钞票、鱼票？大组长说，鱼票有多有少的，退到配送站的落脚货多点，鱼票收上来会少几张。这要看季节，看舟山渔汛和东海渔汛；钞票上下不多，基本每筐鱼收上来四块五角左右。野和尚说，我不管卖掉卖不掉，每筐鱼我缴给菜场五块，鱼票一张不少，可以吧？大组长看经理，经理看大组长，两个人像是互相给对方相面，都不响，都等着对方先表态。经理想了半天，拍板了，说，其他档位还是维持原样，你算试点，算是菜场的一块试验田。记住，不是承包，是独立核算。在外面不可以张扬。野和尚点点头。经理问大组长，你看怎样？大组长说，这也太野豁豁了，来了没有几天，就出花头。我坚决反对。说好，他扭头就走。

野和尚跟出去，拖大组长到一个僻静角落，说，经理已经同意了，你为啥要从中作梗，这不是皇帝不急急太监嘛。你也不是太监，你下面有两只蛋的，功能蛮好的，兴致也蛮高的，听说你经常去禽蛋组帮忙，乘机捏女人屁股。我不管你的事情，你也不要管我的事情，否则，我就出去放喇叭，讲你吃女人豆腐，禽蛋组的每个女人都被你吃过豆腐。那些阿姨妈妈都有老公的，五六个老公一起拥到菜场来，朝你挥拳头，你吃得消吧？说着就在大组长腰眼里捅了一拳，大组长顿时吃痛不过，矮倒在地，气也透不过来，面孔青一块，紫一块，红一块。野和尚笑着说，我捅了你一拳你已经吃不消了，要是几个老公一人捅你几拳，你就送命了。说罢，他撸撸大组长的头，说，我等你回音。

大组长后来又回到经理室，说，小青年工作热情高涨，是好事；我想通了，应该支持的。

卖海鱼海虾的一共有九只摊位，其他八只摊位是卖河鱼河虾的，都是两个人一档。野和尚和吴彩玉是第一只摊位，地盘也最大。场里要求一只摊位一天至少卖十筐鱼，别的摊位没有积极性的，完成指标就不做了收摊了。野和尚报数报给大组长，一天要十五筐。有时分好以后，还多了几筐鱼，野和尚通通要过来，照样通通卖光。

半夜三点多到菜场，坐在摊档里干等，等配送站的运货车来。每个摊位都荡着一只四十支光的赤膊灯泡，此刻都不开灯，不是为了省电，一只只都是隔夜面孔，看来看去也没什么好看，索性在黑暗里迷迷糊糊打瞌睡。运货车来了，几部卡车一起来的，喇叭一响，就像是发令枪打响了，瞌睡立刻就醒了，两只手把面孔擦几下，顺便擦掉眼屎，就朝外面冲，像是打仗一样。此时菜场的大灯也打开了，整片场地亮如白昼，吆五喝六，人声嘈杂，整座菜场像是活过来了。装卸工爬上爬下卸货。大组长叼着香烟，随手分派。大家拿着圆环铁钩钩住箩筐的边缘，拖到鱼摊，清空，空箩筐再拖出去。野和尚一来一回要拖十几趟。以前吴彩玉和戆木卵搭档，戆木卵不肯吃亏的，拖了五筐就不拖了，坐着抽烟，剩下那五筐让吴彩玉去拖，所以吴彩玉也练出来了，手劲力道也蛮大的。野和尚懂得怜香惜玉，这种粗活不让吴彩玉做。接下来就是最紧张的时候了，五点半开秤，必须在这段时间内分鱼拣鱼，然后再在白的瓷牌上写品种单价，写好挂在鱼摊上方的铁丝上。有时候来的是冷气货，冰块结得硬，用木榔头敲不开。野和尚有办法，把整块冰捧起来，再一松手，朝地上墩，正面墩一记，反过来再墩一记，冰块就散开来了。冰块里的鱼是十样锦，样样有，当然偶尔也有整块冰里全部是带鱼，全部是黄鱼，全部是梭子蟹，但大多数时候是混在一起的，所以要分鱼拣鱼。有时候冰烊开来了，鱼还会动，还会跳。

  鱼摊里做的个个都穿高帮套鞋，闷，不透气，没有办法的，因为经常要用皮管子冲水的，冲鱼冲台面，工作场地湿，必须穿套鞋。所以在鱼摊做的，几乎都有湿气脚癣。收摊了，冲洗好台面场地，第一桩事情是把高帮套鞋脱下来，有时里面能倒出一小碗水来；不会急吼吼就下班，也顾不上其他事情，要紧坐在木箱子上擦脚癣。男人女人一样，先要擦半天脚癣，擦得过瘾了，再去洗手洗脸上厕所换衣裳。整个鱼摊大组，只有吴彩玉没有脚癣，天热时，就穿木拖鞋上下班，脚趾圆润白净，不蜕皮，也没有瘢痕。鱼摊里其他的女人也知道穿木拖鞋透气，适意，但是不敢穿，这双脚露在外面太吓人了，不要说别人，自己看了也倒胃口，要面子，还是穿套鞋，脚痒不过，就两只脚互相踩踏几下止痒。

有次，野和尚把吴彩玉的脚捧在手里，反复端详，说，你的脚怎么就这么好看，水里浸不坏，套鞋闷不坏，百毒不侵，就像从小泡在牛奶里的。吴彩玉说，不要肉麻好吧，你当我是花园洋房里长大的啊。野和尚说，其他摊位的女人都妒忌你，特别是隔壁摊位的杜根娣。你看到过杜根娣的脚吧，套鞋脱掉，从来不擦脚癣的，要紧先把布鞋穿上去，就怕别人看到她的脚。面孔倒长得还可以，一双脚太吓人了，开裂的，血淋淋的，横一道竖一道，估计脚癣药水再搽也搽不好了。吴彩玉说，有啥好妒忌的，这都是天生的。她想要脚好看，就不要卖鱼，调到蔬菜摊去，调到豆制品摊去，用不着穿高帮套鞋。妒忌别人脚长得好看，大概脑子坏了。啥人会在乎女人的脚长得好看不好看，鞋子穿好，没有人看到你的脚，只有夜里老公看得到。除非老公脑子也坏了，除非老公有怪癖的，才会在乎你的脚。野和尚笑嘻嘻地说，你老公无所谓了，三个老公都被你克死了。吴彩玉面孔当场板下来，说，你再瞎讲，我要生气了。野和尚慌忙讨饶。隔了一会，吴彩玉的气消了，说，女人的手最要紧，十指细细，伸出去翘翘的，雪白粉嫩，这种手，男人看到了会眼睛发绿。我倒霉倒到头了，在这种菜场里卖鱼，蛮好看的一双手，变成这副样子，赚再多钞票也没有用。

说归说，做还是巴巴结结地做，把野和尚墩松散的鱼，再用木榔头敲掉碎冰，鱼是鱼，虾是虾，蟹是蟹，一摊一摊分好。碎冰也不会敲干净，留一点，也算分量的。顾客要是不满意，吴彩玉说，你不要是吧，不要算数，下面一个。顾客只好要，不要就要重新排队，排到了还是带碎冰的鱼。你手里有鱼票没有用的，有了票子不一定就能买到鱼，买到鱼也不一定就能买到称心的鱼，买到称心的鱼不代表就能买到不带碎冰的鱼。你狠，营业员比你更加狠，顾客最终都吃瘪的。在山海关路菜场，长得最好看的是吴彩玉，最凶的也是吴彩玉，摊位前面排队排得最长的也是吴彩玉。吴彩玉手脚快，秤头也翘得高。秤头翘得高是有诀窍的，吴彩玉的兰花指细细长长，小指在秤尾稍微压点分量，秤头就翘起来了。顾客不会注意到这个细节，你想注意也来不及，吴彩玉已经报出几斤几两、几角几分，把鱼倒在你篮子里了，一气呵成。这套本事，别的鱼摊的人也想学，学不像，反应没有这么快。

收了摊，先去经理室缴钱。大组长也去的。鱼票统统缴出去，钞票照一筐五块上缴。剩下来的钞票放在吴彩玉的马夹袋里，让她带回去。吴彩玉说，我带回去，抽掉几张你也不晓得，你担心吧？野和尚笑笑，自顾自回家。

第一次分钞票，是在吴彩玉住的亭子间。吴彩玉发呆发了几分钟，桌子上堆了一大摊，纸币硬币混在一起。两个人面对面坐好，一人抽一张。先抽十块的，再抽五块的，再抽两块的，再抽一块的。五角的纸币抽好，剩下两角一角的纸币，还有五分两分一分的纸币硬币。野和尚说，不分了，通通归你。吴彩玉说，像个男人，我欢喜的。说着她把那些零碎钱通通撸进抽屉。野和尚说，下次分钞票，你也这么乱塞啊，你有几只抽屉塞钞票啊？他把整只抽屉抽出来，一张张纸币理好叠好，再用橡皮筋扎好；又从床底下找了个空的鞋盒出来，把硬币统统撸进去，再塞回床底。吴彩玉也不插手，随便野和尚怎么弄，等野和尚忙好，说，今朝我请客，请你吃两样好东西。

两个人到跃进食堂，点了几只菜，炒什锦、三鲜汤、红烧大肠、干煎杂鱼、糖醋排骨，另外叫了三两饭来分。两个人吃得肚皮撑足。野和尚说，有两点比较失败，干煎杂鱼不应该点，卖鱼的还到饭店里吃鱼，意思不大。这种小毛鱼，平常是退回配送站的，今朝吃的鱼大概是跃进食堂从配送站里批发来的。吴彩玉说，屁话太多，以后点菜你来点。野和尚说，好的。还有一点，今朝全部是荤菜，一只素的也没有，吃得嘴巴有点腻。说着他从口袋里摸出一张草纸，要揩嘴巴。吴彩玉劈手夺过草纸，丢在地上，说，要死了，揩屁股的草纸你揩嘴巴啊。说着掏出手绢给他擦嘴巴，自己也擦了擦，说，男人在外面要有腔调，有派头，不可以烂污糟糟。过了几天，吴彩玉给野和尚买了几块格子的男人手绢，说，揩揩汗，揩揩嘴巴，不是叫你用来擤鼻涕的。要擤鼻涕，先用手指揿住一只鼻孔，鼻涕擤出去，换一只鼻孔再擤，擤干净了，再用手绢揩揩清爽，听到了吧？野和尚说，听到了。

从跃进食堂出来，野和尚说，你讲的，要请我吃两样好东西，刚刚请我吃饭算一样，还有一样是啥？吴彩玉说，明知故问是吧。野和尚说，真的猜不出。假使是到啥地方去吃夜点心，吃不下了，油水太足了，撑得太饱了。哎，我突然想到一个问题，刚刚吃饭的时候，有没有碰到熟人，如果被人看到，我和你在大吃大喝，出去放喇叭……吴彩玉不等他说完，打断道，怕啥，又不是偷来抢来的钞票，凭本事赚来的辛苦钞票，有啥好怕的。野和尚说，是的，样样怕别人讲，做人太累了，买块豆腐撞死算了。他又假痴假呆说，回到刚刚的话题，你还打算请我吃啥个好东西？吴彩玉说，好东西肯定是好东西，算你有福气。不过，我有话在先，不勉强的，要是你看不上眼，可以不要的。野和尚说，要的要的，巴不得呢。

这天在吴彩玉的亭子间，感觉好得出乎预料。两个人亲嘴巴的时候，野和尚已经心驰神往了。吴彩玉的口气清爽，就像是水果糖的气味，特别好闻，而且舌头是甜的，真的像是在吃水果糖。他想起某个女人，佩丽，站着的时候很飞，歪着的时候很媚，躺倒做事情的时候竟然像是在经历濒死的体验，翻白眼，长时间地翻白眼，要不是她长得风骚，翻白眼也翻得妖媚，换个女人这样，他就一记耳光扇上去了，扇得她醒过来……

吴彩玉说，你在瞎想啥，呆钝钝的。野和尚说，在这里，还是有点缩手缩脚，怕邻居在门口听壁脚。以后到我那里去，不会有人爬到三层阁门口来偷听的，放得开。吴彩玉说，我不去的，我只睡在自己的眠床上，别人的床我睡不惯的。野和尚说，做好事情你再回来好了。吴彩玉说，放你的狗屁，你当我是咸肉庄里卖咸肉的啊，送货上门啊。废话不要太多，抱紧我，我还想要。

十四　大佬官来了!

这天在鱼摊,野和尚对吴彩玉说,怪了,这种天气不冷不热,我总觉得头颈后面有点阴嗖嗖。吴彩玉说,会不会身体不适意? 要么你现在就回去,睡一觉,发发汗。到时候我去和大组长结账。她说着用手背贴了贴野和尚的额头,说,烫倒是不烫,指给我看,啥地方阴嗖嗖? 野和尚指给她看。吴彩玉仔细看了看,又脱掉橡皮手套,摸了摸,说,没有什么异样嘛,会不会是心理作用? 野和尚说,你摸了摸,反而有点刺痛了。吴彩玉吹了口气,说,还痛吧? 野和尚说,好像不痛了。吴彩玉贴着他耳朵轻声说,是不是昨天夜里太累了。

旁边摊头的杜根娣说,要讲悄悄话回去再讲,要亲热回去亲热,在鱼摊上腻来腻去,好意思吧,别人看了难过吧? 吴彩玉说,根娣你看不惯,就眼睛闭起来;你看了难过就和老马也腻腻好了。杜根娣说,我和老马清清白白的,就是鱼摊的搭档,没有别的事情的。和杜根娣搭档的老马嬉笑着说,根娣讲得对,我和根娣小葱拌豆腐,一清两白,顶多香香面孔,从来不钻被头窝的。杜根娣说,老马,你再瞎三话四,我抄你裤裆,把你的两只蛋捏碎。她又说,小吴,我发现小风来了以后,你的脾气变好了,最近不大和顾客吵来吵去了。老马也很会凑趣,说,廿几岁的大姑娘,心火旺,以前没有地方发泄,只好对顾客发作。现在有了小风嘛,是吧,我就不点穿了。吴彩玉说,老马你再瞎讲,当心我用皮带管浇你。杜根娣说,你和小风两个人,倒真的是绝配,郎才女貌,一搭一档,一吹一唱,看你们生意好得咪,索性就开夫妻老婆店嘛好了。几个人说笑了一会。

此时有个老太来买鱼。鱼摊上其他的鱼都卖光了,只剩了些海鳗。海鳗倒是新鲜的,但是看的人多,买的人少。老太犹犹豫豫,想买,摇摇头又放弃了。吴彩玉问她,阿婆,我看你想买,为啥又不买了?老太说,怕的,不敢吃,海鳗在海里是吃死尸的。吴彩玉说,阿婆,你看到过海鳗吃死尸的啊?老太说,看是没有亲眼看到,听别人讲的。吴彩玉说,海里不是只有鳗鱼呀,还有勿勿少少的鱼,还有鲨鱼鲸鱼这种大鱼,一天要有多少死尸,才够大鱼小鱼吃啊。死尸哪里来的?难得有人跳海自杀,难得有条轮船沉在海里,轮得到这条海鳗吃吧。老太笑着说,听妹妹这样一讲,我就放心了。大点的海鳗三角五分一斤,小点的两角六分一斤。老太做人家,买了条小的。

刚刚吴彩玉对老太进行科普教育,鱼摊前面有不少人也听进去了,此时都抢着买海鳗,很快就一扫而光。

野和尚偶一回头,发现盆菜摊的丁小琴隔开二十米在盯着他看。他明白了,阴嗖嗖的感觉是哪里来的。

上次分过一次钞票,再以后,钞票就不分了,野和尚全部交给吴彩玉管。吴彩玉说,你放心吧。野和尚说,有啥不放心,你人都给我了,我还有啥不放心的。男人只管赚钞票,女人就管花钞票。你去买衣裳买皮鞋烫头发,想买啥就买啥,钞票赚来就是用的。你本来就长得好看,再打扮打扮,更加好看,我看了欢喜、适意。吴彩玉听了开心，在野和尚面孔上香了一记。野和尚说，钞票放开用，有多余的，不要抽屉里鞋盒里乱塞，存银行赚点利息。吴彩玉说，不要你教，我懂的，你以为我廿几年白活的啊。

第二天，配送站来了一大批海虾。据说接下来还有大量海虾运到，上级公司要求各个菜场开足马力，促进销售。等到冰块敲碎，冰烊掉，虾头就掉下来了，卖相实在难看。无头虾摆在鱼摊里，没有人买，每斤跌价跌了几分，还是卖不动。人都是有点迷信的，没有虾头，在上海话里和"没有花头"读音一样，而"没有花头"四个字，在上海话里又是没有出路、没有前途、倒霉透顶的意思，翻身无望，想翻身比乌龟翻身还要难。即使你再没有花头，即使你过的就是这种没有花头的日子，你也不肯承认的，更加不肯因为买了些无头虾，平白无故地受这番羞辱诅咒。眼看着，这批虾开始发臭了。

经理请野和尚想想办法。野和尚抽了一支香烟，说，每个鱼摊的海虾集中起来，堆在后门，统统算我的，我来包销。以后再来海虾，我统统吃进。说着，就骑着自行车出去了。

过了半个钟头，野和尚带了一帮阿姨妈妈回来了。这帮女人是野和尚从附近的里弄生产组里请来的，来的时候一人手里拿着一只小板凳。野和尚把她们带到菜场后门，叫她们剥虾仁。事先称好分量的，一筐三十斤海虾，剥一筐，给她们五角。阿姨妈妈开心死了，平时在生产组里剥豆瓣，剥一斤豆瓣只有两分钱，一天剥下来，剥到眼睛发白，手指头发白，也赚不到几钿。比较起来，虾仁好剥得多了，虾头掐掉，虾壳剥开一点，屁股后面一捏，整只虾仁就挤出来了。阿姨妈妈积极性空前高涨，剥得热火朝天。

事先和几家饭店联系过了，见面先敬香烟，再摸出一张半包香烟大小的白纸递上去，上面写字的，一手钢笔字写得漂亮，就像是印刷机印出来的：风生水，山海关路菜场海鲜摊位第一档口；还有联系电话，家庭电话是居委会的传呼电话转几号三层阁，单位电话是经理室的号码。这玩意古代叫名刺、名帖、拜谒，现在叫名片。不过那时候没有多少人有名片，野和尚至少比大多数人早用了六七年，而他不过是个卖鱼的营业员。

剥好的虾仁，野和尚先送到大光明电影院隔壁的五味斋。大厨一看，说，这批虾仁通通要返工，不合格，虾仁后背的肠线没有挑掉。野和尚赶忙香烟敬上去，说，返工就不返了，这点虾仁，每斤便宜一角，可以吧？五味斋的经理朝大厨看看，大厨点点头，就收下了。点好钞票，野和尚说，经理请留步。经理说，还有啥个事情？野和尚说，原来讲好的，八角一斤虾仁，不包括挑肠线的；既然要挑肠线，没有问题，但是多了一道手续，人工费也要涨一点的。明天老时间，我送来，每斤涨一角，九角一斤，好吧？你不要没有关系的，绿杨邨要的，新雅要的，燕云楼也要的。我的货色好，供不应求的。野和尚是随口乱讲的，经理相信了，当场拍板同意了。

回去对阿姨妈妈说了挑肠线的事情，同时也告诉她们，加工费从一筐五角，涨到一筐七角。阿姨妈妈欢呼雀跃，以后看到野和尚就叫，大佬官来了。

附近的凤阳路菜场、吴江路菜场、石门路菜场也碰到同样的问题，海虾卖不动。野和尚得知消息，叫他们把海虾拖过来，拖过来多少他要多少。再后来，上海滩其他区的配送站多余的海虾也直接运到山海关路菜场来，剥虾仁的阿姨妈妈队伍壮大到四十多个人，都是从附近的生产组里叫来的，属于外包工性质。菜场后门，每天小板凳铺开，排排坐，剥虾仁。那些日子，野和尚在外面跑业务，

十四　大佬官来了！

吴彩玉就在菜场后门坐镇,检查虾仁的加工质量。肠线必须挑清爽,虾壳不能留一点点,要剥干净。有时忙不过来,杜根娣和老马收了摊,也过来帮忙。吴彩玉还经常塞点钞票给他们。

那段日子,野和尚的摊子铺得很开,虾仁供应五味斋、绿杨邨、新雅饭店、成都饭店、老正兴、同泰祥、燕云楼,最远到城隍庙的老饭店、绿波廊。像跃进食堂这样的小饭店,也时常来拿个一斤两斤。野和尚不再骑着自行车四处奔波了,经理把办公室让给他,自己到财务室去办公,在李玉梅旁边拼了只桌子。野和尚就坐在经理室里,脚跷黄天霸,叼着香烟打电话。不再送货上门了,叫饭店派人来拿,一手交钱,一手交货。好在剥好的虾仁体积也不大,装在蒲包里,拿了就走。经理也开心,说野和尚市面做得大,山海关路菜场也借光,名气出去了。

其间,约好时间,吴彩玉会陪经理老婆去兜兜南京路。因为样样要凭票的,也不能买什么给她,就请她在又一邨吃顿点心,虾仁两面黄加紫菜蛋皮小馄饨。吃得嘴巴油光光出来,分手时吴彩玉会朝经理老婆的包里塞十张大团结,一百块。经理老婆假痴假呆朝马路对面看风景,听凭吴彩玉拉开拉链,把钞票塞进去,只当不看见。本来贴身背的小包,包带很短,手正好护着包,怕小偷用刀片划包偷东西,为了配合吴彩玉,她有意把那只手举起来撩头发,等到吴彩玉放好钞票,再把手放下来。两个女人心照不宣,亲亲热热说声再会。这样的见面一个月一趟,下次不在又一邨吃点心了,兜到淮海路的光明村去,或者到城隍庙的绿波廊去。临分手,吴彩玉总是再塞一百块。这种事情,适合女人做。要是野和尚朝经理的口袋里塞一百块,经理会觉得没有面子。吴彩玉每个月进贡给自己老婆,经理自然是心知肚明的。大家不点穿。

吴彩玉住在国际饭店后面的黄河路，一条叫余庆里的弄堂。野和尚每天去，有时过夜，有时不过夜，但是晚饭是必在那里吃的。去的次数多了，和楼上楼下的邻居也熟悉了，也知道他和吴彩玉是在谈朋友，大家客客气气，看到他，总是笑着说，小风来啦。

这天吴彩玉烧的是油面筋塞肉，还有一碗烂糊肉丝、一碗炖蛋。野和尚吃得对胃口，吃了两碗饭。吴彩玉收拾好回到亭子间，一屁股跳到野和尚身上，开始发嗲。

野和尚说，这两天我来的时候，总觉得后面有人盯梢；刚刚走过来，又觉得有人在后面盯梢。吴彩玉笑道，你又不是了不起的大人物，啥人会盯你梢啊。野和尚说，是呀，我也这样想的。今朝我突然回头，终于看到是啥人了，你再也猜不到的。吴彩玉说，不要卖关子，快讲。野和尚说，是丁小琴。你怕吧？吴彩玉说，我怕啥，是盯你的梢，又不是盯我的梢。这小女人为啥盯你梢啊？野和尚说，我也想不通啊。以前觉得这小女人蛮文气、蛮正常的，现在看看，好像她脑子里的两根筋搭牢了，短路了。吴彩玉揭起窗帘的一只角，朝下面看，看到丁小琴正好在朝亭子间看，慌忙放下窗帘，说，这小女人就在下面。她大概看中你了，发花痴了。野和尚说，这小女人眼界蛮高的，想找个大学生当老公的。吴彩玉说，她配吧？再讲，你就是大学生呀。野和尚说，我这种工农兵大学生，大兴的，不作数的，混腔势的，不会在小女人眼睛里的。吴彩玉笑道，情人眼里出西施，说不定她就是看中你了。你和她以前在盆菜摊搭档过，大概和她缠不清爽过的。老实交代，你是不是勾引过她，否则她怎么会盯着你。野和尚说，瞎讲有啥意思吧。她看得中我，也要问问我看得中她吧？天地良心，我从来没有动过这个小女人的脑筋，这小女人身高只有一米五，长得太小样了，菜场里发的套鞋没有她的尺码的,专门派人到童装店里去买。我不欢喜这种小种鸡的。吴彩玉像是想到了什么,还没开口,先格格格地笑个不停。野和尚说,笑得轻点,她就在下面。吴彩玉笑着说,听到过有种讲法吧,小巧的女人配大鼻头男人,是绝配,结了婚,夫妻特别恩爱。野和尚说,有这种讲法吧?吴彩玉在他耳朵边说了一番话,野和尚也笑了,说,乱话三千。

两个人关了电灯,又掀起窗帘的一只角,偷看下面的丁小琴走了没有。丁小琴像是要打持久战了,不知何时搬了几块红砖,上面垫了一块手绢,坐下来了。野和尚说,一时三刻不会走了。吴彩玉说,小女人一路跟你过来,估计走不动了。你看呀,小女人的脚小吧,还从来没有看到过这么小的脚,大概穿三十一码的鞋子。野和尚说,身上的器官都是按照身高比例来的,要是一米五的女人要穿三十八码三十九码的鞋子,还要怪,还要吓人。吴彩玉朝他看看,扑哧一笑。野和尚知道她在笑什么,在她大腿上拧了一把。吴彩玉说,手不要犯贱。又说,丁小琴要是生在古代,倒是占便宜的,那时女人都要缠小脚的,她的脚天生小,用不着吃多少苦头,用裹脚布包起来,就是标准的三寸金莲,说不定只有两寸半,绝代佳人。有的女人长得长一码大一码,本来脚要长到三十九码四十码,硬生生用布条一道道扎紧,像捆粽子一样痛得叫救命。做爷娘的心肠不会软的,否则小姑娘大了,嫁不出去。古代的男人全部是变态,欢喜小脚女人。野和尚说,这不叫变态,每个朝代的人审美观是不一样的,比如讲——吴彩玉打断他的话,说,好了好了,再讲下去又要讲到唐朝了,杨贵妃长得白白胖胖、肉墩墩,所以唐明皇欢喜她。讲错了,不是胖,是丰满。野和尚说,不是丰满,是丰腴。玲珑娇媚,凹凸有致,丰肌雪肤,就像《红楼梦》里的薛宝钗。吴彩玉说,我顶讨厌大学生,讲讲讲讲就不上路了,酸溜溜的味道就出来了。野和尚说,我的意思是,随便啥个都要有个度的,要是杨贵妃长了一身肥肉,肉多得潜进潜出,唐明皇看了照样打恶心。

吴彩玉说,怪了,肉摊的阿福爷叔讲过的,山海关路菜场脚长得最好看的,就是丁小琴。有次丁小琴穿了双塑料拖鞋从肉摊前面走过,阿福爷叔一边斩肉,一边头候出去看,差点把自己的手指头斩下来。两个人低着头闷笑,笑得上气不接下气,再朝下面偷看,看到丁小琴拿着一只面包在吃。吴彩玉说,我想下去一趟,把这个十三点女人骂走。野和尚说,不要去。你去跟一个脑子搭错的女人去争去吵,犯不着的。她有意坐在路灯下面,有意让我们看到,就是做给我们看,这是一种心理战。吴彩玉说,心理战个屁灶精,明天上班我骂死她。

第二天,抽了个空当,吴彩玉还真到丁小琴的盆菜摊当着众人的面骂道,丁小琴,你要面孔吧,盯男人的梢。你要是痒了,发花痴了,想男人了,马路上随便去找野男人。野和尚是我的男人,下次你要是再盯野和尚的梢,我不客气,两记大头耳光打得你昏过去,你相信吧?丁小琴没有朝她看,把一团发好的粉丝、几只鱼圆、七八只油豆腐还有一小块榨菜装在盆子里,放上摊位,又去配另一盆菜。吴彩玉等着她回嘴,她不回嘴。此时继续骂,就没有意思了,吵架最怕碰到这种对手,拳头挥出去没有回音的,一脚踢出去就像是踢在棉花堆里。有句话说,不睬你最凶。吴彩玉只好骂了句,不要面孔!悻悻离去。看她走远了,丁小琴才说,这女人是倒贴户头,每天热菜热饭烧好,叫野和尚去吃。野和尚吃好,拍拍屁股要跑路,这女人舀好洗脚水,帮男人洗脚,连带着还洗别的地方。贱骨头,就是想留男人过夜。她把野和尚当宝货,以为别人也把野和尚当宝货,笑话吧。也不晓得啥人是不要面孔的女人。旁边有人插了一句,吴彩玉帮野和尚洗脚,你看到的啊?你当时钻在吴彩玉的床底下啊?周围有人听了嬉笑。丁小琴正色道,我没有这么无聊。

后来野和尚因为承包的事情被人举报,有人说是其他鱼摊的人写的检举信,看他钞票赚得太多了,眼红;也有说是大组长去举报的。但是吴彩玉一口咬定,是盆菜摊的丁小琴举报的。当然这是后话了。

这天傍晚到余庆里去,大家看到野和尚走进来,都笑了,说,小风来啦。小吴在教我们做鱼松。小风,你福气好的,找到小吴当老婆,长得又好看,人又聪明,你大概修了几世才修到的福。野和尚嘿嘿戆笑,上楼梯,到亭子间把手里的纸包放好,下来继续看热闹。

几只煤球炉子上,钢精锅子里都在煮小带鱼。小带鱼要是清蒸或者红烧,吃不到多少肉的。吴彩玉果然是心灵手巧,自己发明做鱼松。先把带鱼洗干净,连头连尾巴切成小块,锅子里放点水,把带鱼放进去滚。吴彩玉说,差不多滚了有十分钟了,现在加醋,加小半瓶醋。于是大家一起倒醋进去,还问,小吴,这点醋够了吧?吴彩玉说,够了。加点醋,是让鱼骨头酥,到时候骨头鱼刺一样可以吃的。又滚了十分钟,吴彩玉一声命令,把鱼捞出来。于是大家手忙脚乱地捞鱼,用漏勺捞,有的家里没有漏勺的,等别人捞好,借过来捞。这时候换铁锅,开油锅。吴彩玉说,少放点油就可以了,等一歇带鱼骨头里会熬出油来。现在把带鱼放进去煸炒,手不要停。最好炉子上面压块铁板,火头用不着太炀,焦了就不好吃了。于是又一起夹铁板,塞进去。吴彩玉说,刚刚烧带鱼的水大家不要浪费,鲜的,一点点加进油锅里,分几次加。众人答应着,跟着吴彩玉做。一时间厨房里只听到锅铲在铁锅里翻炒的声音。吴彩玉说，怎么就在旁边呆钝钝地看，过来帮忙呀。野和尚就挤过去，接过锅铲翻炒。住在客堂间的孙家姆妈说，估计结了婚，小风也是怕老婆的。大家一起笑，拿两个人开玩笑。吴彩玉走到每个人的旁边视察，点拨一二。后门口拥了不少隔壁邻居，来看热闹，看了就心痒了，说，小吴，过两天我们也去买点小带鱼，回来烧鱼松，你要教我们的嗷。吴彩玉笑着说，好的呀。看到水分基本收干了，吴彩玉说，现在加料酒喷一喷，解腥气。喷好料酒，加酱油，加糖，再翻炒几下，就可以起锅了。一时间，整个厨房间香气缭绕，香味飘到外面去了。本来看不起眼的小带鱼，已经变成弹眼落睛的鱼松了，色、香、味，样样具备。撷一点尝尝，赞的。门口的隔壁邻居也进来尝味道，尝了都讲好吃，打耳光不肯放。

这天，客堂间的孙家姆妈包荠菜大馄饨，包了一个下午了。所以这天楼上楼下几家邻居不烧晚饭，都被请去吃馄饨。一批批下馄饨，下好了就端出去，就在客堂间里吃。收音机也开着，姚慕双周柏春杨华生绿杨还有笑嘻嘻，这些滑稽名家已经"解放"了，又出来唱独脚戏了。一边吃，一边说说笑笑，像过年一样闹猛。野和尚说，特别鲜，特别好吃，比点心店里的大馄饨好吃。孙家姆妈听了开心，又给野和尚加了十只，说，馅子里放了笋衣的，所以味道鲜。大家说，怪不得。

回到亭子间，野和尚神神秘秘地把纸包抖开来，是几大张邮票，笑着说，今朝经过邮局，看到门口在推销，没有人买，我买。我买了三版，一版八十张，一共两百四十张邮票。吴彩玉说，发痴啊，买这么多邮票，又不收集邮票，又不写信，要是剪了做鞋样，代价也太大了。浪费钞票。野和尚说，仔细看看好吧。这是生肖邮

十四 大佬官来了！

票。今年是猴年,你看,上面的猴子画得灵光吧,活灵活现,金丝猴。吴彩玉说,你这么欢喜猴子,索性去买本挂历,房间里挂起来,每天可以看,还不是画出来的,是真的猴子,峨眉山的猴子。野和尚说,彩玉你就不懂了,挂历只好挂一年,到了明年就是废纸了。邮票不一样的,几钿买来,过了几年还是值几钿,说不定还会涨。你到文庙去看看,到八仙桥去看看,到邮币市场去看看,集邮的人多多少少,一个是欢喜,另外一个原因,集邮还可以赚点小钞票。吴彩玉说,我不懂的,不想听。你自己讲的,邮局里的人在推销,没有人买。要是能够发财,肯定就抢着买了。野和尚笑笑说,要是大家抢着买,就不稀奇了。没有人买,我来买,而且一买就买三版,这就叫有眼光。彩玉你想呀,国家从来没有出过生肖邮票,这趟是开天辟地第一趟。明年是鸡年,再出生肖票,就是第二次了,就不稀奇了。所以随便啥个事情,都要抢第一,落手要快。等到大家都醒过来,晚了,没有了。

吴彩玉没有兴趣听,从抽屉里拿出把小剪刀,打算剪脚趾甲。野和尚说,我来给你剪。他把吴彩玉的脚搁在自己膝盖上,剪得小心翼翼,每个趾甲都剪出漂亮的弧度,剪的时候意犹未尽,说,邮电部第一次印生肖票,心里也没有底的,试试看,看看市场的反应,所以印数不会很多的,过几年,很可能行情会涨的。我们有可能发笔小财。吴彩玉说,好了好了,你想叫我怎么做,买只镜框,把这点猴子供起来,好吧。野和尚说,不开玩笑,藏藏好,过个五年十年,说不定就涨了,卖出去,买一套新家具,连你的梳妆台,四十八只脚。吴彩玉说,再过五年十年我也老了,用不着梳妆台了。说是这么说,她还是打开箱子,把几版邮票放在箱子底下。

十五　失踪

这年开春,野和尚在失踪之前,在山海关路菜场留了最后一个大手笔。

前段时间,杜根娣对吴彩玉说,小吴,有桩事情,一直憋在肚皮里,开不出口,讲出来怕被你笑,被你打回票。吴彩玉说,讲呀根娣,你是蛮爽气的人,扭扭捏捏做啥啦。杜根娣说,我想跟着你和小风做,你同意吧。这点死工资搞不好了,死不死,活不活,小囡大了,开销越来越大,钞票根本不够用。小风听你的,你去跟小风讲讲,看他同意吧?老马也有这个意思,也想跟着你们做。吴彩玉说,我同意的,不过,还是要跟小风讲一声,听听他的意思。吴彩玉跟野和尚一说,野和尚一口答应。四个人聚在一起,野和尚说,彩玉了解我的,我不是那种吃独食的人。不过,事情还是先要摊在台面上讲清爽的,我来拿主意,怎么做,你们必须要听我的。赚了钞票,不管赚多赚少,四个人平分,同意吧?杜根娣和老马开心死了,笑着说,同意的同意的,以后一切就听小风的,你只要关照怎么做,我们保证卖力去做。

正好在此时,螺蛳上市了。螺蛳一向是在河鱼摊卖的。河鱼摊的人偷懒,蒲包随便塞在摊位下面,顾客眼睛尖,看到了就卖给你,不看到不会主动告诉你的。卖不掉,退回配送站,最后送到养殖场。

往年，配送站每天送过来三十蒲包螺蛳，退回去倒有十三四包。野和尚对经理讲，今年我来卖螺蛳，照进价，每斤加一分上缴菜场，经理你讲好吧，小零小碎搞不好了，要搞就搞搞大。经理说，有啥设想？野和尚一五一十说给经理听。经理说，可以的。那么，你的意思，经理室又要让给你了，我又要逃难逃到财务室去了；再下去，经理这只位子也要让给你来做了。野和尚戆笑，说，经理不要开玩笑，你晓得的，我只想赚钞票，没有野心的。上次不像样，烧香赶出和尚，我属于年纪轻，不懂事情，这种低级错误不会再犯了。这次你还是用你的办公室，用不着让的，我只不过进来打打电话，又要打扰你了，不好意思。经理说，啥辰光学会客气了，成熟了嘛。他笑着在野和尚头上抽了记头皮。

饭店的老关系还在，电话打过去问，螺蛳要吧？全部是青壳螺蛳，加工好的，螺蛳屁股轧掉的，每天送货上门；送过来了，只要清水过一遍，就可以直接上油锅，酱爆螺蛳。野和尚打了一圈电话，二十几家大饭店都要的，时鲜货，要的数量还不少。有几家还道地，只要螺蛳肉。野和尚一口答应，螺蛳是螺蛳价钿，螺蛳肉是螺蛳肉价钿，没有问题。

电话再打到配送站。对方说，一蒲包一百斤，你们要多少？野和尚说，有多少，要多少。对方说，明天运五百包过来好吧，运一千包过来好吧。野和尚说，好的，那就谢谢了。对方说，我是在嘲你，你听不出来的啊。我辛辛苦苦运过来，你卖不掉，再退回来，吃得空哦。野和尚说，你运过来多少，我收多少，一包也不会退回去的。对方扑哧一下，好像鼻涕也笑出来了，说，你是哪一个，口气比力气还要大嘛。野和尚说，我是小风，风生水。对方一听服帖了，上次推销无头海虾的朋友，这小鬼本事蛮大的，便笑着说，小风是你啊，我老顾呀。你一上来就报名字嘛，就用不着兜圈子了。你做事情我放心的，不会野豁豁的。明天我先发三百包过来好吧。你如果要得多，事先打电话过来，我到其他配送站去调剂。野和尚说，谢谢老顾。

很多年以后，有人回忆起当时山海关路菜场卖螺蛳的场面，还会啧啧称奇，说，螺蛳是最不起眼、最不值钞票的了，卖螺蛳的排场搞得这么大，还打广告，还敲锣打鼓，还专门有车队运货色，还有一百多个老阿姨坐在一起轧螺蛳屁股挑螺蛳肉，像是开大会一样，太吓人了，太壮观了，真正的大场面。听说其中一天，星期天，一天卖出去廿多万斤，你相信吧？上海滩，这种卖螺蛳的大场面不会再有了，看不到了。

锣鼓队倒不是特地去请，是马路上拦来的。一家电缆厂敲锣打鼓送退休工人光荣退休，回来的路上经过菜场，被野和尚拦下来了。野和尚上去敬了一圈香烟，说，师傅是不是急着赶回去，如果不急，帮帮忙，下来敲五分钟，到时候送你们一蒲包螺蛳，一百斤，大家回去分分。怎么样？带队的师傅说，一句话。于是停好车子，把锣鼓家什搬下来，搬到螺蛳摊，就敲起来，咚锵咚锵咚咚锵，奇个隆咚锵咚锵。一时敲得兴起，停不下来了，足足敲了半个钟头。临走的时候，带队的师傅说，大后天，还有个老工人退休，还会经过此地。野和尚笑着敬香烟，说，到时候还要麻烦师傅停一停，再来敲一歇，老规矩，还是一蒲包螺蛳。

老马落实了七辆黄鱼车，也算一支车队。车队就由老马负责，到全市二十几家大饭店送货，不包括像跃进食堂这种小饭店，小饭店自己上门取货。要赶饭店的午市，上午十点半之前必须送到，现金结账。老马忙前忙后，指挥分派，蒲包装好，再用皮带龙头浇水。

浇水倒不是要增加分量，剪掉屁股的螺蛳容易坏，浇点水，保持新鲜。挑出来的螺蛳肉，浸在铅桶里，到了店家再捞出来称分量。然后一部部黄鱼车派出去，一家家去送。老马自己也踏黄鱼车送货，裤脚管一卷，飞身上车，黄鱼车踩得像飞一样。

野和尚还是走里弄生产组的路线，调来了一百多个阿姨妈妈。因为要赶饭店的午市，所以要求她们清早六点钟必须到菜场后门报到，自己带剪刀，带铅桶，带小矮凳。野和尚发给她们一人一副纱线手套，免得轧螺蛳轧得时间长了，手轧出血泡，影响进度。野和尚从阿姨妈妈队伍里挑了个面相端正、原来在生产组也是当小组长的，当临时召集人，负责检查质量，称分量，记账，一天给她开一块五角工资。那个女人在生产组里一天只能拿到六角钱，这下翻了一倍多，开心死了，十分认真卖力。其他的阿姨妈妈属于计件工资，轧好一铅桶，去称分量，写好名字记下来，将来就凭这个领钞票；挑螺蛳肉的，又是另外的计算方法。野和尚偶尔也会过来视察一番，其中有不少是熟面孔，看到他就喊，大佬官来了。

吴彩玉和杜根娣在摊位上卖螺蛳。两只摊位本来就连在一起，这段时间不卖别的，只卖螺蛳。这也没什么稀奇，稀奇的是，螺蛳摊的两边居然竖了两块广告牌。野和尚用菜场的旧木箱拼拼凑凑，敲敲搭搭，做了两块长木板，外面用白报纸一糊，写了两块广告。

左面的一块写：吃不起明前龙井，吃明前螺蛳。

右面的一块写：巴黎人吃蜗牛，上海人吃螺蛳。

大家都拥过来看，评头论足，说，噱吧，鱼摊头做广告了，第一趟看到。不过有一句讲一句，这两句广告词写得蛮实惠的，这手毛笔字也漂亮。

没有人考证过，这是不是特殊时期以后上海滩最早的露天广告，至少是有史以来唯一一条专门推销螺蛳的广告。

吴彩玉袖管撩得很高，露出藕一样细腻白净的手臂，说，八分一斤青壳螺蛳，赞吧。清明前的螺蛳，肉头厚，没有蚂蟥，尾巴里没有小螺蛳，回去水里养一养，尾巴也可以吃下去。有个男人也挤在前面，不知道是来看手臂还是来买螺蛳的。吴彩玉不由分说，秤盘直接到蒲包里去抄，称好倒进篮子，说，五斤，四角。那家伙付了钱还呆钝钝地不肯走。杜根娣手脚也快的，口才也好的，在菜场里卖鱼的，口才基本上都练出来了，和吴彩玉一搭一档，说，吃鱼吃虾，一年到头可以吃；吃螺蛳，只有这段时间，要吃快来买，错过了，就要等到明年了。吴彩玉说，阿姐讲得对。我不讲今年还是明年，至少，过了这段日子，在上海是吃不到螺蛳了，要吃就要跑到淀山湖去，跑到朱家角去了。杜根娣抄起一秤盘，说，两斤九两，再加你一把，算三斤，两角四分。她一边收钞票一边说，阿妹，你讲错了，到淀山湖到朱家角，顶多可以听听船娘唱歌，鱼米乡，水成网，两岸青青万株桑。歌是好听的，螺蛳不好吃了，螺蛳味道和今天的螺蛳不一样了，肉头薄了，有蚂蟥了。吴彩玉说，阿姐讲得对，阿姐比我多吃几年饭，比我有经验。大家看到旁边广告写的吧，巴黎人吃蜗牛，上海人吃螺蛳。你到西餐馆去，几只蜗牛，放点洋葱，放点奶酪，几钿一盆？讲出来吓死人。蜗牛是啥，就是外国螺蛳，还不及螺蛳鲜，不及螺蛳好吃，摆摆野人头的。杜根娣说，阿妹讲得对。螺蛳全部是纯精肉，高蛋白，还不要凭票买，要吃就趁这个季节吃，女人吃了滋阴，男人吃了壮阳，老太婆吃了会跳芭蕾舞。

两个女人手不停，嘴巴也不停，像唱山歌一样，瞎七搭八乱讲。大家听了，一边笑，一边买。到了下午，野和尚和老马也到摊头来帮忙,让两个女人休息一会。一般要忙到傍晚四五点钟才收摊,一天忙下来,腰酸背痛。

忙了半个多月,去掉各种开销,每个人分了将近三百块,差不多就是菜场大半年的工资。杜根娣拿着一厚沓大团结,哭了,说手里从来没有拿到过这么多钞票,今朝夜里不想睡觉了,就捧在手里捧一夜。她还说从今以后要烧香拜佛了,保佑小风一年到头平平安安,领着大家赚大钞票。

没过几天,野和尚就失踪了。

有关野和尚失踪的说法,有好几个版本。

其中一个版本是说,野和尚在马路上搭讪女人,搭了一个绰号叫"嗲妹妹"的女人,据说女人的老公是在香港的。一男一女在德大喝了一杯咖啡,就好上了。这女人千娇百媚,风情万种,几乎没有缺点了,唯一的缺点是有狐臭。两个人逛马路,隔一歇,嗲妹妹就要去找厕所,躲在厕所里朝胳肢窝里搽点粉,否则身上就会有股气味传过来,就像油菜花埋在地里发酵以后的气味。两个人做事情,女人一动情,汗腺一分泌,气味特别浓烈。野和尚知道女人有暗疾,但是一点不嫌鄙,他欢喜闻这种气味,闻了以后特别兴奋,还说,乾隆皇帝后宫里的容妃,据说"生而体有异香,不假熏沐,号之曰香妃",所谓的异香就是特别的气味,你怎么知道那指的不是狐臭呢?女人只要长得好看,有点狐臭不是坏事,是加分项,不是减分项。

女人待野和尚也好,给他买衣裳皮鞋,买英纳格手表。两个人出去,嗲妹妹事先会塞一沓钞票给野和尚,所有开销让野和尚结账,这样男人就有面子。交往了一段时间,野和尚动真情了,要和嗲妹妹结婚，不做露水夫妻了，要做长远夫妻。女人说，你大概脑子糊涂了。我和你结婚，香港那边的经济来源就没有了，你养得起我吧？野和尚嘴巴硬，说，只要有爱情，再穷的日子也是甜的。我不怕穷，我小时候，我家就是上海滩最穷的，我还不是一样长大。女人说，我怕穷的，我不想过穷日子。摊牌的那天，是在人民公园，嗲妹妹来的时候，野和尚坐在长凳上，说，答应和我结婚吧，如果不答应，我也不想活了，这瓶敌敌畏我就一口喝下去。嗲妹妹说，我后悔认识你这种拎不清的男人；你要死，就去死好了。野和尚就拔出瓶子塞头，一饮而尽。嗲妹妹骂了一句，神经病。拂袖而去。嗲妹妹以为野和尚是威吓她，想不到野和尚是真的喝了敌敌畏。野和尚还硬撑，以为嗲妹妹随时会回来，没有想到嗲妹妹直接就到南京路去荡马路了。要是这女人心肠不是这么硬、对野和尚有点感情，不管野和尚喝的敌敌畏是真的还是假的，就当他是真的，回过头来，赶快送野和尚去医院、灌肥皂水，野和尚就不会死了。据说被公园巡逻的人发现长凳上有具尸体时，野和尚已经死得直翘翘了。

这个版本主要是在中学同学之间流传。曾经有人提出疑问，说，像野和尚这种无赖坯、多情种，不大可能为了一个女人自杀。先前那个人就说，你还看到过野和尚吧。你到山海关路菜场的鱼摊去看看，野和尚还在卖鱼吧。看不到是吧，那就是死了呀。我听了一笑，无稽之谈。故事里的嗲妹妹有点佩丽的影子，是经过一番添枝加叶，演义出来的。

另一个版本，也缺乏可信度。说，野和尚这天去找经理汇报工作，正好是菜场最忙碌的时候，推开经理室的门，看到财务室一个叫李玉梅的女人坐在经理身上。经理很诚恳地对李玉梅说，你老公嫌鄙你，我不嫌鄙，女人身上有点鱼腥气，更加有味道。以后，带

十五　失踪

鱼的鱼鳞刮下来，不要丢掉，当雪花膏搽在面孔上，油光光，亮晶晶，一股鱼腥气，男人闻到气味就动心了，就来偷腥了。偷腥这个词最好的解释应该就是这样的。李玉梅笑得前颠后倒，说，以前一直以为你是死板板的，开大会的时候坐在台上，一本三正经，想不到你这么风趣，我欢喜死你了。说着就在经理的面孔上啜了一口。经理这时候看到野和尚，也不管身上还坐了一个人，起身就走。李玉梅被摔在地上，还好屁股墩实，倒也不痛，说，怎么说走就走了，是不是性子吊上来了，猴急了，去锁门了？她拍拍屁股起身，这才看到野和尚，见野和尚要走，赶忙上去拉着他，红着脸说，我是拿单子来叫经理签字的，刚刚是和经理开玩笑的，你不要出去乱讲。野和尚笑笑，说，我口风紧，再讲我也没看到啥。这时，野和尚的鱼摊搭档，一个绰号叫午餐肉的女人推门进来，看到两个人靠得很近，还手拉手，吃醋了，当场就发作了，说，不要面孔，躲到经理室来偷情；碗里有肉吃，还要打野食，太过分了。然后她就对着下面喊，大家快来看呀，这个不要面孔的男人和财务室的烂女人在搞腐化。大家快上来看好戏呀。

　　据说，这天早上在菜场买菜的人，都看到了这一幕。

　　据说，野和尚羞愧难当，就去跳黄浦江了，自杀了，变成氽江浮尸了。

　　有人觉得，这种说法不太可信。野和尚只有二十多岁，财务室的那个女人四十岁了，不可能搞在一起，而且又是大白天，又是在经理室。但是支持这种说法的，说野和尚口味向来很重的，他十五岁时，就在老大昌大庭广众之下香过一个五十出头的老妖怪的面孔。而且，野和尚在民办小学当教师时，就有前科的，几个老阿姨看到野和尚怕的，不敢靠近他，只要看到野和尚进办公室，就贴着墙根逃出去。野和尚就是因为乱搞男女关系被学校开除的。一时间扑朔迷离。后来，有人眼睛尖，发现和野和尚搭档的吴彩玉小腹隆起来了，像是怀孕了。已经入夏了，衣裳穿得少，肚皮遮不住。吴彩玉肚皮里的种很可能就是野和尚的。要是野和尚自杀了，吴彩玉肚皮里的小囡就是遗腹子了。野和尚也是遗腹子，现在又弄出个遗腹子，属于循环报应。作孽。过了几个月，发现吴彩玉的肚皮还是这点大，才知道她是肉肚皮，从做姑娘时开始就是肉肚皮，贪吃吃出来的，不是野和尚搞大的。

还有一个版本，我认为最接近真实，那就是，有人写举报信了，要来捉野和尚，野和尚畏罪潜逃了。根据这个推测，应该有些细节要补充。

比如，野和尚出逃之前，和吴彩玉见的最后一面。假设一下，这天吴彩玉陪经理老婆去了一趟四川路，回来，野和尚在余庆里弄堂口等她，面色不太好看。吴彩玉问，怎么啦？野和尚说，回去再讲。两个人没有回吴彩玉的亭子间，去了野和尚的三层阁。吴彩玉还是第一次来此地。

关好房门，两个人应该有下面这样的对话。吴彩玉说，怎么啦？快点讲，我突然之间心别别跳。野和尚说，看样子，我要出去避避风头了。吴彩玉不响，等他讲下去。野和尚说，有人写举报信到公司，讲我搞变相承包，挖国家墙脚，贪污了不少钞票。这顶帽子扣上来，像是要捉进去吃官司了。吴彩玉说，承包算犯法吧？野和尚说，我也吃不准，大概犯法的。你想呀，大家都在吃大锅饭，你一个人开小灶，可能吧？别人眼红的。吴彩玉说，你啥地方来的消息，消息准吧？野和尚说，配送站的老顾对我讲的。他到公司去开会，刮到风声，就打电话告诉我了。吴彩玉说，奇怪了，老顾为啥给你

十五　失踪

通风报信,他和你交情又不深的。野和尚说,我也觉得奇怪,我和老顾都没有见过面,他长啥个样子我也不晓得。我就是这点想不通,想想他也不会平白无故给我打电话,无风不起浪,肯定有因头的。吴彩玉说,经理晓得这桩事情吧?野和尚说,我也不晓得经理晓得不晓得,明早我去找经理,经理待我蛮好的,我不想牵连到经理。吴彩玉说,是不是非逃不可,不逃会怎么样?野和尚说,不逃,万一捉进去,吃苦头不讲,别人也受牵连。我逃走了,死无对证,事情就讲不清爽了,也可能就不了了之。吴彩玉说,你走了,我怎么办?要么,我和你一起逃,我也好照顾你的冷冷热热。野和尚说,现在不是开玩笑的时候,不要乱讲。你不要担心我,我见过世面的,会看山水、会轧苗头的,在外面混得下去,不会吃苦头的。你照顾好你自己,身体养养好,日子过过好。吴彩玉说,我明朝一早到银行里去,钞票全部拿出来,你带了路上用。出门,钞票带多点,不会错的。野和尚说,不要把钞票一直挂了嘴巴上,藏藏好,不要太显眼,该用就用,过得好点,不要太苦自己。我有钞票的,足够了。风头过了,我就回来。吴彩玉抱着野和尚就哭了,说,我不舍得你走,不想放你走。野和尚也抱着她,心里讲不出的难过,说,将来如果有人问起我和你的关系,就装糊涂,就一问三不知,就讲是卖鱼的搭档,普通同事关系,其他没有任何关系。吴彩玉哭着说,风头过去了,就早点回来,我等你,余庆里传呼站的电话号码记记牢,每个月的五号下午三点钟,我会等在传呼站等你的电话。不方便打电话就不要打,反正每个月五号我都会候在传呼站的,用不着多讲,报个平安就可以了,我就放心了。野和尚点头答应。

  上面这样的推测,基本是合理的。不过,配送站老顾这个角色,插在里面有点生硬。老顾这个人物可有可无,因为消息究竟是怎么来的，和情节的推动几乎没什么关系。

野和尚临走之前，必定也会和经理有所接触。这样从逻辑上来说，比较顺。很有可能，有人写举报信的事情，经理先刮到风声了，是经理透露给野和尚的。经理一向待野和尚不薄，野和尚出逃之前，会给经理吃一粒定心丸。两个人在经理室抽了一支香烟，野和尚说，经理，出去走走好吧，到富春楼去吃碗鸡鸭血汤。在路上，经理说，独立核算不好再搞了。当时是我同意的，现在出了事情，我也要担肩胛的。野和尚说，经理，你一向照顾我，我记在心里的。你放心好了，我一个人承担下来，不牵连你，和吴彩玉也没有关系。这时候已经走到富春楼了，两个人也没有心思吃鸡鸭血汤，又走了回来。经理说，不管怎样，我有领导责任的，推不掉的。野和尚说，所以，我昨天夜里前思后想，我必须离开菜场，我逃走，逃到外地去。就讲我是畏罪潜逃了。来调查，所有的事情朝我头上推，讲我欺骗领导，自作主张。找不到我，连我是死是活也不晓得，说不定已经畏罪自杀了，就不会再追查了，就不会牵连别人了。经理说，就是有点委屈你了，逃到外地，风餐露宿，日子难过的。我答应十二姑婆照顾你的，现在反而倒过来了。两个人在这条路上走了几个来回，经理回办公室，野和尚就失踪了。

后来，举报的事情果然就不了了之。

再后来，菜场开始搞承包了。野和尚此时已经失踪快一年。我们一直没有他的音讯。野和尚要是不逃，要是他晚一年半年再搞承包，一点事情也没有。这家伙运气不好。

我知道野和尚没有自杀。因为他出走的那天晚上，到厂里来找过我，开口的第一句话是说，阿民，我落难了，想叫你帮我个忙。我问，啥事情？野和尚说，帮我搞一箱压缩饼干。我说，派啥个用

十五 失踪

场？不是去投机倒把的吧。野和尚说，不会的。我说，到底派啥个用场？野和尚说，阿民，不要多问了，你晓得了对你没有好处。后来听说野和尚失踪了，联系起来，恍然明白野和尚买压缩饼干，是在为潜逃做准备。

我去找师傅。师傅这时已经是包装车间的主任了，有点实权的，批了条子。钞票还是照样付的，我付的。我把一箱压缩饼干搬出来，搬到野和尚的自行车书包架上。野和尚拿出绳子捆好扎紧，一条腿跨过三脚架，却并没有马上就骑走，苦笑一声，阿民，再会了。他又用普通话说，生活是苦难的，我又划着我的断桨出发了。我说，这又是那个疯疯癫癫的外国人讲的，叫尼采的那个？野和尚说，管他是哪个十三点讲的。

十六　麻风病村

野和尚有时会竭力回想出走的那段日子究竟发生了什么，但是经常会出现断片。就像电影放到一半，跑片还没有到，银幕上会放出一段空白的胶片，上面黑白闪烁，连橡皮胶粘过的痕迹也能看到。再以后，灯就亮了，会响起放映员的声音，那个声音每个电影院都差不多，苍老的男声，而且喉咙里像是含了一口痰，说，跑片还没到，请大家等候片刻。这种等待的时间完全无法判断，有时几分钟，有时一刻钟，凭运气，然后便毫无预兆地继续放映。有时想趁机上个厕所，刚刚露出头，放映厅里便枪炮声大作，你都来不及抖抖清爽便赶紧跑回去，最精彩的那段情节还是错过了。野和尚出现断片的时候，脑子里也会有声音，各式各样的声音，男的女的都有，有的凶狠，有的温柔。

火车下来，是个叫樟山的小县城，此时天已经擦黑了。起先想投宿的那家旅店，要凭工作证和介绍信，野和尚拿不出，只好惶惶离去。后来找的一家旅舍，倒是不要看证件，价钱便宜得无法相信，像是传说中的大车店，在外面不看招牌，你不会以为是旅舍，有点像猪棚。里面也是，一只只粗木床，上下铺，没有被褥的，铺了张破席，那些木档子上面连树皮也还留着，人睡在上面就像是睡在猪拱食的猪槽里。顺便说一句，农村里那种真实的猪槽，若干年后身价倍增,被一些刚刚脱贫的小老板收来,刷道清漆,盖住泔脚的馊味,再配块厚玻璃,就在上面喝功夫茶,还沾沾自喜,说这就是返璞归真,有情调。

野和尚进去一看,大棚里横七竖八躺了三十多个人,都虎视眈眈地盯着他。棚里的气味差点把野和尚熏晕过去,此时想逃也来不及了,背包不敢离身,晚上睡觉把背包枕在头下,两只手再穿过背包的带子,虽然很别扭僵硬,但觉得这样会安全些。起先他提心吊胆不敢睡,怕有人来偷包,直到后半夜才迷迷糊糊地睡去。第二天早上醒来,整个大棚的人都不见了,背包倒是还在,手上戴的上海牌半钢手表没有了。野和尚心疼不已,对那个看店的老头说了,要打电话报案。老头倒是同情野和尚,但做了个爱莫能助的手势,小店没有电话。这里住宿是不登记的,天一亮就作鸟兽散,报案有什么用,就是福尔摩斯来了也没用。那个老头最后还是帮了野和尚,替他拦了辆手扶拖拉机,让他搭车去他要去的地方,还塞了几个煮熟的大芋头给他当干粮。

拖拉机一路突突突,野和尚坐在车斗里,和半车厢倭瓜木薯芋头挤在一起。期间,开拖拉机的家伙不时回头看他,看他紧紧抱在怀里的背包,似乎不怀好意。那家伙身量不高,但是结实,手臂青筋暴突。野和尚暗暗从钥匙圈里取下水果刀,捏在手里,万一发生什么情况,可以抵挡一下。沿途十分荒凉,远处是一片山脉,近一点了才发现,迎面那座山绵延广阔,绿意葱茏,隐约可见房屋农田掩映其中,却十分奇特,中间有一灰褐色的条状,从山顶到山脚全是裸露的岩石,寸草不生,让人形成错觉,整座山似是被劈成两半。到了山脚下,开拖拉机的家伙朝山上指了指,就把野和尚放下了。野和尚问他这是哪里,这是什么山?拖拉机已经开走了。

所要找的那个村落应该是在山上。此时东南西北也分不清，只好硬着头皮朝山上爬，有时荆棘挡道，枝杈封路，泥土湿滑，不得不手脚并用。野和尚不知道，其实进山是有一条土路的，拖拉机也能开上去。送他来的那个家伙不厚道，没有停在那条路上放他下来。一路山泥潮湿，粘在鞋底上的泥土连同枯枝黄叶越粘越厚，脚步迟涩艰难，走一会便要用树枝刮一下鞋底。跌跌撞撞走了半天，才绕到那条土路上，野和尚已是满头大汗，狼狈不堪。余下的路就好走多了。迎面走来一个山民，野和尚笑着向他打听那个村落。野和尚听到的是一口聱牙诘屈的当地方言，对方也以为野和尚在说波斯语，两人交流了半天，谁都没弄明白对方说的什么。野和尚暗生感叹，秦始皇死时是有遗憾的，他派徐福等人求仙问药，多半是心愿未了，还想多活几年，他只是统一了文字，或许他更想做的，是统一各地的方言。野和尚也有准备，拿出字条给对方看，上面写了几个字，是他要打听的地方。对方摇了摇头，野和尚猜他的意思是不识字，但也可能是不知道那个地方。后来又遇见了几个男女，野和尚摸出字条给他们看，大家都警惕地看看野和尚，不回答，继续埋头赶路。此时看到左边有条河流，十分清澈，甚至能看到河底圆润的石块，他便爬下嶙峋的乱石，来到河边洗手，顺便把水壶灌满。那边山路上过来个扎蓝色土布头巾的女人，看不出她的年龄，也爬下山石来汲水。野和尚向她问路，那女人倒是会说普通话，狐疑地问野和尚，你去那里干什么？野和尚说，我是去做好事的。说着他拍了拍鼓鼓囊囊的背包。女子端详野和尚，端详了好一会儿。人的面相这种时候就起作用了，那女子看野和尚长得丰神朗俊，不是那种尖嘴猴腮的坏人，笑着说，顺着前面那条小路上去，再走两个小时就到了。临走又补了句，怕是不让生人进村呢。野和尚道了声谢，按着她指的方向，果真有条小路，便拐了进去。

野和尚没有对那女子撒谎，他倒真的是去做好事的。得知被人举报后，野和尚先是到富春楼，吃了一碗小馄饨，加两只豆沙汤团，压压惊。下次再吃到这样的早点心，不知道什么时候了。然后他去了安远路上的玉佛禅寺，却是大门紧闭。不远处有一扇圆形的偏门，野和尚敲了几下，门居然开了，露出一个光裸的脑袋，接着是一袭驼色的僧衣，门内那和尚含胸驼背，眼神飘忽，一点职业精神也没有，一点佛家气象也没有。野和尚说明来意，说想捐一条门槛。那和尚闻听此言，居然两颊飞红，用一口上海苏北话说，小庙早就不接受这样的业务了，施主要是有意行善，不妨捐些香火钱。说着把野和尚引到一只功德箱前面，满怀期待地看着他。野和尚看那功德箱蓬满灰尘，见那和尚也是满面菜色，似乎等着他的捐献赶着去菜场买豆腐青菜，掉头便走。忽然，他想到前几天从报纸上看到的一则消息，说是某地某座山上有个麻风病村，整个村子里都是麻风病人。于是，安排好后事，野和尚便出发了。

中途他在半山腰休息了一会，喝了水，吃了只芋头，抬眼望去，那个村落似乎就在前面，便加快脚步赶去。就在此时，他被人扑倒了。

日后要是细论起来，野和尚很可能是第一个自发去帮助麻风病人的志愿者。只是他的一片苦心完全被辜负了。从他踏上樟山的那一刻，就被民兵盯上了。他一路鬼鬼祟祟地打听麻风病村，更显得居心叵测。民兵悄无声息地尾随着他，之所以没有马上实施抓捕，是怀疑他另有同伙，想来一网打尽。眼看他要摸进村庄图谋不轨了，这才一拥而上，把他按倒在地。

野和尚说自己不是坏人，是从上海来的，是来帮助麻风病人的。他说的是实话，但是没有人相信他说的是实话。带进民兵值班室审问时，领头的民兵问他叫什么名字？他不说。要看野和尚的工作证，拿不出工作证。出逃时野和尚有意不带工作证，是怕一旦和单位联系，马上会被证实是畏罪潜逃；但不带工作证，他又无法说清自己的身份。类似二律背反。领头的那个家伙把他带到墙边，又塞给他一支红笔，那里挂着一幅中国地图，叫他在上面画。野和尚这才搞明白，对方以为他要偷渡国境，叫他在地图上标出逃跑的路线，这下他慌了，连忙摆手否认。此时那个正在翻野和尚包的家伙，拿掉盖在上面的几件内衣，露出底下长方形的块状物，码放得整整齐齐，包装得严密考究，他最先想到的是炸药，便惊呼一声，不好，有炸药，卧倒！一屋的民兵瞬间齐齐卧倒在地，十分训练有素。

野和尚笑了，说，误会了，不是炸药，是我从上海带来的吃的东西，给麻风病人吃的，压、缩、饼、干。他一字一顿，以便让对方听清楚，说着，便拆了一包，拿出一块张口便咬。领头的家伙反应奇快，一跃而起，掐住野和尚的喉咙，另一只手硬生生把他已经塞进嘴里的饼干挖了出来，丢在地上，冷笑道，想服毒自尽，没那么容易。几个民兵又拆了几包，上面标明是压缩饼干，闻着也是香喷喷的，摸着非常坚硬，于是一致判断不是炸药，是经过伪装的毒药。那些民兵都有亲朋老友住在麻风病村，气愤极了，觉得这家伙简直丧心病狂，人家已经生了世界上最倒霉的病，已经够可怜了，好不容易有个不受歧视的环境安度余生，还不肯放过他们，还要来投毒谋害他们，还找得出比这家伙更恶毒更凶残的混蛋吗？于是他们你一拳我一脚，把野和尚痛打了一顿。

有只顶冠鲜红的公鸡正在附近溜达，此时进门，看到地上的饼干，便啄着吃了。众人都紧张地看着那只公鸡，心里默数"一、二、三，倒"。却见那公鸡吃得十分满意，无以表达兴奋之情，尽管是正午时分，也破例引吭打鸣，喔——喔——喔——叫得英气勃勃。有人又扔了两块饼干在地上，那公鸡捣蒜一般啄个痛快，一会工夫便吃得干干净净，昂首踱了几步，再度引吭高歌，一曲歌罢，到门口一个小水洼里喝水去了。大家都长长舒了口气，原来多疑了，不是毒药，此时终于有耐心听野和尚解释；再看野和尚眉目清秀，和传说中的美蒋特务相去甚远，几乎就相信了他。

那只公鸡要是晚死几分钟，野和尚就被释放了。恰恰就在这个当口，那只身形雄阔的公鸡喝饱水，毫无征兆地倒下，还扑腾抽搐了几下，就再也不动了。这下，那些民兵的眼睛都愤怒得出血了，先前的怀疑是对的，确实是毒药啊，毒性能够延迟发作的毒药，给你喂了毒，还不让你立刻就死，还不让你死得痛快，临死之前还要你手舞足蹈引吭高歌出足洋相，太恶毒了。带头的家伙一挥手，七八个人再次上前痛殴野和尚。和先前的那顿打比较起来，这才是真枪实弹，刚才的那顿打简直不算打，只是搔痒，只是预习，只是热身。野和尚这一刻真正领略到了《琵琶行》的意境，当然江州司马的几句诗是篡改混搭在一起的，嘈嘈切切如急雨，勾拳摆拳落脸盘；银瓶乍破血浆迸，铁骑突出耳朵鸣。最后，似乎是头部被狠狠地踢了一脚，他就人事不省了。

野和尚后来说，他的廿四根肋骨大概被打断了十二根。我笑了，说这也太夸张了，人的肋骨是最结实坚硬的，不是像劈柴爿一样可以很容易地劈断的，除非是很专业的击打，或者人躺在地上，一个体重三百斤的蠢笨大汉突然跳坐到你身上。野和尚说是真的，就算没有断，至少也开裂了，到现在，胸口还隐隐作痛。

是一个叫天慧的女人救了他。那个女人曾经给他指过路，头上扎着一块头巾，他还没看到过她不扎头巾的样子。他无法判断她的年龄，她的眼睛清澈如水，被山风吹红的脸颊却起皱了，但在她笑时，根据她牙齿的磨损程度判断，应该不超过二十五岁。她是当地的赤脚医生，她的另一个身份是民兵连的副连长。正是她的这两个身份，救了野和尚。她看到野和尚的时候，他就躺在民兵值班室的地上，血肉模糊，奄奄一息。

那时候，那只公鸡又奇迹般地活过来了，只是走路走得有些醉态，肚子横突下坠，有人摸了摸，很坚硬，像是肚子里灌满了水泥。这一来，野和尚的投毒嫌疑被彻底解除了，虽然人们依然搞不清他的真实身份和真实目的。以后几天，那只公鸡都没有进食，神情却是欢愉无比，就像是走出饭店的饕餮之徒脸上才有的那种满足。据说那只公鸡此后变得毫无时间观念，常常无端地会打鸣，此举令其他公鸡十分恼火，但这种特立独行却赢得了几乎所有母鸡的好感。

天慧让人把野和尚抬到卫生室。卫生室很简陋，没有病床，就在墙角放了块门板，上面铺了些干草。野和尚在草堆上足足躺了十天，最初几天还是昏迷的、说胡话；没用什么药，卫生室也没什么药，只是在他脸上身上敷了些消肿的草药，一切就看他自己的造化了。那天野和尚醒来，看到眼前是一张陌生女人的脸，说，你是，医生？她笑着说，你命大的，终于醒过来了。我叫冯天慧，是这里的赤脚医生。你忘啦，在樟河边你向我问过路的。野和尚看着那块蓝色土布头巾，想起来了。天慧说，你梦里说胡话呢，说了好些个名字，彩玉，还有个杨老师。一开始问你，你说你是从上海来的；梦里说梦话，你又说想回衡山去。问你名字你也不说，你还说你是来帮助麻风病人的，这种说法太邪乎了吧。你究竟是什么人啊，为什么要把自己搞得这么复杂？野和尚只觉得晕晕乎乎的，说，你说的那几个名字，我都不认识。天慧说，还好没伤到骨头，否则我也治不了；要是送你到县里的医院，你这样没名没姓，说不清楚来历，还不会给你治。

野和尚一直想对天慧说声谢谢，可这两个字到了嘴边总是说不出口，人家救了你的命，还照料你这么多天，只是说声谢谢好像太轻飘飘了。天慧并不常在卫生室，野和尚恢复自如后，就再没见过她。平时这里也没人来。此处雨水充沛，山里到处有水潭水流，野和尚洗了个澡，洗了衣服，搭在树上晾干。他又把屋子里里外外打扫了一下，把垫着的干草抱出去，换了干净的茅草回来。天慧留了些木薯和芋头，还有些咸菜疙瘩。野和尚就用柴禾烤着吃，这顿吃芋头，下顿吃木薯，换口味。天气连日放晴，站在卫生室门外，空气新鲜，神清气爽，满眼翠绿，水声潺潺，野和尚实足过了几天优哉游哉的日子。有点遗憾的是，手头没有书和报纸。那个背包已经还给他了，里面的压缩饼干没有了，不知是拿去检验还是怎么了。野和尚已经不去想麻风病村的事情了，路远迢迢地赶来，是为了帮助麻风病人，但直到离开，他连个麻风病人的背影也没见到。

这天，天慧很晚才到卫生室来，提了一袋煮熟的木薯。野和尚正坐在黑暗里发呆，天慧说，把这些吃的带路上，趁着天黑，趁我还没改变主意，你快走吧，走得越远越好，在这里不会有什么好结果的。从后面下去，走不多远就是下山的大路，顺着坡度下山。野和尚说，你为什么救我？她说，看你傻愣愣的样子，也不像那种邪恶之徒，让你干坏事你也不会干，让你下毒你也不敢，让你偷渡国境你也没有那个胆量，况且这里离国境线还远着呢。野和尚说，以后还能见到你吗？天慧说，我帮不了你什么了。山不转水转，以后的事情谁说得清。野和尚把木薯装进背包，临出门前，郑重地向天慧鞠了一躬。

下了山，天已蒙蒙亮了。野和尚以为就此逃出生天了，却不知道噩梦才刚刚开始。走不多时，一辆拖拉机停在他身边。开拖拉机的家伙说，想去哪里，载你一段。野和尚说不出去哪里。那家伙说，看你像个外乡人，我也不管你是不是哪里逃出来的，我们窑厂正在招工，包吃包住，一天开你一块钱工资，去不去？野和尚喜上眉梢，慌忙说，去，去。他说着就跳上车斗。

野和尚说不清在窑厂待了多长时间，只记得进去时是春夏之交的，逃走的那天已是寒意侵人了。我想问得详细点，他脸上显露出惊恐万状的神情，簌簌发抖。那时候野和尚已经回到上海了，他是遭遇了怎样的恐怖才会有这样心有余悸的反应啊。说到在樟山被民兵毒打的那段经历，他语气里还有些调侃和自嘲，说到天慧时瞳仁里更是充满温情和追忆，或许是天慧的救治和照料，让那段本来不堪回首的记忆覆盖上一层温情，哪怕不能全然冰雪消融，至少不再那么惨厉。那么，他在窑厂里又经历了什么呢？我再怎么启发诱导，野和尚坚决不再吐露一句，只是撩起裤腿让我看了看，小腿肚上有道疤痕，似乎少了一块肉。他说是狼狗咬的。那座窑厂有几条凶残的狼狗看护，想逃也没法逃。窑厂对野和尚来说，如同地狱一般。吃的是清汤寡水，晚上睡觉是两溜长铺，几十个人挤在一起，连翻个身都困难。后来闹出好几条人命，把警察招来了，窑厂那几个恶霸被抓走，那几条恶狗也被抓走了。那天晚上，厂里的窑工才吃了一顿饱饭。第二天警察要来做笔录，野和尚没法说清来历，所以就连夜逃走了；有个叫雨生的福建人，看到野和尚逃了，也跟着一起逃。

两个人年龄相仿，那以后便搭伴而行，昼伏夜出，夜里偷偷摸到田里刨些木薯什么的吃。不敢生火，怕被人发现，就在沟渠里洗洗就啃。夜深露重,寒气逼人,看到有晾在外面的衣服,两人也顺手偷来裹在身上。过了两天,雨生才醒悟过来,说,我为什么要跟着你逃啊,我可以回家了啊。雨生是逃婚出来的,出走途中被窑厂的人骗来。野和尚说,不是只有女人才逃婚的吗？男人逃婚我还是第一次听说。雨生说,男人女人还不都是一样的,你相不中的人,却要和她一天一天数着过日子,厌不厌烦。你别看我长得没你亮堂,我也是有相好的,要不也不会到现在还不结婚。我那相好叫伏妹,十里八乡再找不出像她这么俊俏的,她十五岁时我就相上她了,她也相上我了,叫我等她。再过一年,她十九了,我就娶她。野和尚说,你要是回去了,逃婚不是白逃了？雨生笑道,不会,我们那地方结婚都早,女人更耗不起,等不及；就像卖水果的,你不趁着水果新鲜水灵赶紧卖出去,要是搁黄了,搁瘪了,搁烂了,就没人要了。这几个月过去,我估摸着那姑娘早就找到婆家了。她也不难看,要是没有伏妹,我也乐意娶她。有了伏妹,情况就不一样了。野和尚哦了一声。雨生说,你是怎么到这里的？说句不中听的,你说话文绉绉的,人也长得亮堂,我估摸着你也是犯了什么事,大半和女人有关,出来避风头的,是不？野和尚说,我惹的麻烦三言两语说不清楚。雨生说,我会看面相,你面相挺好的,尤其是这个宽大厚实的鼻子,不像奸邪小人,是个有福之人。你要不怕受委屈,跟我回去,让我爹教你泥匠手艺,总有口饭吃的。野和尚说,好呀。

雨生说,得先打个电话回去,不明不白出来了这么些日子,也没报个音讯,我爹我娘肯定急死了,得让他们放心。野和尚说,今天是几号？我也想打个电话回去。雨生说,谁还记得几月几号啊。他又苦着脸说,身上一个铜板也没有,怎么办？总不成去偷去抢吧。野和尚笑着说,不用。到了热闹处,看看哪家店铺要写店招,我给他们写。也不多要钱,二十块就够了,好好吃顿饭,打个电话,长途车票的钱也包括了。雨生惊喜道,我就知道你是读书人吧,这下我这个泥腿子也跟着借光了。两人去河边洗漱了一番。雨生顺手偷来的那件衣服稍微干净整洁些,脱下给野和尚换上,说着就到了路口,搭一辆拖拉机去了就近的那个叫稔陈的小镇。稔陈镇不大,有些店铺,也有些小摊,此时正是上午九点多,人气旺盛。野和尚看那些店招都有年头了,油漆剥落,破败不堪。

正盘算着去哪家店铺,迎面过来个警察,看上去上岁数了。野和尚赶紧侧过脸,不敢与那警察目光相交。擦身而过时,那警察脚步放缓,扫了野和尚一眼。野和尚心里就咯噔一下,没有心思看店招了,只想快点离开小镇,又思忖,或许是多疑了,那警察只是无意之中瞥了一眼。他走了十几步便回头看,这一看,脸色都变了,那老警察正转过身子也在看他。雨生赶上来问道,怎么走啦,不写店招了?野和尚低声说,快跑,你朝那边跑,我朝这边跑。说着就逃进了前面的岔路,穿过去是粮站的后门,一辆四吨解放牌卡车卸了货,正倒着车要离开。野和尚也没犹豫,攀着后挡板飞身上了车,随即便躺倒在车厢,抓起雨布盖在身上。卡车倒好车,打了把方向,从野和尚刚才进来的岔路驶了出去。透过挡板的缝隙,他看到那个老警察已经赶过来了,就站在岔路口朝里张望。那条路狭窄,卡车驶出来,把整条路都堵住了。卡车驶出岔路时,有半秒钟,野和尚和老警察就隔了一层挡板,他能听到老警察粗重的喘息声。卡车继续朝前面开去,速度渐渐加快。野和尚透过缝隙,看到雨生在一路狂奔。这个憨厚的年轻人,野和尚叫他快跑,他就跑了,他也不清楚为什么要跑,要跑到哪里去?野和尚在心里说了句,对不起了,兄弟!这就和你告别了。

十六 麻风病村

十七　一条钻来钻去的鲶鱼

回到上海后,野和尚的变化很大,整个人就像赤佬一样。这句不是骂人的话,是形容词,是说野和尚形销骨立,瘦得脱形了,像鬼一样。他常常答非所问,王顾左右而言他,舌头像是打了个结,有时会脱口而出些聱牙诘屈的话,不知道是哪里的方言,半句也听不懂。见我听得目瞪口呆,他才定定神,找回记忆,说出上海话,不过他的上海话也有点走样了。这时候,他的鼻子会朝上一缩,露出谦卑的笑。

出逃那两年,他依稀记得发生了什么事,但具体发生在什么时候,他说不清楚,没有年月日的概念。比如,他说,是打赤膊干活的时候;或者说,穿两件单衣还有点冷飕飕;或者说,盖着一床破棉絮要佝偻着睡,才不会被冻醒。他经常会说到某个女人的名字,把他结识的那些女人,作为事情发生的时间点。有次他忽然没头没脑地来了句,偷吃一根黄瓜,被阿娥的三叔打了几记耳光。要不是阿娥拦着,还会打下去。我问他阿娥是谁?他说,就是认识菊花之前认识的那个女的。我问他菊花是谁?他说,就是认识彩月之前认识的那个女的。我问他彩月又是哪个?他说,彩月就是半夜到柴房来让他赶紧逃走的那个女人;他那天夜里要是不逃,就不会认识凤宝了,不认识凤宝,也就不会认识她妹妹凤仙。我完全糊涂了,只好顺着他的思路，问他凤宝和凤仙哪个好看？他说，两个都不好看，但是长得比胖姑强些。我想怎么又扯上胖姑了，便问他胖姑是谁？他说，就是在伐木场干活时那个烧饭的女厨子。他自言自语道，胖姑是刀子嘴豆腐心，讲义气。后来又说到了挖河泥，说在河底还挖出了几具沉尸，骨架都散了，拼不齐了。他说得颠三倒四，你都无法统计他这一路究竟干过多少行当。他说，撑船的那个叫素芳，素芳很霸道；但是素芳的霸道和二嬷嫂比起来，简直不算什么了。说到二嬷嫂，他忽然就沉默了。

他的记忆，都是靠那些女人才串联起来的。我发现他的逃亡岁月，除了那个叫雨生的傻小子，他记得的都是女人的名字。你会忽略他受过的苦，你会以为他每时每刻都在交桃花运，他确实很辛苦，那也只是在女人堆里转得很辛苦。一个男人到了那般落魄的地步，居然还和女人牵丝攀藤，我也服帖他了。

期间，他到过一个叫金都的小县城。之所以记得这个地名，是因为那块店招上写着——金都二嬷杂粮铺。野和尚在街对面观察了一阵。那几个字写得毫无章法，歪歪扭扭，写字的人就没打算写端正，随手挥就，但却透出一股放肆狂浪之气。当柜的是个三十多岁的女人，脸色很黄，双颊发亮，上眼皮有三四层，头发梳得齐整，但左鬓有一缕青丝垂落，看似随意，其实是刻意的，有种边远地区女人的风骚。野和尚拱了拱手说，大姐，这块招牌是谁写的？那女人乜了他一眼，说，你管得着吗？待到看清来人，那女人显得和善些了，说，我写的，怎么啦？野和尚说，写得有精神，只是写得时日久了，颜色黯淡了。我想给大姐重新写一块，也不多要钱，管一顿饱饭，再给个五块十块的当盘缠就成；保证给大姐写得循规蹈矩、端端正正。那女人说，我这人吧，就不喜欢端正，就不喜欢循规蹈

十七 一条钻来钻去的鲶鱼

矩，就喜欢由着性子来。野和尚被呛住了，讪讪地便欲离去。那女人喊住他，上上下下地打量野和尚，说，看你破衣烂衫的，长得倒是眉清目秀，像个读书人。我正好缺个伙计，要不你留下帮忙吧，管你一日三餐，工钱是没有的。野和尚喜出望外，当即应承，说，谢谢老板娘。女人说，什么老板娘，难听死了。大家都叫我二嬷嫂，你也这么叫。论年纪，我也够做你嫂子了。

此后野和尚便在杂粮铺落脚了，那几乎就是他出逃后获得的最好待遇了。当天关了铺子，野和尚舀了盆热水，用肥皂咕吱咕吱一擦，把陈年老垢都洗干净。第二天，二嬷嫂给野和尚弄了几件旧衣服来，穿上以后就有点人样了。野和尚很珍惜这样的日子。运杂粮的卡车一来，野和尚便跑出去，让人把麻袋放肩膀上，手一搭，扛了就走，走出两步就摔倒了。他身子太虚了，一百斤一个的麻袋直接把他压瘫了。二嬷嫂和司机哈哈大笑。

铺子靠门的地方是一长溜木架，上面分割成一个个格子，放着高粱荞麦燕麦玉米黄豆花生红薯干绿豆黑豆芝麻薏仁等杂粮。有人来买什么，里面地上有十几二十个敞着口的麻袋，用簸箕到麻袋里去抄。另外还有几只甏，是放菜油花生油豆油的。野和尚在菜场里卖过鱼卖过盆菜，做这些事情也是驾轻就熟。野和尚干活勤快巴结，这一来，二嬷嫂倒清闲了，铺子里的事情都交给他打理，除了去进货，就是出门遛弯，在铺子里时便是坐着嗑瓜子，看新出的杂志，看得津津有味。闲来无事，野和尚也顺手拿一本过来看看，都是些男女情仇杀人越货的故事，编得很离奇，也很蹩脚，野和尚不感兴趣，他感兴趣的东西杂志里没有。一日三餐，是隔壁棺材铺里帮工的老太婆来烧的，野和尚经常在饭菜里看到长短不一的白发，偷偷挑掉。二嬷嫂大大咧咧，看也不看，扒着搛着就塞嘴里。晚上，野和尚就睡在楼下，搭一张帆布床，早上起来再把帆布床收起来。有架活络的木梯通楼上，用麻绳固定在墙上。楼上是仓库，二媒嫂也睡楼上。几天下来，倒也相安无事。

这天夜里，楼上传来哼哼唧唧的声音，开始还有点克制，后来越来越放肆，似乎是有意哼给野和尚听的。就像是情况万分紧急之时发出的求救信号：SOS。你可以想象，人已经落水了，就在漆黑无边的大海里漂浮，浪头一个接一个地打来，人随时随地都会沉下去，就等着你伸出手去帮她，不是帮她上岸，而是让她痛痛快快地淹死，在波峰浪谷里和你一起淹死。野和尚只当没听见。他还不想淹死。好不容易有个落脚点，过了几天太平日子，他还想过下去，不想节外生枝。第二天在铺子里，二媒嫂看他的眼色就有点幽怨。接着几天，二媒嫂每天夜里都要哼哼唧唧。野和尚听得懂那种声音，嘤其鸣矣，求其友声。野和尚听了心烦，只好蒙在被窝里睡。他也知道，二媒嫂的哼哼唧唧穿透力太强了，总有一天他会抵挡不住的，有次几乎都想上楼了，最终还是扇了自己两记耳光，爬回帆布床。那以后，二媒嫂就再没给过他好脸色看。野和尚过一天是一天，心里清楚，他迟早要被赶走了。

这天来了个年轻人，年纪和野和尚仿佛，进门就喊姑姑。二媒嫂见是娘家侄子来了，笑逐颜开，问爹娘可好，问哥嫂可好，问老家的收成，一样样问过来。又把棺材铺的老太婆唤过来，要她晚上多烧几个菜，要给娘家侄子接风。野和尚知道自己的期限到了，娘家侄子一来，杂粮铺就容不下自己了，该滚蛋了。这天晚上，三个人坐在一起喝酒吃饭。野和尚起先不肯落座，说自己是帮工，轮不上上席。二媒嫂说，没这么多讲究。那个娘家侄子也劝他，也就一起坐下了。开了一陶瓶当地的土烧，是用高粱酿的，一口下肚，就像是吞了团火，浑身都在燃烧。三个人你一盅我一盅，把一陶瓶都喝完了。野和尚酒量好些，看那两个都有些东倒西歪。二嫫嫂先上楼去了。那张帆布床太小，挤不下两个大男人，野和尚让给娘家侄子睡，自己打算在装杂粮的麻袋上凑合一夜。

收拾好残羹，看那娘家侄子已经打呼了。今天晚上，楼上倒是没有哼哼唧唧的声音传来，估计二嫫嫂不胜酒量，喝醉了。野和尚把装杂粮的麻袋归归整齐，和衣躺下。迷迷糊糊之时，察觉有人在自己身上摸摸索索，野和尚大叫一声，谁？便一个鲤鱼打挺坐了起来。麻袋边蹲着的那个家伙说，兄弟，别慌，是我。是娘家侄子的声音。野和尚这下完全吓醒了，他听说过有这种怪胎，做出来的事情很变态，想不到今天还真的碰到怪胎了，恶心得差点就吐了。他赤了脚就朝楼上跑，幸好二嫫嫂的房门是虚掩的，进了门直接跳上床，有种逃离虎口的庆幸。被窝里是二嫫嫂滚烫的身子，她两条手臂勾了过来，说，你终于来了啊。

那天夜里，野和尚又当了一回菜籽，被那口石臼榨了几次。

第二天早上，野和尚只觉得四肢瘫软，耳朵却尖，听到楼下娘家侄子在说，二嫫嫂，那我就走了。有什么事，招呼一声，我立刻就赶过来。二嫫嫂嗯了一声。接着是一阵窸窸窣窣的声音，只听那男人说了句，谢谢二嫫嫂。娘家侄子怎么改口了，喊自己的姑姑叫二嫫嫂？野和尚顿时惊出了一身冷汗，原来那个娘家侄子是假的，昨天夜里那一幕就是二嫫嫂导演的一出戏，那个所谓的娘家侄子是她花钱雇来的，目的就是要引他入彀，自投罗网。这个女人太有心机了。这是何必呢！接着是她脚步上楼梯的声响，野和尚便闭着眼睛装睡。二嫫嫂说，都日上三竿了，该去把店铺的门板打开了。

二嫫嫂一扫前几天的幽怨，容光焕发，显露出雨露滋润后的庄稼青翠欲滴。野和尚却隐隐有种预感，好日子要到头了。果然，吃了晚饭，二嬷嫂说，你这么个大男人，蜷缩在帆布床上不舒服，今天开始，上楼睡吧。野和尚笑着说，我在下面睡习惯了，还能看着店铺。二嬷嫂脸色就不好看了，说，还要我三请四请吗？跟我一起上楼。说话的口气是命令式的。野和尚还想推辞，二嬷嫂说，给脸不要是吧，你来也得来，不来也得来！要不，我明天就到联防队到派出所去告发你，说你是逃犯，在上海杀了人逃出来的，看你怎么解释清楚。

野和尚忽然感受到一种深深的屈辱。他当天夜里就逃走了。

临走时，野和尚做了一件事，报复二嬷嫂。想到二嬷嫂第二天醒来时气急败坏的模样，野和尚忽然就有了种"我手执钢鞭将你打"的痛快。

后来我听到这段故事，觉得完全不合情理，太假了。关起铺门，屋子里就一男一女两个人，像二嬷嫂这种风骚女人用得着搬救兵吗？稍微用点手腕还怕放不倒野和尚？野和尚分明是在朝自己脸上贴金。他的整个出逃过程，我都无法分辨哪些是真，哪些是假，或者说，在他那种颠三倒四的叙述里，你都很难理清头绪。我问他，你逃走时，偷了二嬷嫂多少钞票？野和尚说，为啥这么说，难道我卑鄙到要偷女人钞票的地步了？我说，你不是说临走做了件报复她的事情嘛。没有偷她钞票，难道，你趁她睡着了把她的头发剪掉了，让她变尼姑了？哈哈，这倒是符合你的风格的。野和尚说，我没有这么无聊，我只是把那架木楼梯移走了，把固定楼梯的麻绳也抽走了，然后在下面的地上倒了半甏豆油，让她没有办法下楼。

野和尚说，这个女人在我走投无路时收留了我，对我有恩，我应该感激她，但是，男女之间这种事情要你情我愿，不能强迫。你自己想做，是开心的；逼着你做，就是上刑罚了。这女人不应该威胁我，说要告发我，这就有点恶劣了，我也只好对不起她了，叫她吃点苦头。

那以后，野和尚就像一条鲶鱼，钻来钻去，所有的地方对他来说就像是水面上漂浮的水草，随便隐入哪里就不见了。每个地方他都待不长，一有人起疑，便逃。他不断地变换身份，变到后来就只剩一个身份了（野和尚倒很执著，一直把这个身份进行到底）——当乞丐，上海人称之为叫花子。这个职业只要从事过一天，就会上瘾的，就再也不肯跳槽了。太自由自在了，想睡到什么时候起来就什么时候起来，想到哪里去讨饭就到哪里去讨饭，而且还不必在意别人的白眼，因为白眼看得多了就变成青睐了，怪不得马路上讨饭的人越来越多。此时你就是和他迎面相遇，也不会认出他是野和尚，破衣烂衫，头发长得就像顶了个天冷时用来保温的饭窠，要是剪下来可以编织一件长袍；他再怎么鬼鬼祟祟贼头狗脑，也没人注意他了。

有次在街上遇见一个警察，野和尚出自本能拔腿就逃，逃了几步回头看，那警察也在回头朝他看。他就继续逃，逃出一段路再回头，警察并没追上来。那以后野和尚会有意朝警察跟前凑，装出一副可疑的样子，然后突然发力逃跑，看警察的反应。通常警察都不会正眼看他，要是他挨得太近了，便呵斥一声，滚远点。野和尚觉得自己彻底安全了，不会再有人注意他了，不会再有人怀疑他投毒、怀疑他要偷渡了，他不会再有任何危险，大白天也用不着东躲西藏，身心可以完全松弛下来了。到了这时候，他居然一点窃喜的感觉也没有，相反，觉得十分失望。

想填饱肚子，一点问题也没有。到了饭点，他会去找家小饭店，不要走进店堂，走进去也会被驱赶，就在门口漫不经心地窥测；一旦有人吃好了离开，便以闪电般的速度冲刺，把剩饭残羹倒入自己的锅子，得手后迅速撤离。然后在门口继续窥伺，等待机会。好就好在，每天可以换饭店，每天可以换口味。野和尚光顾过的饭店都给野和尚打好评，这个乞丐虽说衣衫褴褛，但是脸和手洗得很干净，而且速战速决，不拖泥带水，一点不影响到后面等待的客人就餐，爽气。

有次野和尚吃好饭，靠着垃圾箱孵太阳，暖融融地眯了一觉，醒过来伸了个懒腰，无比惬意。他旁边正巧有沓旧报纸，便随手拿过来翻看，野和尚已经很久没看报纸了，他几乎忘了自己其实是识字的。看着看着，他的眼珠子瞪大了，忽然就有了洞中方七日、世上已千年的感叹。他大吼一声，我可以回上海啦——

他是一路讨饭回上海的。

这天，我听到隔壁晒台有声响，猜想野和尚回来了，就隔着墙试探着叫了他一声，他居然答应了，从晒台那边伸出头来，我也伸出头去看他，吓了一跳，看到赤佬了。他说，阿民，不要怕，是我，野和尚。我说，你回来啦。他说，回来两天了。陪我吃碗面好吧，过来，一起吃。他叫我阿民，听上去发音像是阿苗。我答应了，手一撑，翻墙头过去。他在锅子里放了水，拿进三层阁去点火油炉，忽然啊呀了一声，说，不好意思，火油没有了。阿民，帮我个忙，去买点火油好吧，就在新长发过去点的五金店里，可以零拷的。他说着就递给我一只火油箱，说，拷满正好五斤。他说，你看我这副样子，只适合天暗了出门，现在出去太吓人了。我说，你要是天暗了再出去，更加吓人。但是这句话我没有说出口。他玩的是一套老

十七　一条钻来钻去的鲶鱼

把戏,在晒台里弄出那么些杂乱的声响,就是为了引起我的注意,然后把我骗到他的三层阁,说是请我吃面,其实就是让我去给他拷火油。我拎着火油箱刚刚要走,野和尚又喊住我,说,阿民,顺便再带两斤切面回来,家里没有切面了。册那,说是说请我吃面,一样也没有的。我几步跳着就下楼了,慢一刻,他会叫我再顺便带瓶酱油带些卤菜回来。

那天我告诉野和尚,听人讲,以前在鱼摊和你搭档的女人调到城隍庙那里的陈家桥菜场去了,好像已经嫁人了。我有意触他心境。我也就这点本事,道行没有他深,只好用这种手段刺刺他,以前也用曹金凤触过他心境。想不到野和尚表现得很淡然,说他已经知道了,说,女人总是等不及的。女人和水果差不多的,不趁着新鲜的时候赶紧卖出去,要是搁黄了,搁瘪了,搁烂了,就没有人要了。

野和尚那段时间非常消沉。一路讨饭回来,支撑他的精神力量,很大程度上来源于吴彩玉。好不容易回到上海,那个女人却嫁人了,野和尚应该说受伤蛮重的。当初是因为承包被人举报而出逃的,现在承包已经变成一件时髦的事情,没有人会揪他的小辫子了,但是菜场却回不去了。我很想知道,在这种近乎幻灭的时刻,野和尚有没有去向他的外国老朋友讨教,那个叫尼采的家伙又给了他什么指点。他这次出去吃了不少苦头,以后大概就老实了,太平了。

这天中午,野和尚打算下碗面条吃,但是火油炉的火苗太小了,锅子的水烧不开。野和尚把棉芯捻上来一点,谁知棉芯已经烧到头了,一捻,整片棉芯就掉下来了。再看另一片棉芯,也不能用了。野和尚找出条旧的帆布腰带,剪下两截,把边缘的部分用铁片刮毛,塞进原先装棉芯的铁皮夹缝,居然松紧正好。帆布浸透火油后,火柴一点就燃烧起来了,开始是黄火,接着火苗就黄中透蓝了,房间里顿时便弥漫起火油燃烧时独特的气味,那种气味就像是松香外面涂了一层万金油,然后慢慢加热产生的氤氲,很好闻,有一种家的温暖。老娘在世的时候经常说,没钱买肉吃,睡觉养精神。苏北人说这句话,是一种积极乐观的人生态度,别地方的人这么说,表现出的只能是落寞和无奈。野和尚吃了拌面,随手拿过一本小说,打算看几页,睡一觉,养精神。

此时听到阁楼的房门叩了几下,随即被轻轻推开了。野和尚扭过头,看清来人,禁不住呆住了。来的是他最意想不到的人,丁小琴。两个人在盆菜摊做过几个月同事,后来就形同陌路了。

丁小琴说,不要再赖床了。每天从早睡到夜,死不死,活不活,有意思吗?说着把一沓报纸丢在桌子上说,精神振作点,趁太阳好,到晒台里看报纸孵太阳去。以前,丁小琴说话总是细声细气,看野和尚的眼神里也充满了崇拜,不会用这种嫌鄙加命令式的语气,而且说话时眼睛也不朝野和尚看。然后她到晒台泼了几桶水,把地面冲洗干净。野和尚平时是在晒台里小便的,小便以后也不冲水,靠近落水口的地方一股尿臊臭,而且长青苔了。回到阁楼,丁小琴四下看了看,搬了把竹躺椅到晒台撑开,揩清爽,竹躺椅前面又放了只凳子,回来继续驱赶野和尚。野和尚起来,想套一条睡裤,丁小琴劈手夺过睡裤说,用得着吧?皮肤直接照照太阳,杀杀菌;野和尚刚刚在竹躺椅上坐下,她就把他的脚搬到凳子上,把一沓报纸丢在他身上,然后顾自忙开了。丁小琴把鸡毛掸子绑在竹竿上,在房间里掸灰掸蛛丝掸挂吊;铅桶舀满水拎进拎出,揩灰拖地板;把龌龊衣裳和被单被面子换下来,大脚盆搬到晒台,搁一块搓板,打肥皂搓洗。野和尚躺着看报纸,偷偷瞄丁小琴。丁小琴卷起袖管,吭哧吭哧洗衣裳洗被单,也不朝野和尚看。开水龙头过清的时候,怕水弄湿鞋子，丁小琴把鞋子脱在阁楼的楼梯口，赤了脚。野和尚看那双鞋子，黑的布面子、横搭襻，显然是她自己纳的鞋底剪的鞋样，叫皮匠去绱的，鞋店里买不到这么小尺寸的布鞋。再看丁小琴的脚，白皙的皮肤此刻泅在水里，泛红了。毕竟是五月中旬的天气，不是十分热，还是有点阴的。野和尚想，这个小女人和自己一点关系也没有，也不知道从哪里打听到自己回来的消息，招呼也不打一个，跑过来做佣人，奇怪吧。

洗好晾好，丁小琴把脚擦干，穿上鞋就走了。野和尚以为今天她还会回来，但是她没有来。

第二天，丁小琴来得比较早，把午饭也带来了，催促野和尚快吃，说吃好饭还有事情要做。野和尚打开钢精饭盒，里面是一块走油肉、一蓬青菜，好像是食堂里买来的。丁小琴把衣裳被单收进来，叠好，然后整理床铺。野和尚吃得快，从小练出来的猴急相，好像吃得慢饭就要被人抢走了，吃相难看。丁小琴洗好碗筷，把凳子搬到晒台里，说，出来。野和尚到了晒台，被丁小琴按在凳子上，脖子上给他搭了块围兜，扎扎紧。野和尚不知道丁小琴要干什么，却见她拿出一个布包，里面是理发用的家什，说，问理发店的人借来的，从来没有用过这种家什，今朝拿你当试验品了。说着她便拿出剪刀梳子，先把乱草窠剪短，剪得大刀阔斧，野和尚的头发原来密密层层蓬开来，就像个大头娃娃，现在一下子缩小了一大圈。丁小琴又换了把剃头的推刀，咔嚓咔嚓剃起来，有几次夹住头发了，推刀退不出来，只好硬扯。野和尚吃硬，头发被扯下来几绺，一声不吭。剃到后来手势就熟练了，野和尚的头顶也很清晰完整地修出来，有几块斑秃。以前都以为他的头顶是尖的，就像外国人教堂的那种尖顶，现在看来，凸起的地方并不是很尖，还很圆润，丁小琴禁不住在上面摩挲了几下。剃下来的头发扫进畚箕，扑扑满一畚箕。丁小琴说，要吃点中药调养调养，否则这几块斑秃难看死了。野和尚看到丁小琴又去脱鞋子了，猜想她大概要给自己洗头了。果然如此。野和尚从小是用冷水洗头的，倒也习惯。

洗好头，丁小琴在地上铺了块洗衣板，让野和尚赤了膊，合扑躺在上面，只给他留了条短裤。野和尚完全放弃抵抗，听小女人摆布。他猜不出她接下来会是什么路数，还懵懵懂懂地有几分旖丽的闪念，不会是要在晒台和他做事情吧，这也太突然太野蛮太刺激了吧？哪知道丁小琴回到晒台，拎起一铅桶冷水就朝他身上泼上来，泼得杀气腾腾，野和尚一点准备也没有，冷水一激，差点弹跳起来，惊喘了几口粗气。丁小琴蹲在地上给他擦背，打好药水肥皂，用一块丝瓜筋擦，用足力气擦，就像是油漆工拿着平头铲刀除铁锈，陈年老垢跟陈年老皮一层层擦下来。此时正好正午时分，太阳当头，倒是一点不冷。擦到后来，丝瓜筋上已经有血丝了，野和尚的后背擦是肯定擦干净的，但是皮肤也大受损伤，以后几天他几乎不能仰面朝天睡，像是躺过钉板了。丁小琴说，好了，翻个身。野和尚乖乖地翻过身来，看到丁小琴脸上依然没有笑容。他以为她会继续给他擦前胸。哪知道丁小琴拿块毛巾揩干脚，穿上鞋子下楼倒垃圾。野和尚说，你不给我擦了？丁小琴说，你手脚又没有断，擦得到的地方，自己擦。

十七　一条钻来钻去的鲶鱼

十八　丁小琴

　　以后几天，丁小琴每天来给野和尚送饭，有时是一锅鸡汤，有时是火腿蹄髈汤，有时是黑鱼蘑菇汤，有时是海带番茄小排汤，再弄些虾皮烧冬瓜夜开花炒蛋臭豆腐干炒毛豆卷心菜炒油豆腐之类的搭配，每天换花样，给野和尚补营养。在菜场里上班的，近水楼台，这些都不是难事。菜场去年就开始搞承包了，每只摊位都搞承包。丁小琴手底下配了两个小姑娘，是顶替父母进来的，盆菜摊搞得蛮像样的，手头也宽裕了。野和尚觉得自己就像是生好小囡在坐月子，吃吃困困，脸颊上的肉也丰满起来了。来了以后，丁小琴照旧是面孔冷冰冰的，不啰嗦。晚饭是两个人一起吃的，中午总有点剩菜的，有时丁小琴会出去一次，再买点猪耳朵熏鱼白肚之类的卤菜回来。有时候野和尚自言自语豁翎子说，这么好的菜，要是喝点酒就适意了。丁小琴不接腔。吃好晚饭，收拾好，丁小琴再回去。

　　这天中午过了十二点半了，丁小琴还没来，野和尚有点坐立不安了，肚皮里咕咕咕乱叫。这段时间下来，野和尚已经习惯丁小琴的服侍了，连她的恶声恶气也听习惯了，听了一点不觉得刺耳，还有种亲切感。

　　终于听到脚步声，丁小琴上楼来了，两只手腕上都挂着尼龙丝袋，还捧了只砂锅，不知道她一路是怎么过来的。丁小琴把东西依次在桌子上放下，埋怨道，怎么像活死人一样，也不晓得上来接一下？野和尚笑笑，从地上捡起几只滚落的苹果，起身迫不及待地掀开砂锅盖，居然是冰糖炖甲鱼，大补啊。这道是功夫菜，炖的时间长，所以丁小琴来晚了。野和尚觉得丁小琴路道太粗了，这种一斤半重的甲鱼，在上海滩已经长远看不到了。丁小琴又从包里拿出报纸，是下班时她顺手从工会办公室里拿来的。丁小琴觉得野和尚逃出去两年，脑子基本戆掉了，也不领世面了，所以每天都带报纸来给他看。野和尚说，你也坐下来一起吃。丁小琴说，吃过了。说完就在房间里收拾起来，又到晒台里泼水冲洗。对面楼有人养鸽子，晒台里不少青白色的鸽屎，有些还沾到昨天洗的衣服上。丁小琴一边进进出出，一边说，也不晓得把衣裳收进来，晾过夜有露水的；撒好尿也不晓得用水泼一泼，前几天刚刚冲清爽，今天又是一股尿臊臭冲鼻头。你这只烂污坯搞不好了！下趟买点敌敌畏，拌在小米里，引鸽子来吃，吃了就毒死，把对面那家养的鸽子通通毒死。戳气吧，洗干净的衣裳上又有鸽屎了。野和尚吃甲鱼吃得上下嘴唇已经黏在一起了，看丁小琴走来走去，小屁股扭来扭去，扭得特别好看，这顿饭吃得心满意足。

晚上，到了老辰光，丁小琴又要回去了。野和尚拦在门口，说，今朝就不要回去了。丁小琴一点笑容也没有，说，让开。野和尚嬉皮笑脸地说，不让开，今朝就留下来陪陪我好吧。你一天下来辛苦了，我给你敲敲背，松松筋骨。丁小琴说，做啥做啥，你现在面孔有血色了，精神养好了，不像活死人了，就想欺负我了是吧；我烧给你吃，给你做佣人，你还想要我陪你睡觉是吧？你是不是太过分了。野和尚一把把她搂过来，说，我晓得你的心思。放心好了，我会待你好的。丁小琴在他怀里挣扎了一番，还在他手上咬了一口，终于瘫软了，不再反抗了。

两个人睡在床上，事情做好，野和尚依旧搂着她。以前有点有眼无珠，居然忽略了这么好的女人。女人对你是不是真心，一时三刻是看不出来的。这个小女人是在自己最落魄最潦倒的时候来的，一点不嫌鄙他，有点怨言发点牢骚也是正常的。以前他对不起她，甚至嘲笑过她，最后来照顾自己的却是她。这个小女人良心好的，不好辜负她的。小女人做了一次，完全放开来了，钻在被窝里像条鱼一样游来游去，滑来滑去，一歇歇也不停，偶尔觉得太闷了，头伸出来吸吸氧气，像是鱼跃出水面来冒个泡。她对野和尚说，开心吧？怪不得男人都欢喜吃甲鱼，中午给你吃甲鱼，晚上你就动坏脑筋了。刚刚做好一趟，你又不老实了。野和尚笑笑，觉得古人把床笫之事比喻成鱼水之欢，是很有道理的。丁小琴再一次出来换气时，看到野和尚呆愣愣的，她一下子不开心了，说，触景生情了是吧，你还在想她是吧，你还没有死心是吧，你还想去寻她是吧？我告诉你，她不会回来了。野和尚知道她说的是谁，便说，不要瞎想，也不要再提起她，我和她就那么点缘分，过去就过去了，我懂好坏的，我现在心里只有你一个女人。我刚刚有点走神，是在想，你这么小巧玲珑的女人，将来要是怀孕了，肚皮里要装一个小囡，你吃得消吧，还可以走路吧？丁小琴听了就发嗲了，在野和尚身上一阵乱拧，说，再瞎讲，对你不客气。说完又钻入被窝。

吴彩玉的事情，野和尚还是从丁小琴这里得知详细。

野和尚失踪以后，吴彩玉没有再找新的搭档，说，搭过野和尚了，不想再和别的男人搭了。一个人管一个摊位，鱼运到了一个人去拖去搬。大冷天，两只手生冻疮，开裂溃烂，照样咬着牙齿做。有时冰块结得硬，她就学野和尚的样子，把冰块捧起来，掼下去，墩。女人的力气到底不及男人，墩了几趟就墩不动了，硬撑。那时菜场已经换了个新的经理，同情吴彩玉，要调她到稍微干净轻松些的豆制品摊去，她不去；要给她派个搭档，她不要。经理在背后说，这个女人太苦了，比"四类分子"还要苦，场里打算由组织出面，给她调动岗位，也是为了她好。吴彩玉说，不要再啰嗦，再啰嗦我也不去的。后来就没有人管她了。吴彩玉对隔壁鱼摊的杜根娣说，我要等野和尚回来，野和尚答应我的，他会回来的。大组长要她搬到靠里面一点的摊位，吴彩玉坚决不肯，还是霸着第一档摊位，说这样野和尚要是回来了，一眼就可以看到她。生了病，也不肯请病假，倒不是怕扣奖金，怕野和尚看不到她，以为她离开了，调走了。

不久，市里组织了一场各行各业技术大比武。山海关路菜场派出去的是吴彩玉。那次比赛，吴彩玉得了海鲜组第一名。每名选手分到三筐鱼，带鱼黄鱼鲳鳊鱼鲨鱼混在一起。吴彩玉眼疾手快，在分拣鱼的环节，速度就比其他选手快了一大截。那些顾客都是副食品公司干部扮演的，也有从各个居委会请来的。别的选手一分多钟做一笔生意，已经算快的了，吴彩玉动作流畅，一个多余的动作也没有，三分钟做四笔生意。那些装扮成顾客的，买了以后都到一边去校秤，吴彩玉的一分一厘都不差。她的三筐鱼很快就卖掉了大半，只剩下些鲨鱼和叫不出名堂的杂鱼。一个剪短头发的阿姨面目和善，说，我想买点鲨鱼，但是不晓得怎么烧，以前也没买过。吴彩玉笑着说，买鲨鱼其实最实惠，鱼刺少，还不要凭鱼票买；鲨鱼的肉头确实有点粗，但是关键看你怎么烧。要是烧醋熘鱼块，味道最好，肉头还不会散。阿姨我教你，铁锅里放点油，鱼块两面煎一煎，不要煎太透，否则肉头就老了；然后料酒一喷，加热水滚几分钟，放点糖，放点醋，再加一调羹湿淀粉，一滚就盛起来，上面撒点葱花，好吃得不得了,保证你吃了还会来买。短头发阿姨笑着说,那么,这种圆滚滚的是啥个鱼。吴彩玉笑道,这种鱼我也是难得看到的,巧了,有个老顾客识货的,讲这个是鲂鮄鱼,这两个字我也是会讲不会写。这种鱼没有人买的,我们就退回配送站了。短头发阿姨买好鲨鱼,说,想不到你不光卖鱼,还懂得向顾客推荐怎么烧,你就是我们社会需要的全能选手。

后来吴彩玉得技术大比武海鲜组第一名,一点悬念也没有。

那个冒充顾客的短头发阿姨,其实是城隍庙附近陈家宅菜场的经理,特别欣赏吴彩玉,事后她想调吴彩玉到陈家宅菜场,答应在城隍庙附近的老城厢给吴彩玉分一间二楼的厢房,十六个平方,灶披间合用。吴彩玉心动了,现在住的亭子间只有九个平方,天热热死,天冷冷死,还渗水,住得怨透怨透。但最终她还是没有去,怕离开山海关路菜场,野和尚找不到她了。杜根娣说,我在这里呀,小风要是来了,我会对他讲的呀,让他来找你;再讲,你留个传呼电话就可以了呀。吴彩玉说,万一野和尚看不到我,以为我嫁人了呢。杜根娣悄悄对老马说,发觉吧,小风走了以后,小吴变得有点神经兮兮了;小风要是再不回来,小吴要发神经病了。

所以一开始,吴彩玉是不想离开山海关路菜场的,一门心思等野和尚回来。后来究竟发生了什么事情,让她没有继续等下去,丁小琴也说不清楚。丁小琴说,这个女人等了你两年,对你也算是有情有义了。不过,到此为止了,不许你再想她,不许你去找她,不许你动坏脑筋,否则,我一剪刀把你下面这根东西剪下来。你相信吧?野和尚相信的。野和尚说,我不会的。野和尚了解丁小琴这种女人,看上去柔弱,紧要关头什么事情都做得出来。

这以后,丁小琴就搬过来住了,把替换衣裳还有一些零零碎碎的物事也搬过来了。她倒一点不忌讳搁板上的骨灰盒，时常去揩揩灰。有次看到店里有卖九英寸电视机的罩子，挑了一个花色素雅的回来罩在骨灰盒上，居然大小差不多，又在上面放了一束塑料花。野和尚看在眼里，心里发誓，要对这个小女人好。

　　这天下午，两个人去逛四川路。走在一起，丁小琴把野和尚的手拉起来，搭在自己肩头，然后贴在野和尚身上，还真有点小鸟依人的感觉。有家虹口糕团点，上海滩有点小名气的。排了一会队，买了两个年糕团，还是热的，当场做的。丁小琴欢喜吃甜的，馅子是黑洋酥加油条，野和尚要的是咸菜肉松加油条，加了一勺白糖，咸中带甜，两个人一路走一路吃。丁小琴说想买只手表。野和尚说，买手表没有人会在四川路买的，到南京路亨得利去买，或者到亨达利去买。丁小琴说，两家店名字听上去差不多，不晓得哪一家是正宗的？野和尚说，搞不清爽，好像都算正宗的。上海滩这种搭顺风车的怪事情多了，就讲老大房好了，有老大房，有西区老大房，有真正老大房，有老老大房，有真老大房，还有真正老大房，嚎吧。说不定还有其他没有听到过的老大房。丁小琴说，这算啥意思，大家抄来抄去抄作业，好白相。野和尚说，你手上不是戴着手表嘛，为啥还要去买一只。丁小琴说，不是我自己买，是给你买的。男人不戴手表像样吧，手伸出来空荡荡的，一点派头也没有。野和尚说，暂时不买，以后再讲。丁小琴说，晓得你手头紧，我出钞票，我买给你。我看到别人戴的，日本货，牌子听过忘记了，全自动带日历的，不要上发条的，手甩甩就在上发条了，两百多块，特别漂亮，你戴在手上派头十足。野和尚说，大概盆菜摊承包以后，你摇账蛮好的。丁小琴笑笑说，是呀，关键是，女人都是犯贱的，都欢喜当倒贴户头。野和尚在她屁股上捏了一记。丁小琴骂道，手不要贱。

前面一家小店，喇叭里在放歌曲，声音开得震天响。丁小琴说，啥个歌曲这么好听啊？走过去，是家专门卖玻璃丝带的小店，一开间的店堂里挤满人，丁小琴兴致上来了，说要买点好看的玻璃丝带，编两条金鱼，一人一条，系在钥匙圈上，现在最时髦了。说着就挤了进去。野和尚没有兴趣，就在小店门口抽香烟。丁小琴到了里面就不出来了，挑到后来眼睛也挑花了，胃口也越来越大，各种各样的买了一大捆，说要回去编道门帘，蝴蝶，青蛙，兰花，牡丹，金鱼，跳舞娃娃，再到城隍庙买点小的铜铃，一样一样夹花串起来，一条一条挂在三层阁的门口，就像道帘子，平常时候就不关门了，走出去门帘一挑，走进来门帘一挑，好看，而且有情调。

　　回到三层阁，丁小琴把玻璃丝带摊了一桌子，空心的实心的圆的条状的透明的五颜六色的，样样有，还买了些小珠子，是镶嵌金鱼眼睛的，各种颜色搭配来搭配去，兴奋不已，说，好看吧？野和尚随口应了句好看的，继续想心事。丁小琴滔滔不绝，说，这种翠绿的带子可以编兰花，里面穿白的芯子。店里放的歌你听到过吧，好听吧？其中一首特别好听，我问过女老板的，说是叫《外婆的澎湖湾》，是个姓潘的台湾歌手唱的，真好听。这种歌收音机里听不到的，听过一次会上瘾，就想每天听，一边编玻璃丝带一边听，太适意了。我想我外婆了。从小，我是外婆带大的。外婆最宠我，样样舍得买给我。外婆走得太早了，要是还在，就可以享我福了；外婆要是看到你，肯定欢喜的。店里摆的那台机器晓得是啥吧，叫录音机，我还是第一次晓得有这种物事，好白相。现在不流行电唱机了，有本事的人开始玩录音机了。喂，你怎么不响啦，想啥心事啦？野和尚说，我想办法去搞张电视机票来，买台十四英寸的黑白电视机，凯歌牌，或者金星牌，或者飞跃牌，都是上海名牌。你看看电视，听听音乐，编编玻璃丝带，这就真的享福了。丁小琴说，好的呀。野和尚说，你把买手表的钞票先借给我，我赚了钞票还你。丁小琴说，做啥？野和尚说，我到广州去进点货，男人总要赚钞票的。你已经养了我一个多月了，再下去我就变废人了。你不会养一个废人养到老的吧？丁小琴没有再问什么，把手头的五百多块钱全部给了野和尚。

野和尚再在同寿里出现时，我们几乎不认识他了：穿了一条咖啡色的灯芯绒裤子，裤脚管扒得很开，像是在腿上绑了两把扫帚，走路就像是在扫地。那时候上海滩穿这种喇叭裤的还不是很多，还没开始流行，不得不承认，此时上海滩在服饰时尚方面比广州要慢一拍。最醒目的是，野和尚戴了一副茶色蛤蟆镜，左面镜片上鸭蛋型的商标也没撕下。野和尚说，这张商标不好撕掉的，这是时髦，撕掉了就没有派头了。没有人怀疑野和尚的这种说法，我们都坚信不疑，以致在以后的几年里，同寿里的人走出去，西装袖口上的商标都是不撕掉的，太阳眼镜上的商标也是不撕掉的，哪怕影响视野也坚决不撕，哪怕因此会引发白内障斗鸡眼也坚决不撕。对我们这些从不和时髦沾边的人来说，很长一段时间里，野和尚都是我们模仿的对象。野和尚又重新留起了长发，吹过风，搽过发蜡，梳理得很整齐，把那几块斑秃都遮盖住了。他还留了长长的鬓脚，一直延伸到和上嘴唇齐平，鬓脚接近底部的时候被扩展修整成一个斜面。野和尚说这是世界上最流行的鬓脚，茄钩鬓脚，比如谁谁谁就留这种茄钩鬓脚。他说了好几个名字，都是外国名字，我们闻所未闻。这下我们更服帖了。

野和尚每次从广州回来，都是大包小包蛇皮袋满载而归。他的三层阁就像开杂货铺，地上桌子上摊满，全是各式各样的新奇物品。

弄堂里的人都拥到三层阁去看闹猛,去巴结野和尚,去买东西。野和尚一样样介绍,大家看中什么买什么。那些东西,有的就是在华侨商店凭侨汇票也买不到的。丁小琴捧着个纸盒子收钞票。前前后后,我向野和尚买过丝袜、文胸、电子表、计算器、太阳镜、牛仔裤、牛仔衣、真丝睡衣睡裙、香水,有的孝敬女朋友,有的孝敬父母;还买了几条领带,其中一条斜纹的红领带送给我外公。外公那时候七十多岁了,已经有点糊涂了,把领带当裤带用,还经常撩起衣裳让邻舍隔壁看,拍拍肚皮说,这是我外孙孝敬我的。邻居笑了个半死。

野和尚有次从广州回来,带了一台录音机,四只喇叭的,三洋牌。野和尚把按钮一揿,里面便唱起《外婆的澎湖湾》。丁小琴眼睛都发亮了。野和尚说,这是我在珠江边上出钞票请人录的。这两盘磁带里录的歌曲,应该都是你欢喜的。丁小琴勾住野和尚的脖子,一下子跳到他身上,两条腿像蛇一样盘在他腰上,啪啪啪啪面孔乱香,说,好心有好报,老天爷让我寻到了一个好男人。野和尚说,你先下来,到了夜里再亲热,我还有事情对你讲。丁小琴说,啥事情?野和尚数了六十张大团结给丁小琴,说,上次借你的钞票,加点利息,还给你。丁小琴说,我不要。野和尚说,有借有还,再借不难。丁小琴说,还是放在你身边,做本钱。野和尚,本钱已经回来了。丁小琴说,那也放在你身边,我现在又不用钞票;再讲,我和你两个人还分得这么清爽做啥?野和尚说,桥归桥,路归路,现在毕竟还没有结婚,结了婚,钞票还是由女人来管的,上海滩的规矩。丁小琴说,结了婚钞票也是你管,我头脑简单,不欢喜操这份心思的。听你的意思,你暂时还不想结婚喏?野和尚说,趁现在形势好,也没有人管,到广州多跑几趟,多赚点钞票。没有人会嫌鄙钞票太多的。丁小琴说，听男人的。

野和尚拿出一双薄型的连裤袜，说，试试看，大小怎样，合身吧。丁小琴说，我到后间去穿。野和尚说，就在这里穿。丁小琴嗔笑道，下作坯。说归说，还是当着野和尚的面试穿了一下，连裤袜有弹性的，可长可短，可肥可瘦，穿了样子蛮好。野和尚说，先不要脱下来，再试试这双皮鞋。说着拿出一双红的烧卖式皮鞋。这是野和尚在广州逛夜市好不容易买到的，已经是最小的尺寸了，丁小琴穿了还是觉得大了一号。看到野和尚有点失望，丁小琴安慰他说，不要紧的，前面塞点棉花，可以穿的。明天拿到皮匠摊去，在后跟敲两块铁掌子，走在路上格格格响，有派头。她又说，这种式样我欢喜的，这种颜色我也欢喜的，就是颜色好像太鲜艳了，穿出去太招摇。我这个年纪的女人穿这种颜色的皮鞋，就是为了勾引男人，既然男人已经勾引到了，就没有必要再穿出去了。我只在家里穿，穿给你一个人看。野和尚说，你这样纤巧的脚，要是生在古代，提亲的人要踏破门槛了。我拿皮尺量量看，到底是几码？丁小琴一边挣脱一边说，痒死了，痒死了。笑得花枝乱颤。野和尚说，现在菜场里包粽子的箬壳有卖吧，有的话就拿些回来。丁小琴说，我明天去蔬菜摊问问，你要箬壳做啥？野和尚笑着说，包粽子呀。把你两只脚用箬壳一包，绳子一扎，就是两只小脚粽。于是丁小琴扑过来，在野和尚身上不依不饶地粉拳乱捶。

野和尚笑着讨饶，说，我在广州可能没有找对地方。广州的皮鞋大部分是从香港来的，全世界最好看的皮鞋全部集中在香港，式样好，做工也好。下次去，找当地朋友打听打听，应该可以买到称你心的皮鞋的。丁小琴说，外国女人长一码大一码，皮肤粗糙，挑不出我这种白白嫩嫩掐得出水的皮肤的，外国女人的脚肯定大，式样再多也是空欢喜一场，没有我这种尺码的。野和尚说，外国女人也有长得小巧玲珑的，比如莫泊桑小说里的羊脂球，就属于小巧玲珑的，脚也肯定小。当然，羊脂球长得也丰满。丁小琴说，小说里写的故事你也相信的啊！又说，我也不是排骨，人虽然小巧，该有肉的地方，一点也不比别人少。野和尚笑道，是的是的。说着他用手指了指说，比如这两个地方。丁小琴喷笑着说，下作坯。

丁小琴到菜场上班，把四喇叭录音机也带去，就放在盆菜摊的架子上，一边放歌曲，一边做生意，心情愉快，还招徕顾客，营业额直线上升。有人问起，丁小琴便说，野和尚买给我的。有人说，小琴，你不得了了，戴新式电子表了。原来戴的宝石花表又厚又大，不适合你这种细细嫩嫩的手腕，现在戴了电子表，样子真的好看。丁小琴说，野和尚买给我的。有人说，你脚上这双丝袜也好看。丁小琴说，是的呀，野和尚买给我的。丁小琴开口闭口都是野和尚买给我的，菜场里的几个老阿姨有意寻她开心，说，小琴，你今天身上的气味好闻咪。丁小琴笑着说，喷过香水了。老阿姨问，啥人买给你的呀？丁小琴还没回答，几个老阿姨学她的样子，异口同声地说，野和尚买给我的。然后哈哈大笑。这是很有趣的场面，上海的滑稽戏独脚戏经常会用这样的包袱。丁小琴倒也不尴尬，说，是的呀，是野和尚买给我的呀。你们欢喜吧，要是欢喜，下了班跟我一起回去，家里还有不少好东西，就照进货价卖给你们。丁小琴已经被野和尚带出师了，推销得一点不露痕迹。

野和尚去广州进货的时候，丁小琴就坐镇三层阁，卖货。

十九　婚姻大事

这天野和尚请我们吃饭，在绿杨邨要了一间包房。

圆台面坐了十几个人。野和尚，丁小琴，十二姑婆，十二姑婆的外孙女，我，勤发，阿梁，户籍警小宋，住在后弄堂的老扁头，居委会负责卫生的吊眼皮，还有菜场鱼摊的杜根娣和老马。快开始吃了，又进来一个人，同寿堂煎中药的哑子来了，坐下招呼也不打，筷子举起来就吃，胃口还特别好。野和尚把这些毫不相干的人凑拢来，凑成一桌，算他本事大。后来再一想，野和尚这样小气的人，不会无缘无故请客的。他现在发财了，是想借请客的机会摆阔气，满足虚荣心，否则就有点锦衣夜行的味道了。再一个个人扫过来，才知道这些人都是野和尚精心挑选的，有的是他要答谢的，有的是他要利用的。

野和尚每次从广州回来，总是先把我喊过去，让我挑。看着这些新奇的物事，心痒吧，手痒吧。所以那些日子，我把几年的积蓄用得精光。勤发和阿梁是我拖进来的。我们三个人都在谈恋爱，需要不断地孝敬女朋友，还要孝敬丈母娘，我们三个算是大客户，请我们吃饭，属于和大客户搞好关系。十二姑婆和野和尚有些渊源的，野和尚进菜场也是十二姑婆动用的关系。野和尚现在搞的其实是投机倒把的勾当，需要找个庇护，户籍警小宋属于他拉拢的对象，是他主动贴上去的。当初丁小琴给野和尚调理身体，治疗斑秃，在同寿堂配了中药，每天哑子煎好中药，头煎二煎装在中药瓶里送上门的。后弄堂的老扁头是煤球店送货的，野和尚的货物从广州托运回上海，是老扁头踩着黄鱼车去西站货场拖回来的。菜场鱼摊姓杜的女人和姓马的男人，据说是野和尚发展的下线，从野和尚手里拿货，再转手去倒卖。只是不知道居委会的吊眼皮扮演的是什么角色。

因为桌面上的人彼此之间都不太熟，况且中间又夹了个警察，所以不免有些拘束，场面不热闹，大多是野和尚一个人在说话，大家出于礼貌应和几句。我发现人不是慢慢变老的，不是渐变，而是突变，在某一瞬间骤然就变老了。十二姑婆曾经是那么精明强悍的老太婆，三教九流的人都认识，甚至要是有人说她曾经贩卖过人口，曾经在旧社会当过白相人嫂嫂，我也相信，但是这一刻在饭桌上看到她却是耷拉着眼皮，还流口涎水。她那个外孙女倒很乖巧，不断地挟菜喂她，一半塞进她嘴里，一半掉落在地上。没多久，老太太的头歪到一边，睡着了。丁小琴和那个外孙女就搀着老太太回家了。还好路也近，过了马路，穿过新华电影院旁边的弄堂，就到凤阳路了。那个姓宋的户籍警倒也知趣，略略吃了几筷菜，道了声抱歉，提前退席了。野和尚送他出去。隔了一会，丁小琴回来了。这以后场面就宽松多了。

居委会的吊眼皮不太会看山水，问野和尚，你失踪了好几年，去了哪些地方，有没有碰到刺激的事情？野和尚不响。杜根娣善解人意，岔开话题说，小风，给我们讲讲广州，从来没有去过广州，只晓得广州风景好，广东人吃得考究，广帮菜天下第一；不过广东话听不懂，有人讲，到广东去要带翻译的。大家哈哈大笑。

野和尚兴致来了，说广州珠江边上的风景如何如何好看，珠江两面灯火璀璨。老扁头说,黄浦江现在一点噱头也没有,到了夜里,外滩这里还有点灯光,对面墨墨黑的。野和尚说,在珠江边散步,一路不断会有人上前兜生意,鬼绰绰地拿着个布袋,里面样样有,衣裳敞开来,里面挂满手表,都是粗马表,有的还是塑料机芯的,样子好看,价钿也便宜,但是买回去戴了几个星期,手表就不走了。专门骗外地人的。吊眼皮问了一句,你也是向他们买的吗?野和尚说,怎么可能!我是从正规渠道进货,质量有保证,野鸡货我不进的。我对野和尚说的"正规渠道"表示怀疑。

勤发随口问了声,你到广州,一去就是半个月、一个多月,你住在哪里?野和尚说,我就住在珠江边上的饭店里。我们听了都笑了,都露出同情可怜他的神色。先前我们还有点眼红妒忌他,此时都释怀了。跑单帮,本来就是社会最底层的角色,赚的是辛苦钞票。老马感叹道,老古话讲的,在家千日好,出门一时难。我拍拍野和尚肩膀说,辛苦辛苦。回到上海了就好了,叫丁小琴买点老母鸡五花肉烧给你吃,补补身体。睡觉一定是要睡在棕绷上面的,有弹性,适意。木板床也可以,上面垫棉花胎的,软绵绵的。要不是想牙缝里省点钞票下来,啥人肯睡在油腻腻的吃饭桌子上啊,饭店的桌子多少油耗气啊。白天在外面淘货,晚上到饭店讨一口热饭热菜吃,然后帮饭店洗碗洗碟子拖地揩桌子,饭店打烊了,帮着一起上排门板,精疲力竭了,两张桌子拼一拼,算是张床了,对付一夜,第二天一早又要出门了。可怜的,罪过的,赚钞票不容易的,辛苦钞票,血汗钞票。其他人也是一阵啧啧啧,一阵叹息。

野和尚听得懂我们的意思,说,你们这些没有见过世面的乡下人,上海乡下人,乡下上海人,讲点你们听听,让你们开开眼界。不要听到饭店,就以为是街面房子小饭店,像跃进食堂这种。国际饭店是饭店吧，锦江饭店是饭店吧，和平饭店是饭店吧，华侨饭店是饭店吧。叫是叫饭店，其实就是高级旅馆。你们只晓得饭店是吃饭的，不晓得饭店还可以睡觉，房间里还可以洗澡，冲莲蓬头也可以，泡浴缸也可以，洗好澡，壁橱拉开来，里面有浴袍，身上一裹，就是大老板派头。你把皮鞋放在房门口，一歇歇工夫就不见了，不是有人偷走了，是仆儿（说仆儿这个词，野和尚用的是英语发音）拿去帮你擦皮鞋了，擦好再放在你房门口，擦得贼亮，可以当镜子照面孔。睡好一觉起来，到餐厅里去吃早饭，不要付钞票的，已经给你算进房钱了。广东人不叫早饭，叫早茶，这种叫法就上档次。你们猜猜看，饭店的早茶有啥个内容？于是大家七嘴八舌乱说一气，大饼油条粢饭豆腐浆生煎馒头葱油拌面泡饭酒酿圆子粥老虎脚爪馄饨阳春面⋯⋯我们把上海滩见过的吃过的早点心说了个遍，即便有遗漏，也马上有人补充了。

野和尚笑笑，说，你们没有想象力的，你们想象不到广东饭店里的早茶多少考究，像办酒水一样。靠边沿一圈，当中像小岛一样绕几圈，全部是长台子，上面铺雪雪白的台布，吃的东西就放在上面，随便拿。蛋糕面包的品种就有几十种，奶油蛋糕随便吃，是鲜奶蛋糕，不是老大房卖的麦淇淋的大兴的奶油蛋糕，舔一口，入口就化，味道比掼奶油还要赞。还有糯米鸡叉烧包榴莲酥果酱奶酪牛奶水果汁银耳羹，还有火腿香肠培根。培根听到过吧，外国人发明的，烟熏咸肉。粥有吧，有的，白米粥也有，还有皮蛋瘦肉粥、生滚鱼片粥、小米南瓜粥，听到过吧。另外一边，一长排酒精炉，馄饨面条牛百叶牛肉丸子现烫现烧。旁边一排蒸笼，盖子掀开来，豉汁凤爪豉汁排骨蛋挞马拉糕奶黄包虾饺，看中啥，夹到盆子里。一般吃之前先泡壶茶，铁观音或者大红袍或者普洱，开胃口，解油腻，可以多吃点。临走再来杯咖啡。广东人欢喜吃早茶，一坐就是几个钟头，谈生意，劈情操，都可以。不光是大饭店里有吃早茶，还有专门吃早茶的地方，品种比大饭店少一些，但是比上海的点心店不晓得要丰富多少了。

我们都沉默无语。这种生活离我们太远了。

自始至终，丁小琴一直以一种崇拜的眼神看着野和尚。

此时只见野和尚环拢双手在嘴边，围成个扇形，似乎念念有词。我坐在他旁边接翎子，马上头候了过去，谁料被他手中的牙签扎了一下。我说，你做啥。野和尚说，你做啥。我说，你拗出这个造型，就是想和我咬耳朵讲悄悄话，有些话可能不方便对大家讲，只能对我一个人讲。野和尚说，不要自作多情好吧。我是在剔牙齿，刚刚有根鸡丝嵌在牙缝里。我说，你剔牙齿大大方方剔好了，做啥鬼头鬼脑把嘴巴遮起来。野和尚说，这是餐桌上的文明礼貌你懂吧，你要是牙齿嵌了东西怎么办，血盆大口张开来，用手指头伸进去挖啊，挖出来再当着大家的面吃掉，或者手指头一弹，雅观吧，腻心吧。所以，剔牙缝的时候必须用手遮一遮、挡一挡。

我胸口很闷，开开心心来吃饭的，又不是来受教育的。我说，野和尚，以前你有句口头禅，还记得吧？野和尚看看我，笑笑。我说，我听你讲过的，一开始你讲，世界上皮蛋最好吃；后来你讲，世界上红肠最好吃。你不断在变的。最后一次听你讲，你讲，世界上掼奶油最好吃。勤发笑着说，阿民翻老账了，阿民诚心想要野和尚尴尬嘛。野和尚说，无所谓。我说，这几年，你一直在外面闯荡，见过世面开过眼界了，现在，你觉得世界上啥个最好吃？大家都看着野和尚。野和尚看看四周，露出一种奇怪的表情，欲言又止。大家耐心也好，继续看着他，等他回答，等了半天，野和尚还是不响，就有人打哈欠了。

野和尚说，啥个是世界上最好吃的，各人有各人的看法，没有准确答案的。就像莎士比亚讲的，一千个人看哈姆雷特，会有一千个哈姆雷特。我小时候家里穷，凡是我第一次吃的东西，我都觉得是世界上最好吃的。刚刚阿民讲的，不是造谣，我确实讲过的。现在想想，那些都是口腹之欲。有一样东西，千万不可以尝，尝了终生倒霉，不尝终生遗憾，宁可终生遗憾也不要去尝。杜根娣突然问小风，你尝过吗？野和尚不回答，默默闭起双目，似是陷入冥想。

此时不走，更待何时。我向阿梁勤发使了个眼色，便起身走向包房的门口。这顿饭价钿蛮辣的，我怕野和尚故伎重演，叫我去结账。这么多年下来，我已经吸取教训了。

野和尚虽然闭着眼睛，却洞察一切，说，阿民回来，用不着逃的，账台里我放了两百块，讲好我埋单的，我不会跳华尔兹的。你们放心吃，今天必须吃得尽兴，喝得尽兴。不够再叫几只菜，再叫一箱啤酒。我们只好收住脚步，重新回来就座。我们都听不懂"埋单"是什么意思，野和尚说，广东人的切口，埋单就是惠钞、结账的意思。这样讲，显得时髦洋气。野和尚去了几次广州，口头禅也变了，以前说，不要欺负穷人好吧；后来变成，不要欺负老实人好吧；现在时不时地来一句，不要跳华尔兹好吧。这句上海话原本是"摆瓦尔斯"，意思是摆噱头，摆花斑，叫人上当。现在瓦尔斯被他改成华尔兹，读音也差不多，一下子显得上档次了，俗语变成高雅的社交语言了，让你不得不佩服他。

野和尚说，来点余兴节目。说着从包里抓出一把打火机，送了我们每人一个。那是只加煤油的打火机，上面印了个穿吊带裙的女人。野和尚说，这个女人会脱衣裳的，变成裸体女人。那以后，我们就在饭桌上兴致勃勃地研究，怎么让女人把吊带裙脱下来。用手摩擦，把啤酒浇在打火机上面，用火烤，用盐擦，涂抹酱油，涂抹唾沫，勤发差点就把打火机外面那层塑料薄膜撕下来了。那个女人十分顽强，任凭我们严刑拷打，就是不肯脱吊带裙。每试一次不成功，大家就哈哈大笑。那天的场面十分欢乐。最后众人都把目光投向野和尚，等待他公布答案。野和尚说，不要看我，我也是听别人讲的，我也没有试成功过。大家哈哈一笑，散席。

　　回到三层阁，丁小琴说，你下次到广州带我一起去，我也想住大饭店、吃早茶，你再带我到珠江边上散步，带我到你进货的地方去开开眼界。野和尚说，一句话。你向菜场请半个月假，乘机去玩玩，看中欢喜的东西就买回来。丁小琴不舍得了，说，请假要扣工资扣奖金的，还影响全勤奖年终奖，七七八八加起来，要扣掉一百多块。野和尚说，这点钞票小意思。丁小琴说，让我再想想。她又说，你在广州，真的舍得每天花那么贵的钞票，住在大饭店里啊？野和尚说，钞票是辛辛苦苦赚来的，不是偷来的抢来的，我每天早出夜归，花钞票住客房，发痴啊，我又不是大老板。我讲住在珠江边上，这点没有讲错；我讲住在饭店里，这点也没有讲错。不过，我不住在客房里，住在客房外面的走廊里，属于加床。夜里十点以后才可以进饭店睡觉，早上六点就有服务员把你拍醒了，洗漱收拾好就叫你离开了。住客房的，住一天要四五十块；我这样的纯粹睡睡觉，一夜只要两块五角，便宜吧。丁小琴说，我要是跟你去，大饭店我要住的，住进去，从早到夜不出门，就在房间里，浴缸里泡泡，尝尝味道，享受享受；还要在饭店的弹簧床上面，两个人亲热，跳来跳去，翻来翻去。到了早上，你再带我去吃早茶，各种各样的东西我都要尝味道，你讲好吧？不过，大饭店我们只住一天，然后，我们就住到便宜的小旅馆去。野和尚在她面孔上香了一记,说,好的。

那段日子,我和野和尚来往算是多一些。有次说到结婚的事情,野和尚说,什么时候把女朋友领来,让我看看。我说,她经常来的,每个星期天来吃晚饭的,就是没有和你碰到。小姑娘面皮薄,要是带她到你这里来,不肯来的。野和尚笑笑说,无所谓,迟早总要看到的。说着他从橱里拿出一件真丝睡裙,塑料袋包好的,递给我,说,这算是意思意思,将来吃你喜酒,另外会送礼的。我说,我们不办酒水,参加单位的集体婚礼,简单点,也省点钞票。野和尚说,这也蛮好,人多闹猛,到时候拍的婚礼照片让我看看;丁小琴也不想办酒水,她娘家只有阿哥阿嫂,关系也不好,不想办酒,讲要去苏州无锡玩玩,旅行结婚。我说,你们已经睡在一起了,结婚不结婚也无所谓了。野和尚说,不一样的,还是要名正言顺的。到时候三层阁粉刷粉刷,再配点家具,这方面的事情,全部由丁小琴做主。

野和尚说自己现在和过去不一样了,脾气变好了,手头宽裕了,人也豁达了,不冲动了。我一点也没有发现他的脾气变好了。有次在弄堂里聊天,野和尚说,现在不能见面就喊别人师傅,这在广东就吃不开了,广东人尊称别人先生,张先生李先生。广东人发音别致,先生听上去是三生,意思就是见到你三生有幸的意思。譬如你们,客气一点,喊我风先生。住在廿七号客堂间的戆阿二,笑嘻嘻地对着野和尚叫了声,金先生。这就有点有意上腔挑衅的意味了,野和尚上去就是一记耳光。戆阿二平白无故挨了一记耳光,发呆发了几分钟,回去操了把朴刀赶过来。野和尚看到朴刀伸到面前,转身就走,而且走得一点不狼狈,虽然像是在小跑,但是一点不慌张，像是突然记起要去赴某个约会。我起先还以为他去捡砖头了，哪知道他直接就回三层阁了。我非常佩服他的这种本事。隔了一会野和尚又回来了，戆阿二已经被居委会的人拖走了。野和尚说，我不是见他怕，也不是打不过他，但是万一被他砍一刀，他进老派里，我进医院，吃得空哦。我还怎么到广州去进货啊。有钞票的人，命也值钞票，要懂得珍惜，阿民你讲对吧？

看他这副神抖抖的样子，以有钞票人自居，还留了两条粗重的茄钩鬓脚，让我和勤发阿梁很气愤。我们几个也想留这样的茄钩鬓脚，但是留不起来。留这种茄钩鬓脚必须是野和尚那样毛发浓密的连腮胡子，我们总不见得用墨汁画一个出来。他发财，发的也是不义之财，而且，是从众人头上刮来的。野和尚把什么都占全了，一个人要是样样占全了，就意味着他要倒霉了。我们都盼着他快点倒霉。他不倒霉，我们就推他一把，让他倒霉。但是还没有轮到我们动手，有人抢在前面了。

傍晚时分，老派里来了一男一女两个警察，户籍警小宋一起来的，面色都很严肃，直奔野和尚的三层阁。顺便解释一句，老派里就是派出所，那些年，我们习惯称派出所为老派里。我们起先不知道出了什么事情，但是觉得有好戏看了。阿梁说，会不会出凶杀案了？和野和尚同居的小女人被野和尚杀掉了。我说，不要瞎三话四，野和尚这种缩货，轧姘头的本事有的，叫他杀人不敢的。勤发说，这种石库门房子，隔音差，不适合杀人的，你斩只蹄髈左右隔壁也听得到，不要讲杀人了。旁边有个十三点女人说，除非乘人不防备，用绳子勒死他，那倒是没有声音的；不过，尸体要发臭的，可能臭气传出去了，来抓人了。她说着还用鼻子嗅了几下。又有个女人接腔，说，不是杀人，是别的事情。我们回头一看，是服务站的胖女人。胖女人嘴巴里藏不住话,说是半个小时之前,有人到服务站打电话报警,说几号三层阁有人搞投机倒把,还贩卖黄色录像带。我们问她是不是戆阿二打的电话？胖女人故作神秘地笑笑,说,不是戆阿二。我们就不理睬她了。胖女人说,打电话的人你们认识的。我们又回过头去看她,胖女人又不响了。

此时门口已经拥了不少看热闹的人。听到杂乱的楼梯声响,知道人下来了,大家便散开一些,猜测野和尚会不会两只手上手铐了,被警察押出来的。哪知道几个人都是笑容满面的,那个女警察还说,留步留步。野和尚继续送他们,还亲热地拍了拍户籍警小宋的肩膀。阿梁眼睛尖,低声说,女警察来的时候口袋是瘪的,现在有点胀鼓鼓,可能装了几双丝袜。我们笑笑,觉得野和尚道行深的,警察来了照样摆平。

这天夜里,野和尚和丁小琴亲热好,忽然浮想联翩：一个女人一种味道,不同的女人就是不同的味道。那种"关了灯,女人都一样"的说法,完全是胡说八道。要么是不懂得欣赏,要么就是粗鄙麻木得无可救药,无法领略女人间细微的差异形成迥然不同的妙趣。世界上没有两片树叶是完全相同的,哪怕是在同一棵树上长出的叶子,甚至是长在同一个枝杈上的叶子,光照水分相同,掠过的风或徐或急,树叶朝着相同的方向摆动,即便如此,这两片树叶依然显示出不同的经络纹理,何况是女人。调情的时候,女人笑声的频率也不相同,身姿的扭动也不一样,回应的语言也不一样,即便是嗯嗯啊啊的发声,表现出的也是不同的含义。就算是和同一个女人,这一次的亲热也不会是上一次的简单重复,每次都会有出乎意料的新鲜之处。只有那些不懂女人的男人,才会觉得女人就像是压在箱子底下的一本旧书，一本八股文大全，纸张发黄，边角卷起来，陈词滥调，千篇一律，僵硬而且僵化。那些男人一定无缘见识更多的女人，或者说他们只领略过一个呆板无趣并且姿色平庸的女人，没有品尝过其他的风味，这是他们的不幸。其实那样的男人，内心也是蠢蠢欲动的，在马路上看到那些高耸的胸脯，看到那些吹弹可破的皮肤，看到那些随着步姿晃动的浑圆的臀部，照样想入非非，馋涎欲滴。得不到，又心有不甘，只好酸溜溜地说什么关了灯都一样的混账话，权且当做自我安慰。

和丁小琴在一起的感觉，和与吴彩玉在一起的感觉，完全不一样。吴彩玉就像是水泊梁山的孙二娘，不会甘当配角的，不懂什么礼让羞涩含蓄的，所以两个人亲热就像是一场肉搏战，每次都是大汗淋漓。丁小琴是另一种风格，一开始总是很安静，由着他摆布，完全不消耗体力神思，属于保存实力的选手，到了下半场再反客为主，每每会有惊人的表现。《红楼梦》里说女人是水做的，男人是泥做的。说得出这种话，证明曹雪芹是个中高手啊。女人动情的时候，潮水一般恣肆汪洋漫卷而来，这种时候，男人不是征服者，只是被挟裹着节节败退，最终像泥土一般坍塌融化。

野和尚看看丁小琴，她已经睡着了，呼吸均匀，带着一丝恬静的笑意，和刚才在床上的那种狂野判若两人。野和尚俯身在她脸上轻轻一吻，满怀爱怜，随手拿过一本闲书，看了起来。等到想睡下的时候，发现丁小琴两颊通红，呼吸也变得急促了，他用手按了按，额头很烫，身上也很烫。门虽然关了，老虎天窗开着，可能有冷风吹进来，刚才丁小琴长时间光裸着身子，还微微出汗，冷风一吹，估计感冒了，发烧了。野和尚扶她起来，喂了一粒安乃近，又喝了点水，再让她躺下。此后，野和尚不时给她换冷毛巾敷在额头，一夜几乎没怎么睡。到了天亮，丁小琴好像烧退了一些，脸颊依然红红的。还好今天是星期天，用不着去上班。

  野和尚喂她喝了一些水，问她想不想喝点粥？丁小琴说没有胃口，隔了一会又说想吃柴爿馄饨。野和尚笑道，现在是大白天，到啥地方去寻柴爿馄饨啊。我为啥欢喜你，你晓得吧，就因为你经常会冒出稀奇古怪的念头。说着他在丁小琴的鼻子上刮了一下，说，要么我买生馄饨回来，给你烧火油馄饨。丁小琴扑哧一笑，说，神经病。野和尚说，我到又一邨去给你买虾肉馄饨，好吧？丁小琴嗯了一声。

  野和尚拿着锅子就出门了。

廿十　重逢

沿着凤阳路，从新昌路穿出去，穿到南京路，不多远，就是又一邨。

从新昌路打弯，迎面遇见一个慈眉善目的老太太，她对着野和尚笑。野和尚也对她笑笑，觉得有点面熟陌生，擦肩而过时，猛然想起这是孙家姆妈，住在吴彩玉楼下客堂间的，他在她家吃过菜肉大馄饨，于是连忙叫了声，孙家姆妈。孙家姆妈笑着说，远远看过来，像是你，但是穿着打扮和以前不一样了，有点不敢认。小风，长远不见了。野和尚笑着说，孙家姆妈好，孙家伯伯好吧？这段时间有点忙，也没有来看你们。孙家姆妈说，小风客气了，不敢当的。说着她四顾左右，把野和尚拉到一边，悄声说，你晓得吧，小吴回来了。野和尚嗯了一声。孙家姆妈说，小吴情况不太好，你有空去看看她。毕竟，你们谈过朋友、要好过的。野和尚不知道该说什么，等孙家姆妈说下去。老太太说，小吴这次回来，鼻青眼肿，好像被老公打过了，打得蛮厉害的。

野和尚一下子血冲到头顶心，孙家姆妈又说了些什么，他已经听不进了，拔脚就朝余庆里跑去，直冲吴彩玉的亭子间。

房间里一股霉味，显然屋子很久没住人了。吴彩玉躺在床上，眼圈四周是乌青，两只眼睛充满血丝，楚楚可怜。野和尚的心底涌出一股温情。一瞬间，所有的记忆都回来了。出逃的两年里，他几乎每时每刻都在想着面前这个女人，一路讨饭回上海，也是想着和她团聚；当初得知她嫁人了，有过些略怨念，但此刻见到她，那些怨念顿时化为乌有。在这个世界上，他最牵挂的人其实还是她，他最放不下的人也是她。她是他深爱过的女人，爱得刻骨铭心。

吴彩玉说，你来做啥，听说你和盆菜摊的小女人同居了，两个人蛮相配蛮幸福的。你是不是来看我笑话的？野和尚没有接腔，看到床头边并排贴着他给她的三大版猴年邮票，上面写满了字，是用原子笔写的，红的蓝的都有：

野和尚快点回来。
你在哪里啊，为啥不打电话回来啊？
野和尚我想你了，我想你了我想你了我想你了。
你大概死在哪个野女人的床上了，尸骨也烂掉了。
为啥不打电话啊，我已经等得没有耐心了。
野和尚，我等你等得心灰意冷了。

有三个是用蓝颜色原子笔写的大字，一笔一笔描粗的，一版邮票写一个字，看上去触目惊心：

我恨你

吴彩玉像是在自言自语，声音很轻，说，这几张猢狲邮票是你给我的，叫我藏藏好，讲将来要靠它发财，给我买梳妆台的。我不想发财，不想要梳妆台，只想太太平平过日子。邮票是用来写信的，我想给你写信,但是不晓得朝啥个地方寄,也不晓得你还活着吧。我想对你讲的话,都写在邮票上面了。我和你约好的,你要打电话回来的。每个月五号,我总是提早一个钟头到传呼站去等你的电话,等到三点钟一点点接近,心别别跳,电话铃一响,就冲过去讲,是我的、是我的,但是每次都不是我的。我就不相信这两年里,你一次打电话的机会也没有。我几乎每天夜里到你们弄堂里来看看,你住的三层阁的灯从来都不亮的,墨漆黑,我的心里也是墨漆黑的。等了你两年,我的心一点点冷下来了。我以为你不会回来了,死在外面了,也不晓得你的尸骨是啥人帮你收的。想不到你平平安安回来了,蛮好,蛮好,我也放心了。不过,野和尚,我问你,你为啥今天要来看我啊?!最后那句话,吴彩玉是哭着叫出来的,一哭出来,就再也收不住了,彻底爆发出来了,嚎啕大哭,声嘶力竭顿足捶胸地哭叫道:

这两年,你为啥不打电话来啊,你为啥不打电话来啊,你为啥不打电话来啊——

野和尚抱着头,蹲在地上。

吴彩玉渐渐平静下来了,说,你回去吧,你屋里还有女人在等你呢。以后不要再来了,我也不想再看到你,我的心已经彻底冷了。野和尚突然起身,撩起吴彩玉的袖子看了看,又发了疯一样去剥吴彩玉的衣裳裤子。吴彩玉一边挣扎一边说,你不要乱来,乱来我到派出所去告你强奸。我和你已经不是从前的关系了,我没有兴致和你亲热,我也不可能再和你亲热,我已经彻底把你忘记了。看看这上面的大字,我恨你,这就是我的心里话。你看看这三个字,写的时候力道用得猛吧,太猛了,邮票也被我戳破了。你回到小女人那里去。你不是欢喜换口味的吗,要是厌倦小女人了,另外再去寻别的女人。我嫁过人了,已经是老菜皮了。我警告你,不要乱来,乱来我真的会去告你的。放手,放手呀。吴彩玉手脚乱蹬,野和尚不依不饶把吴彩玉剥了个精光,只剩一条短裤。野和尚眼睛红了,只见吴彩玉洁白如玉的身上青一块,紫一块,手臂上胸口上有不少小的伤口,有的结痂了,有的在化脓。

野和尚一阵心痛。

这个女人,他曾经是要讨她做老婆的,两个人有过那么恩爱欢愉的日子,也就过了两年多,她却成了别人的老婆,两个人再也回不到以前了。

这个女人曾经那么心高气傲,笑靥如花,开朗泼辣,号称山海关路菜场一枝花,如今却是遍体鳞伤,像只受惊的小猫一样蜷缩在角落。

野和尚问,这点伤口是怎么来的?吴彩玉说,这是死赤佬灌了黄汤发酒疯,用香烟火烫的,用鸡毛掸子抽的。不关你啥个事情。野和尚说,这不像你的脾气。以你的脾气,你会拼个你死我活的。吴彩玉说,不怪别人,怪我自己。只怪我眼睛戳瞎了,嫁错男人了。野和尚说,这赤佬做啥个事情的?吴彩玉说,和你一样的,卖鱼的。野和尚说,他住在啥个地方,地址告诉我。你自己把衣裳穿好。我去找他算账。吴彩玉说,你不要去。我和他是夫妻关系,我和你是啥个关系啊,我的事情我自己会解决的,不要你硬出头。野和尚说,你讲吧,你不讲,他的地址我也打听得出来。

吴彩玉看到野和尚眼睛里的杀气,拖住他说,你不要去,我求求你了。他是个无赖,身坯比你结棍,你打不过他的。野和尚一甩,把吴彩玉甩在地上,开了门出去。

野和尚很容易就打听到那个家伙的住址。当初吴彩玉结婚,杜根娣去吃喜酒，还闹过洞房。找到那里，是南市区的一条小马路街面房子的一楼。此刻时近中午，马路上人不多。野和尚看清门牌号码，捡了块砖头，朝窗子扔了过去，稀里哗啦，碎玻璃和砖头一起掉落到屋里。屋子靠窗的地方大概放的是桌子，砖头落下去，把桌面玻璃也砸碎了。屋里响起暴怒的骂声，四个字的切口，连续不停地重复。这是上海滩使用频率最高、流行最广的骂人切口，要是在最后一个字的前面加一个助词，可以变成五字切口；要是在助词后面再拖一个形容词，可以拓展成六字切口，但基本意思不变。

野和尚砸了窗子，应该再等几分钟才出现的，但他把等待的过程省略了，直接上前敲门，笃笃笃，敲得很有礼貌。其实用不着敲门，门已经开了，冲出一个彪形大汉，面露凶相。野和尚笑着说，换玻璃的。哪块玻璃碎了，我先量量尺寸。那个家伙说，我请你来了吧？我打过电话报修了吧？没有这么快的吧！玻璃刚刚碎掉，你几秒钟就赶到了，和砸我玻璃窗的人是连裆模子是吧。你穿得山青水绿，像是配玻璃的人吗？说着他一把揪住野和尚的胸口。野和尚说，有话好好讲，不要动手。我没有工夫和你瞎聊，还有好几家等着我呢；进去好吧，配玻璃要紧，天气预报讲今天有暴雨的。他说着就在那家伙的骂骂咧咧里挤进门，那家伙也回到屋里。野和尚从桌子上拿起砖块在手里掂了掂，装模作样地说，看样子就是这块砖头砸坏玻璃的。顺手就把门关了。那家伙说，你讲来换玻璃的，你的玻璃呢？话音未落，野和尚疾风般一个转身，兜头一砖头就敲上去了。那家伙一下子被敲闷了，但还是硬撑着没有倒下。野和尚接着又在他脸的侧面拍了一记，这记力道重了，相当于拳击里的摆拳重击，而且和摆拳还不一样，戴着拳击手套，力道会卸掉一点的，砖块是硬碰硬的，拍好，野和尚自己也顺势转了半圈。那家伙闷哼一声,半边面孔血肉模糊,瘫倒在地。野和尚上前一步,在他脸的另一个侧面也拍了一记,拍好,冷笑一声,说,用来用去,还是砖头最趁手。

桌子上有包红上海,野和尚点了一支,吸了一口,塞进那家伙的嘴里。那家伙处于半晕厥状态,却还知道抽烟,接连吸了两口。野和尚重新点了一支,然后搬了把椅子坐在那家伙对面,说,你是卖鱼的,我也卖过鱼的。啥个时候开始,卖鱼的这么嚣张了,竟然打老婆啦。你讲讲看,你只要讲出一个打老婆的理由,我就放过你。那家伙用眼睛横野和尚,不响。野和尚从他嘴里拿掉香烟,直接戳在他脸上,戳到香烟火熄灭,一股焦臭传出来。那家伙像女人一样尖叫起来。野和尚在他膝盖上敲了一记,估计半月板敲碎了,说,你再叫一声,我再拍你一砖头。那家伙没有声音了。野和尚说,你老实点,少吃苦头。听懂了吧。那家伙眨眨眼睛,表示听懂了,眼睛里的凶光也黯淡了。野和尚说,我和吴彩玉好过的。我赚了钞票全部交给她,不舍得动她一个手指头,把她当菩萨一样供起来的,把她当心肝宝贝的。对女人,就要这样对待。你讨她做老婆,就要欢喜她,待她好。我想不通了,上海男人向来是怜香惜玉的,上海男人的规矩就是宝贝老婆,是把老婆捧在手心里的,上海男人宝贝老婆排名世界第一的。想不到出了你这种坏料,打老婆,还用香烟火烫老婆,这和畜生有区别吗?刚刚香烟火烫皮肤的味道好吧,要不要再来一记。野和尚说着拿下嘴里的香烟屁股戳在那家伙的手背上,转了几圈;又是一股焦臭气,似乎还有点滋滋响。那家伙眼泪汪汪,眼泪和汗水混在一起朝下淌,还不敢发出声音。他知道碰到狠角色了。

野和尚在屋里找了一圈,在床底下找到一根白铁管,在桌子上拿了一块碎玻璃，又从腰里抽出一把三角刮刀，把三样东西放在地上，说，做道选择题，自己选，三选一。选碎玻璃，我就在你面孔上横七竖八划几条，叫你破相，从今以后走在马路上，别人看到你就吓得逃；选白铁管，把你两条腿打断；选刮刀，我戳进你肚皮，转一圈，马上结束。看到过马路上小贩卖西瓜吧，小贩有把刀，不是那种扁扁长长的切西瓜刀，是一尺长的筒刀。有客人来买西瓜，问，西瓜甜吧？小贩讲，甜的，不甜不要钞票。客人还是不放心，小贩就拿出那把筒刀，五分硬币粗细，中间是空心的，相当于刮刀的血槽，对着西瓜戳进去，噗一声，再转一圈拔出来，连皮带瓜瓤一起拔出来了，让你咬一口，甜的，你就买回去，把那块瓜瓤再塞回去，严丝合缝，还是一只完整的西瓜。不过，这把三角刮刀戳进去，转一圈，连肉连肚肠一起带出来，再塞就塞不回去了，不可能严丝合缝了，能不能活下来，就看你命大不大了。给你三分钟考虑，时间一到，你要是还没有选好，我就自作主张帮你选了，到时候就不一定对你的胃口了。

旁边有台落地风扇，野和尚手一揿，慢档，凉风习习，随手点了根红上海，脚跷黄天霸，悠闲地吞云吐雾。

那家伙开始听野和尚说小贩卖西瓜的事情，还像听故事一样，听到后来就发抖了，就痛哭流涕地讨饶了，说自己错了，比畜生还不如，现在彻底后悔了；从今以后保证痛改前非，不再出去和别人喝老酒了，不会再发酒疯了，不会再动老婆一根手指了，下了班就回家，勤勤恳恳做家务，一样家务事情也不要老婆做，让老婆享福，把老婆当宝贝，让老婆坐在藤椅上开开心心结绒线。啰里吧嗦说了一大堆。

野和尚觉得他态度十分诚恳，思想认识也比较深刻，就没有痛下杀手，而是选了比较仁慈的方法教训了他一顿。

野和尚回到三层阁，丁小琴还没有起床，说，怎么一去就去了这么长时间啊，馄饨呢，锅子呢？馄饨不买不要紧，锅子要带回来的呀。这时她才发现野和尚神色惶然，一下子坐起来，说，怎么啦，出啥个事情啦？野和尚在她额头按了按，说，热度好像又下去点了。我碰到杜根娣，帮你请过假了，明天不用去上班，继续休息，躺几天就好了。丁小琴说，你一向蛮镇定的，现在面色这么难看，肯定出大事情了。野和尚说，来不及和你详细解释了。我要离开上海了，出去避避风头。你不晓得情况，对你更好，将来有人问你，你就一问三不知，这样就不会牵连你连累你了。野和尚一边说，一边胡乱塞些东西到包里。他又说，等你身体好了，你还是住到自己家里去，把这里值钞票的东西统统带走，把四喇叭录音机也带走，把抽屉里的钞票全部带走。丁小琴滚落到床下，抱着野和尚的腿不放，说，我不放你走，我不舍得你走！刚刚过了几天好日子，刚刚过了几天恩恩爱爱的日子，你就要走了，你这一走，就不晓得还能不能再见面了？说着就哭出来了。野和尚搂着她说，我也不舍得离开你，但是非走不可了。再拖下去，说不定警察就上门来捉人了，北火车站也有警察布控，我就逃不掉了。丁小琴这才松开手，说，我这个女人怎么命就这么苦啊。野和尚说，好好养身体，好好过日子。不要等我，我可能不会再回上海了。他说完就匆匆出门了。

　　野和尚又逃离上海了。其实，野和尚这次用不着逃的。野和尚不知道，教训好卖鱼的家伙，他前脚刚走，吴彩玉后脚就赶到了。

　　吴彩玉开门进去，老公还躺在地上，已经看不出原来的人样，满面血污，一张脸肿得像是猪猡头。他看到吴彩玉，呜哩嘛哩说了一大通，像是舌头也肿了。吴彩玉一句听不清，也不想听，自顾自收拾东西，把衣裳皮鞋以及零零碎碎装进旅行袋，装进蛇皮袋，不够装，又在床上摊了条被单，打了个包袱。她先开了门，把旅行袋蛇皮袋递出去，杜根娣等在门外。吴彩玉别转身来说，我警告你，你要是到派出所去报案，我也到派出所去，把衣裳脱光了让警察看看，你是怎样虐待我的。说完扇了他几记耳光。拿起包袱临出门，吴彩玉留了一句话，等你养伤养好了，去民政局碰头，离婚。

那家伙拼命点头，又拼命摇头。

且说老西门街道医院有个姓吴的医生，全科医生，擅长的是看跌打损伤、月经不调，在当地有点小名气。

这天来了个病人，走路一瘸一拐，面孔肿得像是大头娃娃，看不出本来面目，看病历卡，认出是附近菜场卖鱼的营业员。吴医生经验丰富，手上去一看一按，有判断了，尾椎骨骨裂。当然，最后还要转到区中心医院，拍片确认。问病人怎么回事，病人说是一脚踏空，从楼梯上摔下去了。吴医生点点头，这倒符合尾椎骨骨裂的症状，但是有点奇怪，小腿胫骨和膝盖的大面积挫伤是怎么回事？卖鱼的说，摔下去以后，又向前滑了一段路。吴医生说，十几级楼梯，冲势蛮足的，是要朝前滑的。随口问了句，啥个房子的楼梯？卖鱼的说是石库门房子。吴医生心里就嘀咕了，自己就是住石库门的，石库门楼梯下面只有方寸之地，迎面就是一堵墙，除非是从楼梯上翻滚下来，一屁股坐在地上，造成尾椎骨骨裂，然后立刻调转身体朝前合扑，借着余势继续滑动，但这样改变力的方向，明显不符合运动物理的原理。再检查，发现病人的满口牙齿全部松动，这也好解释，一路摔下来磕磕碰碰，但满嘴血污里混杂的红砖碎屑，就有点说不清来历了。而且，病人后脑的肿块不是一处，而是好几处，并且是在不同部位，分明是反复撞击造成的，加上左右脸部的伤痕、耳廓的变形，以及背部的不规则伤痕，仅仅是从楼梯上摔下来，很难形成这么多伤痕。吴医生突然生出一个大胆的设想，莫非病人摔下楼以后，脑震荡，神志不清了，又摸索着爬上楼梯，再摔下来，反复摔了几次。这种可能性好像很小。最匪夷所思的是病人脖子上的两道青紫，像是曾经被人长时间紧紧地掐着脖子。

吴医生从医三十年，从来没有碰到过这样离奇的病人，想得头脑发胀，依然找不出合理的解释。吴医生说，今天正好床位有空，你索性住进来，观察一段时间。卖鱼的家伙不肯，说回去休养。吴医生便给他开了药，外敷的内服的一大包，又叮嘱了几句，说回去以后不要坐，也不要仰天睡，尽量俯卧。这个地方骨裂比较尴尬，不好上石膏，只能慢慢静养。卖鱼的家伙一一应承，说，谢谢吴医生。然后一步一步挪出去，他刚刚挪到医院门口，吴医生追出来了，只见吴医生两眼放光，说——

是在刮痧是吧？是个苏北女人，桌子上还点了一盏酒精灯，本来还打算拔火罐的；中学生是突然冲进来的，是吧？吴医生的眼神里充满欣喜和期待。卖鱼的家伙眼睛乌眨乌眨，听不懂。

吴医生推理出的场景是这样的：

卖鱼的下班回家，脸色通红，还恶心呕吐。热心的邻居说他中暑了。那个邻居是个豪爽的苏北大嫂，不由分说便把他拖进房间，给他刮痧。卖鱼的看上去长得魁梧，却是个娘娘腔，怕痛，不肯再刮了，一来一去过程中撞翻了酒精灯，手和脸就是这时烫伤的。逃到外面，苏北大嫂追出来，说，再刮几下就好了。这时正好是站在亭子间门口，场地狭窄，卖鱼的脚一滑，就摔下楼去了，苏北大嫂骑在他身上跟着一起下去。其间，苏北大嫂的两只手一直掐在他脖子上，到了下面，她也依旧压在他身上，加重了他的伤势。苏北大嫂一点没事，起身拍拍屁股就上楼了。卖鱼的好不容易支撑着站起来，住在底楼的中学生放学回来，像阵风一样冲进来把他撞飞出去。

吴医生很欣慰。这么复杂的疑难杂症，换个嫩一点的医生，根本无法查出病因；值得写篇文章，投到《大众医药》去。

廿一　世外桃源

汽车来到衡山脚下。路边有个橘子摊，连枝带叶的青橘子，看着就满颊生津。野和尚买了几斤。正巧有点累了，他便坐在南岳大庙的门口休息，剥橘子吃。旁边石阶上也坐了个人，半老不老的，一口天津话，自称沈铁嘴，是个算卦先生。那沈铁嘴一上午没开张，虚火上身，脸色难看。野和尚拿了几个橘子给他，沈铁嘴接过也不道谢，剥了就朝嘴里塞。野和尚站起身，打算离开了，沈铁嘴叫住他，说，你给了我三只橘子，我送你三句话，记住了，保你一生平安。野和尚说，好啊，我洗耳恭听。沈铁嘴说，第一句，你要寻找的那样宝贝，就在方圆三十里之内，很可能就在这座山上。野和尚笑笑。沈铁嘴说，第二句，桃花运来了，推不开的。野和尚还是笑笑。算卦先生最大的本事就是鉴貌辨色，似是而非，模棱两可，趁机套你的话。沈铁嘴说，第三句话最重要，你给我五块钱，我就告诉你。野和尚哈哈一笑，拍拍屁股扬长而去。

沈铁嘴在后面高声说了句什么，野和尚走得急，没有听清。

后来回过头来想想，要是没有遇见沈铁嘴，他和杨老师也许就是另外一种相处方式，得到她的同时也就失去了她。

这是他第三次到衡山来了。

学校已经放暑假了。学校修葺过，还通了电，教室的两边安上了窗子,里面装上了日光灯。狂风暴雨之时,学生不必再躲来躲去。屋顶是青色的瓦片,白墙青瓦,赏心悦目。杨老师不在,但是卧房的窗子虚掩着,人应该不会走远。野和尚探头进去闻了闻,一股熟悉而且亲切的气息,顿时放下心来,杨老师还在这里当老师,没有离开衡山。

四周非常安静,一片草木清香。

忽然就想起几年前的那个午后。野和尚和杨老师坐在那棵椰榆树的浓阴里,四周也是这么宁静安谧,很有点鸟鸣山更幽的味道,好像整个南岳衡山就只有他们两个人。一人手里拿着把蒲扇,不是用来扇风,而是驱赶飞虫。有些飞虫诸如蚊子很讨厌,欺近身子来吸你的血,还要聒噪一番。绿色的蚱蜢从你身边跳过,跳得矫健而从容不迫。脚背上偶尔会爬上一两只蚂蚁,山里的蚂蚁比上海的个头大,会传递给你一丝惬意的瘙痒。那些蚂蚁对人并不感兴趣,只是迷路的缘故,通常爬到脚踝处,就原路返回了。风吹过时,树叶会发出窸窸窣窣的声音,有时没有风,也有窸窸窣窣,那是鸟的翅膀掠过,或是野兔在树林里穿过。附近有一注泉水,只是细流,从山上蜿蜒流淌下来。雨季的时候,泉流会密集一些,溅在山石上隐隐有叮咚声。夜深人静之时,泉水的流淌和溅落是最好的催眠。

那次杨老师很难得地穿了一条宽大的花布裙,脚背和脚踝的小麦色略略深一些,再上去,便是纯粹的小麦色,肌理细腻,线条柔美。他没有盯着她的腿看,看上一眼就足够回味了。两个人就这么坐着,坐得再长久,哪怕坐到夜深,哪怕不说话,也不会厌烦。这样安静的时光是需要慢慢享受、默默品味的,生怕一说话,就打破了这份宁静。表面是寂寥的,内心是丰盈的,这才是男女相处的理想境界。野和尚后来一直会想到那个下午,包括那些个夜晚,两个人共同坚守着这个坚固又脆弱、恒久又短暂的美好时光。那一刻，对他来说，几乎就是永恒了。她说过，哪天累了，或者过得不顺心，就到衡山来。于是他来了。他牵过她的手，临走的前一晚，给她洗过脚，仅此而已，他始终没有触碰她的身体，很大的原因是，他没有勇气冒犯她。

野和尚发了一会呆，随意走了几步，却意外发现不远处蹲着一条小狗。不像是条野狗，野狗不会这么循规蹈矩地趴着，而且这么小的野狗在山上几乎没有什么生存的几率。莫非是杨老师养的小狗？野和尚记得那里，走下石阶有个潭子，山上的泉水在那里汇聚成潭，满溢出来了，继续涌向山下。他曾经在那里洗过澡。那条小狗见他靠近几步，警觉地支起身子，尾巴高竖，却并没有吠叫。它看上去不过几个月大，却摆出一副迎战的姿势，非常有趣。野和尚倒退几步，招手让它过来。小狗没有过来，趴在地上，侧着头，眼睛滴溜溜地看他。狗的这个表情，表示它对你没有敌意，还有几分感兴趣。野和尚蹲在地上，剥了只橘子，把几瓣橘子摊在手心里，逗引它。小狗毕竟是小狗，嘴馋，慢慢地挪了过来。看看靠近了，野和尚伸出手去，小狗敏捷地叼了橘子就逃，回到原地吃了个不亦乐乎。吃完了，看着野和尚。野和尚又放了几瓣在手心，召唤它过来。小狗一路乐颠颠地小跑过来，这次完全丧失警觉了，就在野和尚的手心里吃完橘子。野和尚把剩下的几瓣也给它吃了，然后一把抱起了它。小狗倒也不挣扎，反而亲热地凑上来舔野和尚的脸。

野和尚抱着小狗去了石阶那里。狗是有一种天然的守卫意识的，几乎就是与生俱来的，来到这个世界，它就是来奉献忠诚的。小狗刚才趴在那里，一定是守卫着什么。野和尚大致已经猜出答案了。曾经有一次，杨老师对他说，我去冲个澡，你别过来，不许偷看。野和尚没有偷偷跟过去。这次不一样，杨老师没有叮嘱，不知者不罪也。或许是自己多想了，杨老师只是在下面洗衣服。

他轻轻地走下石阶，在拐弯处站定，透过树枝看下去，禁不住心神一凛。杨老师身上涂遍泡沫，正拿着个葫芦瓢从水潭里舀水，冲淋身体。一瓢水淋下去，泡沫消失了，露出完美的背影。杨老师并非全裸，穿了条花布短裤，但因为内裤被淋湿了，臀部的形状清晰地凸显出来。腿很美，臀部也很美，但更让他惊诧的是她的背部。他第一次意识到，女人的背部居然如此惊人的美丽，美得不可方物，那往往是被忽略的部位，其实却是最不该被忽略的。那样柔美甚至完美的线条，一定是由骨架支撑的，骨架隐藏在肌肉和脂肪的后面，并不显山露水，但却处处显示它的存在，最完美无瑕的造型都是它拗出来的。此刻他是个偷窥者，要是被杨老师发现、被杨老师叱骂，他也绝不后悔。以前要是有人问，女人身上最美最吸引你的是哪个部位？答案一定千奇百怪。先前在逃亡途中，和雨生也曾议论过女人。雨生说，最吸引他的，是和他相好的伏妹的肚脐，凹陷在肚皮里，像是花蕾一般，特别迷人。他当时还嘲笑了雨生一番，说雨生不懂女人。那时的他其实也很浅薄。现在要他回答，一定是女人的背部，特别是像杨老师这样的背部，天工造物，美轮美奂，那种处处显示着骨架却又柔若无骨、那种与臀部和颈部的华丽衔接，令人叹为观止。那样的背部，白嫩细腻还在其次，致密的小麦色闪烁着动人的光泽，才是最完美的。

野和尚一阵胡思乱想，同时悄悄后退，回到学校那边，在房前屋后洒了些水，打扫起来。小狗早就忘了守卫主人的天职，追逐着笤帚撕咬，以为野和尚在和它玩耍。突然，背后响起杨老师的声音，来啦。刚才我去洗澡了。野和尚很开心。杨老师不是说，咦，你怎么来了；也不是说，呦，稀客来了。就那么平平常常地说了句，来啦。好像一点都不觉得意外，好像知道他要来，好像他只是离开了一会，口气里的那种随意，一点没有生分的感觉。杨老师说，你要是早来几天，我还不在，回家了。我妈讨厌狗，催着我送人，我不舍得，养了几个月，有感情了。我妈还催我去见些不相干的陌生人，这更让人受不了，就回来了。也好，山上安静，正好看看书。

那天吃了晚饭，两个人逗小狗玩。小狗只有五个月大，还没有起名字，杨老师平时就叫它"喂"，一叫喂，它就屁颠颠地跑来，平时也是寸步不离。杨老师说，以前一直有人劝我，养条狗陪在身边，我都没听进去。这次同学的家长把狗抱来了，才两个月大，奶声奶气的，还不会叫唤；把它放在地上，它就爬到我脚背上，怎么赶都赶不走，这就赖上我了。来的时候还没放暑假，我上课，它就在讲台旁边趴着，一起听课。下了课，就和同学们在空地上疯玩，玩累了，就逃到我这里，躲起来。小家伙很黏人，也挺乖的。野和尚差点脱口而出，你洗澡时它一直在石阶那边守卫着你呢。这句话还好咽下去了，否则就露馅了。野和尚说，还是要起个名字的。杨老师说，你来给它起吧。两个人商量半天，野和尚说，干脆就叫来福吧，很质朴，很有传统色彩，很乡土气息，很家常。杨老师笑了半天，同意了。

野和尚对着小狗叫唤了几声，来福，来福，小狗居然听懂了，知道是在叫它，颠颠地跑到野和尚身边，舔他咬他。野和尚说，这种土狗最好养，结实，不挑剔，给它吃什么就吃什么，忠心耿耿，看家护院，一点不势利，一点不会嫌弃主人家穷，主人去讨饭，它也跟着讨饭，从来不知道撒娇，好像生来就明白自己就是受苦的命。杨老师含笑听他说。野和尚说，现在只是农村的人养狗，山里的人养狗，将来有一天，城里人也会养狗，养狗成风，养狗成了一种时髦，逢人便说我儿子如何如何，你以为她在说她儿子，其实是说她养的狗。城里人不会养来福这样的土狗，会养些名贵的品种，都是舶来品，名字听上去就很洋气，萨摩耶、博美、哈士奇、波尔多、杜宾、罗威纳，罗威纳这个名字听上去像不像公爵的名字？还有什么圣伯纳、马尔济斯、拉布拉多、柯基、威尔士㹴，威尔士三个字，你会联想到某位外国亲王，可见这种狗的血统高贵。到了这时候，我们的专家不淡定了，不服气了，觉得不能委屈自家的狗，自家的狗也是狗，土生土长，传统深厚，不能再叫它土狗草狗看门狗。专家里或许有陶渊明的后人，灵光一闪，给来福们冠名，中华田园犬，很诗情画意。其实这种狗天性纯良，你叫它土狗也不自轻自贱，叫它中华田园犬也不恃宠撒娇，被踩了尾巴也不朝主人龇牙，好狗啊。从长相上来说，这也是最像狗的狗。不像有些洋狗，长得龇牙咧嘴，凶相毕露，看上去就像是杀手；还有的，你都分不清是狐狸还是狼还是狗熊；还有种叫雪纳瑞的狗，要是放大几倍，活脱脱就是一头驴；还有一种叫大丹犬的，暮色苍茫中朝你跑来，你还以为是一匹骏马驰骋而来。

杨老师托着腮，听得入迷，说，你怎么什么都懂啊？野和尚表面上云淡风清，内心也暗暗诧异，刚才说的那些，他也是闻所未闻，怎么就滔滔不绝地脱口而出。

野和尚说，先别洗碗了，我有东西给你。两人进了杨老师的房间。桌子上有台小电扇，风力很大，噪声也很大，格啦啦，格啦啦，像是在推磨一般。野和尚说，好像要加点油了，要不就换个新的。我看到商店里有落地的电风扇，几乎没什么噪声，吹出来的风也很柔和。杨老师说，这也是同学家长送来的，没有电扇，这么些年还不是照样过来了。

野和尚从包里往外掏东西，这些都是出逃时胡乱塞进包里的。先是拿出几双透明丝袜，杨老师展开来，居然是连裤袜，顿时脸都羞红了，说，太胡闹了，这是什么女人穿的啊，你也拿来给我。野和尚拿出一个计算器，手掌大小的，杨老师试了试，很喜欢。野和尚又拿出一块电子手表，液晶显示的，给她戴上。杨老师说，这么新式的手表，很贵吧。野和尚说，很便宜的，国外都是穷人戴的，方便，不用上发条。杨老师笑着说，这个好，适合我。野和尚说，闭上眼睛。杨老师很听话，乖乖地闭起眼睛，待到睁眼一看，面前是一件真丝的长款睡衣，湖绿色的。杨老师的眼睛像是突然被点亮了，把睡衣捧在手心里抚摸着，说，这么柔软，这么滑爽，真好看，这个颜色我顶喜欢了。野和尚说，你穿上试试。杨老师抬眼娇羞地看了野和尚一眼，展开睡衣，领子上绣着几朵芍药，前面一敞到底的，有绕过腰部的带子，也有六七颗菱形的纽子。杨老师说，这样穿出去也太羞人了。野和尚说，不是外出穿的，是在家里穿的，夜晚洗好澡，睡觉时穿的。杨老师说，穿着这么好的衣服，躺在床上，怕压皱了，怕磨坏了，怕不小心抽丝了，这一夜还怎么睡得安生啊。她又说，你出去。说着把窗帘也拉上了。

野和尚走出去，把来福也带了出去。过了很久，屋子里依旧寂然无声。野和尚踱步踱到椰榆树那里，抽了一支烟。回来，杨老师的门依然关着，他便去凉棚那里把碗洗了，又带来福去了揽月亭，顺便对着山谷吼了几声，阿三，老鹰来喽。望出去，山峰间烟霞缭绕，紫气蒸腾，山坳里白雾轻飚，白云或远或近，呈现出特殊的动感，不是在飘荡，而像是在跳荡，真是仙境一般的景色。野和尚忍不住喝了一声彩。来福仿佛也通灵性，在一边欢喜得不停跳跃。野和尚说，你凑什么热闹，你是色盲，你又看不懂这里的美妙之处。

回过身来，他不觉惊呆了，真有个衣袂飘飘的仙女向他走来，缺的只是环佩叮当。一袭湖绿色的睡衣穿在杨老师身上，轻轻扬扬，竟然说不出的妩媚。却原来，年轻女子都是爱美的，杨老师终究还是把睡衣穿上身了。先前在屋里穿着拖鞋，觉得和这身衣服不协调，换了双布鞋，还是觉得怪，索性光着脚出来了，这一来，倒反增添了意趣。杨老师笑吟吟地甩了甩宽大的袖子，就像是京戏里的青衣甩水袖，问，好看吗？野和尚连声说，好看，好看。岂止是好看，简直是美若天仙啊。杨老师嗔怪道，你总这样，说着说着就不正经了。野和尚说，我说的是真心话呀。杨老师说，这件睡衣我喜欢，可惜没什么机会穿，也不舍得穿，怕糟蹋了。野和尚说，穿坏了有什么关系，还可以再买新的；再好的衣服你也配得上，只怕衣服配不上你。杨老师说，又瞎说。不过她心里还是很开心。

此时在揽月亭只一男一女一狗，再无别的活物。杨老师忽然玩兴大发，天性萌动，在亭子和学校之间来来回回，时而甩动袖子大步流星，时而扭扭捏捏地走出小碎步，时而在椰榆树下摆个造型，巧笑倩兮，顾盼生动。野和尚恨得想撞廊柱，要是带个相机来多好，一张张拍下来。谁知道呢，说不定这是杨老师这辈子唯一的一次放纵天性。走着不过瘾，又跳，杨老师跳得高高的，在半空中张开双腿，像是芭蕾舞里面的空中劈叉。杨老师的身体和韧带足够柔软松弛。看了一会，心痒难熬，野和尚也冲上去一起跳，跳得杂乱无章，两只手乱挥乱舞，发人来疯，发得开心。来的一路上他胸口闷，乘机发泄发泄。她是白毛女，他是大春，来福也在边上欢蹦乱跳，来福是黄世仁，恶霸地主。跳够了，笑够了，疯够了；也跳累了，笑累了，疯累了，一男一女一狗都累趴在地上。天色也渐渐暗沉下来了。杨老师猛然惊觉,睡衣压在身子底下要压坏了,慌忙站起身,拿了毛巾去洗澡,说,你们谁也别跟过来。等到野和尚回来,杨老师已经换上了平时的布衫布裙,真丝睡衣已经洗好晾起来了。杨老师说,谢谢你,这件睡衣我喜欢的。穿过一次就够了,这辈子也许不会再穿了。

闲聊了一阵,杨老师说,要是嫌热,不要去教室里睡了,来我房间睡吧,好歹有个风扇。没有别的意思,你要是想入非非,那就不要来了。

野和尚进屋时,借着月色,发现她躺在床靠里的一边,给他留出半边床铺。野和尚轻轻地躺了下去。身边的女人散发出淡淡的体香,那股体香,浸润了山野的草木清香,还有一些年轻的汗味,几种成分融合在一起,大概就是最沁人心脾的香味了。他忽然想到南岳大庙门前碰到的那个沈铁嘴,沈铁嘴当时说,你要寻找的宝贝,就在方圆三十里之内,或许就在这座山上。在此之前,他和沈铁嘴并没有过半句交谈,沈铁嘴如何看出此中玄机,难道他果真有些道行?既然是宝贝,就应该好好珍惜,好好珍藏,不能随意亵玩。灵魂已经融合了,身体也就不急着融合了。留着那份距离,留着那份陌生,可以让新鲜感留存得更长久一些,彼此之间的路也可以走得长久一些。

他说,睡着了吗?

她说,还没呢。

以后就谁都不再说话了。

第二天一早,野和尚提着菜篮下山,去逛集市。来福想跟着去,被野和尚喝退了。

买了些鸡蛋,买了些豆制品,买了几斤肋条肉,还买了个西瓜,开封瓜，很笨重的大个头，看上去就像个冬瓜。把这么些东西拖回山上，野和尚已是大汗淋漓。杨老师给他绞了块毛巾擦汗，说，买这么多干嘛，这么重，笨贼偷捣臼，累不累啊，备战备荒吗？野和尚笑道，来福长牙齿了，老是咬我手，所以买的是肋条，那些骨头给它磨牙。又说，你刚才说什么？杨老师说，我没说什么啊。野和尚说，你刚才用了个俗语，笨贼偷捣臼。杨老师说，是啊，怎么啦？野和尚说，这是我们苏北人用的俗语，湖南人怎么也会说。杨老师笑着说，奇怪，苏北人说过的话，湖南人就不能说啦。你考证过出典吗，说不定还是苏北人从湖南人这里学去的呢。野和尚笑笑说，也是啊。又说，买了个开封瓜，不甜，只是解渴，瓜的清香也是有的。杨老师说，我最喜欢开封瓜了，皮厚，刨下来切成条，腌一下，炒了吃，可清脆爽口呢。

那天吃了饭，在学校的背阴处坐着说话。杨老师手里照例拿了一本书，也不看，只是习惯。野和尚一眼瞄过去，是笛福的《鲁滨孙漂流记》。他问，看完了？她说，还有几页就看完了，我不喜欢这个结局。野和尚说，鲁滨孙太孤独了，要是身边有个喜欢的女人，他就不会离开小岛了。要是我和你在那个孤岛上过一生一世，夫复何求。杨老师打了他一下，说，又瞎说。

话题一打开，就收不住了。两个人都很向往那种与世隔绝的孤岛生活。船翻了，被海水冲到一个不知名的小岛，醒过来，衣服被海浪打烂了，旁边躺着一个人，也就是你这辈子最想和她度过一生的那个人。这个话题太有意思了，太激发想象了，以致以后的几天，两个人完全活在想象中不能自拔，吃饭也在说，躺在床上也在说，就好像已经生活在孤岛上了。在岛上开垦荒地，钓鱼，猎野兔，搭房子，剥下树皮铺在屋顶上，在门上用贝壳拼出门牌号，孤岛一号。

即便有船经过,也不会燃烧杂草树枝求救,不希望被救,只希望两个人平平静静地过一生,没有喧闹,没有嘈杂,没有邻居打扰,没有高音喇叭喊得你头疼。两个人每天都会在岛上增添些什么,每天都有新的建设成果。野和尚甚至想,等到离开衡山时,两个人的告别词大概会是这样的:野和尚笑着挥手,说,岛上见。杨老师充满期盼地说,我会在沙滩上等你。

先前,野和尚跟吴彩玉也说到过笛福,说到过唐吉诃德。吴彩玉听了就打哈欠,一点兴趣也没有,说,不要跟我讲笛福,我不认识,也不想认识,我只认识肉摊的阿福;我也不想晓得姓唐的外国老头,神经兮兮,拿把长矛去戳风车,大概脑子坏了。我对笛福和唐老头子不感兴趣,我只对钞票感兴趣,只对买衣裳感兴趣。你要是想培养我别的兴趣,想也不要想,对不起,再会。

每个女人的风格是不一样的。每个女人的味道也是不一样的。

廿二　一个好消息，一个坏消息

在衡山的那段日子过得逍遥自在，仿佛世外桃源一般。

再好看的女人天天睡在一起，总有一天也会厌倦的。再会发嗲的女人天天朝你发嗲，哪怕嗲得花样百出，总有一天也会倒胃口的。杨老师和别的女人不一样，和杨老师一起活上一百年，也不会有半点厌烦疲倦的。和杨老师睡在一起，也算是同枕共衾了，两个人并没有肌肤之亲，但野和尚却没有那种火烧火燎的骚动和躁热。杨老师不会发嗲，没有烫长波浪，也没有扎马尾辫，只是最简单清爽的齐耳短发，但是举手投足，一笑一颦，无不透露出恰到好处的明丽妩媚，令人心驰神往，同时又有种凛然不可侵犯的圣洁。挨着杨老师睡，野和尚已经很满足了，岂敢得陇望蜀，意犹未尽才好呢。

有次野和尚问杨老师，你最喜欢什么？

这个问题，他以前也问过吴彩玉。上海人很少说喜欢这个词，而是倒过来说，欢喜。吴彩玉说，我最欢喜的啊，多了。我最欢喜吃红烧肉，买来五花肉自己烧，一定要放冰糖的，烧出来的红烧肉黏稠油亮，色味好。烧好就吃，脚搁在矮凳上，一块接一块趁热吃，这种时候最享受。我还欢喜朋街的呢大衣。朋街的大衣做工好，料作好，式样好，永远不会过时的。你以为买了几年了，过时了，想不到潮流会变的，过一阵，老翻新，又时髦起来了。我还欢喜蓝棠的搭襻皮鞋、烧卖皮鞋；欢喜国际饭店的蝴蝶酥，光明村的菜肉馄饨，老大房的鲜肉月饼，光明牌的紫雪糕，多了，数不过来的。野和尚也问过丁小琴，丁小琴说，我最欢喜被你抱在怀里，你朝我耳朵里吹气，你一吹，我全身的毛孔就张开来了，人就酥了。问她还有吧？她说，想不出了，想不出还有比被男人抱着朝耳朵里吹气更欢喜的事情了。

杨老师说，我要想一想的。野和尚说，你就随便瞎说好了。杨老师说，喜欢的事情怎么能随便瞎说呢。再没看到过她有这么认真、这么滔滔不绝的时刻。这时刻，她的天真神态就像是个十三四岁的女孩，眼睛里闪烁着兴奋陶醉的光芒。那些喜欢，她也许从来没有对人袒露过，一直埋在心底，似乎堆积得太多了，这一刻被人轻轻地捅了一下，就找到突破口了，就汹涌地奔流出来了——

我喜欢坐在树下，一边看书，一边倾听树的声音。有风经过时，树枝摇晃，树叶发出沙沙声，这是树和树之间在交谈。平时它们在沉思，在想象，在观察，风一来，它们的灵感被激发了，于是就有了倾诉的欲望。这样的时刻，我的心会变得特别安宁。虽然听不懂树在说什么，但会觉得和它们心意相通。

我也喜欢在下雨的晚上，躲在屋子里看书。那时候电还没有接通，还是靠煤油灯照明，煤油灯的肚子里煤油是满的，把灯芯捻到最亮，安安静静地看书。我看《复活》就是在这样的风雨夜。那时候这本书还是禁书，封面也撕掉了，只能偷偷地看。老祖宗发明的文字特别有意思，偷这个字，看起来好像不道德，但是也奇怪，偷来的东西都是香的，都是有吸引力的，勾引着你去偷。比如偷吃，比如偷书。（野和尚说，比如偷情。杨老师嗔怪道，掌嘴。又笑着继续）还有偷笑，偷听，偷懒，偷鸡摸狗，偷师学艺，只要是偷来的，好像都很快乐。偷看禁书也很快乐，每看一本书，都像是在和一个有智慧的老人对话，看完一本书，就觉得自己比以前聪明了。

我喜欢吃酱油和猪油拌的饭，细嚼慢咽，细细地品味米饭的香、酱油的香、猪油的香，一顿可以吃一大碗，什么菜都不需要。就坐在这把旧藤椅上，把脚伸在被窝里，外面北风呼呼，饭是热的，脚是暖的，胃也是暖的，开心无比。每年快到冬天，我都要下山买一大块肥膘，回来熬成猪油，撒点葱花和盐，装在钵斗里，盖子上用水封起来，放到开春都不会坏。熬油熬下来的油渣，拌点盐，当零食吃，一边看书一边吃，一下子可以吃掉满满一小碟。余下的油渣就不舍得吃了，用瓦罐装起来，用水封起来，放多少时间都不会坏。有客人来了，或是自己嘴馋了，就舀一勺，炒大白菜。冬天的很多时候，我都是用酱油和猪油拌饭，省事，好吃，还吃不厌。你说我皮肤滋润，可能和我喜欢吃猪油有关系吧。

我喜欢挽起裤腿，坐在岩石上，把脚浸在泉水里，拍打一路流淌下来的清泉，脚凉凉的，美美的。你们城里人，到了夏天喜欢吃冷饮，冰棍啦雪糕啦。我从来没有吃过冷饮，嘴不馋，脚很馋，浸在泉水里，脚就快活了，身体也快活了，心情也舒畅了。那棵榔榆树上是有松鼠的，每次我用脚戏水拍水的时候，那只松鼠都会过来看，然后用爪子掬水喝。我总要笑它，说，你喝的是我的洗脚水啊。

杨老师说着，格格格地笑个不停。

一早起来，我喜欢到山崖边，喊几声。我不像你，喊得那么怪模怪样，什么阿三喽老鹰喽，我喊的是，哎——我在这里，你在哪

廿二 一个好消息，一个坏消息

里啊——整座衡山好像就我一个人。山谷里会有回声，很空蒙的回声。我这么一喊，肺里的浊气就喊掉了，一整天都是神清气爽。

下雨的时候，我喜欢拿着碗，拿着盆去接雨水。山上的雨水干净，纯，不像城里的雨，落下来的时候已经被烟尘弄脏了，山上的雨水是直接从天上下来的，就像刚从云堆里分解出来时那么纯净。早上洗完脸，再用雨水撩到脸上拍打一下，这就是我的雪花膏。临睡时也用雨水滋润一下脸，会觉得皮肤就紧绷了，不会长皱纹。

还有呢，我喜欢纳鞋底，手指上戴个顶针箍，一针穿过去，再一针纳过来，密密层层。穿自己纳的鞋，合脚，脚特别舒服，踩在地上特别踏实。我喜欢捡拾山上的落叶，挑那些形状好看的，纹理清晰的，捡回来压平，等树叶泛黄了，水分挥发得差不多了，就夹在书里当书签。我都认不清那些是什么树，我不管，只要长得好看就行，都收集了好几盒呢。你要是喜欢，我送你一盒。我还喜欢赤着脚走路，走在泥地里，走在石板的山路上，走在铺满青草腐叶的林子里。我喜欢的东西很多很多呢。

野和尚看看她，额头那么紧致，脸也光洁，眼角几乎没有皱褶，神情是那么明亮。不光是因为她喜欢吃猪油，也不光是因为雨水的滋润，也不光是因为她依然年轻，而是因为她活得简单。

那天野和尚在揽月亭那边抽烟。他很少当着杨老师的面抽烟，知道她不喜欢闻到烟味。杨老师走了过来，说，想心事呢？前几日还见你有说有笑的，这两天总是见你躲在一边发呆。此前闲聊时，野和尚说了这几年的经历，什么事都没有隐瞒，包括这次打了人逃出来的事情，当然也包括和吴彩玉、丁小琴的事情。看不出杨老师有什么妒忌，反倒为两个女人叹息了一阵。杨老师说，明天我想下山逛逛集市,你陪我去好吗?正好也散散心。野和尚嗯了一声。

第二天赶了个早,两个人一起下山。此时太阳晒得还不猛烈,一路上还有点风,倒也凉爽。走到集市那里,杨老师忽然停住脚步,看着对面。野和尚顺着她的目光看过去,对面是个邮局。杨老师说,藏着躲着也不是办法,心里这块石头总是放不下的;打个电话回去,问问情况,也好有个对策。待会我过来找你。野和尚穿过马路,还有点犹豫,杨老师在对面挥手示意他进去,便跨进了邮局。交了押金,进了一间木头搭出来的小房间。拨的是余庆里弄堂口的传呼电话。接通以后,说了几句,便听到话筒里传来电喇叭的声音,是刚刚接电话的老阿姨在喊——

三十一号亭子间的吴彩玉听电话,长途电话,快点来接。

等了一歇,是楼下客堂间的孙家姆妈来接的电话。孙家姆妈气喘吁吁,看样子是一路跑来的。孙家姆妈说,小凤啊,小吴出门时特意关照的,要是有电话,叫我一定要来接听的,要是别人的电话,听过算数。小吴讲,要是你打来的电话,就告诉你,事情摆平了,不会再有后遗症,你放心回来好了。小吴讲,你听了就明白了。小吴还讲,你到了上海,马上来一趟,有事情,蛮重要的事情,电话里不方便讲,你来了就晓得了。野和尚说,谢谢孙家姆妈。我回到上海,马上来看你和孙家伯伯。

结好账出来,杨老师就站在邮局门口,见他面无表情,关切地问,怎么啦?野和尚说,一个好消息,一个坏消息,想先听哪一个?杨老师急迫地说,先说好消息。野和尚挽起杨老师的手,说,好消息就是,我现在可以陪你去逛集市了,你想吃什么,我都买给你;还要给来福买点肉骨头。杨老师说,坏消息呢?野和尚说,我要回上海去了,那边的事情解决了,不会吃官司了。杨老师拍拍胸脯,长长地舒了一口气,又说,想来就来,说走就走,一走就再无音讯,这就是你的风格吧,不过我也习惯了。野和尚说,我还没有安定下来,等我安定下来了,就来接你。杨老师笑着说,好的呀,三年还是五年,还是一辈子?你不会见一个女人,就叫她等你吧。

回到上海,回到三层阁,丁小琴已经离开,房间也收拾干净了,先前送给她的东西一样都没有带走,那只四喇叭的录音机也没带走。桌子上留了张字条,写了两行字:

你不懂得珍惜我,你不想过好日子,你辜负了我的一片真心。
我不会再回来了。

野和尚发了一会呆,心想,小女人伤透心了,大概是哭哭啼啼离开的,随手把字条揉成一团。出门,顺路买了些水果,去了余庆里。他平时习惯走的是后门,经过时看到前门开着,便走了进去。孙家姆妈坐在天井里剥毛豆,看到野和尚,慌忙站起来,说,小风你来了啊,小吴给你留了点东西。说罢用围兜擦擦手,进了客堂间,不一会,捧出一样东西,用一块粉红的毛葛提花被面包着。野和尚接过来,一点分量也没有。抖开被面,禁不住一阵辛酸,熟悉的,看到过的,上面红的蓝的密密麻麻写满字,是三大张猴年邮票,邮票后面还粘着石灰墙皮,是用铲刀整块铲下来的。野和尚重新用被单包好,说,孙家姆妈,小吴在亭子间吧,我去看看她。孙家姆妈说,小吴搬走了,叫你不要再去找她了。她讲她到外地去了,你找不到她的。野和尚还不死心,说,小吴离开的时候还讲过啥吧。孙家姆妈不忍心野和尚太失望,随口编了句,小吴讲的,叫你保重身体,她讲她谢谢你。

一时间野和尚只觉得造化弄人。当初要是不硬出头,不搞承包,太太平平过日子,他和吴彩玉依然会厮守在一起,也用不着吃后来的那么些苦头了,那几版猴票也还稳稳妥妥地躺在箱子底下。当初八分一枚买来的猴票,现在已经炒到四五千块一枚了,整版的猴票更加值钞票,三大版猴票几乎就是一笔令人炫目的巨款。人算不如天算,兜了一大圈,到头来却是个人财两空的结局。

回来的路上,野和尚忽然想到了拜伦的诗句,好像蛮切合现在的心境:

如果多年以后,
我们又见面,
我将怎样招呼你,
含着泪,还是沉默。

要是拍电影,故事随便编,大概会有这样的情节,过几年,在某个场合他还会碰到吴彩玉,她嫁人了,她真的嫁了三趟,克死三个老公,变成一个略显富态依然风姿绰约的贵妇人,总之,和她以前鱼摊头卖鱼的角色反差越大越好。那时野和尚潦倒了,在一家五星级酒店当行李员。吴彩玉一眼就认出他来,念着旧情,赏了他一笔丰厚的小费。可能吧,在现实生活里,这种可能性几乎没有。

在上海歇了几天,野和尚打算去板桥铁矿看望师傅师娘,然后从金陵直接到广州去。野和尚每天看报纸,像他这种在上海广州跑来跑去的,以前叫跑单帮,后来叫搞投机倒把,现在报纸上的说法不一样,叫流通领域什么什么的,明显上档次了。报纸就是尚方宝剑，有了尚方宝剑，还怕啥？

  到了北站，买张站台票就混进去了。经常乘火车，门槛精了，上了火车再补票，省时省力，免得花上几个小时排队买火车票。补票时，塞点小礼品，通常能补到卧铺票。即便没有卧铺，也有办法，到餐车车厢去点几个菜、点瓶啤酒，笃悠悠坐上半天。接下来再泡杯茶，看看风景，望望野眼，又到开饭时间了。菜单递过来，再点几个菜、一瓶啤酒。餐车车厢干净舒适，椅子是软的，胖鼓鼓的，下面装弹簧的，坐着适意，桌面还铺白的台布，还有个小的瓷瓶插着一朵花，塑料花，环境安静，没有人踩了你脚还不当回事，没有人随地吐痰，没有人吆五喝六地喧闹。夜餐以后还有夜宵，继续吃。到后来，服务员锁好柜子锁好门去睡觉了，不好意思赶你走的。于是你把椅子拼一拼，四仰八叉地睡，比卧铺还适意。到广州三十个小时，基本就泡在餐车厢，只要你不停地吃，不停地泡茶，餐车服务员当你财神菩萨，对你客客气气，有多少惬意就有多少惬意。

  这次到金陵，路近，只要几个小时，用不着大费周章。野和尚上了火车直奔车厢尽头，一节车厢有一百零几个座位，对号入座的票只卖到一百零二座，实际上每节车厢会有一百零四个座位，那两个座位是不对号的，谁抢到就是谁的。野和尚赶到车厢末尾，却见只有一百零三个座位，那个不对号的空座已经有人占领了，是个三十岁左右的年轻女人。野和尚上去冒野。"冒野"是上海方言里的切口，意思是靠虚张声势制服别人。野和尚说，女同志请让一让，这个座位是我的。说着把手里的车票晃了晃。那女人说，是吧，车票给我看看，上面是不是写明一百零三座。野和尚知道碰到厉害角色了。那女人又笑道，你倒是个行家，知道这个座位不对号，可惜你来迟一步了。你知道这个座位为什么不对号吗？说不出了吧，告诉你，这是留给路局职工的，要不要给你看看路局的工作证？那女人说着作势要打开包，野和尚慌忙说，用不着，用不着，你坐你坐。一般的人会说上海铁路局、南京铁路局、广州铁路局，用的是全称，这个女人说路局，显然是铁路系统的人。

后来野和尚再乘火车，碰到空座被不速之客占领了，便板着面孔说，起来，我是路局的，这个座位对外不卖票，是留给路局职工的。占座者不会有任何疑问，慌忙起身让座。屡试不爽。

火车到无锡，坐在女人对面的人下车了，野和尚才坐下去。那个女人初初一看，长相平庸，长的是一对三角眼，颧骨也很高。通常评价这种女人，不会说她姿色如何、容貌如何，只会说她面相如何如何。但是这个女人出挑的恰恰是这对眼睛，特别亮，像火赤练的蛇信一样，有一种摄人心魄的妖冶，而且颧骨有光泽，这一来，便使那张平庸的脸显得气韵生动，别具魅力。形容一个三角眼女人妖冶，其实是有点滑稽的。两人有一搭没一搭地聊了起来。那女人说，去金陵是出差还是探亲访友？野和尚说，到板桥铁矿看我师傅师娘去。女人说，听你意思，你已经离开板桥了？野和尚说，是的，后来出去读书了。女人说，能够考大学考出去，本事蛮大的。野和尚说，运道好，是单位推荐的，工农兵大学生。女人说，你倒坦率的。她又说，等等，我刚刚看你有点面熟陌生，好像看到过的，是不是爬在烟囱、脚手架上面，写大标语的，是你吧。总厂机关外墙的大标语也是你写的。野和尚笑笑，说，是的。女人说，我也是板桥钢铁厂的呀。野和尚说，你不是说是在路局的嘛。女人说，你会冒野，我也会冒野的。居然说出一口纯粹的上海话。野和尚说，先前以为你是金陵人，听你讲话，带点金陵辣子腔调。女人笑着说，毕竟是在金陵的地盘待了十年，多少受点影响吧。这么一说，两个

廿二 一个好消息，一个坏消息

人顿时觉得亲近了不少。

野和尚说,我姓风,叫风生水。女人说,我叫缪玲。野和尚说,这个名字赞的,看上去两个字比较平常,但是听上去适意,灵的,缪玲,妙龄,叫这个名字的女人不会老的,到了五六十岁还是妙龄女人。缪玲格格格笑,说,男人会拍女人马屁,这种男人讨女人欢喜的。两个人越谈越热络。缪玲在板桥总厂的供销处,听起来好像有点实权。问起野和尚,野和尚本来还想朝自己面孔上贴点金,说是在流通领域的,后来还是照实说了。缪玲问,摇账怎样?野和尚说,马马虎虎,赚点小钞票。缪玲点点头,若有所思。

到了金陵,天已经擦黑了。走出火车站,对面就是玄武湖。野和尚说,直接去板桥,还是有啥打算?缪玲说,我不回板桥了,明天在金陵还要谈点业务,我在鼓楼饭店有间长包房的。野和尚哦了一声,说,我现在去赶末班车太急促了,今天不进去了,明天再去。一起到夫子庙去吃小吃好吧。缪玲爽气地说,走,正好看看秦淮河夜景。

找了家叫永和园的饭店。小碟子小蒸笼一样样端上来,甜的咸的,鸡鸭血汤、糖芋艿、臭豆腐干、凉粉、赤豆元宵、蟹黄包、素烧鹅、开洋干丝、黄桥烧饼、五香鹌鹑蛋、马蹄糕、豆腐脑、梅花蒸糕、糟田螺,一共上了六七十道点心和小菜,而且做得十分精致。野和尚感叹道,以前在矿里做皮带工,特别馋,晓得金陵的小吃有名气,人穷,从来没有来吃过;后来回上海,也不会特地来吃小吃。今天算是了却心愿了。缪玲笑笑,朝服务员招招手,说,开张发票。野和尚不解,说,我付现钞好了。开发票做啥?缪玲说,误餐补贴,回去好报销的。

走出饭店,缪玲说,你还有啥安排?野和尚说,我听你的,要不，去秦淮河边上坐坐。缪玲说，坐在河旁边去喂蚊子啊。说着，她眼睛里那道妖冶的光又射出来了。野和尚心领神会，一起去了鼓楼饭店。

人不可貌相，这句话千真万确。这女人身上有股特别的气息，你未必会真切地闻到，但你无形之中会吸入鼻腔，或者那种气息会沾到你的皮肤上，和你的皮肤产生化学反应。没有想到，两个人亲热时，这女人居然像发大水一样，恣肆汪洋。落再大的雨，只落一场，不够的，必须是狂风暴雨，把田埂冲垮，沟里渠里的水全部漫出来，天上的雨和地下的水汇合在一起，泥石流滚滚而下，才算结束。

缪玲说，香烟有吧？野和尚给她点了支香烟，缪玲倚在床上吸了一口，递还给野和尚，说，你不要笑我，女人都是这样的，喂不饱的。野和尚说，你的反应蛮强烈的，和别的女人不一样。缪玲用手指戳他的额头，噗笑道，坏人。她忽然话锋一转，说，我一直在物识人，我问你，如果有个更加好的差事，你肯做吧？野和尚暗暗赞叹，这女人面孔变得快的，私事做好了，马上摆出一副公事公办的样子。野和尚，钞票赚得多吧？缪玲说，这就看你本事了，你肯卖力做，钞票赚得飞进飞出，潽出来。赚了钞票我和你五五开，对半分。野和尚说，好，一言为定，我跟你做。缪玲说，不是跟着我做，我不出面的，你一个人做。野和尚问，具体是啥个事情？

缪玲说，推销炉渣。

廿三　告别"演出"

野和尚曾经嚣张过一段日子，现在又变得谦卑了，看到人，发香烟，发名片；笑的时候鼻子朝上一缩，这种笑法在他脸上已经长远不见了。我说，怎么抽红塔山，不抽上海香烟了？野和尚说，现在市面上红塔山比较吃香，外地人欢喜抽红塔山，我的客户基本上都是外地人，我也抽惯了，蛮醇厚的。他说着发了一张名片给我，上面印的头衔是，炉渣调拨员，炉渣供应站负责人。我记得野和尚卖鱼时也发过名片的，大兴的，薄塌塌的一张白纸，自己裁自己写的。这家伙总是比别人超前一步。现在这张名片挺括的，一看就是印刷厂出来的。这时候私人电话还没有放开，大哥大也还没出世，名片上的联系电话上面一行仍旧是居委会的传呼电话，前面加了上海的区号；另一行是金陵的区号，鼓楼饭店总机转。

这时候名片还比较稀奇，野和尚是最早用名片的那批人，比我早了很多年。我直到几年以后，有了小孩，经济压力大了，从事第二职业，天暗了在成都北路凤阳路路口摆袜子摊，才去印了一盒名片。袜子是从阿梁的厂里批发的，全部是积压品处理品出口转内销商品，等于半送半卖给我的。我发名片看人头的，不会像野和尚一样随便乱发，毕竟一张名片要两角成本的，我一般只发给老客户，或者乡下亲眷来往密切要送礼送给亲亲眷眷的，或者有潜在批发需求的。我印名片的时候，名片已经不稀奇了，服务站接电话的老阿姨也赶时髦印名片了，印的联系电话就是服务站的电话号码。到后来修摩托车的修棕绷的箍桶的也印名片，名片就好像再过几年出现的拷机，阿狗阿猫人手一只拷机，马路上只听到哔哔哔、哔哔哔，然后一帮无头苍蝇到处寻电话，去回复。

野和尚一回上海，就忙得飞起来，传呼电话不断。服务站老阿姨开始是用电喇叭喊，廿七号三层阁姓风的电话；或者喊，廿七号三层阁的风格里听电话。喊一趟电话是四角，野和尚一般会给一块，说一声，辛苦了，不要找了。后来接到电话，老阿姨电喇叭也不用了，巴巴结结跑到楼下喊：

三层阁的风老板听电话，盐城来的电话。

三层阁的风先生电话，金陵来的电话。

……

服务站的几个老阿姨晓得喊一趟油水蛮足的，都抢着去喊，还弄得彼此之间不开心。野和尚要是不在上海，几个老阿姨都很失落，盼着风老板早点回上海。

我只晓得野和尚在做炉渣生意，但是我不晓得炉渣是派啥用场的，就像我不晓得硼砂是派啥用场的一样。后来野和尚露了一点口风，炉渣是卖给水泥厂的，销路蛮好的。各个方面都被他搞定了，据说先搞定的是一个姓缪的女人，炉渣就是姓缪的女人批条子批给他的；后来水泥厂也搞定了，火车车皮也搞定了，运输公司也搞定了，甚至地磅房的几个女人也被他通通搞定。小恩小惠一塞，地磅房的几个女人服服帖帖，帮着他弄虚作假。装炉渣的卡车开过去过磅，空车明明是五吨半，写六吨；汽车装好炉渣开出来再过磅，重车明明是十吨，写九吨五三，还带零头，弄得像真的一样。一进一出，骗了钢铁厂一吨炉渣，多出来的钞票就到了野和尚口袋里。

大概过了一年多，野和尚的炉渣生意越做越大，钞票也越赚越多。我之所以能够感觉到，是因为他笑起来的样子有变化了，笑的时候鼻子不再朝上缩了，而是鼻翼朝两边张开来，鼻孔绷得很大。他的气焰又开始嚣张了，在同寿里走进走出，西装敞开，里面一件西装马夹，不戴领带的，上面口袋系了一条细细的金链子，另一头绕过西装门襟隐没不见了，估计是塞在西装马夹里。他看到我一直在盯着那条金链子看，便把手插进去，从里面口袋摸出一块怀表，金光闪闪，十分刺眼。我不知道怀表的外壳是铜的还是镀金的还是纯金的，但是根据野和尚现在的身价判断，应该是纯金的，而且这块怀表应该是进口货，有可能还是古董。野和尚时不时地要做这个动作，手伸进去掏表，然后打开表盖看看，点点头，合上表盖，塞回去。过几分钟，再重复这个动作，好像他这个人物有多少重要，他的时间有多少宝贵，一分一秒都必须刻准，都必须掌握，否则就要出大事情。又过了一段时间，我发现他头颈上挂了一条金项链，小手指粗细，还特别长，差不多要荡到和他两粒奶奶头齐平。这根项链要是被头颈细一点的女人戴，头颈会被勒断的。

因为野和尚总是来去匆匆，我和他也难得碰到，就是碰到了也说不了几句话。不像以前，他在晒台那边叫一声，我手一撑，翻墙头过去。这时候，我已经不入他法眼了。

有次野和尚正要出门，十二姑婆的外孙女气喘吁吁地跑上三层阁，说，外婆在医院里不行了，要死了，临死要见你一面。外婆讲，有事情告诉你。你快点去，去晚了就来不及了。野和尚已经和客户约好在德大见面，临时改约也来不及了，便向那个外孙女问清医院和病床号，说先去见个朋友，马上就赶过去。野和尚就是在那次又遇到佩丽的，佩丽就坐在他背面的车厢位子，声音熟悉的，说话的腔调也熟悉的，更何况，佩丽花那个男人的一番话以前也对野和尚说过的。野和尚暗自好笑，上了一趟厕所，和佩丽打了个照面，佩丽居然神情自若，野和尚的心结也解开了。回到座位，他猛然想到，当初认识佩丽，就是十二姑婆介绍的，十二姑婆现在正在医院里，风中残烛，火头随时随地会熄灭，正等着他过去。于是他向客户打了个招呼，招了部出租车赶到医院去。在走廊里，已经听到病房里的哭声了。果然，十二姑婆走了。野和尚问十二姑婆的两个女儿，阿婆临走有啥要紧的事情交代吧？大女儿说，没有，姆妈一直讲要等你来，有事情对你讲，突然之间一口气上不来，就走了。说完，两个女儿继续放声大哭。野和尚不知道十二姑婆想告诉他什么事。十二姑婆走了，那些秘密也跟着十二姑婆一起走了。

　　十二姑婆没有儿子，只有两个女儿，女儿生的也是女儿，家里没有男丁。大殓那天，十二姑婆的遗像是野和尚捧的。

　　那以后的很长一段时间，我们都没有再看到野和尚。

　　这年年底，西北风刮得凌厉，气温直线下降，马路上的人佝头缩颈，鼻头都冻得通通红。到了星期天，西北风停了，出太阳了，气温回暖了，弄堂里的人也像是活过来了，走出家门活络活络，左邻右舍在门口说说闲话。勤发说，弄堂口烟纸店里啤酒到了，排队买啤酒去。于是我和阿梁也一起过去。我们去得晚了，排队排到，几箱啤酒卖完了，我们几个便站在弄堂口聊天。此时我们几个都结婚了，虽然依旧住在一条弄堂里，平时忙忙碌碌，也是不常见面。阿梁说，找个天气好的日子，就像是今天这种天气，骑自行车到南翔古猗园去玩，带老婆一起去，有兴趣吧。我说，开玩笑啊，十二月里到古猗园去，这么远的路，去吃南翔小笼还是去吃西北风啊，一点意思也没有。勤发说，是的呀，倒不如三家人家劈硬柴，到绿杨邨撮一顿实惠。

正说着，野和尚出场了。

之所以用出场这个词，是因为野和尚这次在同寿里露面，已经很难用其他词形容了，气势太大了，气场太足了，完全像是舞台上主角亮相一样，有追光灯的，有跑龙套的，有锣鼓家什的，全场观众注目，轰动整条同寿里。

先是两辆崭新的面包车疾驰而来，停在同寿里弄堂口，前面一辆是奶白色的，后面一辆是青灰的。奶白色的车门打开，下来七八个穿西装戴领带的年轻男人，一色的深藏青西装，每个人手上还戴了副白手套，说是保镖又不像保镖，说是跟班也不像跟班，叫你完全吃不准他们的路子。那几个深藏青下了车，小跑步跑到青灰色的车门旁边，站成两排，站得笔笔挺。路旁边的人都停住脚步，预感到有大人物要下车了。同寿里住的都是平头百姓，好像从来没有什么大人物来过。青灰色的车门迟迟不打开，十分吊人胃口。勤发说，册那，摆飚劲嘛。此时青灰色的车门总算开了，下来一个穿西装戴秀琅架眼镜的男人。秀琅架下了车并不离开，而是面向车内躬身肃立，抬起两只手，像是要搀扶车内的那个人。我们估计车上坐着的是个七老八十的老头。看过去，两边的车窗都拉上了窗帘，光线不是很充足，而且有点背光，并不能看得十分真切，但就是这一眼，我们的汗毛也竖起来了，面包车里的不像是人，而是一头毛茸茸的怪物。

我们当然没有幼稚到这个地步，真以为那是头人形怪物，只是在仓促之下，还真不好判断究竟是什么。我们打算好了，要是局面失控，马上滑脚。

　　下车的不是怪物，是个人，等我们看清他的脸，大吃一惊，居然是野和尚。野和尚穿了一身烟灰色的毛皮大衣，长及脚背，头上是一顶烟灰色的罗宋帽。类似的帽子我们以前也戴过的，我们叫风雪帽，用双层的骆驼绒做的，寒风刺骨的天气，可以把上面的帽墙翻下来，后脑和耳朵连带脖子可以遮挡得严严实实，只露出前面一张鸭蛋型的面孔。这种帽子现在没什么人戴了，太土了。野和尚的帽子不是骆驼绒做的，也不是海虎绒做的，应该是貂皮的，而且帽子四周没有帽墙，帽子顶部也比普通罗宋帽高出一截，接近威虎山上座山雕戴的那种。野和尚走了几步，威风凛凛，我们才发现他穿的其实不是大衣，准确一点应该说是大氅，前面敞开式的，领口那边用带子系住，形似披风。上海这种地方，有人穿大氅吗？这也太夸张了吧。那几个藏青色簇拥在野和尚身前身后，我才醒悟，为什么这些人不像是保镖，不像是跟班，是的，他们就是跑龙套凑热闹的。后来野和尚在挨刀时，他们四处躲闪，更加证明了这一点。

　　野和尚走进同寿里时那种前呼后拥的排场，不由人不产生错觉，好像有一束追光打在野和尚身上，那些个深藏青就在前面鸣锣开道，至少感觉上像是在鸣锣开道。大家看到穿西装的人本来不怕的，但是看到这么多穿深藏青西装戴白手套的，有点顾忌，纷纷让出一条路来。服务站的几个老阿姨看到风老板回来，开心死了，又看到风老板的腔势这么浓，就在人堆里打招呼，风老板你好，风老板你回来啦。野和尚听到只当没听到，神情冷峻，目不旁顾，一直走到廿七号后门口，才停下来。住在底楼的无锡老太看到门口拥了这么多人，以为大祸临门了，逃回客堂间瘫倒在床上，一遍遍念阿弥陀佛菩萨保佑。野和尚掏出怀表，眼睛盯着表面，身体一动不动,像是在等待良辰吉时,非常有仪式感。前前后后已经拥了很多人了,大家都屏住呼吸,大气也不敢出,谁都不知道接下来会发生什么。

住在后弄堂的花痴也挤在人群里看热闹。花痴是受了刺激才发花痴的,不过还好,花痴是文的,发作时最激烈的行为是,看到好看的女人就朝她吐口水,嘴巴里还骂,忘恩负义,谋杀亲夫,不要面孔!花痴开始在人堆的外围,只看到野和尚的帽子,等他挤到前排,看到野和尚的大氅,一下子受刺激了,旧病复发了。因为那个甩了他的女人,也欢喜穿这种毛茸茸的大衣。花痴大叫一声,冲出人群。那时候,大家光顾着看野和尚,没有人注意到他。

像是时辰到了,野和尚走进廿七号,秀琅架紧跟在后面。那些个深藏青依然在门口两边排开,像是古代衙门口的衙役。此时人群里开始议论纷纷,也有不认识野和尚的,说,这是谁呀,神气活现的;有人说,以前弄堂口摆香烟摊女人的儿子呀,听说是做官了,否则这趟回来排场不会这么大的;有人说,瞎三话四,做屁个官啊,听说是做生意发财了,开始小弄弄,弄弄弄弄搞大了;有人说,小辰光拖鼻涕的样子好像还在眼面前,想不到现在卖相这么好,男人味道这么浓,神气的;有人说,楼梯上脚步声响了,像是下来了。于是大家都不响了,伸长头颈盯着门口。

野和尚出来了,手里捧着个骨灰盒。几个老邻居上前搭讪,说,风风回来啦,长远不看到了。勤发的老娘说,今天是冬至,是去给你姆妈落葬是吧,墓地买在哪里啊?另一个女人说,风大姐走得太早了,走了有五六年了,没有享到儿子的福;要是看到今天风风这么风光,要开心死了。旁边的几个女人一起摇头叹息。有个老太说,风风啊,落葬时多烧点黄纸锡箔,让你姆妈在阴间里过得宽舒点。

野和尚一一打招呼问候，又点头示意秀琅架。秀琅架拉开皮包，给那些个老邻居发红包。拿到红包的都眉花眼笑，连声称谢。住在底楼的无锡老太后来听到别人都拿到红包，自己错过了，后悔得用头撞门。

这时，一阵"哇啊啊"的叫声由远而近，好比京戏里大花脸发怒时的那种叫唤。不一会，花痴举着一把银光闪闪的大刀杀过来，急切间也看不清大刀是真是假，围观的人尖叫着纷纷躲避。专业保镖和龙套演员的区别就显示出来了，保镖会挺身上前，龙套是来客串一下的，犯不着拼命的。那些个深藏青本来挡在野和尚前面，看到刺客来了，都下意识地朝旁边闪开。倒是秀琅架举起皮包挡在面前。花痴手起刀落，不是砍在皮包上面，而是半空中变换招数，化刀为剑，直接刺中秀琅架的肚皮，还接连刺了好几下。秀琅架闷哼一声，倒在地上。花痴一击得手，大笑一声，大刀朝野和尚砍过去。这时候大家看清了，这把大刀不是真的，是城隍庙卖的木头大刀，外面刷银粉漆的那种。虽然是木头刀，砍中一刀也是痛的。野和尚左手抱骨灰盒，右手撩开大氅，身子一侧，大氅像道瀑布一样抖开来，然后身体转了半圈，整套动作一气呵成。这个过程看着赏心悦目，就像是西班牙斗牛一样，斗牛士把红布朝侧面一晃，自己闪到一边，让生性暴烈的公牛扑个空，随后在它背上插上一剑。花痴就像是斗牛场上的公牛，眼睛通红，不由自主地被大氅带着走，朝着大氅砍过去，明明应该砍中的，哪知道扑了个空，摔了个狗啃泥。那些个藏青色这时都英勇神武地冲了上去，有的帮野和尚整理大氅，有的去对付花痴，夺刀的夺刀、按头按脚的按头按脚。花痴被按在地上，杀猪猡一样嚎叫，谋杀亲夫、谋财害命地乱叫。其中一个藏青色说，老板，怎样处理这个刺客？野和尚鼻孔里嗤了一声，搀扶起秀琅架就走。

我们都以为野和尚上车之前，会脱下罗宋帽朝大家挥一挥，这是派头。本来野和尚可能会这样做的，但是花痴冲过来了，朝着野和尚坐的那辆面包车吐口水。有几个家伙看样学样，也跟着花痴朝车子呸呸呸吐口水。有个老兄吐得十分起劲，吐了几口还和花痴击掌庆贺，车子开走了还在吐，吐好回过头来问，为啥要朝他吐口水啊，这是啥人啊？人群里有人开骂了，太嚣张了，暴发户，有点钞票就回来摆阔气，还披身狗皮狼皮回来，呸！勤发的老娘这时也把红包拆开了，里面是一沓新票子，一块票面的，十张。勤发的老娘现开销，当场就骂，黑良心，太小气了，发了财，红包里塞十张十块的还差不多，只塞十张一块，当我没有见识过钞票啊！

野和尚这趟类似衣锦还乡的表演，虽然中间出了个小插曲，但基本上还是成功的、流畅的，估计是预先排练过的。那几个穿深藏青西装的男人，十之八九是野和尚从上海戏剧学院租来的学生，表演系的，否则不会高矮胖瘦差不多，条杆那么挺，个个都是美男子级别。这么请他们助演一次，花的代价不会小。花痴半路里杀出来，以及后来吐口水的环节，属于不可预料的意外事故。

我总觉得，野和尚那一次是在作告别演出，因为从此以后，野和尚就彻底失踪了。

我时常会想到野和尚，这里面的情绪蛮复杂的，三言两语说不清楚。连带着，我也会想到他的三层阁，上海滩寸土寸金，这么大一间三层阁空关这么多年，太可惜了。要是落到我手里，四面墙纸一糊，吊灯一装，新家什一换，地板重新漆一遍，老虎天窗修修好，绝对布置得富丽堂皇。不过法治社会，我总不见得撬锁撬进去占领吧。

过了几年,盛行同学聚会,我们初中同学也组织了一次。

我们那次在新雅饭店包了四桌,整个班级的人基本都到了。大家都兴冲冲,都没什么心思好好吃饭,像是在开杂货铺,开五金店,开木器行,开商品交易会,市面上紧俏的商品和原材料包罗万象。除了个别女同学,依旧像读中学时那么腼腆,小嘴巴嘁嘁,喝饮料像喝白酒一样小口咪,含笑看着别人,其他人都在兜生意。我手里掌握的是水泥,有硅酸盐水泥、矿渣水泥、火山灰水泥、粉煤灰水泥,还有复合水泥、快速干燥水泥。我到现在也不知道那些水泥堆在哪个仓库里,我对水泥的了解也仅限于那几个名称;先前有人向师傅推销水泥,师傅又向我推销,我也不黑心,每包水泥加了五分,继续向别人推销。我用小本子记了一下,当天交易的有以下品种:

三夹板、五夹板、纤维板、石膏板、马粪纸、景德镇瓷器(这是大类,可以分成很多小类)、不锈钢薄板、油毛毡、黄铜、紫铜、积压的十四英寸黑白电视机(面向农村市场)、各种型号规格的轴承、煤炭、焦炭、含铁量百分之四十五的矿粉、弹簧钢、红丹粉、电线电缆、黄沙、沥青、硼砂、花岗岩、钢管(规格齐全)、水泥(我的)、玻璃(品种规格齐全)、浦东一亩田(靠近三林塘)。

有个叫徐玉珍的女同学是玻璃大户,手里有各种各样的玻璃,平板玻璃、浮法玻璃、钢化玻璃、夹丝玻璃、中空玻璃、镀膜玻璃、磨砂玻璃、压花玻璃、刻花玻璃,应有尽有。徐玉珍在读中学时姿色平平,想不到现在出落成一个非常标致的美人,而且那天穿的服饰有点漏光,勤发和阿梁还有其他几个男同学围着她,凑得还很近。徐玉珍正在推销一块台面玻璃,说是八厘米厚度的钢化玻璃,七十五厘米乘七十五厘米,说着拿出一把卷尺拉开来,比给大家看,说,四只角压花的,一只角是棉桃,一只角是卷心菜,一只角是鸳鸯,还有一只角是一条鲤鱼。实话实讲,这块玻璃的设计是有点土里土气的,徐玉珍加重语气说,但是,大家仔细听,这块玻璃价格便宜,适合农村市场,农民伯伯欢喜这种朴实的图案,而且还有点喜气洋洋的。

班主任俞先生费了半天口舌,浦东一亩田没有推销出去,累垮了,躺在包房角落的沙发上闭目养神。

我因为和哑子争了几句,有点胸闷,转身喝了杯饮料,一饮而尽。掉头四顾,猛然一阵悸动,最应该在这个场合出现的人居然不在,野和尚居然不在。我看向包房的门,我希望野和尚会推门进来,穿着很夸张的衣服。自从上次看到他穿了一件大氅,我觉得他随便穿什么,哪怕是披了一张豹皮进来,披了一条床单进来,我也不会感到惊奇了。

我问曹金凤,你有野和尚的消息吧?曹金凤在清扫台面,整个班级,她是唯一一个对吃的兴趣超过其他的人。曹金凤说,问得滑稽吧,野和尚的事情来问我,我怎么会晓得。哑子在旁边接腔,我晓得的。我们都看向哑子。哑子说,野和尚是怎样一种人,我太了解了,他是混腔势的人,是赶潮流的人,要是生在古代,就是第一个敢吃蟹的人。现在是啥个潮流,出国潮,野和尚肯定出国去了,去了澳大利亚,也可能去了日本。或许现在这个时候,我们在聊天、谈生意,野和尚在日本东京背死尸。背死尸听得懂吧,日本的公寓里死了人,不许死尸通过电梯运下来,这太不吉利了。于是就出现了一个新的行当,背死尸,把死尸装在尸袋里从楼上一层层背下来,每一层的住户都守在楼梯口,给背死尸的人塞小费,塞在他的领口里,其实是阻止他乘电梯。背到底楼,头颈里塞的钞票么克么克,我不是瞎讲的,我是根据逻辑推理出来的。野和尚不怕吃苦、不要面子的,随便啥个行当,只要钞票赚得多,他绝对去做。

哑子的这番话原本只是信口开河、随意猜测,但是传到后来就走样了,似乎变成确凿无疑的事实了。班级里的同学,同寿里的人,都认为野和尚是在日本背死尸。还有人说,在东京亲眼看到过野和尚坐在马路边上,靠着死尸袋,大概是在等运尸车来车尸体。车子还没来,野和尚就从领口里把钞票摸出来,沾着口水一张张数。

传到后来连我都相信了,毕竟野和尚失踪这么多年了,你还能有什么别的解释,要么他在背死尸,要么他已经是死尸了。

有一天夜里,我睡不着,又打开电视机。因为老婆已经睡了,我把音量调得很低,几个频道调来调去。有个频道在介绍浙江的一个古镇,郎官桥镇。镜头在一条青石板铺就的老街上缓缓推进,两边是古朴简陋的木屋。镜头摇向旁边,有个男人坐在藤椅上,摇着蒲扇,分外悠闲,手里拿了把彩陶壶,蓝色的,看造型是把僧帽壶,正往一只小陶盅里斟茶。镜头继续推过去,几个妇人在说笑,手里都没闲着,纳鞋底,绣花,在笋匾里挑拣红枣,剥莲蓬。古镇,老街,风情闲适。我到这时候才反应过来,那个用僧帽壶斟茶的,是野和尚。

我不会看错的。

廿四　气功·羊汤

那时,野和尚在金陵参加一个水泥供货洽谈会,是在一家大饭店里。

进门的一排长桌后面坐了几个年轻男女,是会议接待方的工作人员。野和尚签好名字,领了一个文件袋,刚刚想离开,看到其中一个戴秀琅架眼镜的男青年,脖子上挂了一块赤红透亮的竹片,不由暗自觉得好笑,说,你是上海某某大学毕业的。秀琅架说,是啊,你怎么知道的?野和尚说,我也是某某大学毕业的。秀琅架慌忙从长桌后面绕出来,笑着和野和尚握手,说,校友啊,幸会幸会,我叫李东东。野和尚说,我叫风生水。论起年序,野和尚进校在先,那家伙连忙称呼学长,又纳闷地说,学长怎么看出来我们是同一所大学出来的?野和尚说,我看到你挂着这块厕筹,老物件啊。我也有一块。李东东得意地说,是啊,上千年的老货,机缘凑巧,在大学里买到的。那次交易很神秘,怕被人揭发是倒卖文物,买卖双方不见面的,透过寝室的门缝交易,有趣极了。学长的厕筹也是这么来的吧?野和尚领首微笑不语,心说,就是我做的。

当天主办方没有安排内容。野和尚在房间里打了个盹,看了会电视,看看钟点到了,下楼去吃晚饭。李东东在大堂里闲逛,看到野和尚出电梯,很亲热地上来打招呼,还挤到野和尚这一桌一起用餐,说,学长,晚上要是没事,去听气功报告好吧,我正好有两张票子。野和尚不置可否,李东东兴致勃勃地说,现在最热的就是气功,一个姓张的,一个姓严的,一个姓赵的,一个姓方的,都是气功大师。隔山打牛听到过吗?隔空取物听到过吗?密封的药瓶里把药倒出来听到过吗?用耳朵听字听到过吗?简直不可思议。今天晚上要表演的那个气功大师姓朱,据说也十分厉害。有个人快死了,家属打电话给气功大师,气功大师就在电话里发功,隔开一千多公里发功过去,那个快死的家伙居然拔掉氧气管坐起来了,当天晚上还吃了两碗饭,神奇吧?据说一般的毛病,听他一场带功报告,就治好了。我一直神经衰弱,晚上睡不好觉,想让大师给我发发功。野和尚的兴趣也上来了,说,好呀,去见识见识。我最近一段时间肾亏,叫大师给我补补阳气。本来野和尚要到鼓楼饭店去和缪玲见面的,只好改天再去了。

两人吃好饭,便兴冲冲地赶往五台山体育场。两张票座位不连在一起,进场时人流汹涌,两个人就挤散了。野和尚坐定下来,看看四周,场子太大了,想找到李东东根本就是不可能的。场子里的人高声喧哗,互相攀谈,显得都很兴奋。其时民间正在流行鸡血疗法、红茶菌疗法、黄鳝血疗法、养虫疗法,野和尚很惭愧,自己一样都不沾,场子里的这些人,很可能是刚刚打了一针鸡血来的,至少是喝了一杯红茶菌过来的,否则精神不会这么健旺。野和尚想,既然精神这么好,还来听气功报告做啥。

等了一会儿,气功大师上场了,有点谢顶,但是风度很好,说得滔滔不绝,都是在讲故事,讲自己治好的各种各样的病人,神乎其神。野和尚觉得很枯燥,但看看前后左右,都听得津津有味。

很快,期待已久的时刻来了,气功大师说要给全场观众发功了,只要接受到他的气,身体器官至少年轻五年。顿时全场骚动,都按耐不住地兴奋激动,还有人欢呼。野和尚受此感染,也浑身发痒。气功大师说,现在他要做的是气功的催眠疗法,大家放松,从头到脚放松,放松脑子,放松手指,放松脚趾,在场子里睡一觉,百病全消。说着便让台下的人上去几个,于是呼啦啦地上去了二十多个人。野和尚坐的地方离台很近,也跳了上去。大师双手挥舞了一番,口中念念有词,台上的二十多个人就七倒八歪地躺下了,睡姿千姿百态,也有几个打呼噜的。野和尚回头扫了眼台下,果然有不少人滑溜到座位底下,更有生怕别人不知道他被催眠了,走到过道上睡,走到台阶上睡,还哇哇大叫,表示是在说梦话。还有几个绕着体育场转悠,感觉上是在梦游。野和尚觉得奇怪,自己居然一点睡意都没有。大师见台上众人都被解决了,便来对付他,双手在他太阳穴摩擦了一会,说,倒,倒,倒。喊了三声倒,见野和尚不倒,继续喊,连续喊了十几声倒,野和尚还是不倒。大师对台下说,此人沉疴缠身,积重难返,幸好今天来听气功报告,否则三天之内性命不保。说罢朝野和尚劈了一掌,野和尚晃了晃挺住了。大师连劈三掌,野和尚晃了三晃,还是不倒。大师用话筒对台下说,这位兄弟身体板结成石块,病症十分顽固,光催眠治疗没有用,必须先拔病灶。说着在野和尚头上捞了一把,闻了闻,说,腥臭无比。一把甩向台后。又捞一把,又甩掉,如此动作反复了十多次,每次都说,黑的,腥臭无比。野和尚一点感觉也没有,只觉得好玩。大师最后捞了一把,贴近鼻子闻闻,说,好了,腥臭味没了,我可以保你三年之内性命无虞。下去吧。

野和尚不肯走,说,别人都睡了,你也让我在台上睡一觉。大师凑近他耳边轻声低语,你是梧桐调息桩派来砸场子的吧?说罢在野和尚的腰眼捅了一拳，野和尚吃痛不过，弯下身子。大师借机俯身观察野和尚，在他肚子上又来了一拳。大师身形飘忽，身上穿的是宽袍大袖，又有一连串假动作当掩护，这两拳打得无人察觉。随之，他在袖筒里摸出块手绢，背转身子，看似在扶住野和尚，实际上用手绢盖住野和尚的口鼻，说，倒了，倒了，倒了。野和尚真也就訇然倒地。大师转过身来，早已把手绢藏进袖筒，显出几分疲色，说，救人一命胜造七级浮屠，让他睡一觉，一切都好了；治疗这种病人，最费心力，大概耗费了我三成功力。

台下掌声如雷。

那些先前被催眠的人被吵醒了，醒来继续听大师的带功报告。到后来，一个被轮椅推进来的瘫痪老头忽然跳了起来，大声高叫我能走路了，然后绕着体育场飞跑，家属追也追不上。十多个哑巴都开口了，唱歌表达心情，有的唱"我是卖报的小行家"，有的唱"路边有颗螺丝帽"，有的唱"一树红花照碧海"，都是些比较古老的歌曲，说明他们已经哑了很多年了。哑巴退场后，一群慢性病患者也上前感谢大师，说了很多暖人肺腑的话。真正的高潮是，一个盲人，是个睁眼瞎，说能模模糊糊地看到舞台上的灯光了，又说看得越来越清晰了，还说能看清台上大师的轮廓了，他瞎了几十年，终于重见光明了。当他把墨镜摔在地上一脚踩碎时，他周围的人都沸腾了，把他抬起来往上抛，抛上去接住，再抛。

后半场时，台下哭声一片，有狂笑不已的，有引吭高歌的，有撒泼打滚的，也有学驴叫牛叫的。大师笑着说，周围的人不要阻止他们，让他们哭，让他们笑，让他们唱，让他们发泄；尽情地哭，尽情地笑，尽情地唱，尽情地发泄，这是在冲病灶。

可惜野和尚没看到这一幕，他还在昏睡。他是被扫帚戳醒的，还被泼了小半铅桶的冷水。打扫卫生的阿姨很气愤,说,大师要你睡时你不睡,现在倒呼呼大睡。起来,滚。野和尚起身时依然有点头晕,鼻子里还有股奇怪的气味。再朝四周一看,早就散场了,人都在往外拥,推推搡搡,拥挤不堪。

到了体育场外面,依然有很多人聚在一起,称赞气功大师的功德,说着当时发生的种种奇迹,甚至可以说是神迹。野和尚走上去,说,哪有什么奇迹,都是骗人的把戏,那些哭的笑的装哑巴装瘫子的都是假的,连裆模子。人群愣了几秒。有个家伙说,大师是有真本事的,大师怎么可能骗人呢?我当时也哭了笑了,你敢说我也是假的,也是连裆模子?我最恨你这种人,不懂装懂,胡乱猜疑,哗众取宠,竟敢怀疑大师,揍他。于是众人便围拢过来揍野和尚。

这时只听到一阵轰隆隆的响声由远而近,还有铁器敲打的声音,有个人在高声叫喊,快逃啊,警察来捉人了,快逃啊。那些气功迷正想痛揍野和尚一顿,听到喊声和轰隆声,也不知道发生什么了,一哄而散。野和尚见两只柏油桶朝自己滚过来,慌忙就地一滚躲开了。再一看,李东东跑来了,这家伙虽说身子单薄,但手里拿着根铁条,一副雄赳赳气昂昂的样子,说,学长,你没事吧?野和尚说,没事。你要是来晚一步,我这顿打是逃不了了。李东东说,大师真厉害,他发功催眠的时候,我就睡着了,睡得还特别香。一觉醒来,看人都往外走了,找你找不见,再回头一看,你孤零零地站在台上,也不知道是怎么回事,喊你也没听见,看你朝对面那个出口走了,赶紧来追你。出来后,就见你和那些人在争论什么,好像要动手了,情急之下,看到台阶下面堆了几个空油桶,我就推倒了两个,一路敲打一路喊,还算及时。野和尚笑着说,都怪我,嘴巴贱,说了些煞风景的话。

野和尚后来对李东东说，你来跟我做，我身边正好缺个贴心的。李东东说，学长，这事不能开玩笑的，万一我辞了职，你不要我了，我可没有退路的。野和尚正色道，我像是在和你开玩笑吗？你哪一天辞职，我哪一天给你开工资。他派给李东东的第一个任务，是到湖南出差。

这天，衡山揽月亭旁边，杨老师正在教室里上课，听到外面吵吵嚷嚷，透过窗子看出去，一群穿蓝工装的，抬来了好几个纸箱，在学校外面喊，谁是杨老师？杨老师出来。有个戴秀琅架眼镜长得挺文气的男子说，师傅先歇会，等杨老师下了课再说。来，抽烟，抽烟。杨老师不知道发生了什么事，索性走了出去，说，谁找我？我就是杨老师。戴秀琅架眼镜的男子笑着说，你是杨老师啊，请在这里签字。一边吩咐那些穿蓝工装的，客户交代的三个电热油汀，两个放在教室里，一前一后各放一个；一个放在杨老师的房间，落地电风扇也放在杨老师房间。杨老师问他，你说的那个客户是谁啊，姓什么叫什么？秀琅架的眼睛躲躲闪闪，说，客户资料是保密的，不方便透露。忽然他想到了什么，从包里拿出个信封，鼓鼓囊囊的，说，这是客户给杨老师的。

杨老师拆开信封朝里看了看，是一厚沓十元的人民币，也没有附信，便对秀琅架说，这算是怎么回事啊？秀琅架说，客户特意关照的，这几台电热油汀，都是电老虎，很费电的，怕杨老师不舍得用，冻着了学生，所以这些钱是付电费的。杨老师笑道，你那个客户倒挺会说话的，不说怕冻着了老师，说是怕冻着了学生，那谁还能谢绝他的好意啊。秀琅架赔笑说，客户也怕冻着杨老师。杨老师说，哦，难道客户认识我吗？秀琅架慌忙说，不认识的，不认识的。杨老师也不想让他太难堪，含笑不语。其实一开始，她就猜到客户是谁了，她喜欢他用这样的方式报平安，也说明他回去后，一切都很顺利。

野和尚买了辆波罗乃兹，波兰出的两厢轿车。那几年在国内跑的轿车，十辆里面有一辆是波罗乃兹。有了汽车，跑业务就方便了。野和尚和李东东轮流开。野和尚欢喜开车，路况好的时候，在国道可以拉到八十码，他很享受那种风驰电掣的感觉。不过野和尚停车再起步时经常要熄火，他总是忘了切换排挡，常常两挡三挡起步。所以说波罗乃兹是辆好车，时间长了，它完全适应野和尚的操作，两挡照样起步，只是起步之前要威风凛凛地抖一抖。这天走的是三二零国道，从桐庐、富阳、杭州、余杭一路开回来，再前面就是桐乡了。这一路阡陌农田，恬静秀美，十分养眼。路侧有一条树木掩映的小路延伸入内，牌楼上挂着宾馆的牌子。野和尚说，不走了。油门一踩便拐了进去。

傍晚时分，天气晴明，宾馆的地势高，住的房间楼层也高，视野很开阔。野和尚拿出望远镜，站在露台看远处，青山绿水里，有一处烟雨长廊，垂柳水巷，景致极好。野和尚问，那里是什么地方？李东东也不知道，但是他很灵巧，当场查地图，说，是郎官桥。野和尚说，难怪布局这么别致，原来是郎官桥。一直是只闻其名，不入其门。以前听我师傅讲过的，郎官桥的羊汤味道赞，号称江南第一汤；郎官桥的烧饼也赞，虽然名气不及黄桥烧饼，其实一点不差，口味还略胜一筹。我们明早吃羊汤去。

第二天天色还墨漆黑，野和尚就把李东东喊醒了，说，吃羊汤去。李东东说，学长，不要这么夸张吧，吃碗羊汤还要起早摸黑。野和尚说，苏州人吃面要吃头汤面，吃羊汤也要赶早的。两人漱洗完毕，开车过去。进古镇之前，先把车子停在路边，徒步过去。迎面一座牌楼，手电筒一照，几个隶书：郎官桥镇。过了牌楼是一座宽阔的拱形木桥，郎官桥，坡度还算平缓。桥下面，便是铺着青石板的老街了。有不多几盏昏黄的街灯照明，偶尔有几声狗吠鸡鸣。两旁的店铺都还上着门板，东面那头亮着灯光，有热气冒出，便走了过去，不觉喜出望外，居然就是羊汤馆——郑记羊汤馆。有个戴厨师白帽的在清洗案板，另有个妇人在里面洗葱。靠门口的炉子上架着一口大锅，熬的是羊头羊腿骨，正在噗通噗通地沸滚着，羊肉香里略略夹杂着一丝羊膻气，膻气并不重。野和尚说，师傅，开张了吗？来两碗羊汤，多放点肉。那人回过身来，是位面容清癯的老者。野和尚慌忙补了句，老爹早啊。郑老爹笑笑，撇去大锅里的浮沫，说，客官赶这么早。野和尚说，就想着来吃头潜羊汤。郑老爹说，看你年纪轻轻，倒是个懂行的吃客。野和尚笑笑。郑老爹说，敢问一声，两位小兄弟要多少羊肉？野和尚说，两斤吧。

桌上有个小堆，上面用大块的蒸笼布包得严严实实，郑老爹揭开布，像米袋那么厚实一坨熟羊肉，一刀下去顿时肉香四溢，那一块，两斤只多不少。郑老爹手法娴熟地把羊肉切成薄片，放在一个大的铜丝网兜里，又抓了把羊杂碎进去，揭开另一个锅子，里面清水也已沸腾，把网兜放入沸水，稍待几秒便提起，又放下，提起，如是而三，手腕一抖，羊肉、杂碎均匀地分到两个脸盆似的大海碗里；从大锅里舀上熬煮了一夜的汤，浓稠乳白，色泽光亮；又撒了些盐，撒把葱花，浇几滴辣油，说，自己端。可在店里吃，可在门外吃，悉听尊便。你们这两个后生，来得这么早，耽误老夫喝茶。野和尚看了一眼，门口有矮桌和竹椅，便说，我们就在门口吃，畅快。郑老爹喝了几口茶，回屋端出一盆隔夜的烧饼，说，蘸着汤吃也可,掰碎了泡汤里吃也可。

野和尚喝了一口汤,顿觉妙不可言,摇头晃脑正想说什么,李东东说,学长是不是想说,鲜得眉毛也要掉下来了。野和尚说,这种上海俗语你也知道。李东东说,学长有点看轻人了吧,我可在上海读了六年大学呢。两人就着烧饼,呼哧呼哧吃得十分痛快。野和尚说,要说这羊汤,天下到处都有,可郎官桥的羊汤就是和别处不一样。别的地方的羊汤,是用生羊肉现烧的,总免不了一股膻气;郎官桥的羊汤是用熟羊肉做的,你吃到现在吃不出膻气,这就是它的特别之处。两人说话之时,郑老爹一直听着,此时插话道,这位小兄弟,你是只知其一,不知其二。老夫这羊肉,可是用党参、枸杞、大枣、尖椒、胡椒面、生姜、料酒、白糖慢火熬煮,熟了后,趁热拆骨,去皮,剔除肥肉和筋膜,然后压紧压实,盖上布备用。你们吃到嘴里的,都是好货。这锅汤里呢加了祖传秘方,究竟是什么,那就恕老夫保密了。说罢一阵爽朗的笑声。他又说,本来这条街上有三家羊汤馆,客人来得少,现在只剩下我这一家了。也有从桐乡富阳杭州余杭开车过来的,就好喝这碗羊汤。逢上赶集的日子,一头羊都不够卖。

说话间,天色也渐渐亮了,街上的店铺里有了声响,老街上有人走动了,远处还有车轱辘滚动的声音。

野和尚吃得心满意足,付钱时有意多给了几块,郑老爹执意退还给他,说,小兄弟若是觉得敝店的羊汤好吃,多来光顾几次就可以了。野和尚说,老爹,要是能经常吃到你的羊汤,也是福分。可惜我们行色匆匆,还得赶路。忽然心念一动,对李东东说,你先开车回宾馆吧,我再和老爹聊聊,待会在老街转转,傍晚你来接我。李东东说,我陪你转转吧。野和尚说,客气什么,你回去还可以睡个回笼觉。李东东便不再坚持。

郑老爹喝着茶,说,小兄弟来得不巧,要是逢农历初五、十五、廿五,四邻八村都来此地设摊赶集,那时候,这条街可谓热闹异常。要是有路过的戏班,就在镇东的戏台上唱戏,更是挤得人山人海。不是老夫自夸,此地的人心思简单,利欲淡泊,与世无争,自得其乐,过得就是这一份安闲日子。小兄弟要是住上几日,自能慢慢体会。野和尚发现郑老爹谈吐清雅,言辞间颇有古风,而且有些词的发音和现在完全不同,居然用了入声,这可是古音啊,发音短促,就像喉咙突然阻塞了。野和尚调皮,又试了一次,问道,老爹,出门在外,日子过得糊涂,记不得今天是农历望日还是朔日。郑老爹果然上当了,嘿嘿笑道,昨晚你可曾见过月色?昨日是三十,晦月无光;今日应该是朔日。果然,郑老爹说到月字和朔字时,发的是入声,就像鸡啄米一般短促有力。野和尚暗暗一笑。后来在茶馆里,听当地人说话,很多词语,诸如沐浴、竹篾、漆黑、月末、赤膊、食物、习俗、热粥、宅屋、歇息,居然都用了入声,非常有趣。野和尚心下也觉得奇怪,似乎在闽南语和粤语中还保留了这种入声,可这分明是在浙江的地盘啊。

有食客来了,郑老爹忙乎开了,野和尚便告辞了。这会儿街上已有不少人摆摊,羊汤馆斜对面的茶馆也开张了,喝茶的人还真不少,进了门还互相拱手。野和尚进茶馆要了一壶茶,意外发现茶客里居然有不少上点年纪的妇人,还抽旱烟袋,谈天说地,家长里短,言笑晏晏,举手投足却又大方得体。从茶馆出来,老街两边的肉铺、剃头店、铁匠铺、饭店、杂货铺、洗染作坊、糕团铺、编织店、面食店早已卸下门板开张了。有一家挂着"老涵春药铺"的黑漆匾额,占地好几个门面,却是大门紧闭,门口还放了个空碗,不知何意。

在路上遇见的人，都走得不紧不慢，脸上带着平和的笑意。整条老街不过百来米，那座郎官桥算是分界线，桥的这边都是老店铺，桥的那一头有点时尚气息，有卖咖啡卖果茶的，还有照相冲印的、卖小饰品的、卖服装的、出租录像带卖磁带的。先前走过不少音像店，喇叭的音量高得张牙舞爪，连聋子也能吓跑。小镇的这家店，喇叭里正在放《无言的结局》，也不知是谁唱的，音量调得很轻，像是在放一曲舒缓的慢板，生怕扰乱了小镇的宁静。

野和尚是第一次来郎官桥，说来奇怪，这里的每一座砖木结构，老街上铺的每一块青石板，都让他分外熟悉亲切，有似曾相识之感，好像曾经来过，甚至好像曾经在这里住过。就像突然有人在他胸口猛击一拳，又像一只无形的手在他心窝撩拨了一下，或者他的头顶突然出现了一道闪电，也或者曾经看到过的一本书，里面的某段话隐晦难懂，这一刻忽然灵光一现，读懂了，领悟了，就像从天而降的启示。以前所有的奔波都变得十分可笑，他所要的自由和自在，他所向往的生活，就在这里。好像这些年的所有付出，都是为了指引他找到这个地方。这里的每一扇雕花窗子一经推开，都会发出吱吱呀呀的声音，这是年代的回响，也是对他的呼唤。

李东东来接他时，野和尚说还想在这里待几天，嘱咐了一番业务上的事情，让李东东过十天再来接他。

廿五　半山寺开悟

却说那天下午，野和尚去找羊汤馆的郑老爹聊天。

野和尚问道，老爹，此处店铺兴旺，为何独独不见旅店？郑老爹笑道，这条街的那头，先前倒是有一家叫勤来的客栈，客人太少，生意凋敝，入不敷出，就关门了。又道，小兄弟莫非想在此地住上一夜，明早再喝一碗老夫的羊汤？野和尚说，不瞒老爹，我还真惦记着您老的羊汤，天下美味莫过于此。此外，也喜欢此地民风淳朴，和和气气，不急不躁，所以想多盘桓几日。郑老爹沉吟良久，说道，倒是有个去处，你要是不嫌腌臜，被褥都是现成的。从这里过去几家有个药铺。野和尚说，莫非就是挂着"老涵春药铺"匾额、大门紧闭的那家？郑老爹说，不错。原先的主人与老夫同姓同庚，都叫他郑老倌，前几年去了潮汕投靠儿子，说是不打算回来了。郑老倌临走之时，让老夫帮他照看这宅子，说是这祖传老宅只租不卖，租金分文不收，但有个条件，租客须是要真心喜欢这宅子，并且要负责原样修缮，修缮好了，随你住多长时间都行。说是一切听凭老夫做主。你若不嫌弃，去住上几宿无妨。野和尚笑道，太好了，多谢老爹成全。

郑老爹回屋取了钥匙，带着野和尚往药铺走去。开了大门，便是原先的药铺，先是一长溜柜台，靠墙是一长排一格三斗的七星橱，原先是盛放中药的；再进去，是个庭院，山墙砌得很高，两边是厢房，中间是正屋；穿过一侧的长廊，野和尚错眼见一道黑影飞速掠过，没看清楚已消失不见，长廊那边便是柴房库房灶屋等等；老宅子内一应陈设具在，只是雕花门窗都歪斜了，椽柱横梁积满灰尘蛛网；后院另有一扇圆形门，直通郎官河，围墙也破败不堪。郑老爹说，你就住在正屋吧，略略打扫一下即可。被褥都在橱里，趁现在天色尚早，在庭院里晾晾，去去霉气潮气。

送走郑老爹，野和尚到各屋转了转，又草草打扫一番。

当晚便睡在正屋。睡的是一架雕花楠木拔步床，三面合围，有踏步上去，背面的漏窗形似屏风，床顶刻的是百子图，刻工十分精巧。睡到半夜，听到床背面有轻微的抓挠声，睁眼一看，漏窗上趴着一个黑影，两道绿幽幽的光朝他射来。饶是野和尚生性胆大，也不由吃了一惊，拿起枕头旁的手电筒照过去，却是一只遍体漆黑的猫，而且此猫身形十分庞大。野和尚想到此前在长廊处曾看到黑影一闪，想来便是它了，当下也不多想，倒头便睡。

第二天一早，还是去郑记羊汤馆吃羊汤，顺便把黑猫的事说与郑老爹。

郑老爹笑声爽朗，说，老夫都忘了这事，也就没告诉你。这只黑猫是郑老倌离开后才来的，来了就占着宅子不走，只要有人靠近宅子，它便发威怒嘶，仿佛是这宅子的主人。不过你不招惹它，它也不来招惹你。也幸亏这只黑猫，郑老倌的宅子才没遭殃。先前来过一拨盗贼，半夜从河边翻墙入内，想偷那些雕花门窗，偷回去卖个好价钱。那黑猫怪叫一声从房顶蹿下来，爪子尖利，直接把一个盗贼的脸抓花了，还在他耳朵上咬了一口。他们在黑暗之中哪里看得分明，还以为遇上怪物了，吓得落荒而逃。那黑猫奇就奇在白天睡觉,入夜就在老街的屋顶逡巡,虎视眈眈。有天夜里,街那头的饰品店也进贼了。那个盗贼是个笨贼,白天来踩过点了,看到柜子里的小玩意金光闪闪,玲珑剔透,以为是值钱的宝贝,夜半时分撬开门板进去偷盗。黑猫看见了,蹿下去一顿抓咬,而且只抓挠撕咬盗贼的脸,一边还发出凶猛的嘶叫。那盗贼满脸血污抱头鼠窜。那个女孩就睡在饰品店里,听到声响起来,看到这一幕,感激得不行,第二天烧了两条鱼,端到药铺门口,敲了敲门,那只黑猫便在墙头出现了。女孩把碗放在地上,又朝黑猫鞠了一躬。

这以后,这条街上的人再不觉得黑猫阴阳怪气,倒把它看成了老街的守护神。每日都有人给黑猫送吃食,或是拌了汤汁的饭,或是烧好的小鱼。错眼不见,碗就空了。所以这黑猫长得十分肥实强壮。老夫也纳罕,你昨日进宅了,这黑猫倒没有出来拦阻;夜里睡在宅子里,黑猫也没来抓挠撕咬你。这就奇了,莫非这黑猫与你有缘?

一老一少又扯了会别的。野和尚便去斜对面的茶馆喝茶。就中有个叫张三娘的婆婆,特别会讲神鬼妖怪故事。那个张婆婆并不常来,来了便被团团围住,她讲的有些故事比蒲松龄《聊斋志异》里的还精彩,野和尚也听得津津有味。奇就奇在,张婆婆不识字。要是张婆婆不来,自有别的妇人顶上去,说的又是另一番套路,满口俚语村言,郎官桥张三李四家的俗事趣闻床笫之事,也是趣味十足。奇就奇在,茶馆里唱主角的,似乎总是妇道人家。

住了几天,和街上的人也都熟稔了,野和尚过得十分悠闲。他照例是一早出门,顺手带个脸盆,先去吃羊汤,和郑老爹唠会嗑,然后泡茶馆;从茶馆出来,会在鱼摊上买一堆小杂鱼丢进脸盆,回去生火起灶怕烦,便央劳相熟的饭店把鱼在清水里煮熟,再买上几个烧饼；回到宅子，把烧饼掰碎，和杂鱼拌在一起，放在庭院地上，喊一声，黑猫，吃饭了。那只黑猫出没无常，有时是从房顶跃下，有时是从里屋窜出，有时其实就在野和尚身后候着。野和尚搬出把藤椅，脚搁在花坛上，在太阳底下发呆打盹。醒来时，野和尚总看到黑猫蹲在庭院的山墙上，像哲学家一样在思考。一人一猫基本上没什么交流。

晚上睡觉时，黑猫不再窥测吓唬野和尚，而是趴在野和尚的床顶，中途它会出去几次，在屋顶溜达巡视一番，履行职责。

这天喝好羊汤，野和尚说，老爹，这附近有什么有意思的去处，可以去转转？郑老爹说，倒是有一处。后山有一座寺院，名曰半山寺。寺里有个法号慧觉的大和尚每日独自清修，并不对小和尚指手画脚，也不讲法，也不督促，一切自便。那些小和尚洒扫庭院，晨钟暮鼓，斋饭完毕，都在藏经阁里诵读经书，修研佛法，交流心得，都是无师自通，还能读懂贝叶经。都说，这一个寺院里，都是怪和尚，有趣得紧。小兄弟若有兴趣，可以去转转。你站到郎官桥上望去，黄墙粉瓦的便是。

野和尚心想，那个叫慧觉的大和尚无为而治，定然是个得道高僧；那几个小和尚，也必是不世出的有灵性的僧人。反正闲来无事，何不去向他们讨教讨教，必有教益。于是他回去喂了黑猫，袖了两个烧饼，便向山上走去。

走到半山，回望山下，但见郎官桥垂柳水巷，水波清澈，木桥雕栏，炊烟袅袅，建筑虽然陈旧斑驳，写尽沧桑，却是一派安详景象。忽然就想到了一句成语，得过且过。这四个字，向来是贬义，但对郎官桥的居民来说，何尝不是一种理想的生活状态。既然命运已经对你作出安排，那一定是妥当的安排。这么些年来的所有尝试，现在看来都显得幼稚。人的一生，终究会是怎样一个模式，大概从出生的那一刻就定型了。偶尔会允许你跑偏，会给你某些自由，那也是造物主在细节安排上未必那么周到，显示了某种宽容。就像拍照片一样，柯达胶卷、富士胶卷，或者国产的乐凯胶卷，都有一定的宽容度，是为那些拍照新手预设的仁慈之心。你的速度、光圈未必会掌握得那么娴熟准确，毕竟对大多数人来说，这是第一次投胎，经验不足，每个年龄段都处在摸索阶段。你要摸索三十年，才有立身之本；你要摸索四十年，才能达到不惑的境界；你要摸索五十年，才可以自诩知晓天命。即便到了这时，你的技术还有待精进，你的境界还有待提升，不过，你的人生也过得差不多了，余下的日子屈指可数。所以，在此之前，你的跑偏，你的光圈太大太小，你的快门或快或慢，你的胶卷曝光不足、景深不足，都是被允许的，只要还在胶卷的宽容度之内，依然可以成像，依然可以记录下你的一颦一笑，足迹所至。虽然画面有点虚，背景会模糊，五官不那么清晰，但一定是真实的。那些照片拼接起来，组合起来，叠印起来，就是你的一生。如果有幸转世为人，你前世的记忆都被清除干净了，给你的是一卷新的胶卷，没有丝毫印痕，一切都有待重新曝光、重新记录。

不知不觉便到了山顶。叫是叫半山寺，其实是耸立在山顶的。或许原先寺院是建立在半山的，后来不知什么原因，山峰被削掉了，山腰变成山顶；也许一开始就是建在山顶的，取名半山寺，显示了僧侣的谦逊精神，虚怀若谷。

一路上来，不见香客、游人。半山寺算不得名刹，郎官桥也谈不上旅游胜地，本就人迹至至。山上林木葱茏，清雅幽静，唧唧啾啾但闻鸟声婉转。到了半山寺前，刚想叩响寺门，又觉唐突。寺内隐隐传来诵经之声。野和尚便在寺门前的石阶上坐下。清风吹拂，心神清爽，就这么坐了一个小时。本来见了大和尚小和尚，也不知道该说些什么问些什么，这么清坐着，倒忽然有了灵悟，倒仿佛已经受了慧觉大和尚的点拨一般。

一个人，你再忙忙碌碌耗尽心智，抑或你再悠然自得无所事事，你一生享用的福分早就注定好了，就是个恒定不变的数，不会增加，也不会减少。有的人夭折，是因为福分耗尽了；有的人长寿，是因为福泽绵长。这就是俗话说的命，命是不能强求的，也是无法违拗的。比如，你一生只能花十块钱，这是你的定额，花完了，是你的；花不完，是别人的。十块钱的命，却想赚二十块，那是徒劳的。这和努力奋斗啊改变命运啊，一点关系也没有，你只能花你的十块钱，多一分不行，少一分也会找给你。你野心勃勃，一意孤行，那就是逆天了，即便赚了很多钱，也不是好事，你也不敢花，藏在房顶上、藏在床底下、藏在夹墙里，那只是一堆花花绿绿的纸。那不是你命中该有的，不属于你。这里面有没有弹性，或许有或许没有，于是就有了佛教里修行、积德的说法。修行是为了修下辈子的福，积德是为了积子孙后代的福，但这都是虚妄，与你这一世的福分无关。福分就在那里摆着，看不见，摸不着，除非你某一天突然醒悟，知道命数有定，不能侥幸。也有人执迷不悟，贪心不足，多赚了钱，多花了钱，切记不是好事。本来粗茶淡饭，还可苟活几年，突然就暴死了；本来可以安稳度日，得个善终，合上双眼的时候无怨无悔，却因一时贪婪，死得凄凉。还有一班势利小人，只顾自己，不顾别人，占用别人的福分，很可笑，到头来发现竹篮打水一场空。

野和尚此刻的心情格外安宁平和，觉得这半生活得不枉不亏。他起身朝寺院拱了拱手，下山，一路走得洒脱轻盈。

到了第十天,李东东来接野和尚。转了一圈没看到人,只认识郑记羊汤馆的郑老爹,便去向他打听野和尚的下落。郑老爹让他去老涵春药铺找。李东东到了门口,里面一片木锯声敲打声,喧闹异常。有只遍体漆黑的大猫蹲守在门口,李东东不知厉害,抬脚想跨进去,那黑猫嗷叫一声,虬须四张,吓得他倒退三步。野和尚正巧从里面出来,身上都是木屑灰土,见了李东东笑道,里面正在大兴土木,也没个坐的地方。你去茶馆坐坐,泡壶龙井,叫几碟盐水花生笋干青豆,我待会就来找你,有话对你说。

李东东看不懂了,难道学长在这里承接工程做包工头了?

过了好半天,茶壶里的龙井已经泡第二潽了,野和尚总算来了,身上还是灰扑扑的,进了门说,谢老倌,泡壶铁观音。茶老板说了声,好咪。隔了一会把茶送来,说,风老倌,慢慢品。

李东东想,学长到底是有手腕的人,会交际,来了这些天,工程也接起来了,居然还有新的称号——风老倌,本事大的。野和尚说,你的龙井喝到现在也淡了,换换口味,喝铁观音。白酒里面,茅台是酱香型的,五粮液是浓香型的,铁观音就是茶叶里的五粮液,香味浓醇。李东东喝了一口,赞叹道,香的。便向野和尚说了这些日子的情况,说是到淮南淮北跑了一圈,铺点,和几家水泥厂签了意向合同。江阴和泰州还有谷里的款项都收回来了,有的是支票,有的是现钞。说着,他把一个黑皮包推给野和尚说,现金都在这里。野和尚说,我正好需要钱,这些就留下了。李东东说,有了车子到底方便,跑东跑西效率高。野和尚说,这部波罗乃兹就归你了,我也用不着了。李东东嗯了一声,回过味来觉得不对,说,学长,什么意思?野和尚笑笑,说,我不走了,就在这里落脚了。你刚刚看到的那座宅子，我租下来了，整修整修，下半世就在郎官桥过了。李东东笑道，学长是在开玩笑？野和尚说，你知道的，我从来不开玩笑的。李东东还是不相信，野和尚也不再解释，自顾自剥盐水花生吃。

李东东说，你叫我十天以后来接你，十天到了，学长在这里也逛够了，一起回去吧。要不，我们还是在上次那家宾馆住一晚，明天赶个早，开回去。野和尚说，身不由己这句成语你懂吧。你当时应该拖我走的，我要是不走，你就硬拖。现在，我有牵绊了，这郎官桥就像是一棵老藤树，枝枝蔓蔓伸出来，会缠人的，缠住了就挣脱不了了，就回不去了。李东东发急了，说，学长，你留在这里，我怎么办啊？野和尚说，我带了你一年多，你人头也熟了，业务也熟了，完全可以独当一面，这摊子矿渣业务就交给你了。有情况，多向缪玲请教，她会帮你的。回去跟缪玲打个招呼，就说我对不起她，我退出江湖了。看到李东东一副哭噎呜啦的样子，野和尚笑道，我没有说和你切断关系吧，有事情，我还是可以给你出出主意的。现在私人电话放开了，这几天电话局在郎官桥布电话线，等我装好电话，联系还是方便的。走，带你去老正源吃饭，这是郎官桥菜式最好的饭店。

李东东后来是含着眼泪走的。他也清楚，凭他的功力，是劝阻不了学长的。

宅子里的电线重新布排。十几个木工泥工进场，各自为战，互不干扰，井井有条。所有的雕花木窗木门都卸下来，在庭院里修整。野和尚事先征得宅子主人郑老倌的同意，把那些一格三斗的七星橱改成了书架；那些柜子还是用原来的框架，改成玻璃橱窗。野和尚有设想的，老街上没有书店，他打算开一家书店，同时兼营些什么。究竟兼营什么还没想好，正好有个家伙上门铺点，是卖情趣用品的，避孕套延时喷剂催情粉按摩棒润滑液之类的，正中野和尚下怀，可为老街拾遗补缺，当下便应承下来。这期间，野和尚带了个经验丰富的泥工师傅，专门去徽州跑了一次。因为是带着现金去的，采购得十分顺利，隔了几天，那边便源源不断地送货上门。屋顶通通换上了绿色仿古琉璃瓦，后院铺的是青砖，庭院里铺设仿古青石板，屋子里用来照明的是古色古香的羊皮宫灯。

老街的青石板路面，因为年代久远，不少都塌陷破碎了。野和尚指挥泥工师傅撬走旧的、夯实地基，铺上徽州来的加厚青石板。整条老街一眼看去，整洁舒畅。此举让老街的商户居民大加赞赏。后来野和尚被推举为县里的政协委员，和此善举不无关系。

那块老涵春药铺的匾额是整座宅子唯一原样保留下来的，还是挂在门楣上方，尽管油漆金粉斑驳，却有一种历史的厚重感。老宅还是原来的老宅，布局还是原来的布局，雕花门窗还是原来的雕花门窗，只是由一个蓬头垢面满脸沧桑的弃妇变成一个容光焕发风姿绰约的女人。

营业执照办得很顺利，不几天就批下来了。郑老爹的女婿在县里的工商局，帮了忙。开张那天，老街上的商户和居民都来向风老倌祝贺道喜，也不时兴送花篮什么的，就像是串门一般，拱拱手，说些闲话，反倒亲切自然。当天晚上，野和尚在老正源摆了几桌请街坊邻居，把郑老爹的女婿也请来了。出过力的木工师傅泥工师傅电工师傅漆工师傅坐了两桌。当晚开了两坛陈年女儿红，五十斤一坛，撬开泥封，整条老街都是酒香。

书店以小说和连环画为主，也卖些画片文具挂历之类。野和尚

廿五　半山寺开悟

也没另外雇人，就自己照看店面，十分享受这份与书香为伴的闲适。其时新派武侠小说盛行，他便进了不少金庸的、梁羽生的、古龙的、萧逸的，倒是大受小镇居民欢迎。野和尚也喜欢这种侠骨柔肠、恩怨分明、豪情万丈的武侠小说，没有人光顾时，便坐在柜台后面看得津津有味。那两个情趣用品柜台暂时无人问津，他也不在意。宅子里请了个帮佣的吴妈，是住在对河的，打扫卫生，烧饭煮菜，喂人喂猫；又在县城里买了台十八英寸的黑白电视机，晚上就在正房里看电视，只看体育频道。野和尚特别喜欢一个绰号叫奶油豆的美国拳击手。那个奶油豆浑身上下都是肥肉，松扑扑的，皮肤雪白如脂，真像一颗奶油豆。有趣就有趣在，这家伙只配在重大拳击比赛打垫场的，却常常出言不逊，口吐狂言，骂遍拳坛无敌手。有次奶油豆和拳王泰森在拉斯维加斯的米高梅大酒店迎面相逢，奶油豆朝泰森挥挥拳头，说，敢不敢和我打一场？信不信，我第一回合就把你打趴下。泰森听到只当没听到。野和尚看了笑个半死。那以后，野和尚去茶馆喝茶，便说奶油豆如何如何。所以郎官桥的人都知道，美国有个打拳击的奶油豆，奶油豆的名气比泰森、霍利菲尔德还响。

那只黑猫平时就蹲在书架顶上似睡非睡，假寐。有次野和尚临时走开一会，有个小孩抓起两本连环画便逃。黑猫只是懒洋洋地叫了一声嗷——小孩就吓得裤裆都尿湿了，丢下书便逃。

过了一阵，终于有人光顾情趣用品柜台了。

来的都是些贪图新鲜追求时尚的年轻人，来买避孕套。虽说单位里能免费领，但野和尚卖的是薄型超薄型的，戴上去的感觉不一样。对上点年纪的当地人来说，你就是给他个塑料袋套着也能凑乎，只要不花钱。这东西和食品一样，都是饿了饥了馋了才来买的。此时的避孕套都是独立包装的，后来才时兴论盒买，一盒十个。但就像包子一样，豆沙的鲜肉的红糖的，想吃了，买一个垫垫饥，你一下子来一屉小笼，五个六个，就显得太穷凶极恶了，向营业员开口时也会底气不足。而且避孕套这玩意，通常来买的都是女人，很少见到男人来买的，男人普遍都是临渴掘井，女人才懂得未雨绸缪。女人要是一下子来买好几个，营业员的心态会变得很复杂，会想，你也太享福了吧，一发子弹还不够，还想打连发，你以为是实弹演习啊，你打算折磨死男人啊？所以，稍微矜持些的女人，一次只会买一个，当然，这是在白天。半夜来敲野和尚门的，都是青壮男子，火上房梁的那种气势，似乎一分一秒都耽搁不得，连找零也不要了。

有次河对岸的丁寡妇跑来，指着柜台里的东西说，这催情粉怎么用啊？野和尚倒有点不好意思起来，也不能说自己没用过、不知道，只好含含糊糊地说，拆开包装里面应该有使用方法吧。丁寡妇说，是男的用还是女的用的？野和尚说，男的用和女的用的都有，男的是口服的，半小时后起效；女的是外用的，沾到皮肤上据说是立竿见影。丁寡妇撇撇嘴笑道，你要说男人用这还说得过去，女人做这个事情，还用催吗？这不是脱裤子放屁嘛。野和尚想想也对，想做这个事情的女人，用不着催，催不催都会做；不想做这个事情的女人，催了，就意乱情迷了，就可能着了坏人的道了。发明这种女用催情粉的家伙太可恶了，明摆着就是诱骗良家妇女和懵懂少女的。那以后，野和尚便把催情粉全撤了。当天，丁寡妇讨价还价，买了根按摩棒回去了。

这天正打算打烊，丁寡妇气哼哼地来了，说，这种质量的东西也卖出来，害人是吧？伤阴鸷哦，紧要关头断掉，兴致也败坏了。

原来丁寡妇前几天买回去的按摩棒用的时候拦腰断掉了。野和尚也不多说什么，赔着笑脸连声道歉，立刻把钱退给丁寡妇，毕竟是老客户，还指望她继续光顾。丁寡妇为人也四海，说，钱也别退了，换根新的给我吧。野和尚当即给她换了根新产品，用电池的，超强型。事后想，这要用多大的狠劲，才能把这根按摩棒别断啊。禁不住便同情那个死去的老公，要么是快活死的，要么是被折磨死的，总之，死得很悲惨。

这天傍晚，野和尚和郑老爹坐在庭院里喝酒，喝的是女儿红。这段时间相处下来，两人已成忘年之交。郑老爹说，小兄弟，老夫有一事不明，故此讨教，你听了切莫责怪。野和尚笑道，老爹但说无妨。郑老爹说，老夫看你面相不俗，行事磊落大度，应该是志向高远之人，途经小镇原本只是匆匆过客，何故就在这里落脚？老夫看你不像是躲避仇家，也不像是为了赚钱，老夫糊涂，猜不透此中奥妙。野和尚说，不瞒老爹，此前做生意多少也赚了些钱，但是，人的贪心是个无底洞，赚了一百块，就想着在这一百块后面添个零；赚到了一千块，又想着在这一千块后面也添个零，永不会有满足的一刻。这些年在外奔波，脑子里除了"赚钱"两个字，再无其他。在郎官桥住了几天，发现这里的人心绪宁和，日子过得踏踏实实，人也活得明明白白，心里好生羡慕。那次去半山寺，寺门未开，在门口坐了一会，忽然就想明白了。人生在世，要的就是"安稳"二字，别的都不重要。郑老爹颔首称是，又道，小兄弟可曾娶亲？野和尚给郑老爹斟满酒，笑着摇了摇头。郑老爹说，莫怪老夫多事，老夫倒是有一门现成的亲事，野和尚不待他说下去，说道，谢谢老爹美意，只是我心有所属，现在人虽然安定下来，心还没安定下来，等到哪天心也安定下来了，我就去把她接来。郑老爹听明白了，不再多说。

　　此时，那只黑猫不知从哪里叼来个碟子，放在野和尚面前。野和尚笑道，你也想来一口？好吧，来一口。说着他便在碟子里倒了点女儿红。黑猫哧溜几下，把碟子舔得干干净净，随即跃上墙头，独自陶醉去了。

廿六　黑狗

这天，野和尚到县城去进书。他拎着两捆书从新华书店出来，正好遇到老正源胡老倌的儿子开着摩托车经过，便让他把书捎带回去，自己又在县城转了转。回去时发现肚子饿了，刚才吃了一碗盖浇面不扛饿，便又在路边买了只肉包子，坐在花坛沿吃着。一条瘦骨嶙峋的黑狗在几米开外看着他，他从来没有看到过瘦到如此皮包骨头的狗，而且一副可怜巴巴的样子。野和尚向它招招手，想把剩下的半个包子给它吃，黑狗逃掉了，明显对人不信任。野和尚吃完起身，那条黑狗还在不远不近处看他。野和尚又去买了只肉包，回来，那狗还在，盯着他手上的肉包。他把肉包放在花坛边，便走了；走了一段路回头看，黑狗叼着肉包钻进了树丛。到了车站，野和尚偶一回头，那条黑狗跟在后面，好像还想讨吃的。野和尚双手一摊，说，没了。

上车的时候，黑狗也想跟着上车，被司机一声断喝，它只好乖乖地站住。车子开动了，野和尚不经意地扭头看去，黑狗一直在跟着车子跑。

汽车出了县城，上了国道，车速加快了，那黑狗依然奋力地追赶车子，渐渐就不见踪影了。野和尚像是猛然惊醒，叫道，师傅停车、快停车，我有东西落在县城了，要赶回去。司机说，要下你就下，我这车拉的不是你一个人，我可不会往回开的。说着，他踩下刹车。野和尚说了声谢谢，便跳下车去。

路边有块大石头，野和尚就坐在上面抽烟，不时朝来路看去。他不知道自己这次心血来潮下了车，会不会后悔？一支烟抽完，预料中的一幕出现了，那条黑狗赶上来了，走到他面前，吐着舌头大喘气，还一个劲地摇尾巴。野和尚笑了，说，你倒是有股韧劲，看来是跟我摽上了，走吧……

每天大清早，黑狗都会在正屋的门口呼唤，呼唤声很轻，呜咽一般，叫野和尚起来。野和尚照例会去喝一碗羊汤，把烧饼掰碎了泡在里面，呼噜呼噜一碗下去，十分舒畅，暖胃。野和尚进茶馆，黑狗便趴在茶馆门口等候。此时黑猫蹲在山墙上，威风凛凛地注视老街上来来往往的人。茶馆里的人和野和尚开玩笑，说，风老倌，黑猫是你的大内总管，黑狗是你的贴身保镖。野和尚笑笑，想想还真有点像那么回事。黑狗来了以后，对野和尚表现出很深的依赖，野和尚走到哪里，它便跟到哪里。野和尚在店堂里，它便趴在野和尚的脚边。野和尚对黑狗十分怜惜，当初只是喂了它一只肉馒头，它便死心塌地跟他回来，是一条懂得感恩的忠犬。野和尚知道它受了不少苦，也善待它，常常给它开小灶。一般中午时，羊汤馆的羊汤也卖得差不多了，他便叫吴妈拿着脸盆去，郑老爹会把大锅底下的碎肉碎骨头捞在脸盆里，里面还有羊腿骨的骨髓，十分滋补。吴妈回来拌上饭，给黑狗吃。几个月下来，黑狗身上有肉了，壮实了，毛色也油亮光滑了。不过黑狗看到黑猫，依然唯唯诺诺，它承认黑猫是老大。

通常野和尚从茶馆回来，吴妈也已经来了，野和尚把脸盆给她，吴妈自会去把盆里的杂鱼煮熟，拌上隔夜的剩饭，给黑猫吃。野和尚此时便打开大门迎客。除了农历初五、十五、廿五这种赶集的日子，还有星期天，平时生意十分清淡，有时一天也没个人影，野和尚便会早早关了大门。有时，会叫吴妈多炒几个菜，把郑老爹请来，喝上几盅，谈天说地。这天也是如此，野和尚早早关了店门，在庭院里看书。黑狗就趴在他的脚边。野和尚无意之中瞥了一眼，发现黑狗直勾勾地看着他，眼睛里似乎含着泪水。野和尚笑道，你看我干什么？他也不在意，继续看书。

这天看的是茨威格的《断头皇后》，里面有句话：

所有命运馈赠的礼物，早已在暗中标好了价格。

野和尚品味良久，生出些许感慨。人在很多时候都是懵懵懂懂的，缺乏判断力、有眼无珠，分辨不清哪些是宝贝，哪些分文不值。有些轻而易举就得到的东西，你不会珍惜，随手就抛弃了，你并不知道它的可贵；辛辛苦苦追求到手的，你以为价值连城、以为终于得偿所愿，一旦捧在手心，才发现并不是你所想要的。总是要兜一大圈，兜得满心沧桑，你才明白，命运馈赠的那件礼物，其实你早就看到了，只是被错过了，只是你先前不知道它的可贵而已。那些年的辛勤奔波寻寻觅觅，就是你必须付出的代价，不如此，你不会认识到它的可贵，那样，你就牢牢地抓在手心里了。同样的东西，早一点到你手上，你把握不住的，你以为只是便宜货，便宜没好货，到手的东西你还会转送出去。也有人独具慧眼，知足、不贪心，及时出手，那就是古玩市场里的捡漏，捡到宝贝了，捧着、捂着、藏着、再不放手。这样的人是有福了。从这个角度说，喜欢的就是最好的，就是最珍贵的，完全不必去考虑它的真实价格。你的得到和付出，总是相当的，只是，那张标注着价格的标签，你看不到而已。以至于，世人总是心存疑惑，东西到手了，还在疑惑。其实完全不必如此，最终你会意识到，它就值这个价，和你的付出基本相当。所谓的种瓜得瓜、种豆得豆，就是这个意思。换句话说，可贵与否，不在其他，在你心里。

野和尚觉得有点通了，却还没完全通透。

那天他和郑老爹喝好酒，早早睡了，也没察觉什么异常。一早醒来，是自然醒的，不是黑狗唤醒的；走出正屋，没看到黑狗，喊了几声，没有回应，却见黑猫串来串去、跳上跃下，十分忙碌。放在正屋门口的皮鞋，不知何故少了一只，野和尚也没多想，换了双皮鞋出门。去了羊汤馆，郑老爹随意说了句，怎么黑狗没来？野和尚也没当回事，说，可能去哪里撒野了。去了茶馆，也有人问起黑狗。此时黑猫蹲在山墙上嗷叫，叫得十分怪异，野和尚这才意识到，黑狗失踪了。倒是风闻附近有歹人出没，打狗吃狗肉，但是有黑猫这样的凶神恶煞在，那伙人轻易不敢来郎官桥；况且黑狗不会随意出门，它过够了流浪的日子，很怕再被遗弃，总是和野和尚寸步不离。野和尚慌了，再无心思喝茶，去找黑狗。老街上的年轻人几乎全部出动，一起去找黑狗，一路找一路喊："黑狗——"吴妈也没心思做家务，拿着根竹竿在郎官河里捞。黑狗来了大半年，懂事、乖巧，吴妈和它也有感情了。

快到中午，黑狗找到了，是老街那头开台球房的小伙子找到的。派人来叫野和尚，野和尚急忙跑着赶过去，跑到那里，人也累瘫了。黑狗躺在后山一棵紫椴树下面，已经死了。它给自己刨了一个浅浅的坑，两条前腿抱着野和尚的那只皮鞋，看上去很平静、很满足，就像平时睡着了一般无二。野和尚一屁股坐了下去，摸着黑狗的身子，眼泪就下来了。狗是有灵性的动物，是知道自己大限之时的，死的时候它会远远避开主人，免得主人为它伤心。昨天看书时，它直勾勾地看着自己，眼里还含着泪，就是在和他告别了，只是它心里的不舍和依恋说不出来。野和尚对那几个年轻人说，谢谢你们，你们回去吧，我再陪它一会。那几个年轻人说，那我们走了，风叔，别难过。

野和尚忽然满心苍凉，不知从何时开始，自己居然被称作风叔了。一晃三十出头了，在那些年轻后生眼里，他不就是叔辈了嘛。野和尚一把一把抓着土，盖在黑狗身上，看着泥土一点一点把黑狗覆盖，渐渐隆起一个小土堆；就让它长睡在这里吧，那只皮鞋也留着陪它。他有气无力地回到宅子，吴妈在灶房里抽泣，她已经得知黑狗死了。黑猫看到野和尚一个人回来，后面没有跟着黑狗，它似乎明白了什么，跃上墙头，凄厉地长嗷了三声。

隔了几天，李东东来看他。李东东时常来的，来了就住上几天。前几次来，他把野和尚在金陵租的房子里的衣服杂物都带来了。李东东进门就诧异地问，怎么黑狗没来扑我？得知黑狗死了，李东东也伤感不已，又宽慰野和尚说，黑狗还算是幸运的，你把它带回家，它也过了段好日子，不亏。野和尚说，最近做得怎么样？李东东说，学长基础都打好了，我再做不好，也说不过去了；有时就打你的牌子，还真管用。野和尚说，缪玲怎么样，好吗？李东东说，缪姐对我挺关照的，知道我来这里，要我向你问好呢。我这次想多住几天，不会打扰学长吧？野和尚说，正好，我也想有个人陪我说说话。

吃好晚饭，两个人坐在庭院里喝茶。李东东说，学长，你为什么还不去接杨老师？野和尚不语。李东东说，学长，你还在等什么？

是啊，还在等什么呢，是怕吗？一旦杨老师来了，一切就定型了，再也无法改变了，他害怕这样的定型，所以一直在拖延。在郎官桥将近一年，这个问题其实已经有答案了。只是他此前不知道而已，一直在回避而已，现在被李东东点穿了。

野和尚说，我马上就走，去接杨老师，开你的车去。李东东说，我和你一起去，此地到衡山，路上至少要开二十个小时呢，我可以和你换着开。野和尚已经在收拾行装了，说，你留下，帮我办几件事情。野和尚要李东东办的事情：一是去杭州，买全套的结婚被褥，颜色要喜庆的，挑最好的买；二是去桐乡的苗圃，买一棵椰榆树，要大的，种在后院，他特别关照，树根和树身上要有一只只大的树瘤。李东东笑着一一应承。

后来苗圃运来的那棵椰榆树，倒是有三四米高，但是树身光滑，一个瘤也没有。李东东发急了，说，这不是椰榆，是别的树，你欺负我是外行，拿别的树来蒙混我。苗圃来了几个人，其中一个说，我搞了几十年园林树木，还不及你懂？你凭什么说这不是椰榆！李东东说，椰榆树根部和树身上面有一个个大的树瘤的，这棵树没有。苗圃的那些人都笑疯了，其中那个家伙笑得裤带都绷断了，好不容易止住笑，说，看到过画片上的老寿星吗，老寿星一开始头上也不凸出的，活到足够老了，老得成精了，成仙了，头上就鼓出包来了，就长瘤了，椰榆树也一样的；等到你老了，说不定这棵椰榆树就长瘤了。

廿七　"以后就叫娘子草儿"

野和尚一刻也不想耽搁。虽然早一天晚一天，衡山都在那里，那间教室也在那里，但是他的女人有可能不在那里了。人不是树，树一旦扎下根，就不会移动了，人不一样，人是流动的水，淌到哪里是哪里；人是一片树叶，会随风漂泊。他一路沿着三二零国道，饥餐渴饮，倦了，便停靠路边，在车里睡一会。野和尚两挡起步时，波罗乃兹的记忆就被唤醒了，知道回到老主人手里了，是老主人在操纵驾驶它，便格外兴奋，一路精神抖擞，野和尚不按喇叭，也能感觉到波罗乃兹像野马一样在奔突嘶鸣。

进入一零七国道之前，加了一次汽油，波罗乃兹喝饱汽油，又开始嘶鸣了，左冲右突，直奔衡山。

车子停在学校凉棚前时，已是第二天夜里十二点了。刚刚下车，一个黑影便朝野和尚扑来，是来福。来福已经是一个"大小伙子"了，它直立起来和野和尚差不多高。两年多没见，来福依然认识他，和他很亲热。野和尚摸了摸来福的头，朝那边看过去，杨老师的卧室还亮着灯，便兴冲冲地跑过去，说，杨老师，我是风生水，快开门吧。他以为杨老师会激动得尖叫起来，会赤着脚过来开门，会扑到他的怀里。但是没有，灯熄灭了，里面传出一个冷冰冰的声音，夜深了，我睡了。野和尚说，我是来接你的。屋里没有回答。

野和尚说，我这次来，什么东西都没有买。杨老师说，你大概看错人了，我不是那种贪图男人什么的女人。野和尚说，你没听我说完。我没给你买东西，是因为从今往后，我所有的一切都是你的。我这次来接你下山，去一个好地方，我们就再也不分开了。杨老师说，你这句话说得太晚了，没有哪个傻女人会一直痴痴地等着你的。下山去吧，我不会跟你走的。这些年，变化挺大的，你也不是原来的你，我也不是原来的我了。

野和尚颓然地坐在地上。来福过来舔他，用头拱他，表示亲热。野和尚搂着来福，合上双眼。这一路过来，他几乎没睡多少时间，太累了，就睡过去了。也许睡了一个小时，也许只睡了几分钟，醒来时，只觉得秋夜寒意深浓。隔着窗子，隐约听到杨老师均匀的呼吸声。她睡了。他轻轻地说了声，对不起。说完内心一片悲凉。月色很好。要是自己足够聪明，本来是能够得到幸福的。当初在衡山脚下，南岳庙前，那个一口天津腔的沈铁嘴说过，你要寻找的那样宝贝，就在方圆三十里之内，很可能就在这座山上。可惜他没认真听进去。

恍恍惚惚里，野和尚开始胡言乱语，说，杨老师，你知道地球的性别吗？你知道地球是男的还是女的？哈哈，我也不知道。不过根据它的暴戾脾气，发怒的时候火山喷发，地震海啸，洪水泛滥，它应该是个男的。这么说来，地球也是有相好的。几百万年几千万年以前，地球的旁边还有另外一颗地球，两颗地球靠得很近，度过一段蜜月。后来不知怎么，两颗地球闹翻了，不再恩爱了，不想在一起过日子了，那颗女的地球就飘走了，飘出太阳系，飘到银河系别的地方去了。哈哈，这是我的猜想，不是哥德巴赫猜想，是风生水猜想。不管地球是男的还是女的，但至少，它曾经年轻过，曾经风流倜傥过，无声无息过，千变万化过，轰轰烈烈过。不过，地球已经老了，老得不像话了，老得足够怀疑一切了。你那时候说过，每天停在窗口的麻雀，不一样的，今天的那只不是昨天的那只，昨天的那只也不是前天的那只。你有没有发现，今天的地球和昨天也不一样了。肯定不一样了，只是这种差别不是那么明显，或许是转得快了，或许是转得慢了，或许偶尔，还会有一瞬间的停滞不动，甚至还会任性地抖动一下，只是我们察觉不到而已。我们没有理由责怪它，责怪这个满目疮痍的老人偶尔耍耍小性子。大家都在变化，潜移默化，短时间内看不出的，隔一段时间再看，就看出来了。

野和尚说话时，神情深邃古老，好像已经活了几百年了。野和尚也不明白，怎么就说出这么一番莫名其妙的话来。嘴巴好像不受自己掌控，就这么滔滔不绝地说了下去——

比如我曾经欣赏过的某个女明星，我以为她会青春永驻，永远都这么养眼，永远让我们一瞥之下眼热心跳。其实不然。女人的每一天都不一样的，今天肯定不如昨天，明天又比今天更加不堪。明天，她的脸上会多一条皱纹，只是很浅，比梳子划过头皮的划痕还浅，肉眼察觉不到，要用高倍放大镜看，才能看到。只是在她笑的时候，会隐约有些暗影，很细微。一天天过去，那道岁月的划痕就渐渐加深了，不像用刀刻的那么凶狠，而是温柔地，一点一点地加深，每次只加深零点零几丝。起初，你用面霜、用雪花膏还能遮盖住，再以后，就遮盖不住了，日积月累，就成了一条线，一条裂纹。事情并没有到此为止，那道裂纹的旁边，又会出现一抹细纹，就像玻璃的裂纹会扩散一样，女人的皱纹也会扩散蔓延。女人不老，只是一个神话。有的女人冰肌雪肤，吹弹可破，人人艳羡，殊不知越是这样的女人，越容易老，皱纹越容易找上门。所以有那句红颜易逝的感叹。我前面说到的那个女明星，很久不露面了，很好，至少还给人留着一份念想。谁知前几天她又出来亮相了，女人总是耐不住寂寞，其实何必出来呢，不出来不是更好吗？等你见到我所说的那个女明星，便知我所言不虚。我不知道为什么对你说这些。

来福枕着他的大腿呼呼大睡。野和尚觉得还有话要说，不是说给杨老师听，是说给自己听的。这一刻，他觉得自己有点在向某个话痨哲学家靠拢——

我们不知道有没有来生，是吧。来到这个世界，我们已经够幸运了。我们冲锋陷阵，一路飞奔，淘汰了无数同伴，第一个跑到终点，这才有资格投胎做人。且慢，这还只是资格赛。有的父母突然反悔了，觉得肚子里有孩子本身就是个错误，想要纠正这个错误，于是就用橡皮擦把你擦去了，你都来不及看一眼这个世界，就烟消云散了。也有人好不容易熬到出生，却没能生而为人，或是死于难产，或是被一个粗俗的助产士用产钳夹死。即便生下来了，也有活不多久夭折的，都没有来得及谈一场有意思的恋爱。我们不仅活下来了，还活得这么健康，还遇见了真正喜欢的人，遇见了愿意和她（他）度过一生的那个人，不能不对上苍心怀感激。回到前面的话题，有没有来生，其实一点不重要。只希望，吃最后一顿晚餐，是和那个人一起吃的；看最后一场电影，是和那个人一起看的。杨老师，你睡着了，听不见，这样更好，我说的那个人，就是你。我已经收心了，心思不会再野了，所以来接你了。

门开了，杨老师站在门口，说，我的气消了，进来吧。

野和尚坐着不动。

杨老师说，你是来求亲还是来迎娶啊，还是想两步并一步走啊？你就这么容易娶我当老婆啊，就容不得我耍耍小性子撒撒娇啊，一点耐心也没有啊？野和尚站起身，杨老师扑入他的怀里，委屈地

廿七 "以后就叫娘子草儿"

说，我都快老了，你才来接我。野和尚紧紧搂着那个滚烫的身子，说，杨老师不会老的，杨老师永远不会老的，我们都不会老的，只要我们的心还年轻，我们就不会老。杨老师说，还叫杨老师啊，你打算就这么叫杨老师叫一辈子啊。野和尚调皮地学着京剧里的念白，说，哦，请教娘子芳名。杨老师笑着骂了声讨厌，随即在他手心里画了几笔。野和尚说，杨草儿，好名字啊，以后就叫娘子草儿。

在衡山耽搁了一些日子。

其间去衡阳看望了杨草儿的父母，买了不少东西去的，香烟白酒鹿茸人参一大堆。杨草儿的妈妈开心死了，怪不得以前要女儿去相亲，她死也不去，本来以为女儿老大不小，嫁不出去了，原来是早就有如意郎君了。再看野和尚，长得相貌堂堂，谈吐也好，还是开着小汽车来的，又有钱，又有文化，这门亲事太称心了。野和尚说，我和草儿商量过了，草儿的意思，婚礼不办了，她不喜欢那种闹腾的场面，我也答应了。爸爸妈妈放心好了，我不会让草儿受一点委屈，也不会让草儿受一点苦。杨妈妈笑着说，放心的放心的，一百个放心的。野和尚说，爸爸妈妈有假期，可以到郎官桥来玩几天，火车到杭州也方便的，我开车子到火车站来接。将来退休了，二老就住到郎官桥来，那里风景好，环境好，空气好，家里房子也大，让我和草儿尽尽孝心。杨妈妈听了感动得快掉眼泪了。临走前两天的晚上，野和尚又在衡阳最有名的老饭店杨裕兴摆了几桌，请女方的亲亲眷眷。看到有带孩子来的，野和尚一人包了一百块钱红包。开席之前，野和尚说了一番话，说得很得体，其中一句是，我做过的最值得骄傲的事情，不是赚了多少钱，而是娶了杨草儿。杨草儿的父母觉得很有面子。

杨草儿的辞职经历了一番周折。本来镇里不同意杨草儿辞职，说是没人接替，要她教到明年上春。正巧有个人当时落实政策给出路，他也愿意上衡山教书，便让他接替了杨草儿。此前野和尚和李东东通了电话，李东东说等不及给杨老师接风，他有事要先离开，学长嘱托的事情都办好了。野和尚说，车子怎么给你啊？李东东说，学长先用着，带着杨老师去哪里转转也方便些，下次来拜会杨老师时再说。

下山那天，镇里也来了不少人相送，还有不少学生家长。杨草儿换上了全身新的行头，一件红底小格子的两用衫、一条米色凉爽呢裤子、一双坡跟的黑皮鞋，是前几天在衡阳城里买的。学生们簇拥着杨草儿，说要送杨老师到山脚下。那些孩子一路送一路哭，杨草儿也是一路走一路哭。孩子们已经不是野和尚当年见到的那批孩子，都是陌生脸，但看上去也差不多。好不容易才劝住孩子们别再送了，车子发动时，有个男生对野和尚喊，杨老师的老倌子，你要对杨老师好，你要是对杨老师不好，我砍你脑壳。于是一连串"砍脑壳"的威胁，波罗乃兹是在一片威胁讨伐声中上路。

一路情意绵绵，说说笑笑，开六七个小时，便找家旅店住下来。野和尚想找家好点的宾馆，但是要看结婚证，否则不能住一间房；开两间房吧，杨草儿不许，说太浪费了，而且宾馆也不许带狗进去。于是便找干净些的小旅店，分开住，野和尚包间单人房，带来福一起住。就这么晓行夜宿，三天后的下午回到了郎官桥。

杨草儿的随身行李并不多，一纸箱书，两个行李袋。按野和尚的意思，家里就是开书店的，还用得着带书回去？杨草儿说那些书都是她最喜欢的名著，有的都看了几遍了，还在上面做了笔记，必须带。衣物大都留在衡阳老家了。野和尚说，在衡山，穿衡山的衣服；到了郎官桥，就要是郎官桥的打扮。我带你到杭州去买衣裳，全部买新的。将来回上海，我带你扫平南京路淮海路，把最好看的衣裳全部买回来。天底下最好看的女人，就要穿天底下最好看最新式的衣裳。杨草儿说不过他，只好依他。

吴妈见了杨草儿，一个劲地夸杨草儿长得俊，说她活了四十多年，还从来没有见过长得这么标致的女人。说得杨草儿都不好意思了。

来福一进门，便被黑猫来了个下马威。黑猫嗷地一声，来福吓得浑身发抖。来福是小地方来的狗，没有见过世面，没有见过如此威风凛凛霸气十足的猫。黑猫一步步逼近，来福一步步后退，一直退到墙角。黑猫很享受这样的征服感，继续逼近，打算在来福头上撩几下，让它彻底臣服。哪料来福的耿脾气上来了，乡下草狗也是有自尊心的，突然来了个半蹲，撅起屁股，露出森森白牙，朝黑猫龇了一下。黑猫哧溜一下上了房顶。野和尚和杨草儿还有吴妈看了直笑。吴妈说，黑猫碰到顶头货了，吃瘪了。好在以后几天，两个小家伙倒是相安无事。

野和尚领着杨草儿在宅子里转了转，一间间房间看过来，说，草儿，你就是这座宅院的女主人了，开心吧。杨草儿笑着说，开心的。她又说，空着这么多房间，可惜了。我现在每个月的工资没有了，书店那里的进项也有限，总还要另外想点办法才好。野和尚说，钱的事情不要你操心的，我还有点积蓄的。杨草儿说，再多的积蓄，只出不进，也要坐吃山空的，你又是这种大手大脚的派头。野和尚笑道，你倒是贤惠的，才来了这么一会，就操心起家里的生计了。说着在她的脸上啵了一口。此时吴妈来叫吃饭。吴妈先前不知道有条狗要来，临时去老正源买了盆猪头肉，加点饭，给来福吃。来福在衡山很少开荤的，一下子吃到这么多香喷喷的猪头肉，开心死了，吃好了在庭院里满地打滚。

吴妈回家后，宅子里就只剩下两个人。两人在庭院里说了一会闲话，都有点心不在焉。其实都想到了什么，只是没有说出来。回到正屋，一大间通透的房间，被吴妈收拾得纤尘不染。中间是一个圆桌，靠墙是一排斑竹矮柜，野和尚新添置的，平时吃饭都在这里。左面是书桌橱柜椅子茶几，那几把四出头官帽椅先前都散架了，被木匠师傅修复了，白胶粘牢。右侧便是那架雕花楠木拔步床，床上都是全新的被褥，吴妈在太阳底下晒过了。杨草儿说，我去舀点热水，先洗个澡。野和尚说，你坐着别动，今天是新婚第一夜，我来服侍你。杨草儿脸都羞红了，说，你又瞎说。野和尚搬来一只大木盆，里面放上小半盆凉水，又拿来几个热水瓶，倒进去。杨草儿说，你出去。野和尚便带上门出去，在庭院里抽烟。

良久，杨草儿在里屋说，进来吧。野和尚进屋一看，杨草儿已换上了那件湖绿色的睡衣，两条腰带只是草草地系了一下，春光半泄，坐在床沿，分外娇媚。

爱情就像是一场筛选，最终留下来的，一定是最适合你的，也是最好的。

事后，野和尚抚摸着杨草儿光洁柔腻的背脊，陶醉不已。

杨草儿不会刻意撒娇，不会卖弄风情，她的娇态是天然的，她的风情也是天然的。那种春风一度的巧笑，那种醉眼迷离的羞涩和娇态，分外妩媚。她的身体带给他的欢愉是极致的，他内心涌出的那份感恩也是由衷的。

第二天，野和尚带着杨草儿去一家家拜访老街上的商户、街坊。杨草儿落落大方，嫣然含笑。人们都夸风老倌好福气，娶了这么玲珑标致的娘子，野和尚很得意。郑老爹还拿出了一百块钱见面

廿七 "以后就叫娘子草儿" 313

礼给杨草儿，杨草儿推辞不掉，只好收下了。

　　隔了几个月，杨草儿的一个小姐妹来郎官桥看她。野和尚热情招待。那小姐妹对野和尚很有成见，悄悄对杨草儿说，他认识你那么多年，却让你等他等了那么多年，在你之前，他肯定有过不少女人，你就不在乎？杨草儿笑着说，就算他以前有过很多女人，和我有什么关系，我只知道他现在只有我一个女人，这就够了。他以前在那些女人身上操练出十八般武艺，现在十八般武艺都用在我身上，有什么不好？我才懒得吃醋呢。那小姐妹笑道，草儿，我真服了你了，你居然说出这么没羞没臊的话来。你和以前不一样了，变得不要脸了。两个女人笑着打闹成一团。

　　那次在电视上看到野和尚，虽然镜头只是一闪而过，但我相信自己不会看错的。第二天，那档节目有重播，我又看了一次，这下确凿无疑了。我记住了那个小镇的名字——郎官桥，位于浙江北面的某个地方。我相信，看过那个电视节目的人，不会留下任何印象，那实在是一个籍籍无名的小镇，很难勾起你去旅游的欲望。况且，那时候周庄、同里、西塘、乌镇、南浔已经被炒得很热了，游客都往那些地方拥去。但是，我记住了，因为野和尚在那里。

　　那时，野和尚失踪已经好几年，当然失踪两个字要打引号的。我也早就不在成都北路凤阳路路口摆摊头了，从厂里辞了职，在七浦路开了家袜子专卖店。我有点想不明白，现在这种形势，像野和尚这样有生意头脑的人，正好是大显神通的时机，他怎么会甘心孵在那种僻远的乡下地方，捧着茶壶喝茶，享受夕阳红呢。他又不是老梆瓜。想当初，我们还在睡梦里头木知木觉的时候，野和尚已经钞票赚得么克么克，生意做得风生水起了。我猛然心口咯噔一记，我刚刚说什么了，对了，风生水起。野和尚的名字就叫风生水。当年摆香烟摊女人去叫测字先生取名字，说的就是这个风字。这个测字先生有点本事的，妙笔生花，起了风生水这个名字，暗合一个"起"字，寓意极好，风生水起，这个小孩将来有出息的，不管做什么，都会做得风生水起……

过了一段日子，区个体户协会组织去杭州旅游，我也去了。回来时，大巴士走的还是三二零国道。我迷迷糊糊在打瞌睡，突然一个急刹车。有人乱穿马路，还好司机反应快，刹车刹牢了，没有出事情。我就是在这一刻睁开眼睛的，所以说冥冥之中都有定数。我朝窗外看去，第一眼看到的就是高悬在路边的那块路牌：离上海多少公里，离桐乡多少公里，还有一行字，郎官桥古镇，两公里。我的某根神经突然被触到了，车子已经起步了，我大叫一声，快停车！便朝前面冲去。大家都在问，啥事情，啥事情？我说，不好意思，有个朋友在这里，想去看看他。车子一停，我便跳了下去。

到了郎官桥老街，我向人打听风生水。有个家伙说，哦，你找风老倌啊，便指给我看。好像野和尚在这里是个人物。到了那里，果然有块老涵春药铺的匾额，看进去，里面是家书店。柜台后面有个年轻女孩，朝我笑笑。这时传来一阵喧闹，几个年轻男女从里面出来，都拿着行李。有个女人送他们出来，说，路上小心，到了家里打个电话过来，报个平安，我也好放心。

那女人送走客人回来，和我打了个照面，我只觉得眼前一亮，一下子呆住了。有的女人，你和她面对面相处，会觉得她光彩照人，但一旦到了人堆里，她就被淹没了，人们再也不会注意到她。但是面前的这个年轻女人，哪怕只是匆匆一瞥，也会经久难忘，要是到了人堆里，你还是会一眼就看到她，其他所有人只不过是背景、是陪衬。年轻女人看到我这副花痴神态,倒也不以为意,可能也是经历得多了,笑着说,先生,你是随便看看,还是来住宿的?我说,我来找个朋友,他叫风生水。那女人眼睛里顿时闪烁异样的神采,说,你是上海来的?我说是的。她说,快请进,快请进。穿过走廊,那女人说,风风,你看谁来了!

廿八　有人敲门

庭院里，有个男人坐在一把小竹椅上，拿着水管在朝地上一大摊毛茸茸的玩意冲水，看不清是猫是狗，还有只蠢笨的大狗全身都是肥皂沫在一旁等候。从头型和身形看，那家伙就是野和尚。野和尚也没回头，说，草儿，带客人先去里屋坐，我待会就好。把肥皂沫冲淋干净，我才看清那是只极其肥大的黑猫。黑猫抖了抖水，有个中年女人把它带到一边，用毛巾给它擦干身子。野和尚接着给那只蠢笨的大狗冲洗。我说那是只蠢笨的大狗，完全是主观臆断，因为看它的眼神，很单纯，很无辜，又很傻乎乎。几乎所有的农村土狗都是这种眼神。野和尚给大狗冲洗干净，那条大狗甩了甩身上的水，主动走到中年女人身边，中年女人用另一块干毛巾给它擦身子。看来这是套固定的程序。

野和尚这才转过身来，看到我，顿时露出惊喜的神情，叫道，阿民。他快步朝我走来，到了跟前才想到什么，摘了围兜，擦干手。我以为我们会拥抱一下，但最终只是握了握手。野和尚说，草儿，这是阿民，我最好的朋友，贴隔壁邻居，也是小学到中学的同学，从小一起长大的赤膊兄弟。我倒被他说得有些惭愧。野和尚又向我介绍那个年轻女人，说是他的夫人，杨草儿。杨草儿笑着伸出手，和我握了握，说，经常听风风提起你的，说你们是好朋友，有次别人打他，你帮了他；有次他逃出去，你给了他一箱压缩饼干；他有段时间穷困潦倒，只好去广州进点小商品，回上海贩卖，你又帮了他，买了他很多东西。风风说了你们之间许许多多的事情，我听了很感动。这下我更惭愧了，杨草儿说的那些都有影子，但却并不尽然。此时我倒是真的希望，我是他最好的朋友。杨草儿说，进屋喝茶吧。野和尚说，就坐外面，透气。

庭院这边有几把藤椅，还有一个玻璃桌面的藤编圆桌。我们就坐在那里聊天。杨草儿给我泡了一杯茶端来，笑笑就离开了。这女人做事情比较得体。不像我老婆，随便啥个场合欢喜在男人堆里轧闹猛，在旁边听听也就算了，还欢喜乱插嘴。我递了一支香烟给野和尚，他说，阿民你抽，我戒烟了。我说，这么多年的老瘾头说戒就戒了？野和尚说，草儿说我嘴里有烟味，难闻，她不喜欢。我就戒了。我说，说说容易，真的要戒掉很难的。野和尚说得很轻巧，不难的，你把脑子里抽香烟这条信息揩掉就可以了，烟瘾就不会来缠你。关键是，你真心欢喜一个女人，你会为她做任何事情。我说，不要说得这么冠冕堂皇好吧，说白了，就是怕老婆。野和尚嘿嘿了几声，说，大概是吧。我说，刚才你家好像来了很多亲戚，我看到杨草儿送他们出去的。野和尚笑道，不是亲戚，是住店的客人。这也是草儿的主意，说是这么多房间空关着，可惜了，何不招些客人来住。但是开旅店不是很容易的，这属于特种经营行业，报上去，一直没批下来，就配了点简单的家具，先偷偷地做起来。这里干净，草儿烧的菜也好吃，也不明码标价，只是说，看着给吧。来住宿的客人都凭良心给，也不少给。这样，多少也有些进账。来的客人都是熟人介绍的，也不打旅店的牌子，就称民宿。我说，叫啥？野和尚说，民宿。我说，为啥叫民宿？野和尚笑着说，我就是随口起的名字。

我那时当然不会想到,再过二十年,民宿会很热门,很时髦,会散布在四面八方,但是我第一次听到这个词,真的是从野和尚这里听到的。野和尚总是比别人超前。

野和尚说,我一直觉得奇怪,刚刚一直想问,一打岔就忘记了。阿民,你怎么会摸到这里来的,你怎么晓得我在这里?我说,我在电视里看到你的,一边摇蒲扇一边喝茶,腔势蛮浓的。正好这趟到杭州旅游,回来经过,就来看你了。野和尚一拍大腿说,想起来了,是有几个电视台记者来过的,说是拍风光片,介绍古镇风情。我本来在里面,特地把我喊出来,把藤椅搬出来,还在我房间里找了把宜兴的紫砂壶,说用这个泡茶,托在手里,看上去味道浓。我只好依他们,装模作样演一遍。他们还在老街上找了几个相貌端正的女人,叫她们假痴假呆纳鞋底、绣花,在箩匾里挑拣红枣、剥莲蓬,弄得像真的一样。哈哈,现在我总算晓得了,拍电视就是这样作假的。

我说,你这么长时间不回上海,我还以为你失踪了。野和尚说,老娘不在了,没有牵挂了,好像和上海的联系就割断了,再讲,我以前的业务范围也不在上海,就没有回去。不过,最近我倒是想带草儿回去一趟,给她买点衣裳皮鞋,买点黄货(金银饰品)。这女人等了我好几年,也不贪图我啥,我亏欠她的。我点点头,像杨草儿这种女人,随便怎么对她好,都不过分。

说起上次的同学聚会,我说,你没来,来了就开眼界了。哪里是同学聚会,大家劈劈情操谈谈心,分明是在开广交会,都在打小九九,都在兜生意,都在装野狐禅。热闹了半天,香烟倒是发掉不少,一笔生意也没有谈成功。野和尚哈哈大笑。

我第一次看到他这样的笑容，鼻子不再朝上耸动，鼻翼也不再朝两边扩张，笑得很真实，很温和。他鼻梁上的肉，原来上面刻着皱纹，像梯田一样一丝丝一道道，现在平服了，至少是浅淡了。我说，用磨砂膏磨过了是吧？他没听懂，问，啥个意思？我笑道，开个玩笑，忽然想起了以前的你。

这么多年没见，好像有很多话想说。以前的日子其实过得很苦，以前我和他的关系也不见得好，但是回忆起来，像是被滤色镜滤过了，显得温情脉脉。我说，你还记得吧，读中学的时候，有次在老大昌，我，阿梁，还有勤发，你为了骗我们一杯掼奶油，去香一个老女人的面孔。我们看了都惊呆了，太吓人了。野和尚说，有这种事情啊，有过吗？我怎么一点也不记得了。那时候懂啥，人还没有发育好，为了骗一杯掼奶油，就做这种事情，我好像还没有这么无耻吧。我说，你不要赖，可以叫勤发阿梁作证明的。野和尚说，我做过的事情不会赖的，但是这桩事情真的没有印象。我倒是听过另外一个版本，说你盯一个赖三的梢，盯到小弄堂里，上去香她面孔，那个赖三回过头来，是个老女人，你吓得穷逃。我说，没有这桩事情，你造谣。他说，那你刚才也是在瞎讲。我们都搞不清楚究竟是谁的记忆出了问题，只好一笑置之。

此时从前面进来一个戴秀琅架眼镜的男人，手里提着两只火腿，看到野和尚叫了声什么，我没听清，他又朝我点头笑笑，一路叫着师母，朝后面走去。我看他面熟，想起来了，这家伙到同寿里来过的，还替野和尚挡了几刀。只听那家伙说，师母，我带了两只火腿过来，云南的宣威火腿，和金华火腿味道不一样，让师母尝尝。我拿到柴房里挂起来，外面包着油纸，不会坏的；还有几箱女儿红在我车子后备厢里。杨草儿说，东东你也真是，来就来了，每次买东西，叫我怎么过意得去。众人一起出门帮忙。车子停在桥那头。那辆波罗乃兹的后备厢不大，装了七八箱黄酒，基本塞满了。我们一人一箱搬回来，秀琅架搬了两箱。

因为家里来了客人，杨草儿提着菜篮又出去了一次，回来后就和那个叫吴妈的女人在后面忙。秀琅架有点无聊，逗着黑猫和那只大狗玩。黑猫的名字就叫黑猫，大狗叫来福，很复古的名字。黑猫和秀琅架很熟，乘机猫仗人势，抓住机会，在来福的头上噼里啪啦一阵乱打。来福被打后，有点懵，躲到一边去了。

我说，这家伙是谁啊，是你秘书还是跟班啊？野和尚说，李东东，我学弟。我说，那他怎么见了你叫学长，见了杨草儿叫师母啊，这辈分有点乱啊。野和尚说，无所谓，随便叫，你见了草儿也可以叫她师母的。我说，滚你娘个蛋。

杨草儿来了以后，吴妈就只好当下手了。有一句讲一句，杨草儿烧的菜倒是真的很入味，吃晚饭时，我们都是赞不绝口。其中一碗红烧塘鲤鱼，鲜美无比，不是夸张，饭店也烧不出这种味道。杨草儿很开心，笑着说，阿民，东东，喜欢吃就多吃点。那天晚饭吴妈和小秀也一起吃的，小秀就是那个看书店的女孩。两个人起先死活不肯入席，杨草儿说，都是自家人，客气什么，再说，人多也热闹。两人这才坐下了。杨草儿给我们都倒了满盅，自己只是倒了浅浅一点。我们喝的是女儿红黄酒，小秀喝的是饮料。吴妈也能喝酒的，一盅接一盅，喝了七八盅，脸不变色。

说笑了一会，李东东提议，每人说个笑话，必须是真实的经历。大家都赞同。

杨草儿想了想，还没开口先笑了，说，还真有一个，但是我说了，你们不能笑话我的。野和尚说，这就有点蛮横不讲理了，说的

廿八　有人敲门

是笑话，就是要让人笑的。杨草儿认真地说，我的意思是，你们听了不许打趣我。我们都笑着答应了。

杨草儿说的是，有次她在衡阳闹市遇到一个黄头发的年轻外国男人，神色怪异、脸色通红地对她说着什么，还比画，她听不懂。那男人急了，对她吹口哨，指着自己裤裆的部位。她一下子明白了，知道遇到金毛色狼了，飞起一脚踹在那男人的裤裆上，那男人惨叫一声倒下了。她拔脚就逃。那时她大概十三岁。后来进了中学，学了英语，才回想起来，那外国男人反反复复说的那个词是——厕所。

我们听了捧腹大笑，杨草儿自己也笑了。我说那个金毛挨杨草儿这一脚，挨得太冤枉了，说不定膀胱都被杨草儿踢破了。野和尚在底下踢了我一脚，我也发现自己这番演义太粗俗了，有点后悔。好在杨草儿倒并不在意，说，下一个是谁？

李东东说，我来说。有一年，他和野和尚在金陵五台山体育场，听气功大师的带功报告。气功大师叫台下上去几个人，野和尚也上去了。气功大师一发功，那二十多个人都在台上东倒西歪地睡着了，也不知道是真睡还是假睡，只有野和尚一个人还站着。气功大师再怎么发功，再怎么诱导，野和尚就是不睡。气功大师就恼羞成怒了，使出撒手锏，用麻醉剂把野和尚放倒了。野和尚就躺在台上，一直躺到散场，被一个搞卫生的清洁女工用扫帚戳醒。那段故事其实很滑稽，但是李东东口才不好，说得有点干巴巴。杨草儿倒是笑得很开心，一边笑还一边点野和尚的额头。

轮到吴妈时，吴妈逃走了，躲在灶房里再也不肯过来。那个叫小秀的女孩倒是没有逃，红着脸说，我不会说笑话的。大家也就没有勉强她。

我说，我来说一个。我从小到大，没喊过几回他的名字，一直喊他的绰号——野和尚，现在我也这样叫他，感觉亲切自然一点。杨草儿和李东东都大笑起来，说，野和尚，怎么会有这么怪的绰号啊？吴妈避过风头，此时又回到席位，听了也呵呵的；小秀跟着笑，大家都笑了好一阵儿。

我继续说道，野和尚小时候有点傻乎乎的，很好骗。那时还在上小学，学校靠楼梯的地方放着一面落地镜，大概是提醒大家，进教室之前要整理衣冠。有个传说，那面镜子前面没有人时，里面会有个妖怪出现。我们经常会躲在镜子的旁边，突然冲过去，希望看到妖怪，希望妖怪偶尔也有打瞌睡的时候，来不及逃掉，被我们看到。到了后来，就没人相信这个传说了。只有野和尚，一直到小学毕业，还深信不疑。一有空，他便趴在镜子旁边，然后突然把头伸过去，每次看到的都是一张既兴奋又带点惊恐的脸，就是他自己。野和尚说，不记得了，我好像没有这么傻吧，阿民丑化我。杨草儿笑着说，我相信的，是真的，这种事情阿民编不出来的。

最后轮到野和尚说了。野和尚把来福叫过来，搂着它，撸撸它的头，又喂了它一块肉。来福很惬意、很满足。野和尚说，我说的故事，听起来好笑，其实是个悲伤的故事。我第一次见到来福时，他还只有五个月大。来福这个名字就是我起的。有一天，我发现来福屁股底下长了两个红块，我自作聪明，以为是血泡，就把其中一个血泡刺破了。野和尚说到这里，长久地沉默，过了很久才继续说下去。他后来才明白，那两个血块，是小狗开始发育后的两个卵蛋，是它的性器官。他当初挑破来福的卵蛋，实际上是在施行阉割手术，非常残忍，剥夺了来福的幸福。他一直觉得亏欠来福。杨草儿走到野和尚身边，搂着他的头喃喃道，不怪你，不怪你，你也是好心。来福不懂的，不会记恨你的。

廿八　有人敲门

我们想笑却笑不出来，这确实是个悲伤的故事。

因为没有住宿的客人，所以大家很悠闲。吃了晚饭，我们都坐在庭院里闲聊。吴妈端了一盆橘子出来，又用淘箩装了一箩炒熟的花生出来，还给我们重新泡了茶。

野和尚的神情悠然自得，很享受这样的生活。

我忽然就有点理解他了。

他从来就不是一个高尚的人，但也不是一个邪恶的人。有人说他名声不好，勾搭的女人太多了，就像冰糖葫芦一样，一大串。但是，他的那根竹签上面，永远都只有一颗冰糖山楂，不会同时串好几颗。

俗话说，君子喻于义，小人喻于利。野和尚就是小人，他是真小人，但是他这个小人活得很真实。

他起初拿到的是一手烂牌，但是他把这手烂牌打成了一副好牌，本来他可以拿着这副好牌继续打下去，想不到他把牌一摊，不打了。这种魄力，这种决断，让我服帖。

我说，你还记得吧，你那时候动不动就引用尼采的格言。野和尚说，那时候比较幼稚；其实每个人，只要有点生活阅历，都能说出几句格言的。我说，我可说不出什么格言。李东东说，我也没这个本事。杨草儿也笑着应和。野和尚说，我忽然想到一句诗，还挺喜欢的。有朝一日，这句诗很可能会红。我问，谁写的？野和尚说，这句诗还没写出来，写诗的人现在还是个孩子，还没长大，他长大了才会成为一个诗人。我说，既然那还是个孩子，你怎么知道他以后会写诗，你怎么知道他会写出什么样的诗来，你能未卜先知？杨草儿说，阿民，你别听他胡说八道，他就喜欢说些神神叨叨的话。野和尚眼神空茫地说，我就是脑子这么一闪，看到了那行诗。李东

东说,学长,你既然看到了,就说给我们听听。野和尚把那句诗念了出来:

愿历尽千帆,归来仍是少年。

我们都在回味这句诗。

此时有人敲大门。李东东跑去开门,不一会领着个老者进来,是郑老爹。野和尚慌忙迎上去,说,老爹,怎么啦,这么晚跑来,有事吗?他把郑老爹扶到藤椅上坐下,又叫杨草儿给郑老爹泡茶。郑老爹摇摇手说,不用泡茶。

那天月色不是很明亮,山墙上挂着的几盏灯也很昏暗,但我却能清清楚楚地看到郑老爹脸色灰白、神情凄惶。他看着庭院里的众人,摇摇头欲言又止。野和尚问,老爹,出什么事了?郑老爹长叹一声,说:

我刚刚接到郑老倌的电话。他说,落叶归根,他要回来了。这座宅子他要收回了——

后记

喜欢陶渊明的《桃花源记》。我承认自己迟钝肤浅,不懂文体之间界线分明,我向来是把《桃花源记》当小说读的,甚至误以为《古文观止》就是一本古代小说选,至少有不少篇目是可以读出小说韵味的。

晋太元中,武陵人捕鱼为业。缘溪行⋯⋯

这一路前行,别有洞天,悬念,惊奇,亦真亦幻,峰回路转,结尾还煞有介事地牵扯出一个叫刘子骥的家伙,横生枝节,弄得像真的一样,都是小说家的套路。我不配谈论小说,但大约知道小说呈现的是人物命运的悬念,不看完最后一章,不会知道结局是什么,否则就无趣了。就像玩扑克,打杜洛克,都不想当杜洛克,杜洛克是"傻瓜"的意思;都想赢,但未必就能赢。起手每人抓七张牌,哪怕你抓到一手王牌,但你不能保证好运气一直伴随你;你必须不断打出手里的牌,你还要补进新的牌;补进来的也许是烂牌,一切都有变数,还不能悔牌,不到最后一刻,输赢难定。

人的一生,就像是打一副杜洛克。

有个词现在已经不大用了,以前也只在口语里使用——天数。

那种无法预测、不可掌控却又无可违拗的结果，称之为"天数"。

我外公属牛。有次家里开了一听红烧牛肉的罐头（老早辰光，这样的罐头算是奢侈品的，轻易买不到），罐头的粘贴画上画了一头牛，骨骼雄健，清奇不俗。外公很喜欢，把那头牛剪了下来，贴到自鸣钟的门上。老先生当下说了句，哪天这头牛脱落了，也就是他走的时候了。后来，那张粘贴上去的牛起壳了，此时外公已经病得很重了；家里人很紧张，因为那头牛随时都可能掉落下来，都想找机会用饭粒重新粘牢，但是没有这样的机会。外公似乎一直都醒着，一直都盯着那头牛。那种情景，和欧·亨利小说《最后一片叶子》里写的很相似。外公终究还是走了，家人一番手忙脚乱之余才发现，不知何时，那头牛也飘落在地。孰先孰后已经不重要了，这里也没有灵异色彩，只是巧合，只是——天数。

这座自鸣钟后来传到了我的手里。加点油，上好发条，走时依然很准，到了钟点会敲，该敲几下就是几下，不乱敲。只是不习惯那种余音缭绕的钟声了，嫌吵。

原先，自鸣钟的鎏金门框上镶嵌了两支测量计：一支是温度计，一支是风雨计。所谓的风雨计很稀奇，平日澄澈如镜，遇到刮风下雨的天气，它会提前作出反应，变得浑浊不堪。家里养的那只肥猫，拆天拆地地皮，乘人不注意，跳上两只搁几之间架的搁板，硬生生把自鸣钟上的两支测量计抠了下来，掉到地上都碎了。那时外公得知，用绍兴话笑着骂了声，这小脚色。

外公走的那天，小脚色特别安静，趴着，为外公守了一夜灵。

这只肉白滚壮的小脚色，后来成了我某本书里一只坏猫的原型。

这辈子和猫狗结下不解之缘。

养的第一条狗，是条叫"弟弟"的纯种博美。按国际标准，纯种博美体重以三斤半为佳，超过五斤就淘汰出局了。据说给博美喂食时，都是数着狗粮量给它吃的。在电视上看威斯敏斯特犬类比赛，很难忽略那些博美饥饿的眼神，绕场一周时，恨不得把牵引师的手指咬下来。"弟弟"很幸福，不用参加比赛，放开肚皮吃，身形舒展，身心健康。称称分量，八斤。它一直以为自己是人，从来不把自己当狗，走在路上，碰到同类打招呼，相当鄙视。有次"弟弟"大呼小叫地把家里人都呼唤到客厅，只见电子秤上面有两团粑粑，它刚拉的。它狡黠地看着我们，意思要给它的粑粑也称称分量。真是条有幽默感的狗。

现在养了两条边境牧羊犬：一条叫"水泵"，一条叫"火锅"，名字颇有边远山区的烟火气，叫起来也响亮。"火锅"是个天真烂漫的女孩，整天在院子里疯玩，捉青虫、捉壁虎、捉鸟玩，快如闪电，还能纵身到树上两三米高，这个夏天被它抓住四只斑鸠。

"水泵"年轻时也是狠角色，现在修炼得宠辱不惊。有时捉弄它，冷不丁叫一声"玛丽"，它立刻瞳仁闪亮一跃而起，耳朵直竖，四处张望，发现上当了，眼神顿然变得黯淡迷离，让你于心不忍。搬家时，曾经把"水泵"寄养在狗场，"水泵"在那里有了平生唯一一次恋爱，对方是一条叫"玛丽"的拉布拉多母犬。难怪把它从狗场领回来时，这狗东西很不情愿。纳博科夫说，人有三样东西是瞒不掉的，咳嗽、贫困和爱。岂止是人，狗也一样。爱是不会忘记的，恋爱一次，心里就会烙上一个印记。有些东西注定遮盖不住，就像上海女人，再不打扮，依然难掩苏州河、黄浦江的水色；就像市井的泼皮无赖，撒泼耍赖间也要装几分海派腔调。

喜欢猫和狗，写小说的时候难免也会塞进私货，几部小说里都有猫或狗出现，都带点传奇色彩。它们在小说中占的篇幅有限，连配角都算不上，却多少与主人公的命运相关，并非闲笔。说起来，这篇后记倒真是闲笔，因为作者想表达的，都在小说里说了。

很多年前，去安徽大别山采风。爬天堂寨的路上，山势险峻奇崛，人迹罕至，风光大美，满目震撼。一路攀爬，手脚并用，就怕失足深渊。到了一处，须从一段绝壁的外侧，抓着垂落的藤蔓攀援过去，除此之外，别无他路。俯身下看，绝壁间野树遮目，深不可测。此时可谓进退维谷，我感觉到两条腿在簌簌发抖。有先行者回来报信，说前面必经之路还有更险峻的，有道近九十度的石壁，直上直下，只在石壁上凿了些凹坑，供你扒着、踩着下去，手脚一滑可能就报销了。这是让水壶满溢的最后一滴水。苏南某报的一位老兄闻听此言彻底崩溃了，赖在地上说，我不走了，肯定不走了，就坐在这里，派直升飞机来接我，要多少钱我都出。大家都惊呆了，难道现在叫飞机和叫出租车一样便捷了？混乱中，我也一屁股赖在地上，说，我也不走了，就在这儿等直升飞机，我出另一半的钱。

最终，直升飞机没有来。

最终，带队的协会秘书长连哄带骗，同行的伙伴保驾护航，一行人平安下山。接待方已备好酒水饭菜。席间，我频频向那位老兄敬酒，为他临危呼唤直升飞机的豪气。我和他其实都不善饮，但此时颇有点劫后余生的味道，开怀痛饮。到了大巴车上，盘了几道弯，风一吹，那位老兄先吐了，倒海翻江一般，大家忙着照料他。我坐在车尾，颠簸更甚，也开始发作了。手头没有袋子，在车背后面摸索，居然摸出一双破旧的蚌壳棉鞋，吐得十分尽兴。

说这些，并不是因为糟蹋了司机师傅的旧棉鞋，为此表达迟到的歉疚，而是——

且说当日离开那段险路，此后的下山途中，再无险地，终于能从从容容地看风景，一路赞叹不绝。山峰环绕的葱茏里，坐落着一片保存完好的古代民居，土地平旷，屋舍俨然，良田美池，阡陌交通，分外宁静闲适。氤氲之中，分辨不清是轻雾还是炊烟。众人被眼前的景色震慑住了。有人叫道：

桃花源——

如此安详恬静之地，确实如陶公笔下的桃花源。大家纷纷赞叹，充满遐想。要是在这里安顿下来，岂不美哉。

很多人的心里，都驻扎着一座桃花源。

很多人穷其一生，都在寻找桃花源。

文学，何尝不是读书人的桃花源。

茅棚，何尝不是孤独跋涉者的桃花源。

所谓桃花源，有时是一种生存方式，有时是一种理想状态，有时是一种人生格局，有时是坚韧不拔的向往，有时是无忧无虑的象征；有时抑或是某个失之交臂的异性，每每想起禁不住温情流淌。据说不少人心底都有那么个女子，初恋或者艳遇，久久不能相忘。有位仁兄就是如此，把桃花源理解为桃花梦。那位仁兄年过花甲，有次酒水懵懂，说他现在还会梦见初恋，原以为梦里相见，会是皓首老翁与瘪嘴老太相遇，哪知梦里却是年轻时候的光景，醒来怅然若失。老妻当场现开销，冲他骂道：那是我服侍你服侍得太好了，你还有力气做春梦；等你老透了，只会梦见一个母夜叉举着朴刀追杀你。闻者大乐。

人人心里都有个桃花源。

每个人关于桃花源的版本，都是不一样的。

桃花源，也未必是山明水秀之处，也许就在每一个粗茶淡饭的太平日子里。

我现在住在上海青浦的一个农家小院。对升斗小民来说，这也算是桃花源了。关键是，推开柴扉，每天都能吃到自己种的新鲜蔬菜，诸如茄子、黄瓜、生菜、番茄、莴笋、小棠菜等等。当然，想象和现实相距甚远。我怀疑网购来的蔬菜种子都是被煮过的，要不就是这些种子水土不服，我终究没能享受到现摘现吃的欢愉。也不能说一无所获，收成还是有的，比如葱，长势喜人，此外，马尼拉草也很茂盛。

毕竟，我不是为了当菜农才搬到这里来的，只是换个地方发呆而已。

本书的主人公不会有这样的闲暇。

他一直在路上，并且一直在进化。

本书的主人公也是有原型的。对一个缺乏想象力的作者来说，向来是指着原型吃饭的。这是个天马行空、不按常理出牌的人。当初，分手在即，他问我分配到哪里？我随口说：南京，9424。他点点头，没再问什么。9424是我要去的那家钢铁企业的简称，全称是南京9424工程指挥部。上班不久，我就收到他的来信，信封上赫然写着：南京军区942师，然后是我的名字。我彻底服帖了，这家伙居然想当然地杜撰出这么个单位；魔幻的是，这封信我还收到了。

主人公"野和尚"是上海市井间的小人物，恰如其名的落魄、花心、草根、狡猾，充满人生最原初的欲望，但同时，又有着来自底层的率真、血性、义气、不畏强权和百折不挠，甚至还有几分不可捉摸的未卜先知。他从来不会被时代大潮淹没，他一直生活在自己的生命逻辑中，所以人生大起大落，经常高潮和粉身碎骨同至，感动和嫌弃同在。他也在寻找他的桃花源，只是他对桃花源的理解颇为褊狭，而且，似乎，过了几天太平日子，他就装模作样地思索起人生来了。这未免让人笑掉大牙。

本书以及先前出版的两部长篇小说，都由上海文艺出版社出版，这是我的荣幸。感谢上海文艺出版社诸位老师的提携和付出，感谢好朋友的鼓励和引荐，深深记在心里。

曾经分别写了少年、青年和中年的人生况味。不敢奢望再写一部老年。老年就像梦醒时分，不需要表述，只需要回味。

王承志
2022 年 8 月

图书在版编目（CIP）数据

过路客 / 王承志著. -- 上海：上海文艺出版社,2023.7
ISBN 978-7-5321-8473-6
Ⅰ.①过… Ⅱ.①王… Ⅲ.①长篇小说－中国－当代
Ⅳ.①I247.5
中国国家版本馆CIP数据核字(2023)第106629号

发 行 人：毕　胜
策 划 人：李伟长
责任编辑：李　霞
装帧设计：钱　祯

书　　　名：过路客
作　　　者：王承志
出　　　版：上海世纪出版集团　上海文艺出版社
地　　　址：上海市闵行区号景路159弄A座2楼　201101
发　　　行：上海文艺出版社发行中心
　　　　　　上海市闵行区号景路159弄A座2楼206室　201101　www.ewen.co
印　　　刷：苏州市越洋印刷有限公司
开　　　本：890×1240　1/32
印　　　张：10.5
插　　　页：5
字　　　数：244,000
印　　　次：2023年7月第1版　2023年7月第1次印刷
Ｉ Ｓ Ｂ Ｎ：978-7-5321-8473-6/I.6685
定　　　价：68.00元
告　读　者：如发现本书有质量问题请与印刷厂质量科联系　T:0512-68180628